LA CAPTIVE

DU MÊME AUTEUR

Les Chemins de Lumière, J.-C. Lattès, 1993

Et si c'était vrai..., Ramsay, 1995

Sheila

LA CAPTIVE

Éditions Ramsay

Prisonnière

Bhoutan, le 7 avril 1990

Un rai de lumière jaillit sous la porte, dessinant brièvement les contours de la cellule. Angie se redressa. Son esprit aux aguets luttait contre le tourbillon de questions qui l'assaillaient dès qu'un bruit de pas se faisait entendre. Souvent, trop souvent, il s'éloignait sans que la porte se soit ouverte. Dans ces moments-là, la faim, la soif, la saleté devenaient subitement insoutenables. Mais elle en était venue à redouter tout autant de voir la porte s'ouvrir. Les hommes masqués qui entraient pouvaient lui apporter un peu de réconfort, eau, nourriture, ou de nouvelles raisons de désespérer. Les questions tourbillonnaient dans son esprit enfiévré. Elle respira, essayant de maîtriser sa panique. Parfois, comme aujourd'hui, les pas faisaient long feu. Elle écoutait, tendue, impuissante. À présent, elle savait que la peur, c'est cette incertitude des sens. Ne pas savoir ce qu'on entend, ne rien reconnaître de ce qui vous entoure, craindre la lumière, ne plus distinguer sa propre odeur de celle de sa prison. Une âcre poussière imprégnait tout. Ses longs cheveux bruns dont elle était si fière n'étaient plus qu'une masse informe, feutrée. Se sentir sale n'était qu'un supplice de plus.

Mille fois elle avait exploré à tâtons le réduit étroit où elle était emprisonnée. La grosse chaîne qui lui enserrait les chevilles ne lui permettait pas d'atteindre la porte. Le sol en terre battue, le plafond bas, la mince natte tressée qui lui servait de paillasse, la couverture de laine bariolée dont elle s'enveloppait et la peau aux longs poils noirs qui lui tenait chaud la nuit, la cruche grossière que remplissait de temps à autre un geôlier masqué, tout lui était devenu terriblement familier.

Sa main effleura la paroi à la recherche de la poutre où elle gravait avec ses chaînes les marques qui lui servaient à compter approximativement ses jours de captivité. D'après ses calculs, près de cinq semaines s'étaient déjà écoulées depuis sa capture dans les montagnes.

L'expédition avait pourtant commencé sous les meilleurs auspices. Tout avait été organisé depuis le Népal où elle avait déjà séjourné à plusieurs reprises. Ses contacts retrouvés, tout avait été assez facile.

Angie était arrivée à Katmandou en avion début mars. La meilleure saison. Dawa l'attendait à l'aéroport. Comme tous les étrangers, elle avait dû se résoudre à accepter un guide pour tous ses déplacements. Les droits à verser pour chaque journée passée dans le pays étaient proprement exorbitants. Mais pour la fille de Peter Bronson, richissime producteur de cinéma et pionnier du câble et des multimédias, l'argent n'était pas un problème. Angie avait de qui tenir. Elle-même dirigeait à New York une galerie d'art réputée pour l'originalité de ses choix et de ses partis pris. Angie exposait comme d'autres font des performances ou de la critique d'art : ses expositions thématiques étaient célèbres et elle en revendait souvent le concept à des directeurs de musées. Pour les Bronson, faire de l'argent était un art compatible avec l'art.

Ils étaient parvenus aux confins du Tibet et de la Chine quand, une nuit, Dawa et elle furent tirés de leur sommeil, séparés de leurs porteurs, dépouillés de leurs bagages, ligotés et emmenés sans ménagement vers une destination inconnue.

Certaines zones frontalières étaient interdites. Les punissait-on pour avoir dépassé des bornes invisibles ? Dawa avait l'air si sûr de lui. Tout avait été organisé selon ses directives. En dépit de la réserve que devait observer naturellement une femme dans ces régions du monde, elle avait rapidement noué avec lui des liens d'amitié. C'était un guide passionnant. Officiellement, elle faisait un trekking qui devait lui faire traverser le pays jusqu'aux frontières du Tibet. Officieusement, elle était à la recherche d'une souriante petite statue de Bouddha.

Le sourire de Bouddha la hantait. Tantôt l'image qu'elle portait dans son cœur était de pure compassion et la réconfortait. Tantôt elle la trouvait terriblement ironique. Quand son sens de l'humour reprenait le dessus, elle se disait que dans le dénuement et le désarroi où le sort l'avait jetée se trouvait sans doute le début de la sagesse. Quel meilleur moyen d'accéder à la vérité ? N'était-ce pas là le sens profond de ce qui l'avait attirée si loin de chez elle ? Jamais elle n'aurait eu la force de s'imposer toute seule les privations que lui faisaient subir ses geôliers. La faim, la soif aiguisaient ses sensations, mais perturbaient sa pensée qui voletait sans trouver d'issue. Entre les quatre murs de sa prison, les voies de la méditation lui étaient encore impénétrables.

La porte s'ouvrit avec un claquement de vieux volet. La lumière d'une torche lui brûla les yeux. L'homme aux pieds bottés s'affairait sans mot dire, vérifiant sa chaîne, posant à sa portée du thé et un bol de *tsampa* [1]. Pas d'eau. Angie craqua brusquement et se mit à crier, hors d'elle :

– De l'eau, donnez-moi de l'eau ! J'ai besoin de me laver. Et puis parlez-moi, dites-moi ce que vous me voulez. Pourquoi me torturez-vous ainsi ? Je suis innocente. Où est Dawa, mon guide ? Et qui êtes-vous à la fin ! Je suis citoyenne américaine. Vous ne pouvez pas me garder prisonnière. Mon nom est Angie Bronson. Je viens des États-Unis d'Amérique. Mon nom est Angie Bronson. Vous m'entendez ? Angie.

Mais l'homme évitait soigneusement de croiser son

1. Les termes en italique sont définis dans un glossaire en fin d'ouvrage.

regard et achevait sa tâche, aussi indifférent que si elle avait été une bête entravée. Angie retrouva juste assez de calme pour avaler rapidement, consciencieusement la maigre portion de *tsampa,* quelques gorgées de thé tiède. Les bols repartaient avec lui comme le seau où elle avait dû apprendre, à se soulager devant lui. Il attendait un peu, jamais longtemps. Si elle tardait trop, il la bousculait avant de l'entraver un peu plus serré que d'habitude. Certains soirs, il lui liait les poignets d'un bout de corde qui lui sciait la peau. Angie savait alors que la nuit serait pénible, interrompue à plusieurs reprises par l'intrusion d'hommes en armes qui venaient la voir, braquaient leur torche sur son visage et repartaient sans répondre à ses cris et à ses supplications. Toujours les mêmes :

– Angie Bronson, je m'appelle Angie Bronson et je suis citoyenne américaine. Une simple touriste. Mes papiers sont en règle. Pourquoi me gardez-vous prisonnière ? Je vous en prie, répondez-moi.

En cinq semaines, elle était passée par tous les stades du doute, de la peur, de l'humiliation et de la révolte. Pour ne pas perdre pied, elle se repassait inlassablement le film de leur voyage brutalement interrompu par l'irruption de cette bande armée alors même qu'ils touchaient au but. Qui étaient-ils ? Elle penchait pour l'hypothèse de bandes armées prochinoises qui luttaient contre les Tibétains en exil, soupçonnés de militer pour l'indépendance de leur pays.

Quand elle parlait de Dawa, les invectives et les

coups pleuvaient dru. Pourtant elle s'obstinait à expliquer son rôle dans l'expédition :

– Où est mon ami Dawa ? Il n'a rien fait. Il est avec moi. Il me guide dans mes recherches. Je m'intéresse à votre art et à votre civilisation. Il n'a rien à voir avec les indépendantistes tibétains. Qui êtes-vous ? Que voulez-vous ?

Inlassablement, Angie répétait les mêmes questions, redisait son nom, sa nationalité, clamait son innocence et se heurtait au même silence indifférent qui la glaçait de désespoir.

À bout de forces et de larmes, la voix rauque d'avoir crié dans cette atmosphère sèche et poussiéreuse, Angie se laissait couler une nouvelle fois dans la pénombre, serrant autour d'elle ce qui restait de ses vêtements. Elle s'accrochait au doux coton bleu de sa chemise comme à un dernier lien avec ce qui avait été l'orgueilleuse, la belle, la brillante Angie Bronson.

Le sommeil, miséricordieux, lui renvoyait les images de son enfance en Californie. Le bruit de son ballon rouge sur les dalles mouillées de la piscine, les lignes modernes de leur grande maison blanche se découpant sur le ciel bleu de Pasadena, la douce pénombre de sa chambre ouverte sur le patio, le son du piano dont sa mère jouait à longueur de journée pour tromper son ennui, mais surtout, la voix de son père qui l'appelait :

– Angie, où es-tu ma princesse ?

Cet homme dont tous redoutaient les colères trouvait pour elle des inflexions d'une tendresse infinie. Quand elle nouait ses bras autour de son cou et le couvrait de baisers, il était incapable de lui résister. Il aimait par-dessus tout qu'elle n'en abuse pas. Entre une mère entièrement préoccupée d'elle-même et un père trop souvent absent, Angie aurait pu devenir une horrible enfant gâtée. Heureusement, Babou, sa nounou, veillait. Personnage vaste et autoritaire, elle semblait tout droit sortie d'*Autant en emporte le vent*, avec sa ronde figure noire et son immense tablier blanc soigneusement empesé. Malcolm, le petit frère d'Angie, la craignait comme le feu. Même Lisa qui prétendait mener son monde à la baguette ne s'y frottait pas. Babou avait élevé Peter. Elle était la mémoire de la maison et vivait dans le souvenir de madame Bronson mère. Lisa n'avait de cesse de bouleverser le cadre qui lui rappelait trop bien qu'elle ne serait jamais qu'une pâle copie de la grande Eleanor Bronson. Autoritaire et capricieuse, elle se débattait dans ce qui était rapidement devenu une cage dorée. Le bonheur d'avoir mis la main sur un des hommes les plus en vue de Californie avait été de courte durée. Elle avait subi la maternité comme une corvée obligatoire. Peter désirait des enfants. Les bébés ennuyaient Lisa. Pire, ils avaient altéré l'image parfaite qu'elle avait d'elle-même. Sitôt après leurs naissances très rapprochées, elle s'était lancée dans une course effrénée pour préserver sa beauté blonde et rester dans le vent. Elle courait les show-rooms des jeunes créateurs de mode, les instituts de beauté, les salons de massage et avait désespéré une demi-douzaine de gourous de la minceur et de professeurs de *fitness*. Car Lisa était incapable d'un effort soutenu, même pour rester belle.

Fantasque, elle l'était aussi comme mère. Par moments, elle étouffait ses enfants de baisers et d'attentions avant de s'en désintéresser brusquement et de les renvoyer à la nursery. Angie s'y était habituée, trouvant chez son père et Babou l'équilibre affectif dont elle avait besoin. Mais les foucades maternelles rendaient Malcolm malade de rage et de chagrin. Petit, il pleurait à fendre l'âme, couché sur la moquette devant la porte fermée, jusqu'à ce que le sommeil le terrasse. Plus tard, il copia son comportement sur celui de sa mère et lui rendit caprice pour caprice. À eux deux, ils épuisaient leur entourage. Angie aimait tendrement son petit frère. Elle était la seule qui soit capable de calmer ses crises de colère. Mais il était partagé entre son affection pour elle et une jalousie qui le dévorait et le poussait à lui nuire. Quant à leur père, il le haïssait. À ses yeux, c'était lui le vrai coupable de la folie de Lisa. Une folie qui s'aggrava au fil des ans quand la jeune femme découvrit que l'alcool lui apportait plus sûrement l'oubli que le piano. Une douce anarchie s'installa dans la maison Bronson où Peter faisait des apparitions de plus en plus rares. Seule Babou maintenait un semblant d'ordre, tant bien que mal.

En dépit de leur indéniable ressemblance physique, les deux enfants Bronson étaient à l'opposé l'un de l'autre. Angie, intrépide, casse-cou, d'une franchise redoutable, abordait le monde en coup de vent en secouant impétueusement ses boucles noires. Son petit corps bruni et vigoureux refusait de s'accommoder des robes sages et des dentelles dont sa mère aurait rêvé de la parer. Malcolm se laissait sagement habiller de culottes de velours et de gilets brodés, versant le thé pour les amies de sa mère, ce qui ne l'empêchait pas de faire ses coups en douce. Sous ses boucles sombres, il pouvait avoir l'air d'un ange. Mais, tout petit, il était déjà aussi sournois qu'un démon. Angie en avait fait plus d'une fois l'expérience avant de comprendre qu'il valait mieux se réfugier sous la protection de la redoutable Babou pour jouer avec ses poupées préférées.

– Cette enfant me rendra folle ! disait sa mère, excédée de la voir préférer les délices de la cuisine et de la buanderie aux plaisirs raffinés et aux mondanités de son salon.

Ce décor kitch, blanc et or, qu'elle affectionnait, était un des points de discorde entre Peter Bronson et sa ravissante épouse. Persuadée de l'influence des couleurs sur son teint délicat de blonde, elle avait modifié l'agencement de la maison pour en faire l'écrin doré qui seyait, croyait-elle, à sa beauté fragile. Une profusion de miroirs lui permettait de contrôler en permanence les ravages du temps. Le satin blanc relevé de dorures avait envahi peu à peu toutes les pièces où elle passait ses journées à l'abri des rayons du soleil. Lisa attendait le crépuscule pour se risquer à l'extérieur. En dépit de toutes ces précautions, sa beauté s'était rapidement fanée. Mais le design strict et raffiné de la maison Bronson, créé par le célèbre architecte californien Richard Neutra dans les années 1930 pour la mère de Peter, n'y avait pas résisté.

Peter se sentait coupable d'avoir livré l'œuvre maternelle à ces mains écervelées. D'autant que la vieille dame avait prédit l'échec de leur union au premier coup d'œil. Cultivée, férue d'arts et de lettres, elle avait fait de sa maison l'un des rendez-vous les plus courus des artistes de l'Amérique d'avant guerre. Les sujets de nombreux livres, de nombreux films, avaient été débattus au cours de soirées qui se prolongeaient très avant dans la nuit. Elle n'avait pas son pareil pour organiser des rencontres décisives ou découvrir de nouveaux talents. La carrière de Peter avait commencé là, dans la fréquentation d'un monde cosmopolite de créateurs d'avant-garde. Ses goûts, ses choix, ses audaces, qui surprenaient encore ses contemporains cinquante ans plus tard, lui venaient de sa mère.

Il l'avait dit et répété à Angie : Eleanor aurait adoré sa petite-fille. De Lisa, Angie tenait seulement ses yeux turquoise qui avaient fait chavirer le cœur de Peter Bronson, le célibataire le plus endurci de la côte Ouest, trente-huit ans plus tôt. Sinon, elle était une pure Bronson, comme son père aimait à le faire remarquer avec fierté. Grande, sportive, bien charpentée, c'était une saine et solide fille de Californie, avec sa longue chevelure noire encadrant un visage régulier et ouvert. Il reconnaissait sa mère dans le dessin ferme de son menton et de son nez fin, à l'arête bien droite. Issue d'une vieille famille sudiste, Eleanor avait des ancêtres français. Des nobles ruinés venus au XVIIIe siècle chercher fortune aux Amériques sur les traces de Lafayette. Angie était leur digne héritière à tous points de vue.

Malcolm avait, lui aussi, les traits des Bronson, mais avec le bas du visage fuyant et une mollesse générale qui contrastait avec l'énergie débordante de son aînée.

Angie avait très tôt manifesté un vif intérêt pour les arts. Dans son rêve, elle revoyait le tableau de Miró que son père avait accroché dans sa chambre alors qu'elle était encore un bébé. Son Miró. Lisa avait ricané et s'était moqué de lui. Selon elle, un enfant n'était qu'un petit animal vagissant qui réclamait perpétuellement à manger. Mais Peter avait tenu bon et Angie lui en était reconnaissante. Elle avait grandi avec la sensation réconfortante que ce bleu vibrant percé d'une petite tache jaune était la clef d'un monde qu'elle devait explorer jusqu'au bout. Un monde où plus rien ne comptait que la vérité de soi, pour l'artiste, comme pour la personne qui contemplait son œuvre. Un sentiment qu'elle partageait avec son père, ce qui rendait sa mère folle de jalousie.

Lisa avait reporté toute sa tendresse sur Malcolm. Un être pâle et délicat comme elle les aimait. Mais, contrairement à Peter que son affection pour Angie rendait exigeant, la faible Lisa était incapable de résister aux caprices de son fils. De nouvelles disputes s'ensuivaient avec son époux qui délaissait de plus en plus le domicile conjugal. Vivant dans l'incertitude au sujet de son couple et la terreur de voir son mari demander le divorce, Lisa n'hésitait pas à se servir de ses enfants pour faire pression sur lui quand la situation se tendait.

D'aussi loin qu'elle se souvienne, les souvenirs d'enfance d'Angie étaient dorés, mais pas roses :

– Angie, mon petit soleil, amour de ma vie ! disait son père en la faisant tournoyer haut dans les airs.

Elle riait de bonheur. Enfin, il était revenu. Il lui semblait avoir passé son enfance à l'attendre. Son visage buriné, ses tempes grisonnantes, sa haute silhouette massive lui donnaient toujours la même impression rassurante. Rien ne pouvait ébranler Peter. Rien, si ce n'est la voix agacée qui s'élevait dans le grand salon, interrompant leur jeu :

– Peter, laisse cette petite tranquille. Ne veux-tu pas aussi embrasser ton fils ? demandait Lisa avec aigreur.

– On ne peut pas dire non plus qu'il se précipite à ma rencontre quand j'arrive, grommelait Peter en pénétrant dans la grande salle où résonnait le son de la télévision.

Vautré dans le grand canapé de cuir blanc qui lui servait habituellement de cachette, Malcolm regardait des dessins animés. Son occupation préférée. Pendant que sa mère attendait, tapant légèrement du pied pour manifester son impatience, son père lâchait la main d'Angie et se penchait pour l'embrasser. Boudeur, Malcolm détournait à demi la tête. Sa mère en concluait que son père l'avait blessé et commençait une scène bien sentie sur l'injustice de préférer un enfant à un autre. Peter finissait immanquablement par se fâcher, accusant Lisa de laisser leur fils s'abrutir devant la télévision.

Angie avait appris à faire diversion, quitte à subir les réprimandes de sa mère quand son père serait reparti. Lisa et Malcolm réclamaient une attention exclusive que cet homme perpétuellement surchargé de travail était incapable de leur donner. Pour être heureuse, il suffisait à Angie de le savoir là, non loin d'elle, occupé à suivre les mouvements boursiers au téléphone. De temps à autre, elle l'interrompait pour lui poser une question. Très tôt, elle avait appris qu'on ne dérangeait pas Peter Bronson pour rien. Elle choisissait son moment et tentait de le surprendre par la pertinence de ses interrogations. Petite souris dans la bibliothèque paternelle, elle ouvrait des livres d'art plus gros qu'elle et, après les avoir longuement feuilletés, demandait des explications comme on réclame un conte de fées.

– Daddy, peux-tu me dire quelle est la différence entre un Maya et un Inca ? Et regarde l'homme de ce portrait. Pourquoi s'est-il coupé une oreille ? Ça doit faire très mal.

– De quoi parles-tu ma *baby doll* ? Tu es trop jeune pour ce genre de lectures. Qu'est-ce que tu liras quand tu seras grande ? C'est Van Gogh, l'homme du portrait. Nous avons vu un de ses tableaux au musée, tu te souviens ?

Résigné, il se détournait de son écran et se mettait à raconter. Il faisait semblant de se fâcher, mais il adorait qu'elle soit à la fois un garçon manqué, espiègle et tapageuse, et une enfant grave qu'un livre ou un tableau pouvait fixer de longues minutes dans une méditation muette et passionnée.

Angie avait cinq ans, des petites nattes et un manteau de velours assorti à ses yeux le jour où il l'avait emmenée pour la première fois au Norton Simon Museum, tout près de chez eux. Moins connu que Paul Getty, ce collectionneur avait su réunir une galerie digne du plus beau des musées imaginaires dont un Malraux pouvait rêver. Angie y avait vu son premier Botticelli, une *Madone à l'enfant* délicieuse de tendresse et de sensualité. Plus tard, son père lui fit un cours éblouissant sur la représentation de la maternité dans l'art, lui montrant comment, d'une civilisation à l'autre, l'intimité du couple formé par la mère et l'enfant variait selon les interdits, les sentiments religieux, les tabous plus ou moins marqués, plus ou moins transgressés par l'artiste. À chacune de ses visites, elle restait fascinée devant l'autoportrait de Rembrandt, avant de retrouver comme des amis familiers les tableaux de Boucher, Watteau, Fragonard. Autant de morceaux d'un passé auquel l'art, seul, la rattachait. Son père pour une fois prenait son temps, attentif à lui enseigner avec méthode et clarté tout ce qu'il avait lui-même appris de sa mère :

– Tu as vu, ma chérie ? À présent, regarde, disait-il. Voir et regarder, ce n'est pas la même chose.

Et il lui montrait toute la complexité des œuvres dont elle découvrait à travers ses explications les mille détails. Ses commentaires très vivants se gravaient dans la mémoire de la fillette. Il les enrichissait au fur et à mesure qu'elle grandissait :

– Regarde bien la nuque de cette belle dame peinte par Watteau. Elle dit la féminité, la grâce et la tentation amoureuse mieux que si le peintre avait choisi de nous montrer son visage. Cette nuque, *darling,* c'est un roman d'amour !

Il refaisait pour elle le trajet que sa propre mère lui avait fait parcourir et se désolait que Malcolm refuse catégoriquement de les accompagner. Il aurait voulu donner à ses deux enfants tout ce qu'il y avait de mieux, tout ce qu'il savait le mieux. Seule Angie le suivait partout où il voulait bien la mener. Parfois même, elle anticipait les leçons qu'il voulait lui donner et il assistait, émerveillé, au miracle d'un jeune esprit en train de s'éveiller à la beauté de l'art. Pour rien au monde il n'aurait voulu reconnaître sa préférence pour sa fille qui crevait les yeux de son entourage. Mais il ne pouvait s'empêcher de faire la comparaison. Les années passant, Malcolm se fermait de plus en plus et se rebellait contre toute tentative de rapprochement de la part de son père.

Angie goûtait sans états d'âme leur complicité et les explications qu'il lui donnait. Le musée Norton restait sa promenade favorite. Ingres, Corot, Courbet, Monet lui faisaient traverser le XIXe siècle et franchir les premières lignes de la peinture moderne. C'est là encore qu'elle avait découvert la force de la sculpture. La boucle était bouclée. Pour Angie, à jamais, l'art contemporain commencerait au XVe siècle. Son père lui avait donné le sentiment profond de la continuité de l'histoire de l'art. Là où les historiens ne parlaient que de ruptures, elle voyait une profonde, une bouleversante identité. Quelque chose qui touchait au sacré. Tous les théoriciens de l'art, tous les technocrates de la muséographie qu'elle croiserait plus tard au cours de ses études ne lui enlèveraient jamais l'idée qu'elle avait conçue très tôt devant ces toiles venues de si loin lui parler sous le ciel de la Californie leur langage universel : un tableau, une sculpture, anciens ou contemporains, résultaient toujours du même geste créateur qui animait une matière grossière. Un peu de toile, d'huile de lin et de pigments. Un peu de terre glaise. Rien. Mais de ce rien, la volonté créatrice d'un artiste faisait de l'art. De ce rien, il pouvait tirer une œuvre inestimable cotée à la Bourse des hommes. La seule valeur de l'œuvre d'art était bien ce que la main qui l'avait créée y avait mis d'unique et d'universel.

Un sentiment qui devint une profession de foi quand Peter l'entraîna au Pacific Asia Museum. Une ravissante maison chinoise au milieu d'un jardin exquis où Angie se promit d'aller au bout du monde pour savoir le secret du sourire de Bouddha.

À présent, elle était au bout du monde, plus loin que jamais, sans comprendre pourquoi elle était arrivée là. Elle remontait le fil de ses souvenirs, autant pour ne pas perdre la raison que pour tenter de saisir le sens de son étrange destinée. Le froid glacial de la nuit en altitude la faisait grelotter. Angie remonta sur ses épaules la peau de bête qui lui servait de couverture et gémit quand le mouvement lui fit heurter douloureusement la chaîne contre sa cheville à vif. Elle se sentait misérable.

Dans le néant où ses geôliers la maintenaient, humiliée et enchaînée, une pensée la soutenait, l'obligeant à se battre pour survivre et affirmer qui elle était encore et encore. À l'autre bout de la planète, Peter Bronson remuait ciel et terre pour la retrouver. C'était une conviction absolue. Jamais il n'abandonnerait ses recherches. Cinq semaines, pour elle, au fond de son cachot, autant dire l'éternité. Pour lui, c'était juste le temps nécessaire avant que l'énorme réseau d'informateurs qui faisait la puissance de Bronson Inc. à travers le monde se mette en branle. Savoir qu'il suivait sa trace en ce moment même la soutenait. Le lien qui les unissait était plus fort que jamais. Dans le noir, la souffrance, la solitude, il prenait tout son sens. Peter était là pour elle, aujourd'hui comme chaque jour de sa vie. C'était sa façon à lui d'être son père. Peut-être ce qu'il avait fait de mieux dans sa vie. Rien ni personne ne l'en détournerait. Elle l'avait compris très tôt et cette certitude l'avait rendue indestructible.

Le sommeil la fuyait. Enfant, déjà, elle passait les plus longues heures de la nuit à se promener dans la maison, petit fantôme blanc que Babou retrouvait endormie au matin dans son panier à linge ou sous les buissons du patio. Marcher. La chaîne qui lui sciait la cheville lui ôtait bien plus que la liberté. Pour apprivoiser sa peur, calmer son esprit affolé, Angie se récitait la liste des artistes de sa galerie, leur nom, leur adresse, leur numéro de téléphone, le catalogue de leurs œuvres qu'elle conservait dans sa réserve, les dimensions exactes des tableaux de ses dernières expositions. Sa mémoire lui servait de garde-fou. Se souvenir, c'était exister. S'extraire de cette espèce de tombe oubliée où elle était emmurée vivante. Alors elle ressassait, fouillait dans le passé à la recherche de tout ce qu'elle pouvait se réciter à voix haute. Ses cours d'histoire de l'art, la liste des livres de sa bibliothèque, étagère par étagère, les recettes de son livre de cuisine. Dans sa tête, elle refaisait bloc après bloc le parcours du combattant de tout amateur d'art new-yorkais, entre l'East Village, anciennement Lower East Side, et Tribeca, en faisant un petit crochet *uptown* dont elle énumérait les galeries et les musées. Beaucoup plus efficace que de compter les moutons. D'ailleurs, tout lui était bon pour ne pas sombrer dans la folie noire qui la guettait. Dérouler le fil de ses souvenirs l'apaisait et la ramenait vers son père, vers la liberté, vers elle-même. Angie Bronson.

« Et puis ça me coûte moins cher que le psy de Lisa », s'était-elle dit dans un sursaut d'humour un peu désespéré.

Lisa. À sept ans, elle avait subitement cessé de l'appeler Mummy. Babou s'était interposée, s'indignant de l'audace de la fillette. Mais sa mère avait coupé court. Après tout, si cette enfant voulait l'appeler par son prénom, elle n'y voyait aucun inconvénient. Angie se souvenait du geste inconscient de coquetterie avec lequel Lisa avait souligné cette surprenante déclaration. Bien sûr qu'elle se trouvait trop jeune pour avoir une grande fille de sept ans. Et Angie, qui avait simplement voulu être insolente et provoquer la colère maternelle, en fut pour ses frais. Elle serra les dents et retint la leçon. Sa mère resta Lisa pour elle, tandis que Malcolm roucoulait des « Mummy » d'un bout à l'autre de la maison. Heureusement, son Daddy resterait toujours son Daddy.

Paradoxalement, elle devint plus attentive à son petit frère, exigeant de son père les mêmes faveurs, les mêmes cadeaux pour lui que pour elle. Rejetée par sa mère, elle comprenait mieux la souffrance de Malcolm qui ne parvenait pas à devenir le fils de son père. Quoi qu'il fasse, il le décevait. Aussi se découragea-t-il rapidement de produire le moindre effort. Angie lui sauvait la mise quand elle le pouvait. Leurs relations fraternelles étaient du style explosif avec de rares mais véritables moments de tendresse. Il la haïssait et l'adorait tout à la fois. En grandissant, il prit l'habitude de recourir à elle quand il avait un problème. Il savait qu'elle était son seul recours. En revanche, Angie ne comptait jamais sur lui : s'il pouvait l'enfoncer, il le faisait sans vergogne, ravi de la voir s'enferrer. Alors, pour un court moment, il se sentait fort et malin. Plus malin qu'elle. C'était un être faible et lâche qui, au fond, lui faisait pitié. Elle avait eu la meilleure part : Daddy.

Leurs vies s'étaient tout naturellement partagées entre la Californie que Lisa refusait de quitter et New York où Peter avait installé ses bureaux. Malcolm était resté avec sa mère et Angie avait rejoint son père afin de poursuivre ses études. Après le collège, elle avait décidé de faire carrière dans le domaine des arts :

– Fais ce que tu veux, ma chérie, avait dit Peter. Mais fais-le à fond et fais-le bien.

Elle s'était démenée pour s'inscrire à la CNYU, l'université d'art de New York, the Interactive Communication College dont elle avait été l'une des plus brillantes étudiantes. Elle fréquentait aussi la Cooper Union dans l'East Village, une des meilleures écoles d'art de la ville.

À New York, elle resterait toujours la fille de son père. Au lieu de s'y opposer et de s'en agacer, elle décida de faire avec, en se créant une éthique toute personnelle d'indépendance et d'autonomie, bien décidée à se faire un prénom. Peter Bronson Inc. était en pleine expansion. Tout souriait à Peter qui avait pris avant les autres le tournant du câble et des multimédias. Bien sûr, elle avait rencontré chez lui le gratin de l'âge d'or de l'art new-yorkais. Andy Warhol, Basquiat, Pollock... Artistes, galeristes, directeurs de musées la connaissaient depuis l'âge des nattes et l'avaient fait sauter sur leurs genoux.

Mais Angie refusait de tabler sur les relations paternelles pour débuter sa carrière. Ce qu'elle voulait, c'était ce qu'elle avait toujours voulu : être reconnue pour elle-même. Avec une énergie farouche, elle se lança dans des études longues et ardues pour devenir une vraie professionnelle de l'art. Très vite, elle comprit qu'elle ne serait jamais du côté de ceux qui créent.

Mais elle voulait comprendre, savoir, approcher d'aussi près que possible la vérité de l'art.

Sa vie d'étudiante était riche et bien remplie. Elle travaillait le soir et le week-end dans une librairie pour gagner l'argent du loyer qu'elle partageait avec Faby, sa meilleure amie. Faby, la fidèle. Son alter ego. La sœur qu'elle s'était choisie. Aussi blonde et menue qu'elle-même était brune et solide. Aussi sage et prudente qu'elle était intrépide et joueuse. Faby réfléchissait, elle fonçait. À elles deux, elles faisaient une équipe d'enfer. Depuis le collège, elles partageaient tout, se suivaient, s'épaulaient. Angie ne se faisait aucun souci pour sa galerie : Faby veillait. Elle serait même capable de tenir tête à Daddy s'il le fallait. Quant à Malcolm, elle savait à quoi s'en tenir. Au besoin, elle pourrait faire pression sur lui.

Peu avant le départ d'Angie, Faby avait vécu en direct un épisode dont elle redoutait qu'il parvienne aux oreilles de Peter : Malcolm se droguait. Elles en avaient eu la preuve.

Avec le temps, le petit garçon angélique et paresseux était devenu un adolescent indolent et sournois. Les disputes entre Peter et Lisa à son sujet faisaient partie des pires souvenirs d'Angie. Malcolm, lui, semblait y prendre un plaisir pervers :

– Où a-t-il encore passé la nuit ? Je me fais du souci pour ton fils, commençait Peter, dans un effort désespéré pour reprendre la situation en mains. Arrête de le couver comme ça ! Tu lui cèdes tout et il te mène par le bout du nez. Que va-t-il devenir si ça continue ?

Il n'y à jamais eu de pareil feignant dans la famille. Qu'allons-nous faire de lui ?

– Laisse-le tranquille, il est malheureux. Tout le monde sait que tu n'en as que pour ta fille chérie. Il est traumatisé, ce pauvre gosse et tu sais très bien que c'est de ta faute !

Lisa touchait un point sensible, elle le savait. Peter essayait de se justifier, mais le ton montait :

– Encore cette histoire stupide qui n'amuse plus personne ! Laisse Angie où elle est. Elle travaille, elle, et ne demande rien à personne. Si tu aimais vraiment ton fils, tu serais de mon côté au lieu de le gâter aussi stupidement. Il est temps que tu te reprennes. Nous courons à la catastrophe. Je t'aurai prévenue.

Et il partait en claquant la porte derrière lui. Son ménage était depuis longtemps en morceaux, mais il ne se résolvait pas comme tant d'autres à laisser tomber son mariage avec Lisa comme un vieil accessoire dont on ne veut plus. Aucune autre femme n'avait jamais su le retenir. Son travail était son refuge. Il s'y appliquait avec frénésie. Angie était sa seule joie. Malcolm et Lisa, son calvaire.

À trente ans, toujours aussi indécis, Malcolm était venu s'installer dans le luxueux appartement que Peter avait fait aménager pour sa femme dans le Beresford Building, près de Central Park. Lisa y vivait, enfermée dans son boudoir doré après une énième cure de désintoxication. Le champagne avait remplacé le whisky, mais le nombre de bouteilles ne diminuait guère sur le palier de l'office au petit matin. Bronson Junior était censé s'occuper d'une filiale de Bronson Inc.

Toutefois, il se gardait bien de mettre les pieds au bureau, se contentant de claquer les dividendes que lui versait l'homme de confiance que Peter avait imposé à son fils par contrat :

– Je refuse de confier le sort d'une centaine de salariés à un bon à rien de ton genre, avait-il énoncé, glacial, en faisant signer à Malcolm les papiers de sa nomination symbolique à la tête du conseil d'administration. Tu as le titre, mais pas le pouvoir. Dan est là pour faire tourner la boutique. Sa présence te garantit deux choses : un, tu ne perdras pas ta chemise avant la fin de ta première année d'activité, deux, tu conserveras jusqu'à ta mort des dividendes confortables qui te permettront de vivre sans travailler. C'est tout ce que je peux faire pour toi. N'espère rien d'autre.

Malcolm avait ricané, le regard mauvais. Il n'avait envie de rien, juste de se laisser vivre, au grand désespoir de son père. Il passait ses nuits à traîner dans les boîtes de nuit avec une bande de copains et dormait toute la journée.

Angie aimait profondément son frère en dépit de son comportement de plus en plus bizarre. Elle se faisait du souci pour lui. Une ou deux fois par mois, ils se retrouvaient chez Lisa pour dîner dans la grande cuisine blanche qui ressemblait à un laboratoire qu'un savant fou aurait exclusivement doté d'accessoires dorés. Des robinets à la vaisselle en vermeil, tout étincelait :

– Lisa, s'était exclamée Angie la première fois qu'elle y était entrée, ta cuisine me fait mal aux yeux.

La prochaine fois, préviens-moi, je mettrai des lunettes de soleil.

Elle aurait donné n'importe quoi aujourd'hui pour s'attabler, insouciante et affairée, comme elle l'avait fait deux mois plus tôt devant le grand comptoir où Malcolm avait mis le couvert pour un dîner japonais :

– Salut sœurette, j'ai commandé des sushis il y a dix minutes ! avait-il lancé à la volée depuis la salle de bains en entendant la porte d'entrée claquer.

Angie s'était débarrassée de son manteau et de ses bottes fourrées qui la faisaient ressembler à une Esquimaude. Le mois de février pouvait être polaire à New York. Empilant ses affaires en vrac sur le canapé doré qui meublait l'entrée, elle avait traversé le corridor pour gagner directement l'office. Un vieux réflexe lui faisait automatiquement éviter le salon maternel. Animée, elle bavardait tout haut, attendant que Malcolm réapparaisse. Lisa restait invisible. Angie ne savait jamais si elle était là ou non.

– Impossible de trouver un taxi avec cette neige. J'ai bien failli annuler notre dîner. Je me demande si ton livreur passera. Tout est verglacé. En plus il neige. Un vrai blizzard. J'ai l'impression que je ne me réchaufferai jamais.

Elle fit irruption dans la salle de bains à la recherche d'une serviette chaude. Malcolm sursauta et la dévisagea dans la grande glace. Il avait sa mine des mauvais jours :

– Ma pauvre vieille, tu ne t'arranges pas en vieillissant. Tu seras bientôt aussi rouge et couperosée que notre père.

Angie secoua ses boucles et préféra en rire. Une fêlure dans le ton de la voix de Malcolm lui disait qu'il attaquait pour mieux se cacher. Vieille tactique éculée :

– Cher petit frère, ton amabilité et ta galanterie n'ont décidément pas de bornes. Ceci dit, tu n'as pas l'air au mieux de ta forme toi non plus. Tu es pâle à faire peur. On dirait que tu as dansé toute la nuit au bal des vampires ! Tu n'es pas malade au moins ?

Quand elle parlait à Malcolm, l'ironie le disputait toujours à l'indulgence et l'inquiétude n'était jamais loin. Son petit frère était un être complexe capable de se fourrer par paresse dans les pires situations. Malcolm avait horreur de sentir qu'elle le perçait à jour plus vite que n'importe qui. Sa brusquerie le trahissait toujours quand il avait mauvaise conscience. Angie décida qu'il valait mieux continuer à plaisanter.

– Quelle amabilité, quelle galanterie exquises ! Tu deviens irrésistible, mon chéri. Dire qu'il y a une malheureuse en ce bas monde qui risque de tomber amoureuse de toi. Je me demande bien comment elle supportera ton sale caractère. Moi, j'y arrive parce que tu restes mon petit frère. Ne t'y fie pas. Je suis une exception !

Tout en parlant, elle lui faisait des courbettes à la manière du grand chambellan de *Dark Cristal,* sans cesser de se sécher vigoureusement les cheveux avec une serviette chaude. Malcolm rendit les armes et eut un pâle sourire. L'inquiétude d'Angie augmenta. Il semblait vouloir faire diversion à tout prix. Il s'activa subitement pour lui préparer un thé vert qu'il faisait venir tout spécialement du Japon.

– Tiens, madame l'intello. Il paraît que c'est excellent pour entretenir les neurones.

– J'aimerais qu'on passe une soirée tranquille. J'ai une tonne de choses à te raconter. Alors, s'il te plaît, ne commence pas avec tes plaisanteries douteuses ! rétorqua-t-elle, souriante, en lui lançant la serviette à la tête.

L'interphone interrompit tout net la bataille. Angie poussa un rugissement :

– Vite, je meurs de faim !

– Quelle impatience ! Voilà, madame est servie. Soupe aux algues, toros, ikuras, akagaï, shaké, ebï... énuméra-t-il en alignant les paquets joliment enrubannés.

Angie regardait Malcolm chipoter ses sushis du bout de ses baguettes. Il écoutait sans l'entendre le récit de sa sœur qui lui racontait ses projets de voyage au Tibet.

Le téléphone sonna. Malcolm bondit :

– Laisse, c'est pour moi, dit-il en se précipitant vers le salon pour prendre la communication.

– Mais enfin, pourquoi cours-tu comme ça ? dit-elle en lui tendant le portable. Qu'est-ce que c'est que ces cachotteries !

Intriguée, elle tendit l'oreille pour saisir des bribes de conversation. Malcolm s'énervait :

– Oui, ce soir ! Tu te débrouilles. Il m'en faut. Tu sais bien que ce n'est pas une question d'argent.

Rendez-vous à l'endroit habituel à vingt-trois heures. Ciao.

Quand Malcolm revint à la cuisine, Angie fit semblant de s'étrangler avec un grain de riz.

– Ça va, petit frère ? Pas de problèmes ? Tu as l'air tendu comme une peau de tambour. C'est une fille qui te fait des misères ?

– Sois gentille, fous-moi la paix. Je suis déjà assez énervé comme ça. C'est pas le moment de me prendre la tête. Vous les nanas, vous êtes bien toutes les mêmes. Vous croyez toujours que le monde entier tourne autour de vous. Mes histoires ne te concernent pas. Tu ne vas pas devenir comme Peter et me harceler de questions ! Occupe-toi de ta chère galerie et oublie-moi, si tu veux qu'on reste copains tous les deux.

À trente ans passés, Malcolm avait encore des manières d'adolescent en révolte contre sa famille. Mais cette fois, Angie y décelait une panique, une agitation, une agressivité inhabituelles. Il buvait bière sur bière et ne tenait pas en place.

– Tu veux bien te calmer cinq minutes et arrêter de gesticuler. Viens ici et assieds-toi, qu'on finisse de dîner tranquille, ordonna Angie avec un calme olympien.

Il lui obéit, comme toujours. Mais à présent, c'était le tour d'Angie d'avoir l'appétit coupé. Quelque chose de terrible arrivait à son frère. Elle le sentait malade, faible, apeuré par la vie, dépendant des autres comme jamais.

– Termine toute seule. J'ai mal au crâne. Je vais

m'allonger. Ne m'attends pas, je dois sortir tout à l'heure, dit-il en quittant la pièce brusquement.

Il avait l'air vraiment malade et Angie avait une petite idée de ce dont il souffrait. Elle avait côtoyé suffisamment de drogués, mondains ou autres, pour reconnaître le manque. Malcolm se droguait et il avait rendez-vous avec son revendeur ce soir même.

Angie patienta un petit moment en finissant son thé. À la voir, élégante et sophistiquée sur son tabouret chromé, personne n'aurait pu deviner à quel point elle était soucieuse.

Elle se leva pour vérifier que personne ne pouvait l'entendre. Dans cette maison, les murs avaient parfois des oreilles. Lisa adorait surprendre les conversations de son entourage. Mais Angie connaissait toutes ses manies. Elle vérifia rapidement que Lisa était bien sortie ce soir-là et décrocha le téléphone. La seule personne avec qui elle puisse partager ce secret, comme elle partageait tout depuis l'adolescence, était Faby.

– Angie ? Que puis-je faire pour toi ?

Avec Faby, pas besoin de faire des phrases. Elle était là, tout simplement. Une amie.

– Il se passe quelque chose de bizarre avec Malcolm. Est-ce que je peux passer te prendre ? Couvre-toi, il fait un froid de canard.

Un petit mot affectueux sur la console de l'entrée prévint Malcolm du départ d'Angie. Une heure plus tard, Faby à ses côtés, elle garait la vieille Plymouth de son amie, moins voyante que la sienne, devant la sortie du garage de Lisa, à demi convaincue seulement de l'utilité de l'expédition :

– Es-tu certaine qu'il va sortir ? Nous avons l'air malignes à poireauter ici comme dans un mauvais polar. Tu lis trop de romans, ma chérie. Sans compter qu'il fait un temps à ne pas mettre un détective dehors ! grogna-t-elle en resserrant son manteau autour d'elle.

La porte du garage s'ouvrit lentement, la stoppant net :

– Le voilà, baisse la tête ! Il ne faut pas qu'il nous voie, dit Angie en faisant démarrer le moteur. Je veux en avoir le cœur net. Ne nous faisons pas repérer.

Mais Malcolm était bien trop pressé pour s'inquiéter d'être suivi. Pestant contre la terre entière, Faby avait laissé le volant à son amie qui roulait prudemment sans perdre de vue le bolide noir de son frère qui se dirigeait de toute évidence vers Times Square. La profusion des néons et des écrans géants à cristaux liquides, couverts de pubs japonaises, qui éclairaient la rue, était faussement rassurante. Le quartier était chaud le soir. Après avoir été longtemps un des lieux où battait le pouls de New York, Times Square avait pris une mauvaise réputation. Tous les laissés-pour-compte s'y donnaient rendez-vous. Malcolm dépassait à présent la frontière de la 8e Avenue, sur la 42e Rue, peu recommandée pour deux filles seules le soir et interdite passé minuit à quiconque tenait à la vie. Il se dirigeait de toute évidence vers Port Authority Bus Terminal où un homme en manque pouvait se procurer ce dont il avait besoin pour finir la nuit.

– Je commence à comprendre ce que devait ressentir Cendrillon en entendant minuit sonner. Si ça continue, on va se faire changer en citrouilles, dit Faby à voix basse, tentant de plaisanter. Mais elle n'en menait pas large.

Heureusement, Malcolm avait stoppé sa voiture. Il baissa la vitre et la transaction, rapide et discrète, s'engagea avec un grand type au physique de basketteur. Un paquet de billets contre un paquet de poudre blanche, un signe de la main et c'était fini. Quelques minutes plus tard, il redémarrait en trombe, au grand soulagement des deux filles qui s'étaient contentées de ralentir. Il les dépassa sur les chapeaux de roue. Angie embraya tranquillement :

– Je sais où il va, dit-elle brièvement.

Son frère était connu dans tous les grands hôtels de New York. Il adorait vivre en touriste dans les chambres d'hôtel, ne rentrant chez sa mère que pour réclamer de l'argent qu'elle finissait toujours par lui donner. Dans le Theater District, son hôtel favori avait longtemps été l'Algonquin. Mais depuis l'ouverture du Paramount Hotel, il y passait presque tous les soirs et finissait parfois la nuit dans une des chambres luxueuses où d'immenses reproductions des tableaux de Vermeer tenaient lieu de tête de lit ! Le mur de marbre gris parsemé de vraies roses rouges de la façade de cet énorme hôtel en forme de paquebot l'avait séduit d'emblée :

– Regarde, c'est exactement ce que je voudrais pour ma tombe quand je serai mort, avait-il murmuré, ravi, à sa sœur, le soir de l'inauguration.

Sa fascination pour la mort ne datait pas d'hier. Enfant, il restait des heures à regarder mourir un scarabée retourné sur le dos. À six ans, il avait commencé à se dessiner des tombes plus farfelues les unes que les autres. Savoir où et comment il serait enterré était une de ses préoccupations principales. Jusque-là, Angie ne s'en était jamais inquiétée. Mais de toute évidence, il était passé à l'étape suivante et se donnait la mort à petit feu avec cette saleté de drogue.

Angie ne décolérait pas. Le concierge du Paramount lui confirma qu'il avait bien une chambre au nom de Malcom Bronson :

– Avez-vous le mot de passe ? demanda-t-il à Angie.

Il lui expliqua gentiment qu'il ne pouvait pas la laisser monter sans mot de passe. La jeune femme haussa les épaules. Il n'était pas question d'affronter son frère dans l'état où il devait être à présent. Elle se contenta de laisser au concierge un gros pourboire et les coordonnées de la galerie en le priant de l'avertir s'il arrivait quelque chose de fâcheux à son frère.

Angie s'agitait sur sa paillasse. Ses souvenirs ne lui apportaient pas le repos, loin de là. L'aube approchait. Il faudrait attendre midi pour qu'un mince rai de lumière où dansait la poussière passe entre les poutres disjointes du toit. Il était son rayon de soleil personnel. Elle y tenait beaucoup. Quand le temps était trop gris pour qu'il perce les nuages, il lui manquait comme un ami attendu qui vous pose un lapin.

Le grincement d'une porte, des bruits de voix qui se rapprochaient tirèrent la prisonnière de son cauchemar. Malheureusement, la réalité était tout aussi dantesque. Elle épiait les pas, les cliquetis d'armes, cherchant à deviner si on venait pour elle. Son cœur battait la chamade :

« Heureusement que je ne suis pas cardiaque, se dit-elle en respirant profondément pour tenter de calmer le rythme endiablé de ses pulsations. »

Elle eut un petit rire. L'ironie était une très bonne technique pour faire remonter son moral en flèche. Sans cesse, elle se sermonnait, s'encourageait, apostrophait ses geôliers. Monologuer à voix haute pour tuer le silence et ne pas perdre une once de sa lucidité lui donnait l'air d'une folle, mais elle s'en moquait. Son esprit refusait de se laisser enchaîner :

« Si je meurs, ce ne sera certainement pas d'un arrêt du cœur. Messieurs, il vous faudra trouver un autre moyen de me faire quitter cette planète. »

Comme chaque matin, l'homme aux bottes, massif et grossier, allait venir détacher ses mains. Il ne dirait pas un mot, verserait un peu de thé au beurre de yack dans la coupelle de terre cuite posée à même le sol. À peine de quoi se désaltérer. Rien pour se laver. Angie soupira. De ses mains encore liées, elle palpa son corps meurtri par l'inactivité et l'inconfort de la position qu'elle prenait la nuit :

– Ma pauvre fille, tu es dans un état lamentable ! Si ça continue, tu n'auras plus que la peau sur les os. En outre, tu aurais bien besoin d'un bon bain.

Si elle s'apitoyait sur elle-même, elle était sur la mauvaise pente. Elle se reprit :

– Tu dis vraiment n'importe quoi. Au lieu de te lamenter sottement, tu ferais mieux de trouver un bon moyen pour sortir de ce trou à rats. Réfléchis ! Peter t'a toujours appris que chaque problème a sa solution. Cela dit, j'aimerais bien l'y voir, Peter ! Il n'avait sans doute pas prévu que les problèmes puissent atteindre de telles extrémités.

Le bruit d'une clef dans la serrure l'interrompit. Angie cligna des yeux, éblouie par la lumière d'une torche électrique. L'homme qui entra dans la cellule était différent des autres. Sa silhouette plus haute, plus mince, ses gestes plus doux. Le battant s'était ouvert sans claquer contre le montant de bois. La torche n'était pas braquée sur son visage, mais éclairait le plafond bas. C'était surtout la première fois qu'elle voyait un de ses geôliers sans sa cagoule. Etait-ce bon ou mauvais signe ? En tout cas, quelque chose avait changé. Dans sa vie réduite à s'accrocher au moindre fait, c'était un véritable événement.

Angie s'essuya les yeux pour mieux le voir. Mince et grand, il devait se courber pour aller et venir dans l'étroite cellule. Il s'approcha d'elle et tâta la blessure de sa cheville avec de longs doigts fins. Elle gémit. La douleur était insupportable :

– Monsieur, s'il vous plaît, j'ai mal. Je ne peux plus supporter cette chaîne. C'est une vraie torture. Regardez ma cheville, elle saigne. Pourquoi me gardez-vous enchaînée ? Je ne peux pas m'échapper.

Je ne saurais même pas où aller. Je ne sais pas qui vous êtes, je ne sais pas où nous sommes, je ne comprends pas ce que vous me voulez. Parlez-moi, je vous en supplie. Dites-moi ce qui va m'arriver. Mon nom est Angie Bronson. Je suis citoyenne américaine.

Pour une fois, elle ne perdait pas son calme, étudiant intensément pendant qu'elle parlait la physionomie de l'inconnu. Ces yeux à peine bridés, ce teint clair, cette bouche charnue ne correspondaient pas au profil typique du Chinois. Angie tentait de se remémorer ce qu'elle avait étudié des caractéristiques qui différenciaient les peuples asiatiques. L'homme entreprit de défaire méthodiquement les liens de ses mains et les chaînes de ses chevilles. Une excitation la gagnait :

« Cet homme est métissé, j'en suis certaine ! Il doit se passer quelque chose pour qu'il agisse ainsi. Si seulement je pouvais voir Dawa, communiquer avec lui, comprendre quelque chose à ce qui nous arrive. »

Mais elle n'osait plus prononcer le nom de son ami tibétain. Chaque fois qu'elle l'avait fait, une grêle de coups et de nouvelles vexations s'étaient déchaînées sur elle.

Attentive, immobile, elle le regardait s'activer, manipuler un énorme trousseau de clefs, un canif, la libérer de ses entraves. Il lui donna un bol de *tsampa,* une tasse de thé fumante et disparut dans le couloir pendant qu'elle se forçait à s'alimenter. Ses poignets et ses chevilles la brûlaient. Elle n'avait pas encore osé se lever, peu certaine de tenir sur ses jambes. Depuis cinq semaines qu'elle était enchaînée à ce mur comme une vache à l'étable, ses muscles avaient fondu en même temps que son espérance. Elle préférait manger, rassembler ses forces et son courage avant d'affronter l'épreuve de son inévitable faiblesse.

L'homme revint, porteur d'une grande jarre d'eau et d'un tas de chiffons propres, soigneusement pliés. Il n'eut pas besoin de lui faire un dessin. Des larmes de gratitude montèrent aux yeux d'Angie.

– Merci, merci, balbutia-t-elle, au comble de la reconnaissance.

– Moi, Pasang, chuchota-t-il brièvement avec un geste bref pour lui faire comprendre qu'elle ne devait pas parler.

C'était décidément un jour faste. Sans chercher plus loin, Angie se prépara à goûter ces nouvelles voluptés.

L'homme avait refermé la porte sans dire un mot de plus. Mais la sensibilité d'Angie, exacerbée par les privations, avait lu de la compassion dans ses gestes et une vague honte dans sa posture. Avait-elle trouvé un allié dans cet enfer ?

De l'eau pour se laver, des vêtements pour se changer, la liberté de se mouvoir : toutes choses simples qui étaient devenues terriblement compliquées depuis quelques semaines. Dans le silence et le dénuement de sa prison, elle avait eu le temps de réaliser à quel point tout ce qui lui paraissait banal, évident dans sa vie antérieure était en réalité sans prix, vital.

Tout ce qu'elle faisait à New York sans y penser relevait à présent de l'exploit pur et simple. L'épreuve donnait un ordre différent aux valeurs qui avaient jusque-là régi sa vie. Même la beauté lui semblait d'une insupportable vanité du fond de son marasme. La vie raffinée où elle évoluait avec tant d'aisance prenait les couleurs d'un rêve presque inaccessible. Elle comprenait soudain ce que devaient éprouver les malheureux qu'elle croisait, dormant sous leurs cartons à même les trottoirs glacés de sa ville. Depuis cinq semaines, elle vivait comme eux dans les marges d'un monde où tout existait pour rendre la vie douce et confortable sans qu'elle ait le moyen d'y accéder à nouveau.

« Au moins, les hommes des cavernes ne savaient pas ce qu'ils rataient ! » s'était-elle dit un matin plus glauque que les autres où un vilain cauchemar l'avait laissée trempée d'une sueur âcre qui l'incommodait.

Au fond de la poche de son jean raide de crasse, elle retrouva, roulé en boule, le grand mouchoir blanc en fil, marqué aux initiales paternelles, avec lequel elle s'endormait depuis sa petite enfance. C'était l'un de ses secrets les mieux gardés. Soigneusement, elle versa un peu d'eau de la jarre dans la coupelle qui lui servait de tasse et y lava son mouchoir. Peu à peu, avec des gestes économes et précis, elle s'en servit pour s'offrir une toilette minutieuse. Chantonnant de plaisir, elle humecta son cou, ses aisselles, fouillant tous les coins et les recoins de son corps aux muscles bien dessinés.

« Champions, les Chinois, pour le régime minceur ! Je devrais en parler à Lisa », s'exclama-t-elle pour faire diversion.

Car l'émotion la gagnait à constater les ravages des privations et les blessures sur son corps dénudé.

« Je suis vraiment squelettique ! poursuivit-elle. Pour une fois, j'aurais mieux fait d'écouter les conseils maternels. »

Jalouse de la voir traverser réceptions familiales, dîners, déjeuners, cocktails, sans jamais prendre un gramme, sa mère la harcelait de conseils pas tout à fait désintéressés :

– Mange, tu es maigre comme un clou. Les hommes préfèrent les rondeurs sur un corps de femme.

Quelques kilos supplémentaires n'auraient pas été de trop. La chaleur du jour, le froid de la nuit, la douleur des chaînes, la tension, le stress, la *tsampa* et le thé salé pour toute nourriture, avaient eu raison d'elle. En revanche, à présent qu'elle était libérée de ses liens, elle se sentait légère, purifiée, tous les sens en alerte et l'esprit d'une vélocité accrue.

La fraîcheur de l'eau glacée évoquait un torrent de montagne. Avec un soupir de bien-être qui en disait long, elle fit glisser ses vêtements pour se laver entièrement, puis gaspilla joyeusement deux pleines coupes pour s'asperger dans une douche improvisée. Une autre coupe disciplina ses boucles emmêlées qu'elle tordit et retint avec un morceau de tissu. Enfin, elle se sécha avec une des étoffes avant de la découper en fines bandelettes pour soigner ses blessures. Elle se banda chevilles et poignets, prévoyant que la mansuétude de son nouveau gardien ne signifiait pas que l'ancien ne réapparaîtrait pas, et avec lui chaînes et cordes.

« Goûtons le moment présent. Me voici devenue une

véritable épicurienne ! Prête à me contenter du moment présent sans présager de l'avenir, approuva-t-elle tout haut. Avec le temps, je deviendrai peut-être stoïcienne, capable de tout endurer sans broncher. »

Pour se laver, elle s'était redressée, autant que le lui permettaient la faible hauteur du plafond et la raideur de ses membres tétanisés. Souffrir dans sa chair était une expérience nouvelle à laquelle rien ne l'avait préparée. On peut savoir ce qu'est l'endurance, la résistance à la fatigue, au stress, sans rien connaître de la douleur lancinante d'un corps maltraité pendant plusieurs semaines. Patiemment, elle entreprit de se masser, de se détendre, muscle après muscle, profitant du répit qui lui était offert. Quelque chose lui disait qu'il ne durerait peut-être pas. Une prudence vieille comme le monde montait en elle. Une certitude que rien, plus jamais, ne serait acquis. Quoi qu'il arrive à présent, Angie ne serait plus jamais la même. Elle avait traversé le cercle de la douleur et se préparait avec toute la sérénité dont elle était capable à la suite de l'histoire. Rien n'indiquait qu'elle serait moins rude.

Fouillant dans le paquet d'étoffes que lui avait remis le garde, elle entreprit d'évaluer son contenu. Il lui fallait impérativement renouveler sa garde-robe. Les Tibétains étaient de merveilleux tisserands. Dans les bagages qui lui avaient été confisqués, se trouvaient des soieries aux motifs géométriques, des riches broderies et des tissus rayés aux joyeuses couleurs. Au cours de son voyage, elle avait plus d'une fois admiré leur travail. Dawa lui avait expliqué que chaque vallée himalayenne a son artisanat dont les secrets sont jalousement gardés. La qualité du tissu et la forme du vêtement signent le statut social d'un individu.

Dans le ballot de tissus elle choisit un pantalon et une chemise par-dessus laquelle elle drapa une épaisse cotonnade. Le pantalon était bleu indigo, la chemise orange et la cotonnade d'un rouge profond. Dans le mince rai de lumière qui traversait le toit à présent que le soleil était haut, elle fit chatoyer les couleurs comme un feu d'artifice intime, avant de les revêtir. Puis elle entreprit de laver son linge et sa blouse dans le peu d'eau qui restait dans la jarre. Ces gestes simples la ramenaient à la vie plus sûrement que les souvenirs.

Enfin, elle secoua sa paillasse et essaya de donner à sa maigre couche un peu plus de confort.

« Comme on fait son lit, on se couche », disait toujours Babou, citant la grand-mère Eleanor qu'elle n'avait pas connue autrement que comme une légende vivante inlassablement racontée par sa bonne nounou. »

Pauvre Babou. Elle devait pleurer sa Greenette et entreposer des tonnes de cookies dans ses fameuses boîtes en fer en attendant le retour de l'enfant prodigue. Greenette. C'est le surnom qu'elle lui donnait en dépit de l'interdiction formelle de Lisa que ces marques de tendresse exaspéraient. Pauvre Lisa, finirait-elle jamais de courir après ses vingt ans envolés et ses illusions perdues ? Son fils ne l'aidait guère et elle était juste assez lucide pour s'apercevoir qu'il s'enfonçait à sa suite dans l'oisiveté et une sorte d'hystérie que la drogue allait pousser à son paroxysme. Pauvre

Faby, qui se retrouvait seule avec la charge écrasante de la galerie. Mais on pouvait toujours compter sur Faby. Elle assurerait et ferait face aux ennuis et aux inévitables ragots que sa disparition allait entraîner. Heureusement, elle pourrait s'appuyer sur Peter si besoin était. Pauvre Peter. Comme il devait se faire du souci pour sa fille chérie. Comme il devait se démener pour retrouver sa trace envers et contre tous.

– Pauvre de moi ! ajouta-t-elle tout haut. Et puis zut ! Après tout, on ne meurt qu'une fois.

Secouant ses idées noires, elle prit entre ses doigts de petites bouchées de *tsampa*. Elle devait s'alimenter. Ce qu'elle fit, méthodiquement, tout en marchant de long en large pour assouplir ses jambes et y rétablir tout à fait la circulation que la chaîne avait engourdie. Pour finir, elle profita de sa liberté toute neuve pour s'amuser à prendre les nouvelles mesures de sa cellule. Debout, elle lui paraissait encore plus réduite que lorsqu'elle était allongée. Mais elle en eut vite fait le tour et la déprime la reprit.

D'un mouvement brusque, elle redressa la tête, secouant sa lourde chevelure d'un mouvement familier qui faisait dire à son père qu'elle ressemblait à un cheval sauvage. Elle refusait de se laisser aller aux larmes. Pas aujourd'hui.

– Attention, ne te laisse pas aller, ma petite ! affirma-t-elle fermement. Change de sujet, sinon tu vas craquer. Tu sais très bien que tout le monde s'inquiète et te recherche. Ils connaissaient tous ta destination. Tu es au bout du monde ici. Il faut leur laisser le temps d'arriver jusqu'à toi. Patience !

Elle lissa son mouchoir blanc sur ses flancs pour le faire sécher. Les initiales P et B entrelacées la rassuraient comme un signal. Son père était proche d'elle par la pensée. Il la cherchait. Il la trouverait. Sa respiration était calme et détendue pour la première fois depuis sa capture. L'eau pure, limpide et fraîche l'avait nettoyée en douceur de toutes ses douleurs physiques et morales.

Pour passer le temps, elle joua avec la terre rouge sur laquelle l'eau avait coulé. Elle y posa sa main à plat et s'amusa à faire une frise d'empreintes à la manière des hommes de la préhistoire dont la trace légère avait traversé les millénaires. Sa visite à Pech'Merle, dans le Quercy, avait été un des temps forts de son voyage d'études en Europe.

Son esprit vagabondait sans se fixer. Elle se lava la main et fit couler le peu d'eau qui restait sur la terre rouge. Du bout des doigts, elle esquissa le visage de Bouddha, lui donnant le geste apaisant du premier prêche. Angie aimait la sérénité qui émanait de cette posture dans la pierre. Celle de l'humble statuette qu'elle était venue voir de si loin. Une statue de grès du Vᵉ siècle douée d'un sourire dont la paix, l'humour et la compassion l'avaient bouleversée. Elle l'avait remarquée sur une bande vidéo qu'un jeune artiste était venu lui présenter à la galerie quelques mois plus tôt. Autour de ce sourire, elle avait bâti toute une exposition : le sourire dans l'art.

– Voilà, dit-elle en terminant son croquis. Tu es à peu près ressemblant. Voyons à présent où nous sommes rendus. Quand nous avons été pris, nous étions partis de Katmandou en direction de la frontière tibétaine.

Au-dessous du visage de Bouddha, elle dessinait d'une main sûre la carte des sentiers qu'ils avaient empruntés, essayant de repérer dans quelle direction elle avait été emmenée en captivité. Dawa avait préféré choisir la route des sentiers pour arriver plus vite. Elle était pressée. Le temps lui était compté. D'ailleurs, elle comptait toujours son temps. La belle affaire. Elle était bien avancée maintenant. Si seulement elle n'avait pas demandé à son ami de changer d'itinéraire, rien ne serait arrivé. La culpabilité la dévorait. Ils avaient été capturés par sa faute. Au début de leur périple, il avait vu la photo du Bouddha, et il avait pris Angie pour ce qu'elle était aussi : une riche touriste américaine qui avait les moyens de dépenser une somme folle chaque jour pour satisfaire sa curiosité et son goût du voyage et de l'exotisme. Mais peu à peu, ils étaient devenus amis. Dawa avait compris avec toute sa finesse que sa quête avait un sens plus profond.

Comme elle le lui avait avoué, son expédition au Tibet avait un double objectif : retrouver la statue et demander l'autorisation de l'emprunter pour l'exposer et en faire le cœur de son exposition. Il lui semblait que le monde entier avait besoin de connaître ce sourire-là.

Aussitôt, Dawa s'était mobilisé pour l'aider à retrouver le Bouddha qui lui avait fait faire un si long chemin. Il avait même parlé d'initiation, d'itinéraire initiatique.

– Le chemin monte et descend avant d'arriver à la vérité, avait-il énoncé gravement.

Dawa était comme Babou. Il avait des proverbes tibétains pour tous les usages et tous les moments de la vie.

Sur ses talons, elle avait emprunté de petits chemins escarpés, traversé deux cours d'eau où les mules peinaient. Dawa traçait sa route tout en restant très vague sur le nom des hameaux où ils se ravitaillaient, sur la destination des nomades qu'ils croisaient. D'après lui, ils n'étaient qu'à deux ou trois jours de marche de leur but. C'est alors que cette purée de pois s'était abattue sur le paysage, les obligeant à stopper leur progression. Bouddha faisait de la résistance. Le moment de l'épreuve était sans doute arrivé car c'est cette nuit-là que la bande armée leur tomba dessus sans sommations.

À présent, elle avait touché le fond. Peut-être le moment était-il venu d'entamer la remontée vers la lumière ? Elle se trompait du tout au tout, comme elle le constata amèrement quelques minutes plus tard. Des éclats de voix retentirent à l'extérieur. On se disputait, là-bas. Vite, elle effaça les dessins tracés sur le sol avant de se précipiter sur sa paillasse. Le bruit de la clef qui fourrageait brutalement dans la serrure ne présageait rien de bon. Deux hommes masqués firent irruption dans l'étroit réduit qu'ils emplirent de bruit et de fureur. Angie remarqua tout de suite qu'ils parlaient un dialecte différent. Le premier donnait des coups de pieds furieux dans tout ce qui se trouvait par terre. La jarre vola en éclats. Le second empoigna

Angie par le bras et la secoua sans ménagement. Les autres se tenaient à distance respectueuse et baissaient la tête. Elle tenta de s'interposer, de plaider sa cause :

– Restons calmes ! Vous n'avez aucune raison pour me traiter de cette façon. Je suis Américaine. Mon nom est Angie Bronson. Est-ce que quelqu'un parle anglais ? Il faudrait prévenir mon consulat. Je suis certaine que tout le monde me cherche. Y a-t-il quelqu'un parmi vous qui me comprenne ?

Autant parler aux murs. Ils continuaient à vociférer les uns contre les autres. Soudain, le plus massif des deux s'arrêta de parler et se baissa vers le sol. Angie se mordit les lèvres. Il venait de repérer les lignes du plan qu'elle avait imprudemment tracé et surtout, mal effacé. Il s'accroupit devant elle, la regarda fixement, redevint un soldat et donna des ordres brefs. Angie comprit qu'on allait la sortir de sa cellule pour un interrogatoire.

– Dessins, essaya-t-elle de dire d'une voix de petite fille, avec un pauvre sourire.

Comme une vague, ils la soulevèrent et la remirent sur ses pieds. Trébuchant, gémissant de douleur à cause de ses chevilles meurtries, Angie fut entraînée le long du couloir étroit qui débouchait sur une pièce enfumée, dans le même état de délabrement que tout le reste. À peine eut-elle le temps de voir une marmite sur le feu, des jarres ébréchées, un matelas crasseux, une pile de livres qui avaient beaucoup voyagé. Les hommes qui l'entouraient étaient tous armés et équipés comme une caricature de guerilleros dans un film mexicain. Mais elle n'était pas au Mexique et ce n'était pas du cinéma.

Quatre d'entre eux étaient armés de vieux fusils. Celui qui semblait les commander avait une mitraillette. Ses hommes avaient des revolvers passés dans la ceinture. Tous portaient le sabre au côté.

L'homme qui lui tenait le bras la poussa au milieu de la pièce et l'obligea à s'asseoir sur la caisse en bois qui servait de table. Il entreprit alors de lui bander les yeux.

Angie se taisait. Les palpitations de son cœur lui transperçaient la poitrine d'une douleur aiguë. Bien droite, serrant les dents, elle attendait de voir la suite. Mais la peur la prit au ventre. Ces préparatifs pouvaient aussi bien être ceux d'une exécution. Allait-elle se faire tuer là, froidement, comme un chien qu'on abat pour qu'il se taise ?

La cavalcade reprit. À présent, elle était dans le noir. Ce qui ne l'empêchait pas d'avoir un nez et des oreilles. Le grincement de la porte la fit sursauter. Un souffle d'air vif lui fouetta le visage. Ses pas hésitants la faisaient trébucher sur les cailloux d'un sentier. Angie respira à pleins poumons le vent frais qui véhiculait mille odeurs : l'herbe mouillée, la montagne, mais aussi une acidité d'urine et d'excréments, plus loin, l'odeur presque rassurante du crottin de cheval. Bonnes ou mauvaises, les odeurs, c'était la vie. La jeune femme poursuivait sa marche pénible, à l'aveuglette, se tordant les pieds sur les cailloux qui jonchaient sa route invisible. Sur son passage, elle captait des conversations en plusieurs langues, des cris, des bruits de sabots de chevaux, des coups de fouets claqués en l'air.

Dans toute cette agitation, son ouïe fine capta d'imperceptibles gémissements qui lui firent froid dans le dos. Elle tourna la tête dans leur direction. Une violente secousse la rappela à l'ordre. La main brutale qui lui broyait le bras était explicite, même si elle ne comprenait pas un traître mot des paroles hurlées dans ses oreilles : elle devait avancer si elle ne voulait pas avoir de problèmes. C'était clair.

Son gardien la fit à nouveau asseoir et lui retira son bandeau. Le ciel était gris, mais la lumière vive. Éblouie, Angie cligna des yeux comme une jeune chouette surprise par le jour. D'une main ferme, l'homme l'empoigna par les cheveux pour l'obliger à baisser la tête dans une attitude respectueuse. Angie attendit un moment sur son banc grossier sans oser bouger.

« Mon Dieu, je me suis vraiment fourrée dans un abominable pétrin. Qu'est-ce que je fais ici et comment m'en sortir ? Voilà les deux bonnes questions, ma fille. »

Elle continuait à se parler tout bas à elle-même, autant pour ne pas perdre pied que pour s'encourager à combattre. Ce n'était pas le moment de jouer les fillettes effarouchées. Si enfin elle avait une chance de comprendre quelque chose à la situation, ce serait une occasion à saisir pour la résoudre. Peut-être la seule qu'elle aurait jamais.

Attentive, concentrée, muette, elle glissait des regards furtifs sur les ruines où on l'avait emmenée.

Tout semblait être détruit autour d'elle. Elle perçut un changement dans l'atmosphère avant que le bruit des bottes qui claquaient dans un garde-à-vous général lui fasse comprendre que le chef arrivait. Au point où elle en était, c'était presque un soulagement. Elle allait être fixée sur son sort. L'attente était la pire des tortures. Une paire de bottes luisantes s'arrêta devant elle. La main qui tenait une cravache la tapotait nerveusement sur leur revers en cuir ouvragé. Quelqu'un d'important sans aucun doute. La voix qui l'apostropha s'exprimait en anglais avec une autorité incontestable :

– Qui êtes-vous ? D'où venez vous ? Pour qui nous espionnez-vous ? Où avez-vous rencontré ce traître de Dawa ? Regardez-moi quand je vous parle ! brailla l'homme, sans reprendre son souffle.

Éperdue, Angie releva la tête. Un seul mot avait frappé son esprit affolé. Un nom. Dawa. S'efforçant de garder son sang-froid, elle soutint le regard noir et glacé du Chinois qui attendait sa réponse. Il parlait anglais avec un fort accent chinois qu'elle reconnaissait parfaitement. Sanglé dans un uniforme couvert de décorations, il prenait son rôle très au sérieux et la toisait du haut de son mètre cinquante-cinq. Le cuir de sa ceinture et de son baudrier étincelait comme à la parade. Dans cet univers poussiéreux, il avait l'air de sortir tout juste des mains de l'habilleuse. Elle avait l'impression d'être dans un des vieux films produits par son père. Sa décision fut prise en un clin d'œil. Elle se leva et ce fut sur le ton de la conversation mondaine qu'elle engagea le dialogue :

– Enfin quelqu'un qui parle anglais ! Cher monsieur, il s'agit d'un affreux malentendu. Ces hommes ne comprennent rien à ce que je leur explique depuis des semaines. Je ne suis pas une espionne. Je suis une touriste américaine, spécialiste d'art. Mon nom est Angie Bronson. Je fais un voyage d'études au Tibet et Dawa est tout simplement mon guide. Nous nous sommes écartés de la route pour prendre des raccourcis. Tout ceci est ma faute. Pouvez-vous contacter vos autorités ? Ils ont toutes les informations à mon sujet. Je suis persuadée que nous allons nous comprendre...

L'homme abattit sa cravache sur la table voisine pour couper court à son flot de paroles.

– Silence ! Ne me parlez plus sur ce ton. Vous êtes ici pour nous espionner. Ne niez pas. Mes hommes ont dit que vous aviez dessiné la carte de la vallée. Où sont vos papiers ? Que nous cachez-vous ? Le traître Dawa va avouer. Tous les traîtres doivent mourir. Entendez-vous ?

Angie baissa la tête, apparemment résignée. Mieux valait avoir l'air soumise et prostrée que faire preuve de fierté et de courage. Pour ces hommes, elle n'était qu'une femme. Quantité négligeable. Elle ne devait pas les défier.

Son esprit travaillait à toute vitesse. De toute évidence, elle allait être confrontée à Dawa. Son premier mouvement fut la joie de revoir enfin ce visage ami. Elle se sentait si seule et perdue, entourée de visages hostiles depuis toutes ces semaines. Dawa était en vie. Apparemment, il n'avait pas réussi à les convaincre que leur passage dans la région avait un but purement touristique. Mais jusque-là, elle n'avait pu obtenir aucune information sur le sort de son guide. Elle l'avait cru mort, et voilà qu'il était bien vivant et qu'elle allait le revoir. Son bonheur fut de courte durée.

Trente secondes plus tard, elle était projetée dans l'atrocité d'une guerre à laquelle elle ne comprenait rien. Dawa, le visage affreusement tuméfié, incapable de tenir sur ses jambes, fut jeté à terre devant les bottes cirées du Chinois. Horrifiée, Angie le regardait sans cacher les larmes qui coulaient sur son visage. Larmes de révolte et de chagrin. La simple idée que des hommes puissent mettre leur semblable dans un état pareil la révulsait. Dawa était à peine reconnaissable. Ses gardiens le remirent sur ses pieds. Chancelant, il leva vers Angie son visage bleui par les coups. D'énormes hématomes lui fermaient à demi les yeux, mais il distingua enfin la jeune femme au milieu de ses tortionnaires. Il trouva alors la force de la saluer en se courbant légèrement vers l'avant comme il avait l'habitude de le faire chaque matin. Le sang d'Angie ne fit qu'un tour. Elle se précipita vers lui :

– Mon pauvre Dawa ! Mais que vous ont-ils fait ?

Emportée par le dégoût et la colère, elle se tourna vers le Chinois qui observait la scène, impassible, et l'apostropha :

– Espèce de brute ! Qu'est-ce qui vous donne le droit de faire ça à un innocent ? Il n'a rien à voir avec vos combats. Il travaille sous mes ordres. C'est mon guide. Officiellement nommé par le gouvernement tibétain. Comme tous les membres de l'expédition qui m'accompagnent. Qu'en avez-vous fait ? C'est votre habitude, de tuer tout ce qui bouge et de prendre tout le monde pour des espions ? Et bon Dieu, qu'est-ce qu'on pourrait bien avoir à espionner dans ce désert ? Un fou sanguinaire, voilà ce que vous êtes.

Un coup de crosse dans le dos la rejeta sur son banc. Dawa gémit et lui fit signe que non, il ne fallait pas continuer comme ça. Le gradé chinois était hors de lui :

– Ça suffit, hurla-t-il, déchaîné. Assez perdu de temps avec vous. Cet homme est un ennemi, un vulgaire espion. Un ennemi de la force chinoise. Nous le savons. Il vous renseigne sur nos faits et gestes. Vous vous dirigiez vers la frontière. Pourquoi ? Il va avouer. Je le ferai parler. Comme les autres, il pliera sous la douleur.

L'homme ne pouvait plus contenir sa rage. Angie soupira. Son intervention avait été catastrophique. Elle lui avait tenu tête devant ses hommes. Il avait perdu la face. C'était inacceptable. À présent, il irait au bout de ses projets, sans qu'elle puisse rien faire pour l'arrêter.

Dawa fut assis sur un tabouret devant la table en bois grossier. Le Chinois abandonna l'anglais et donna quelques ordres brefs dans sa langue maternelle. Angie frémit. Son chinois était un peu rouillé, mais elle pensait avoir compris de quoi il parlait. Au tout début de son activité de galeriste, elle avait eu un assistant chinois, évadé de son pays après un incroyable périple. Peter avait même fait un téléfilm sur l'histoire de ce jeune gymnaste qui avait demandé l'asile politique à l'Occident. Avoir un travail fixe était la condition *sine qua non* de son entrée aux États-Unis. Angie avait besoin d'aide et l'affaire fut vite conclue. Fin et adroit, il s'était révélé un précieux auxiliaire. Pendant trois ans, Fei et elle s'étaient réciproquement donné des cours de chinois et d'anglais. À présent, il dirigeait un centre d'entraînement et de remise en forme pour sportifs de haut niveau en Californie.

Le retour du garde la tira de ses souvenirs. Il déposa sur la table un petit tas de bambous qui ne lui disait rien qui vaille. Les supplices chinois ne sont pas un mythe pour effrayer les petits enfants. Angie comprit qu'elle allait assister au supplice de Dawa. Une nausée la souleva en voyant l'homme s'emparer des pauvres mains inertes de son ami et glisser violemment une fine tige de bambou sous chaque ongle. Torturé depuis de longues semaines, le supplicié n'avait même plus la force de crier. Les bambous furent enflammés un à un tandis que les coups et les questions pleuvaient, toujours les mêmes. Le Chinois hurlait, insultait Dawa, le pressait d'avouer. Mais rien ne le faisait parler. De sa bouche ne sortaient que des hurlements de douleur entremêlés de mantras sacrés dont Angie comprit qu'ils l'aidaient à résister.

Tout était là. Dans la force du bouddhisme tibétain en train de lutter contre la violence de l'impérialisme chinois. Une lutte commencée depuis des lustres. Une lutte pour laquelle des milliers d'hommes et de femmes avaient déjà donné leur vie dans des circonstances semblables. Angie sanglotait, comprenant combien elle avait été imprudente d'entraîner son ami dans sa quête insensée. Pour elle, il s'agissait de retrouver un chef-d'œuvre de l'art sacré tibétain. Pour lui, c'était une question de vie ou de mort. Sa foi le conduisait tout droit au martyre.

Impuissante, solidement encadrée par deux hommes qui la maintenaient assise sur sa caisse de bois et l'obligeaient à regarder son ami souffrir, livide, elle pleurait, ne sachant que répéter entre deux sanglots sa pauvre défense :

– Laissez-le. Vous vous trompez. Je suis vraiment une touriste américaine et il est mon guide. Vous êtes en train de le tuer pour rien. Ce n'est pas un espion. Je vous en supplie, cessez de le faire souffrir. Ça ne sert à rien. Il ne peut pas vous avouer quelque chose qu'il n'a pas fait. Arrêtez ça !

Le Chinois jubilait, sans dissimuler le plaisir qu'il prenait à torturer Dawa, ne s'interrompant que pour l'interroger :

– Demande donc à ton Bouddha de t'aider ! Sale nationaliste, tu as encore des revendications à faire ? Allez, avoue. Qui alliez-vous rejoindre dans ces montagnes ? Où sont tes complices ? Qui sont tes contacts ? Parle !

Angie continuait à pleurer et supplier. Ses suppliques ne changeaient rien à la folie meurtrière du Chinois. L'interrogatoire confirmait ses soupçons. La bande armée était prochinoise. Elle traquait les indépendantistes tibétains et exterminait tous ceux qu'elle soupçonnait d'en faire partie. Cette tragédie mêlait étroitement le religieux et le politique. Les enjeux les dépassaient largement. Un noir désespoir envahit la jeune Américaine. Dawa ne s'en sortirait pas. Son propre sort dépendrait de la valeur qu'elle prendrait en tant qu'otage pour les Chinois. Les minutes passaient, insoutenables. Combien de temps dura le supplice de Dawa ? Une heure, deux heures, dix minutes ? Chaque seconde était une éternité. À bout de forces et de résistance, il s'effondra, inconscient. Un gémissement inhumain s'échappait de ses lèvres bleuies par le choc. Ses mains n'étaient plus qu'une plaie noirâtre et sanguinolente. Mais il n'avait pas parlé. Hors de lui, le Chinois frappa si fort sur la table que sa badine se brisa.

– Emmenez-les, hurla-t-il.

La dernière vision qu'eut Angie de Dawa fut celle d'un pantin inerte, abandonné sur le sol. On lui remit son bandeau et on la poussa, toujours sanglotante, sur le chemin qui la ramenait à sa cellule.

Une violente poussée la jeta sur le sol, brisée, épuisée de larmes et d'horreur. Une nausée terrible la saisit et elle régurgita d'un coup toute la bile qu'elle avait dans l'estomac avant de s'effondrer sur sa paillasse, évanouie.

Les heures qui suivirent furent un long cauchemar. Elle perdit le compte du temps et des jours. Les images atroces de son guide torturé emplissaient son esprit enfiévré. La culpabilité la rongeait. Tout était de sa faute. Son stupide entêtement à retrouver une statue de Bouddha entrevue sur une vidéo, son absurde empressement à se jeter dans la gueule du loup. Dawa avait évoqué avec sa discrétion et sa timidité coutumières les risques de s'écarter de l'itinéraire initialement prévu. Mais il n'était pas de taille à lutter contre une Angie Bronson décidée à atteindre son but coûte que coûte. Toujours plus, toujours plus vite, pas de temps à perdre. Une femme pressée. Avec un objectif, de l'argent et des arguments qui avaient su convaincre le guide. Il le payait aujourd'hui de sa vie. Elle n'avait pas voulu ça. Mais elle s'en sentait responsable. Et terriblement coupable.

Le silence de Dawa la protégeait. Dévoué au-delà de toute limite, il avait préféré surmonter la douleur et garder le silence alors qu'il aurait été si facile d'admettre ce que ses tortionnaires voulaient entendre. La mort, à terme inévitable, eût été plus rapide, moins douloureuse. Mais cela voulait dire la mort pour elle aussi. Impuissante, elle n'avait rien su faire pour lui alors même qu'il bandait ses dernières forces pour résister à la torture et la sauver. D'épouvantables visions de phalanges ravagées par de courtes flammes la hantaient.

Prostrée, Angie passa plusieurs jours sans s'alimenter, en proie à une forte fièvre. Le choc avait été trop fort. À peine si le passage des gardes masqués, qui apportaient sa ration de *tsampa* quotidienne et l'emportaient intacte, la tirait de sa léthargie. Dans son délire, elle appelait son père, Dawa, continuait à supplier le Chinois de les laisser partir. Peu à peu le jeûne la plongea dans un semi-coma.

Quand le gardien au visage métissé réapparut, elle ne l'entendit même pas entrer. Recroquevillée sur son tas de couvertures dans l'angle de la pièce, elle gisait, inconsciente. Il s'inquiéta de la voir sans réactions. Déposant la jarre d'eau et le bol de *tsampa* qu'il lui apportait comme la dernière fois, il la toucha du bout des doigts. Soulevant la lourde masse feutrée des cheveux qui masquaient le visage de la prisonnière, il découvrit sa pâleur mortelle, ses narines pincées, et comprit qu'il devait agir, vite. Délicatement, il fit glisser quelques gouttes d'eau entre les lèvres desséchées. Angie gémit et se débattit faiblement. Il sortit de sa ceinture une petite bourse pleine d'herbes, en fit infuser une pincée dans l'eau du thé et lui fit boire cette tisane amère qui la fit grimacer. Il utilisa la même tisane pour tamponner ses yeux gonflés par les larmes.

– Laissez-moi tranquille, je veux mourir, murmura Angie en chinois, oubliant qu'elle avait toujours feint d'ignorer la langue de ses geôliers.

Quand elle ouvrit les yeux, son premier mouvement fut de reculer, apeurée. Puis elle reconnut le visage démasqué penché sur elle. Ses traits fins et réguliers, sa haute taille, ses yeux clairs en amande contrastaient avec les visages rudes et grossiers des autres soldats. Mais Angie ne voulait pas de son aide :

– Je veux rejoindre Dawa. Je ne mérite pas d'être mieux traitée que lui. Je suis la seule responsable des souffrances que vous lui infligez !

Sans rien dire, il se leva et alla chercher le bol de *tsampa* qu'il posa près d'elle.

– Vous parlez bien notre langue. C'est étonnant. À

présent soyez raisonnable et mangez. Vous verrez, moi aussi, je sais me taire, dit-il en refermant la porte.

La jeune femme hésita quelques minutes encore devant la nourriture. Un délicieux parfum d'herbes montait du bol de tisane qu'il avait rempli avant son départ. Manger, c'était revivre. Continuer à se battre. À croire à la liberté. Elle pensa à Peter qui ne lâcherait jamais prise. À Dawa qui avait tenu bon sous la torture. Et elle eut honte de sa faiblesse. Elle se reprit à parler tout haut, comme aux pires moments de sa solitude quand elle refusait de céder à la panique :

– OK. J'ai eu un moment de laisser-aller. Ça peut arriver. C'est fini. Pardon Peter, pardon Dawa. Je vais me battre. Je ne craquerai plus. Du moins j'essaierai. Je vous le promets.

À petites bouchées, becquée après becquée, elle se mit à picorer la nourriture, sans se presser. Elle savait qu'elle avait du temps devant elle. Beaucoup de temps. Et des décisions à prendre. Qu'allait-elle faire de tout ce temps, comment allait-elle se battre ? La boisson d'herbes amère lui sembla cette fois apaisante et délicieusement désaltérante. Dans l'amas de couvertures de la paillasse, elle retrouva le mouchoir de Peter, posa son visage dessus et s'endormit, épuisée, mais apaisée. Quelque chose lui disait que dans sa prison, elle n'était plus seule.

Le message

New York, juin 1990

L'oiseau se tenait là, paisiblement perché sur le rebord d'acier bruni de l'immense baie vitrée du bureau de Peter Bronson. Un superbe corbeau. De son bec acéré, il lissait ses ailes d'un beau noir profond. Son petit œil rond et vif toisait le président de la Bronson Inc. avec insolence.

– Tu es encore là, toi, murmura Peter, délaissant un instant l'écran de son ordinateur personnel.

Sur les multiples fenêtres de l'écran, qui s'ouvraient automatiquement par commande vocale dès qu'il pénétrait dans la pièce, le monde et les informations défilaient à toute allure. La cadence habituelle du président de Bronson Inc. Il faisait vivre tout son entourage à un rythme infernal. Mais, depuis la disparition d'Angie, il avait de ces moments de creux où plus rien ne comptait sauf le sentiment que sa fille attendait, quelque part, qu'il la retrouve et la sauve. Impuissant, il restait enchaîné devant son ordinateur, comme si le visage d'Angie allait réapparaître là, d'un instant à l'autre. Il l'attendait désespérément. Jamais de toute sa vie il n'avait attendu quelqu'un à ce point. Il avait l'impression qu'on lui avait arraché un bras, une jambe ou la moitié du cerveau. Sa fille était la chair de sa chair. Un lien très fort les unissait depuis toujours. Il se retrouvait en elle, comprenait ses élans, son tempérament passionné, ses sautes d'humeur et ses désirs d'évasion mieux que quiconque. Angie était le portrait tout craché de l'autre femme de sa vie, Eleanor. Il ne s'était jamais tout à fait remis de la disparition subite de sa mère. Pas question de la perdre elle aussi. Peter broyait du noir en pianotant sur les touches du clavier pour lire son courrier électronique. Toujours pas de nouvelles d'Angie.

On aurait dit que ce damné corbeau choisissait exprès ces moments-là pour lui rendre visite. Il restait là quelques minutes, se détachant, insolite, comme venu du fond des âges, sur le paysage urbain de New York. Un corbeau à Big Apple. Dès que la porte s'ouvrait, il s'envolait d'un large battement d'ailes avec un cri bref.

Demain, demain ! disait le corbeau comme un message d'espérance auquel Peter se raccrochait sans oser en parler à personne. Son esprit pragmatique lui disait que c'était absurde. Mais Peter avait aussi en lui ce sens mystique dont sa fille avait largement hérité et qu'elle cultivait à travers les épreuves de la vie. Ce corbeau ne venait que pour lui. Il était le seul à l'avoir vu. Tôt le matin. Comme un messager d'Angie. Il s'était mis à l'attendre, lui aussi. Et les jours où il ne pouvait l'apercevoir étaient encore plus sombres que les autres.

Une heure plus tard, les ordres tombaient du dernier étage de la B. Tower, antre de la chaîne câblée NBA. Peter faisait les cent pas, son portable collé à l'oreille :

– Comment vous ne savez pas ? Mais ça fait des jours et des jours que vous me répondez la même chose ! Ma fille est bien quelque part ! On ne disparaît pas comme ça sans laisser de traces. Elle ne s'est pas volatilisée ! Remuez-vous. Je veux du concret. Entendez-vous ? Du concret.

L'immense bureau en arc de cercle semblait encore trop petit pour contenir son exaspération. Peter interrompit la communication et jeta le combiné à travers la vaste table carrée chinoise qui lui servait de bureau. Bien avant tout le monde, le P-DG de la Bronson Inc. avait découvert l'intérêt pour lui comme pour ses employés de ne pas s'installer dans son bureau comme dans un camp retranché. Du haut en bas de la Tower, chaque salle était équipée d'une élégante table de réunion. Partout, des postes informatiques tous identiques permettaient à chacun de se poser là où il en avait besoin et de continuer son travail sans perdre du temps en allées et venues entre les étages. Chacun avait son code personnel et les moyens de communiquer en direct si besoin était avec Peter en personne. C'était sa religion :

– Il faut que l'information circule. Nous sommes une société de communication. Je suis effaré du nombre d'idées intéressantes qui se perdent faute d'être convenablement relayées par la hiérarchie d'une entreprise. Chez Bronson Inc. je veux que le débat d'idées soit partout.

Mais pour ses employés, il était un monstre sacré. Avant de le déranger pour lui soumettre un projet, chacun retournait ses idées sept fois dans sa tête. Aujourd'hui, il avait d'autres soucis. La symbiose entre Peter et sa société était telle que tous les membres de Bronson Inc. se trouvaient à leur manière affectés par la disparition d'Angie. Tout le monde l'aimait bien. Une alliée précieuse dans les coups de tabac : elle était l'une des rares personnes qui soient capables de modérer le tempérament hautement inflammable du grand Peter Bronson.

Jane, son assistante depuis une bonne vingtaine d'années, s'y essayait sans aucun succès. Il ne fallait pas se fier à son allure désuète de secrétaire modèle des années cinquante. Sous ses airs déhanchés qui, entre parenthèses, avaient dû en faire craquer plus d'un, elle était une collaboratrice modèle, d'une fidélité à toute épreuve. Inquiète, elle regardait son patron se ronger les sangs et se démener pour activer tous les réseaux d'information qu'ils avaient de par le vaste monde. Installée à l'autre bout de l'immense console qui meublait tout un pan du bureau, elle passait ses journées à traquer les informateurs et à exiger d'eux des comptes rendus détaillés de leurs recherches. Le Tibet n'avait plus de secrets pour elle : Angie était perdue sur une autre planète. Un monde isolé, archaïque, hostile. Avec le Tibet, on touchait les limites du pouvoir technologique. Les satellites pouvaient prendre de belles photos de ce pays comme de n'importe quel autre point du globe. Mais les photos ne disaient pas tout. Et les satellites restaient à des milliers de kilomètres de la réalité du terrain dont Jane pensait qu'elle était infiniment rude et difficile à comprendre. Seule, la confiance aveugle qu'elle avait dans l'énergie et l'intelligence d'Angie lui permettait de ne pas désespérer. Un espoir qui s'amenuisait au fur et à mesure que les jours, puis les semaines, passaient.

Peter étouffait. Il apostropha Jane avec agacement. Il voulait des réponses, des résultats :

– Jane, où est Sly ? Je le paie une fortune et il n'a pas donné signe de vie depuis au moins trois jours. Qu'est-ce qu'il croit ? Je veux un rapport quotidien. Faites-lui passer un message en urgence. Quant aux autres, les défaitistes, qu'ils cessent leurs recherches s'ils n'y croient plus. Ils ne sont pas faits pour travailler pour Bronson Inc. Je ne veux pas de gens qui baissent les bras au premier obstacle. Et virez-moi celui qui a éprouvé le besoin de nous rédiger vingt pages pour exposer la thèse de l'accident. J'ai recoupé l'information : il s'agissait d'une touriste anglaise de cinquante-cinq ans qui n'avait pas même quitté Lhassa. Un stupide accident, dit-il. C'est lui qui est stupide avec ses déductions idiotes. Il est mauvais, un point c'est tout. Qu'on ne me dérange plus pour des spéculations intellectuelles. Je veux des faits, des preuves. Je veux que quelqu'un me retrouve Angie et plus vite que ça. Secouez-les, Jane. Faites passer le message.

Il se débarrassa de sa veste et de sa cravate. Il avait soudain l'air âgé et fatigué. Sa superbe de vieux lion l'avait abandonné. Jane sentit toute sa tendresse pour lui refluer. Elle se raidit contre la tentation toujours vive de le prendre dans ses bras et de le consoler. À ses yeux, Peter n'était pas ce grand patron dur et exigeant que voyaient les autres. Sous le masque qui les impressionnait tant, elle voyait un homme blessé qui avait gardé son âme d'enfant. À soixante-cinq ans passés, Peter était toujours capable de s'émerveiller, de s'enthousiasmer, de se passionner. Une vie de succès ne l'avait pas blasé. Chaque jour il remettait tout son savoir-faire et toute sa réussite en jeu. Il le savait. Jane le savait. Il savait qu'elle savait. Cela leur suffisait depuis un quart de siècle. Car s'ils avaient eu une longue liaison bien des années auparavant, elle avait compris qu'elle resterait dans les marges de sa vie. Apparemment, il n'entreprenait rien sans Jane. Lisa avait fait des scènes terribles à son sujet. Mais Jane savait que Lisa avait gagné. Retenait-elle Peter en dépit ou à cause de l'enfer qu'elle lui faisait vivre ? Il ne la quitterait jamais. Jane et ses semblables n'étaient que de jolies passantes. Jane était restée, éternellement blonde et platinée, éternellement amoureuse. Les enfants de Peter étaient un peu ses enfants. Elle les avait vus grandir, s'était occupée d'aider Angie à meubler son premier studio, avait couvert les frasques de Malcolm...

– Vous ne devriez pas vous mettre dans des états pareils, Peter. C'est mauvais pour votre santé et ça ne résoud rien, lui dit-elle posément, prenant le risque de le mécontenter.

« Angie n'est plus une enfant. Elle sait ce qu'elle fait. Son voyage était balisé d'un bout à l'autre. Si elle a changé d'itinéraire, c'est qu'elle avait une bonne raison de le faire. Son guide est le meilleur du Tibet. Regardez.

Elle pianota sur les touches pour faire apparaître la carte sur l'écran mural et fit le point :

– Nous savons qu'Angie ne faisait pas du tourisme. La statue de Bouddha qu'elle recherchait avait été repérée plus au nord, vers la frontière du Tibet. Voilà où nous en sommes.

Manches de chemises retroussées, Peter dévorait le tuyau de sa pipe d'un air carnassier qu'elle lui connaissait bien. Il allait manger quelqu'un tout cru avant le déjeuner. Il en voulait à Angie de le laisser sans nouvelles. Il en voulait à ses reporters de ne pas mettre la main sur elle. Il en voulait à la terre entière de se sentir seul et malheureux sans elle. Il tirait sur sa pipe et lançait des bouffées dont Jane savait interpréter les volutes blanches aussi sûrement qu'un vieil Indien sur le sentier de la guerre sait lire les signaux de fumée qui annoncent la bataille.

L'arrivée de Faby fit diversion. Le visage de Peter s'éclaira. Faby était la seule personne avec qui il puisse vraiment parler d'Angie. La seule qui partage pleinement son attente et son angoisse. Faby était l'amie et l'associée d'Angie. Son bras droit. Dieu merci, Peter n'avait pas de souci à se faire de ce côté-là. Faby était aussi réaliste qu'intelligente et, chose plus appréciable que tout dans ce monde de requins, parfaitement intègre. Faby, c'était la famille. La meilleure. Celle qu'on se choisit. Angie l'aimait comme une sœur et la porte de Peter était toujours grande ouverte pour elle. Son humour et son élégance l'apaisaient. À la voir, si calme, si blonde, si douce, si efficace, il ne pouvait pas imaginer que le ciel puisse leur tomber sur la tête. Mais il ne se privait pas d'exprimer son angoisse, ses doutes et sa colère :

– Tu te rends compte, Faby ! Nous faire ça à nous. Quatre mois sans donner signe de vie. La dernière fois que je l'ai eue en ligne, c'était début mars. Elle venait d'atterrir à Katmandou. Depuis, silence radio. Jamais elle ne m'a laissé aussi longtemps sans nouvelles. Ça ne lui ressemble pas.

– C'est bien vrai, renchérit Faby avec un petit sourire. Et ce n'est pas charitable. Elle pourrait bien se douter que tu es en train de nous rendre tous fous avec ton inquiétude. Elle va m'entendre quand elle rentrera. Sans compter que je ne sais plus quoi faire avec la galerie. J'ai des tableaux plein la réserve, des acheteurs pour plusieurs grosses pièces, des artistes impatients de la voir, les musées qui me relancent sans cesse pour son exposition sur le sourire... Je fais patienter tout le monde, mais il va falloir prendre des décisions.

– Allons, Faby, fais ce que tu crois être bien. Tu sais que notre Angie te fait une confiance aveugle. Elle m'a d'ailleurs dit et répété que tu es une bien meilleure vendeuse qu'elle. Pour le moment, tout ce que je peux faire, c'est empêcher les journaux de s'emparer de la nouvelle et de raconter n'importe quoi.

Il résuma rapidement l'état des recherches et ne put s'empêcher de parler à la jeune femme des visites du corbeau. Faby se montra prodigieusement intéressée :

– Le corbeau apparaît souvent comme un symbole d'espérance, raconta-t-elle.

« Le vol du corbeau annonce la fin du Déluge, la fin du malheur. Si mes souvenirs sont exacts, il est souvent aussi dans les mythologies orientales le symbole de la solitude et de l'isolement volontaire de celui qui a décidé de vivre sur un plan supérieur. Messager divin, guide des âmes, il perce sans se dérouter les secrets des ténèbres. Pour les Japonais, il exprime l'amour familial : en japonais, “corbeau” se dit *kâ-kâ* et “chéri” *kâ-waï*. Cela me rappelle une conversation que j'ai eue avec Angie un jour à propos d'une grande photographie de Karen Knorr. Une artiste dont elle aime bien le travail. Il s'agissait d'une vanité au corbeau. Comme dans les œuvres du XVIIe siècle européen, l'artiste avait voulu exprimer la vanité des choses de ce monde. En particulier de l'argent : le corbeau était perché sur un crâne dans le hall somptueux d'une banque de Wall Street. Ce jour-là, Angie m'a fait un cours sur les vanités et m'a raconté plusieurs légendes sur le corbeau. Vous savez qu'Angie est une conteuse née. Je me souviens aussi qu'elle m'a précisé que, si elle avait dû choisir un animal totem, elle aurait choisi le corbeau. J'avais trouvé ça curieux. Moi, je trouve les corbeaux un peu lugubres. Mais elle s'est moquée de moi et m'a traité de petite nature.

Blague à part, vous avez raison, Peter, c'est un signe. J'ignore ce qu'il signifie, mais c'est un signe.

Faby avait des larmes plein les yeux. Peter était perdu dans ses pensées. C'est le moment que choisit Malcolm pour faire une entrée fracassante. Sur ses talons, la pauvre Jane, débordée, essayait en vain de le retenir.

– Salut, Dad. Tiens, mais c'est la belle Faby. Qu'est-ce que tu fabriques chez notre cher président ? Je croyais qu'il ne recevait personne. Tu en as de la chance ! Moi, je suis obligé de me bagarrer avec Jane pour avoir le droit de fouler la moquette sacrée de cet auguste sanctuaire. Vous devez avoir des secrets importants tous les deux. À en juger par l'affolement de ta fidèle secrétaire, je pensais que tu étais en rendez-vous avec le P-DG de la Metro Goldwin Meyer en personne ! Je suis déçu. Enfin, continuez. Faites comme si je n'étais pas là. On ne se cache rien dans notre charmante famille, c'est bien connu.

Avec un terrible aplomb, Malcolm se percha sur le dossier d'un fauteuil. Sa dégaine était davantage celle d'un junkie que d'un jeune homme de bonne famille. Sa provocation était parfaitement étudiée. Son père fulminait de rage. Pâle, serrant les dents, il essayait de se contenir, comme toujours en présence de son fils, et lui jetait des regards noirs.

– Combien de fois t'ai-je prié de ne pas faire irruption comme ça dans mon bureau ? J'espère au moins que tu es venu parce que tu es impatient d'avoir des nouvelles de ta sœur ? Ce serait ta seule excuse. Malheureusement, je ne peux rien te dire de plus. Les recherches n'ont rien donné jusqu'à présent. Mais nous poursuivons nos efforts. Je t'avertirai dès que j'aurai du neuf. Bien. Peux-tu nous laisser continuer notre conversation maintenant s'il te plaît ?

Malcolm ricana méchamment. Ses lourdes chaussures écrasaient la moquette avec une sorte d'acharnement. Incapable de tenir en place, il tournait comme un lion en cage sous l'effet de la cocaïne qu'il avait dû sniffer pour se donner le courage de défier son père. Il feignit de ne pas avoir entendu la dernière phrase prononcée par Peter :

– Pauvre Angie, c'est trop bête de disparaître comme ça. Mais ça va finir par s'arranger. Ma chère sœur est comme les chats. Elle a neuf vies bien remplies et retombe toujours sur ses pattes. C'est une maligne, Angie. Pas comme moi. Et puis son cher père la cherche partout. C'est la mobilisation générale. Toute la Bronson Inc. est sur le coup. Ça non, je ne m'en fais pas du tout pour Angie. J'étais venu te parler d'autre chose.

« Écoute, on vient de me proposer une affaire qui paraît tout à fait juteuse : il me faut cent cinquante mille dollars d'ici la fin de la semaine prochaine pour acheter un bar sublime situé dans le Village. Mon ami Mario accepte de devenir mon associé comme Faby est devenue l'associée d'Angie pour la galerie. Il a un carnet d'adresses bien rempli et nous devrions faire un tabac. Il a un problème de liquidités passager qui sera réglé dans un mois. On lui doit beaucoup d'argent un peu partout. Je lui ai proposé de lui faire une avance de trésorerie. Je te rendrai l'argent dès que l'affaire tournera. Ça ne devrait pas être long. Il est sérieux. Tu peux me faire confiance. Je t'assure qu'on va faire un tabac tous les deux.

Faby ne bougeait pas un cil, horriblement gênée d'assister à une de ces conversations dont elle avait parfois eu des échos par Angie. Le père écoutait, sans qu'un seul muscle de son visage ne bouge. Le fils s'agitait, bourré de tics, et s'essuyait compulsivement la narine droite. Peter répondit avec un calme effrayant. Il est vrai qu'il en avait vu d'autres :

– Écoute, mon garçon. Je crois que tu n'as pas bien saisi la situation. Je te parle de la vie de ta sœur et tu viens me casser les oreilles avec un de ces projets fumeux dont je t'ai déjà dit qu'ils ne m'intéressent pas. Au diable ton Mario, son bar, ses affaires sordides. Je m'en fiche. Par-dessus le marché, je me demande depuis quand tu as appris à distinguer une bonne affaire d'une mauvaise. Et je te prie de te souvenir de temps à autre que je suis ton père, pas ton banquier. Il y a une très nette différence que tu ne sembles pas bien percevoir. Alors sois gentil. Va t'essuyer le nez ailleurs. Peut-être pourrons-nous parler affaires sérieusement un jour, quand tu auras secoué la poudre de tes cloisons nasales. Maintenant, sors, ouste, avant que je ne me fâche pour de bon.

Malcolm saisit son perfecto en cuir et le passa négligemment. Il soignait sa sortie :

– Tu es témoin, Faby. Même lorsque j'ai des projets, lorsque je veux travailler, me rendre utile, il ne m'aide pas. Normal, je ne suis pas une fille. Et surtout, je ne suis pas sa fille. Sa précieuse fille. Angie est la seule qui compte pour lui. Ça a toujours été comme ça. Tout pour Angie, rien pour moi. Tout de même, réfléchis, dit-il, vaguement menaçant, avant de franchir la porte de l'ascenseur, maman trouve mon idée absolument géniale...

Quand Malcolm eut disparu dans l'ascenseur comme un diable dans sa boîte, Peter se passa rudement la main dans les cheveux. Faby n'osait pas faire un geste.

– Chérie, je suis désolé de ce qui vient de se passer.

D'un geste, la jeune femme écarta les excuses qu'elle sentait venir. Elle était surtout navrée pour Peter de cette scène pénible dont elle devinait qu'elle se reproduisait fréquemment.

– Écoute, ma grande, reprit Peter. Il faut que je passe voir Lisa d'urgence. Tu peux retourner à la galerie, à présent. Je te téléphone dès que j'ai la moindre piste.

Déjà, il avait repris en main son téléphone portable et composait le numéro de l'appartement de sa femme.

– Et merci d'être venue, ajouta-t-il avec un petit signe désabusé de la main.

Faby rassembla ses affaires et alla saluer Jane. Avant de partir, elle entendit Peter s'énerver au téléphone :

– Allô, Babou ? Non. Pas encore de nouvelles d'Angie. Prévenez madame que je serai là pour le dîner. Qu'elle m'attende. Comment ça, elle dort ? À cette heure-ci ? Ne me dites pas qu'elle a encore repris des cachets. Réveillez-la. Je réglerai ça en rentrant. Bye.

L'atmosphère de catastrophe qui régnait dans la famille Bronson désolait Faby. Si seulement Angie était là. Son absence mettait cruellement en évidence le fait qu'elle était le seul lien entre ces trois êtres qui passaient leur temps à se déchirer. Peter supportait sa disparition en se jetant dans le travail et l'action. Mais Lisa, si dure et si futile à la fois, était incapable de faire face. Elle sombrait une fois de plus. Aucune des cures de désintoxication ne pouvait venir à bout de la dépression nerveuse qui la minait depuis des années. On soignait son alcoolisme, mais pas la cause. Chaque fois, la rechute était plus terrible. Les somnifères qu'elle ingurgitait en dépit du bon sens l'avaient déjà menée à l'hôpital à plusieurs reprises. À sa façon, Lisa se faisait du souci pour sa fille. Sa descente aux enfers avait recommencé aussi sec. Elle jonglait avec l'alcool, les vitamines et les sédatifs pour se réfugier dans un sommeil factice où les questions n'avaient plus de sens.

Faby avait des remords. Elle aurait dû proposer à Peter de l'accompagner. Il avait l'air si fatigué. Voir sa femme perdre la tête n'allait pas arranger les choses. Il s'était toujours refusé à la mettre en clinique. Chez les Bronson, le malheur était devenu une triste habitude. Si Angie disparaissait pour de bon, la famille serait anéantie. Faby préférait ne pas y penser. D'ailleurs, ça ne ressemblait pas du tout à Angie de s'éclipser comme ça en laissant de si gros nuages noirs derrière elle. Soit elle avait de bonnes raisons pour cela, soit il était vraiment arrivé quelque chose. Peter le saurait tôt ou tard.

Vu du quarantième étage, Central Park ressemblait à une immense volière où s'ébattaient flâneurs, cyclistes, *rollerbladers,* joggers et *yellow cabs*. Dans la *master bed room,* les derniers rayons du soleil entraient à flot. Babou avait tiré les rideaux d'une main ferme. Lisa gémit dans ses oreillers. Impitoyable, la vieille nounou la secoua pour la sortir de sa torpeur. Elle lui parlait comme à une enfant difficile et capricieuse qu'il s'agit de convaincre d'obéir :

– Allons, madame Lisa, debout ! Monsieur arrive dans une heure pour le dîner. Il ne doit pas vous voir dans cet état. Il a déjà tellement d'ennuis. Et notre Greenette, croyez-vous qu'elle serait contente de vous voir comme ça ? Courage. Nous avons juste le temps de vous refaire une beauté.

D'une voix pâteuse, Lisa protestait mollement.

– Babou, je suis fatiguée. Laisse-moi dormir encore un peu, marmonna-t-elle, cherchant une position pour replonger dans son bienheureux oubli.

Se réveiller, c'était revenir à la réalité. À quoi bon ? Que disait Babou ? Peter allait venir. L'information se fraya un chemin dans son cerveau embrumé, déclenchant un faible branle-bas de combat. Se faire belle pour l'homme qui était toujours son mari. Se faire belle pour un homme, fût-il son mari. Vieux réflexe d'une féminité ravagée. Lisa essaya en vain d'émerger de sa torpeur. Dans la salle de bains, Babou lui faisait couler un bain en fredonnant des airs de gospel et de jazz qui avaient servi de berceuse aux enfants Bronson.

– Babou, tais-toi, pour l'amour du ciel. Ma pauvre tête. Je suis si fatiguée. Quelle heure est-il ?

Le bon visage de Babou réapparut. Avec les années, Lisa avait appris à apprécier sa présence. Sa tendresse un peu bourrue se teintait d'une compassion très douce que cette femme brisée ne trouvait plus auprès de quiconque. Babou la rudoyait un peu mais veillait sur elle. Qu'importait qu'elle le fasse pour Peter ou pour toute autre raison. Les autres domestiques ne tenaient jamais bien longtemps dans la maison Bronson. Seule Babou assurait une rassurante permanence. Sa bonne figure souriante ne vieillissait pas au-dessus de son tablier toujours aussi soigneusement empesé.

Peignoir sur le bras, la voilà qui revenait la chercher, l'aidait à sortir du lit, la soutenait jusqu'à la baignoire. Lisa se sentait comme une enfant entre les mains de cette immense femme bien plus forte qu'elle qui la manipulait avec douceur. Le sommeil la rattrapait, déjà, elle faiblissait.

Babou entendit la voix de Peter résonner dans l'entrée. Catastrophe, il fallait faire vite. Trop tard pour le bain. Babou était prête à tout pour sauver le ménage de Peter. Elle résolut d'employer les grands moyens, fourra Lisa sous la douche, ouvrit le robinet d'eau froide pour obtenir une pluie d'eau fraîche qui la réveilla pour de bon. Lisa n'apprécia pas du tout le traitement :

– Au secours, c'est froid ! Babou, vous êtes un monstre. Arrêtez ça immédiatement ! Babou, vous êtes renvoyée ! hurla-t-elle, hors d'elle.

Sans se formaliser, Babou l'enveloppa dans une

grande serviette blanche marquée à son chiffre en lettres dorées et la bouchonna vigoureusement. Lisa était à présent tout à fait réveillée et très en colère.

– C'est ça, renvoyez-moi. Ce sera plus simple pour tout le monde, approuva Babou. Je suis sûre que madame changera d'avis quand elle y verra un peu plus clair. Imaginez un peu, si monsieur vous voyait comme ça !

Elle ne pensait pas si bien dire. Dans la glace de sa coiffeuse, tandis que Babou peignait et nouait ses cheveux blonds en un chignon savant, Lisa découvrit Peter, debout, réprobateur, droit comme un I, dans l'encadrement de la porte. Il tenait sa pipe à la main, mais avait pris soin de l'éteindre car elle ne supportait pas l'odeur du tabac.

– Mais que se passe-t-il ici ? On t'entend hurler depuis le trentième étage. Babou, ne me dites pas qu'elle était encore au lit à cette heure-ci ? Laissez-nous seuls. Je veux régler ce problème maintenant.

Le maître avait parlé. Babou s'exécuta sans un mot et laissa Peter face à Lisa qui avait pâli.

– Je t'ai prévenue mille fois d'arrêter de prendre toutes ces saletés. Regarde la vérité en face, Lisa. Tu es devenue une loque. Nous ne pouvons même plus avoir une soirée normale, échanger des idées, passer un peu de temps ensemble. J'ai accepté beaucoup de choses, mais il y a des limites à ce qu'un homme peut supporter. Et tu les as dépassées depuis longtemps. Je ne sais plus quoi faire avec toi.

Peter parlait d'une voix sourde. Lisa aurait préféré qu'il se mette vraiment en colère. Elle se poudrait machinalement, avec des gestes lents et maladroits. Son élocution était difficile. Avec une mauvaise foi déconcertante, elle attaqua. L'attaque est toujours la meilleure défense :

– Ne parle pas si fort. Tu ne sais rien de ce que j'endure ici en ton absence. Tu ferais mieux de sermonner Babou. Au fait, je viens de la renvoyer. Ne fais pas l'étonné. Le choc de la douche froide qu'elle m'a infligée aurait pu me tuer, mais tu t'en moques bien. Ça te fait rire ? Je te dis que j'ai failli mourir !

Elle éclata en sanglots convulsifs.

Peter secoua la tête, accablé.

– Tais-toi donc. Je ne peux plus supporter tout ça. Notre vie a éclaté et je n'ai aucune nouvelle d'Angie depuis des mois. Tu te souviens, ta fille, Angie. Évidemment, tu t'en moques. Il te reste ton cher fils, Malcolm. Parlons-en de celui-là...

Le prénom d'Angie avait plongé Lisa dans une panique noire. Il venait de réveiller une culpabilité très ancienne. Ses sanglots redoublèrent, mais ils avaient changé de nature. Ce n'étaient plus les pleurs hystériques d'une comédie à laquelle ils ne croyaient plus depuis longtemps ni l'un ni l'autre. C'était un chagrin presque enfantin mêlé d'une rancune tenace :

– Tu n'as pas le droit de dire ça. Angie est aussi ma fille. Dès le début, tu as voulu la garder pour toi tout seul. Maintenant, elle a disparu et nous ne la reverrons plus ! Elle est morte, tu comprends ! Notre fille est morte.

Tout en criant son désespoir, sans même réaliser que Peter ne la quittait pas des yeux, ébranlé par cette déclaration inattendue, elle fourrageait dans les tiroirs de sa coiffeuse à la recherche du flacon de pilules qui la rendraient à l'oubli et au sommeil. Hoquetant, balbutiant des menaces et des injures, elle vida nerveusement les comprimés au creux de sa main.

– Morte, Angie est morte, répétait-elle avec un rire fou.

Une gifle monumentale lui fit lâcher les comprimés et stoppa net sa crise de nerfs.

– Tais-toi, tu es folle ! Angie est vivante et je la retrouverai, je te le garantis. À présent, calme-toi. Regarde, tu n'es même plus capable d'attendre d'être seule pour avaler ces saloperies de pilules. C'est toi qui vas mourir si tu continues comme ça. Pas Angie. J'appelle Babou pour qu'elle te remette au lit. Je suis désolé de t'avoir frappée.

Bouleversé de remords, se sentant coupable comme toujours à la fin d'une dispute avec Lisa, Peter ne savait plus quoi faire pour l'apaiser. Il aurait fallu la prendre dans ses bras, la bercer, la porter jusqu'à son lit, la border. Ce qu'il avait fait des milliers de fois avant de comprendre qu'elle en jouait. Un jour, il l'avait entendue se vanter au téléphone de la façon dont elle le menait par le bout du nez. Humilié, il s'était juré qu'on ne l'y reprendrait plus. Mais la faible Lisa avait toujours le dernier mot. Elle le renvoyait à sa brutalité, à son incompréhension des mécanismes délicats qui déréglaient ses nerfs trop fragiles. Il quitta la pièce sans la regarder, pour ne pas voir sa femme en pleurs, se tenant la joue encore rougie de la gifle qu'il venait de lui donner.

Babou le consola, comme toujours. Mais la disparition de sa Greenette l'affectait outre mesure. Son vieux cœur n'était pas fait pour supporter une telle attente. Peter sortit son portable de sa poche et appela le médecin de la famille. Il le pria de passer à l'appartement pour administrer un calmant à Lisa et examiner Babou. Le bon docteur en profita pour essayer de lui suggérer de faire lui aussi un bilan de santé complet. Mais Peter ne fit qu'en rire. Il avait d'autres chats à fouetter.

Les embouteillages bloquaient les rues de Manhattan. Confortablement calé sur les sièges de cuir de sa limousine, Peter profitait de ce moment de répit pour faire le point. Derrière les vitres en verre fumé, il se sentait à l'abri. Ici, il pouvait tranquillement fumer sa pipe sans s'attirer remarques et regards de travers. De la cave à whisky en ébène au cuir des coussins, tout était d'un beau noir profond et apaisant.

Il ouvrit son carnet et composa nerveusement un numéro. Il n'avait jamais pu s'habituer aux agendas électroniques. C'est à ce genre de petits détails qu'il voyait qu'il vieillissait. Mais il avait parfois un moment de triomphe quand l'un de ses jeunes collaborateurs perdait le contrôle de sa petite machine à puces et qu'il lui soufflait le numéro recherché. Sa mémoire était toujours aussi bonne. Il la cultivait avec soin.

Le numéro sonnait occupé. Peter s'énerva. La voiture n'avançait pas, ses recherches n'avançaient pas.

Rien n'avançait. Il s'en prit au chauffeur qu'il avait sous la main :

– Roulez plus vite, Arthur ! On se traîne. Faites quelque chose. Qu'est-ce que vous avez tous à me prendre la tête aujourd'hui ? Je dois tout faire moi-même. Je croyais pourtant avoir passé l'âge. Faut-il aussi que je prenne le volant ?

Arthur lui fit un large sourire dans le rétroviseur. Il connaissait le patron depuis trop longtemps pour se formaliser d'un accès de mauvaise humeur. Par surcroît, Arthur adorait prendre des libertés avec le code de la route. À condition bien sûr que ce soit le patron qui le demande.

– Allô, allô, s'époumonait Peter. Ici Peter Bronson. Maître Goldsmith est-il encore au bureau ? J'ai besoin de lui. Dites-lui que c'est très urgent. Qu'il m'attende. Oui, c'est ça. Je serai à son bureau dans un quart d'heure. Enfin, si mon chauffeur veut bien passer la vitesse supérieure !

La limousine se mit à enchaîner les queues de poisson. Arthur s'amusait comme un fou. Sur la banquette arrière, l'homme pressé continuait de déverser sa bile dans le téléphone. C'était le tour de Jane qui devait lui parler de courrier à signer et de rendez-vous avec des journalistes. Tout en se faufilant dans la circulation, Arthur n'en perdait pas une miette. Le spectacle du patron en colère était toujours réjouissant. Un sacré bonhomme.

– Oui, Jane, c'est moi. Réveillez-vous un peu, ça vous changera. J'ai un rendez-vous urgent. Laissez les messages et le courrier sur ma table. Je vais passer là-bas une partie de la nuit. Avez-vous eu des nouvelles de Sly ? Toujours rien ? Pour qui se prend-il celui-là ? Non, pas question de rendez-vous avec les journalistes. Je ne veux parler à personne. C'est clair ? Débrouillez-vous avec tous ces chacals. Ne perdez pas votre temps avec eux. Retrouvez-moi plutôt cette canaille de Sly. OK je suis arrivé. À plus tard.

Arthur termina sa course folle dans un grand crissement de pneus. À peine eut-il le temps d'ouvrir la portière, sa casquette à la main. Déjà, son irascible passager s'engouffrait dans le hall de marbre hollywoodien du building d'affaires et se dirigeait vers l'ascenseur privé du cabinet d'*attorney* Goldsmith & Co. La cabine s'arrêta au vingt-cinquième étage. L'assistante se tenait prête à introduire Peter directement dans le bureau du propriétaire des lieux. Comme chaque fois qu'il rendait visite à son ami Samuel, Peter secoua la tête, incrédule. Ce pauvre vieux Sam avait un don incroyable pour entasser les signes extérieurs de richesse avec le plus parfait mauvais goût. Ce n'était pourtant pas faute de l'avoir conseillé plus souvent qu'à son tour pour l'achat d'une toile ou d'un meuble ancien. Mais la profusion d'objets et la richesse du décor fondaient tout dans un indistinct bric-à-brac dont il ne ressortait qu'une seul et unique impression : il était clair que l'endroit ne respirait pas la misère. Le bureau en loupe d'orme, le placage de bois précieux des murs étaient surchargés d'œuvres d'art hétéroclites qui juraient effroyablement les unes avec les autres. Sam faisait partie de ces collectionneurs pour qui Andy Warhol avait, sans rire, peint des dollars en série pour satisfaire leur désir de montrer la valeur de l'œuvre qu'ils achetaient. Des toiles qui valaient toujours plus cher que les précédentes, dans une folle surenchère entretenue par les clients eux-mêmes. Mais Peter aimait Sam comme il était. Un goût exécrable, mais la droiture même.

– Samuel, je suis heureux de te voir. Excuse-moi de bousculer ton emploi du temps, mais j'ai pris une grande décision et il fallait que je t'en parle tout de suite. Je ne te retiendrai pas longtemps.

Sam lui jeta un coup d'œil perspicace. Ils se connaissaient de longue date. Leur amitié s'était construite dès les bancs de la faculté. Ils avaient partagé les années de vaches maigres, les doutes, les cinq divorces de Sam, les soucis de Peter. La réussite tôt venue avait eu le bonheur pour rançon.

– Assieds-toi donc mon vieux ! Qu'est-ce que je t'offre à boire ? demanda Samuel en ouvrant un bar bien garni. Laisse-moi deviner. Tu as trouvé un accord avec H.B.O. pour le contrat de diffusion de ton prochain film ? Non, j'y suis ! Tu as enfin des nouvelles de la petite !

– Malheureusement pas. Laisse tomber. Tu n'y es pas du tout. Angie semble s'être littéralement volatilisée. Pourtant, je travaille avec les meilleurs. J'ai envoyé Sly sur place, c'est te dire. Il a un caractère de cochon, mais c'est mon meilleur enquêteur. Pas l'ombre d'un indice. Et cet abruti qui ne pense même pas à venir au rapport une fois par jour. C'est à devenir fou. Tiens, sers-moi un scotch avant que je n'explose. La journée a été rude. Je me demande comment tu fais pour t'en sortir avec cinq femmes et six enfants. Te rends-tu compte qu'il n'y a même pas eu de demande de rançon ? Ni à la maison, ni au bureau, ni au standard de la chaîne, rien. C'est ce qui m'inquiète le plus. Voilà près de quatre mois maintenant qu'elle a disparu. Pas l'ombre d'un appel, pas de signe de vie, rien. Angie avait prévu un trekking d'un mois pour retrouver sa maudite statue. Disons deux mois si elle a été retardée pour une raison ou pour une autre. Mais quatre mois, c'est impossible. Tu imagines que j'ai remué ciel et terre. Même le gouvernement tibétain voudrait bien savoir où elle est passée. Elle a disparu dans la nature avec son guide et tous ses sherpas. Une expédition de quinze personnes !

Peter vidait enfin son sac. Son ami l'écoutait, un verre à la main, inquiet de le voir voûté sur son fauteuil, le visage gris, défait, ravagé par l'angoisse qu'il laissait enfin s'exprimer. Sam restait de marbre, solide et rassurant. Écouter, être là. C'est tout ce qu'il pouvait faire pour son vieil ami.

– Malcolm m'a fait une scène épouvantable. Et Lisa est au lit avec une crise de nerfs et une montagne de somnifères. Ils commencent tous à l'enterrer. Je les vois venir, ces chacals. Tu me connais, je ne suis pas du genre à me leurrer. Ils sont de moins en moins nombreux à y croire. Et parfois, je me prends à douter moi aussi. Depuis une semaine, on ne me parle que d'accidents stupides qui arrivent aux meilleurs d'entre nous. Tu parles ! C'est bien commode. Mais il n'est pas question d'interrompre les recherches. Je veux savoir. Angie aurait déplacé l'Himalaya pour me retrouver. Si elle est en difficulté, elle tient le coup en pensant que je la recherche et que je la trouverai. Je le sais. Si j'étais à sa place, je penserais exactement la même chose. C'est ma fille. Bon. C'est vrai que ce n'est pas commode. Dans ces coins-là, c'est le Moyen Âge. Sly ne m'a pas caché qu'ils progressaient difficilement. Il est parti avec une équipe de journalistes. Mais l'expédition n'a pas pu se déplacer à sa guise. Il y a des meurtres dans tous les coins et les Chinois sont très virulents au Tibet. On parle de bandes armées chinoises qui pourchassent les indépendantistes tibétains des deux côtés de la frontière. Tu sais que les Chinois veulent éradiquer la religion tibétaine. Ils ont pris le contrôle du Tibet, exilé le dalaï-lama, mais n'ont réussi qu'à fabriquer un peuple de martyrs. La religion tibétaine n'a jamais été aussi vivante.

« Sly enquête de ce côté-là. C'est un type qui n'a pas froid aux yeux. Je sais que ce sera long et difficile. C'est mon dernier espoir. Après ça, il n'y aura plus qu'à attendre et à prier le ciel pour qu'un miracle ait lieu. Bref, les nouvelles sont mauvaises. Je pourrais te parler pendant des heures, mais je suppose que tu as autre chose à faire.

Samuel se leva, s'approcha de son ami et lui tapa sur l'épaule en signe de réconfort :

– Écoute, Peter. Tu sais que tu ne me déranges jamais. Si je peux faire quelque chose, dis-le. Je suis à ta disposition. Je n'aime pas te voir si près de déclarer forfait. Aurais-tu perdu ton optimisme et ta rage de vaincre ? Ce n'est pas toi qui parles. Tu es un gagneur. Pas un homme qui baisse les bras. Je te connais. Il se passe quelque chose qui t'a perturbé...

La réflexion de l'avocat avait touché un point sensible. Peter réagit aussitôt. Il redressa sa haute taille et s'arracha au fauteuil pour s'absorber quelques minutes dans la contemplation du ruban lumineux de phares qui dessinait Broadway Avenue en contrebas de la baie vitrée. Sans se retourner, il annonça d'un ton uni qui alerta Samuel :

– Sam, mon ami, branche ton foutu magnétophone.

L'avocat, intrigué, s'exécuta. Peter attendit que le ronronnement de la bande se fasse entendre et poursuivit :

– Mon cher Sam, aujourd'hui vingt-cinq juin 1990, je suis venu te voir pour modifier mon testament.

L'avocat s'étrangla avec son whisky et se rassit derrière son bureau. Les choses redevenaient sérieuses :

– Quoi, ce chef-d'œuvre dont nous avons passé des mois et des mois à peser le moindre terme ? C'est une plaisanterie !

Pour la première fois depuis son arrivée, Peter sourit.

– Désolé, mon vieux. Mais il faut que je prenne des dispositions. Au rythme où vont les choses, mieux vaut que je planifie tout. Lisa perd pied de plus en plus et Malcolm la mène par le bout du nez. S'il m'arrivait quelque chose, elle serait incapable de rien gérer. Mon vaurien de fils aurait vite fait de tout croquer. En l'absence d'Angie, tout reposerait sur lui et je ne lui fais aucune confiance. Tu comprends, quand nous avons rédigé ce testament, Angie était là et rien ne me faisait supposer qu'elle ne soit pas en mesure de tout prendre en mains. Son absence m'a fait réfléchir et je voudrais que tu m'aides à mettre tout ça noir sur blanc.

– Malcolm est tout de même ton fils, protesta Samuel, un peu choqué. Es-tu certain de ne pas agir sur un coup de tête ? Il t'aura mis en colère. Laisse-toi le temps de la réflexion. Reviens me voir la semaine prochaine.

– Pas question. Écoute, Sam, j'ai assez de soucis comme ça sans me préoccuper en plus de ce qui arriverait si je lâchais la rampe subitement. On ne sait jamais. En l'état actuel des choses, ce serait une pure catastrophe. Tu en parles à ton aise, avec tes garçons qui marchent brillamment sur tes traces. Moi, j'ai un pauvre camé de fils qui ne sait rien faire de ses dix doigts. OK, c'est sans doute de ma faute. Lisa m'en a rebattu les oreilles depuis sa naissance. Mais ce n'est pas une raison pour lui donner les moyens de faire n'importe quoi. Et la Bronson Inc. ce sont de gros moyens, qui mettent en jeu la vie de milliers de personnes qui n'ont pas mérité ça. À commencer par sa mère et sa sœur. J'ai travaillé dur toute ma vie pour construire tout ça. Laisser ma société entre les mains de Malcolm, ce serait pire qu'un suicide. Une démission. Et ne t'avise pas de le plaindre. Ma décision est prise. L'appartement de Manhattan est pour cette pauvre Lisa avec une rente qui lui assurera une vie dorée et des soins jusqu'à la fin de ses jours. Mais, au cas où Angie ne réapparaîtrait pas, je veux que ce soit toi qui aies la tutelle de la fortune de ma femme.

Sinon, Malcolm la dépouillera sans scrupules. Elle ne sait pas lui résister. Malcolm héritera du condominium d'Aspeen dont il dirige déjà sur le papier le conseil d'administration. Je veux que tu me bricoles une clause qui le mette à l'abri en cas d'OPA sauvage sur le groupe. Il aura également une rente sur les cinquante mille dollars que j'ai placés pour lui sur un compte numéroté. Ça devrait suffire à payer ses hôtels de luxe et sa came. Le reste, tout le reste, revient à Angie, comme prévu. Elle était d'accord pour que ce soit toi qui l'aides à gérer le patrimoine. Elle a, autant que moi, confiance en Dan, ton fils aîné. Nous n'arriverons sans doute pas à marier ces deux-là comme prévu, mais du moins, ils resteront liés par nos affaires communes. Si Angie ne réapparaît pas, j'ai l'assurance que mes affaires pourront continuer à se développer sous sa direction. Pour ce qui concerne Jane, Babou et Arthur, rien de changé à ce qui était prévu dans la première version de ce testament.

Samuel prenait des notes pour se donner contenance. Quand Peter se tut, il fixa son ami d'un regard sceptique et ne put s'empêcher de dire le fond de sa pensée :

– Tu pousses les choses à l'extrême. Je ne t'ai jamais vu dans un état pareil. Tout ça sera oublié dès le retour d'Angie parmi nous. Tu devrais te calmer et prendre un peu de recul. D'abord, tu n'es pas à l'article de la mort. Ensuite, Malcolm a beaucoup de défauts, mais on a vu des revirements plus spectaculaires. Il jette sa gourme un peu plus longtemps que les autres. Laisse-lui au moins une chance de s'amender.

– Non, mon vieux. Je t'assure que j'ai malheureusement bien pesé le pour et le contre. Je crois au contraire que les termes de ce nouveau testament protègent mon fils contre lui-même. Il faudra bien qu'il apprenne un jour à respecter l'argent que ma mère et moi avons gagné. S'il veut s'y mettre, il aura les bases nécessaires pour se lancer à son tour et montrer ce qu'il sait faire. Après tout, j'en avais bien moins quand j'ai commencé, tu en sais quelque chose.

Emporté sur sa lancée, Peter enchaîna, les yeux dans le vague, d'une voix sourde et déchirée qui bouleversa son vieil ami. Un homme peut ainsi faire son testament plusieurs fois dans sa vie. Jongler avec les clauses, les codicilles. Jouer au chat et à la souris avec ses héritiers. Mais vient un jour où le document reflète la vérité de sa vie. Ce moment-là était arrivé pour Peter.

– Reste un point. Une clause que je tiens à ajouter. Ne t'y trompe pas. Pour moi, c'est la plus importante de toutes. Si par malheur Angie n'était pas de retour avant que je disparaisse, personne ne pourra toucher sa part. M'entends-tu Samuel ! J'ai dit personne. Bronson Inc. est organisée pour tourner toute seule. Toi et ton fils veillerez à la santé financière de l'entreprise. Une partie des dividendes sera consacrée à la recherche d'Angie. Le reste ira à une Fondation Angie Bronson d'aide aux jeunes artistes dont tu vas rédiger les statuts en codicille de ce testament. Tant que l'on n'aura pas retrouvé ma fille, vivante ou morte, personne ne pourra prendre le contrôle de Bronson Inc. Je veux qu'on la retrouve. Elle compte sur moi. Il n'y a pas de limites de temps et d'argent. Tu comprends, autour de moi en ce moment, tout le monde baisse les bras un peu trop facilement. Je veux que ce testament leur rafraîchisse la mémoire : tout ce que j'ai fait, je l'ai fait pour Angie et avec elle. Malcolm ne s'est jamais intéressé à la Bronson Inc. que pour y ponctionner de l'argent pour financer ses projets minables et entretenir la pire bande de parasites qu'on ait jamais vue à New York. Je veux qu'une partie des forces vives de Bronson Inc. soit tendue vers un seul et unique objectif : retrouver Angie. D'ailleurs, nous allons ajouter une clause : celui qui la retrouvera aura une part de Bronson Inc. Et s'il la retrouve vivante et la ramène en bonne santé à la maison, je double la mise. Voilà. Je crois que j'ai pensé à tout. Ce sont mes dernières volontés jusqu'au retour d'Angie. Signé Peter Bronson. Merci de me rédiger ça rapidement et de me donner les papiers à signer pour qu'on en finisse avec les formalités. À présent, tu peux arrêter ta machine infernale. On a fini.

Peter s'écroula dans un magnifique Chippendale tandis que Samuel plaçait la précieuse bande dans son coffre. Il lui semblait avoir repris le contrôle des choses. Son instinct l'avait guidé. Il avait toujours eu raison de s'y fier. Il avait agi comme il le devait pour préserver sa société et sa maison de la déchéance. Bien sûr, il se sentait en partie responsable des mœurs dissolues de Malcolm. Son fils lui avait échappé dès le berceau. Quant à son couple, il avait été bâti sur des faux-semblants dès le début. Pourtant, il avait sincèrement été amoureux de Lisa. Bien sûr, il y avait eu quelques aventures sans lendemains, quelques passades pour une ou deux assistantes trop jolies. Il avait fait beaucoup de mal autour de lui. Jane aussi, aurait mérité mieux que la vie qu'il lui avait fait mener. Mais il avait toujours tenu à sauvegarder les apparences de sa vie familiale. Il avait ainsi fait l'impasse sur les nombreux amants de Lisa : chauffeurs, masseurs et autres freluquets qui occupaient ses après-midi *blusy*. Bien sûr, leur vie avait été gâchée par la place qu'y tenait le travail. Mais Lisa avait de gros besoins. Il lui avait fait une vie de rêve et cette vie l'avait détruite. L'argent n'était pas tout dans la vie. Il était parvenu à en convaincre Angie, mais pas son fils. À présent, Angie était partie à l'autre bout de la planète à la poursuite d'une chimère et Malcolm se détruisait aussi sûrement que Lisa. Il ne pouvait plus se passer de sa dose quotidienne de cocaïne. Quel affreux gâchis.

Samuel attendait patiemment qu'il sorte de sa méditation. Il pensait avec un serrement de cœur au couple superbe que formaient jadis Lisa et Peter. Tout le monde les enviait. Ils avaient tout pour eux. La beauté, la gloire, la fortune, deux superbes enfants. La vie donnait et reprenait.

– Tu comprends, reprit Peter tout haut, suivant le fil de ses pensées, je suis certain qu'Angie est en vie. Je le sais. Je le sens. Il y a des signes qui ne trompent pas. Il y a d'autres moyens que le facteur ou le téléphone pour envoyer des messages à ceux qu'on aime.

Et Peter raconta à Samuel, abasourdi, les visites matinales du grand corbeau noir.

– Toi et moi habitons New York depuis assez longtemps pour savoir que les corbeaux n'y courent pas les rues. Tu vas te moquer de moi, mais j'y vois un signe. Angie est en vie quelque part, elle m'attend. C'est ce que vient me dire ce corbeau, jour après jour.

Maître Goldsmith, fort de son esprit cartésien, garda un silence prudent. Son ami avait une âme d'artiste. Ce n'était pas la première fois qu'il faisait des déclarations de ce type. Il y avait toujours eu une quatrième dimension dans la vie de Peter. Une dimension mystique qu'il partageait de toute évidence avec sa fille. Samuel pensait que leur charme puissant venait de là. Peter et Angie étaient des êtres à part. Ils vivaient plus intensément que les autres, plus passionnément. Mais ils le payaient très cher.

– Mon ami, tu sais que je ne peux pas te suivre sur cette pente-là. Angie et toi avez des liens très forts. J'ai pu moi-même le constater à plusieurs reprises. Mais ne me demande pas d'aller plus loin sur ce sujet avec toi. Tu sais que l'hermétisme, ce n'est pas vraiment mon truc. J'aimerais te faire plaisir et te rassurer, mais pour moi, ce type de raisonnement ne rime à rien.

– Sacrée tête de mule ! grommela Peter en lui lançant une bourrade. Merci en tout cas de m'avoir reçu. Je me sens soulagé et heureux. Quoi qu'il arrive à présent, je suis paré. Allons, je te libère. Sarah va m'arracher les yeux. Embrasse-la pour moi, veux-tu ?

Il refusa l'invitation à dîner de son vieil ami et le serra chaleureusement dans ses bras :

– Mieux vaut que je retourne au bureau. C'est encore là que je me sens le mieux pour attendre des nouvelles d'Angie. Préviens-moi quand les documents seront prêts pour la signature. J'enverrai Arthur les chercher.

Trois heures plus tard, il avait abattu le travail que cette journée bousculée ne lui avait pas laissé le temps de faire. Il dîna d'une pizza et d'un verre de bordeaux, solitaire et préoccupé, face au mur d'écrans de son bureau où défilaient simultanément tous les programmes diffusés par Bronson Inc. aux quatre coins des États-Unis. Il pouvait être fier de son œuvre. Puis il décrocha son téléphone et appela ses collaborateurs, les responsables des émissions et des diverses chaînes câblées pour leur faire part de ses remarques.

Tout le monde était à son poste. L'habitude d'entendre la voix du président après l'émission était si bien ancrée que pas un de ses collaborateurs n'aurait eu l'idée de sortir dîner avant d'avoir eu le boss en ligne. En dépit des décalages horaires d'un bord à l'autre du continent, il avait le chic pour entamer un dialogue décisif sur les objectifs futurs de la chaîne à l'heure des repas. Chez Bronson Inc. on appelait ça l'heure des fauves. Le vieux lion savait faire passer la pilule en étant toujours plus créatif que le plus créatif d'entre eux. Il entretenait une émulation formidable et ses troupes le suivaient comme un seul homme, fières d'avoir été choisies pour travailler avec un homme tel que lui. Son exigence les galvanisait. Il plaçait la barre très haut, mais n'avait pas son pareil pour vous féliciter quand vous aviez su le suivre. Ce n'était pas un hasard si Peter Bronson avait été nommé P-DG de la décennie.

Encore une nuit où Peter, fatigué, s'endormirait dans le profond fauteuil d'où il dirigeait son empire. Ses rêves seraient peuplés d'images d'Angie à tous les âges de sa vie. Un sommeil lourd et agité le mènerait jusqu'à l'aube, à l'heure de son rendez-vous avec le grand oiseau sombre qui hantait ses jours.

Seule à connaître le secret des nuits du grand homme, Fernanda, la femme de ménage, veillait jalousement sur son sommeil. Elle s'était habituée à découvrir sa silhouette effondrée sur le fauteuil, les yeux clos, le clavier posé de travers sur ses genoux, le portable abandonné sur la moquette. Mais elle ne pouvait s'empêcher de grogner en pensant qu'une fois de plus, il faudrait attendre son réveil pour jouer les fées du logis et battre des records pour remettre de l'ordre chez le Patron. À six heures du matin, sans avoir besoin de réveil, réglé comme du papier à musique, il ouvrirait un œil et passerait à la salle de bains attenante pour une longue douche bien chaude. Fernanda ferait vite, vite. Jamais il ne se demandait par quel miracle il trouvait un petit déjeuner fumant au sortir de la salle de bains. Il l'avalait rapidement tout en pianotant pour avoir les dépêches et le courrier E-mail de la nuit. Puis il se servait une dernière tasse de thé et s'installait près de la baie vitrée pour un long moment, attendant Dieu sait quoi...

Depuis les débuts de la mousson, Angie étouffait dans sa minuscule prison. L'humidité collait ses vêtements contre sa peau moite et des maux de tête terribles la faisaient gémir des journées entière sur sa couche. Déshydratée, affaiblie par les privations et l'angoisse, elle luttait pour ne pas se laisser aller, pour avoir la force d'attendre, encore et encore, que son père la tire de ce guêpier. Ses seuls moments de réconfort étaient les trop rares visites du seul geôlier qui lui ait montré son visage. Pasang. Il venait, de temps à autre, voir dans quel état elle se trouvait. Ses visites irrégulières étaient chaque fois une fête. Un peu plus de nourriture, de l'eau pour se laver, des vêtements secs et propres. Autant de cadeaux qui, dans le dénuement où elle se trouvait, lui paraissaient royaux. À ses yeux, il ne faisait pas partie de la bande de ses tortionnaires. Son visage sans masque aux pommettes hautes, sa taille élancée, la douceur de son comportement le distinguaient des autres. À plusieurs reprises, la trouvant tremblante de fièvre, il avait posé sur sa tête une main savante. Était-il médecin ? C'est ce qu'elle croyait. Timidement, elle l'avait appelé par son nom, effrayée à l'idée qu'il pourrait se fâcher et ne plus revenir. Il était pourtant revenu avant de disparaître à nouveau pour de longues semaines. Quel était son rôle dans cette organisation toute militaire ? Il lui manquait. Le savoir dans les parages la rassurait inexplicablement.

Ses sens en éveil, rendus plus aigus par les privations, l'avaient dotée d'un instinct très sûr. Comme un aveugle qui finit par deviner les couleurs du bout des doigts, son oreille exercée par la tension de la captivité savait détecter l'humeur du garde qui s'approchait de sa cellule. Le pas lourd qu'elle entendait à présent, elle le reconnaissait et le redoutait entre tous. C'était celui d'une brute épaisse. Un bloc de haine qui manifestement haïssait les femmes en général et les Blanches en particulier. Un accrochage violent avait eu lieu entre Pasang et lui à son sujet. Son chinois n'était pas suffisant pour suivre toute la conversation, mais elle avait compris que le garde s'insurgeait contre ce qu'il considérait comme un régime de faveur. Cette fois, elle serait seule face à lui. Il parlait mieux l'anglais que les autres. Juste assez pour hurler des insultes, certain qu'elle les comprenait, et jouir de son pouvoir.

Mal à l'aise dans ses haillons raides de crasse et de poussière, dégoûtée de ne pouvoir se laver de la moiteur et de la transpiration causées par la chaleur humide de la mousson, Angie se raidit contre l'appréhension. Mieux valait faire tout de suite une croix sur la douche. Depuis que les jours de captivité étaient devenus des semaines, puis des mois, la jeune femme s'était habituée à apprivoiser ses attentes et ses illusions. Chaque fois, elle se préparait au pire.

Quand le gardien entra, son éternel bol de *tsampa* à la main, il la regarda fixement. Sous la cagoule noire qui masquait son visage, les petits yeux la transperçaient comme deux balles noires. Un regard de tueur, glacial et méprisant. Son instinct ne l'avait pas trompée. Il braqua son arme sur elle et sa voix rauque aboya un ordre qui laissa Angie pétrifiée d'horreur :

– Déshabille-toi, et plus vite que ça !

La jeune femme, reculant pour se réfugier dans l'angle du mur qui était devenu son refuge, tenta une faible protestation :

– Il n'en est pas question. Laissez-moi tranquille. Ne me touchez pas ! Où est votre général ? Je veux lui parler.

– Tais-toi. Le général est absent. C'est moi qui commande ici. Fais ce que je te dis, hurla-t-il en lui donnant une gifle retentissante.

Angie s'écroula, sanglotante, la joue en feu. Sans ménagement, il lui arracha sa chemise avant qu'elle ait pu faire un mouvement pour se défendre. Pendant qu'elle se débattait pour lui échapper il la prit par les cheveux avec une violence folle et lui ôta définitivement la douce étoffe de coton bleu en lambeaux. Même sale et froissée, c'était un lien avec le passé, un petit reste d'une élégance qui n'avait plus cours ici, un morceau d'une réalité qu'elle devait rejoindre coûte que coûte. Un détail, peut-être, mais un détail auquel elle pouvait se raccrocher, un détail qui l'aidait jour après jour à se souvenir, à savoir qui elle était, à tenir le coup. Le monstre l'avait-il deviné ? Était-ce une nouvelle cruauté de geôlier ou une véritable menace de viol ? Son esprit affolé essayait de raisonner, de se convaincre de déplier les bras qu'elle tenait convulsivement serrés contre sa poitrine et d'exécuter cet ordre absurde :

« Fais ce qu'il te dit, Angie. Sinon, ce fou risque

de tirer. Se mettre nue ou mourir ? Tu veux vivre et t'en sortir. »

Les yeux exorbités, l'homme la braquait toujours avec son arme. Il criait à présent en chinois. Angie espéra un instant que ses vociférations allaient attirer quelqu'un d'autre, la sauver de ce dément. Mais non. Elle était à sa merci et il était bien décidé à en profiter.

À tâtons, elle s'appuya contre le mur et fit lentement glisser son jean jusqu'à ses pieds. D'un geste du canon, il lui signifia qu'il n'était pas question qu'elle s'arrête là. Résignée, gardant les yeux soigneusement baissés, elle retira sa culotte et se tint debout, immobile, grelottante en dépit de la touffeur de la pièce, les mains croisées devant elle dans une dernière tentative pour préserver sa pudeur.

L'homme ricana méchamment :

– Je fais ce que je veux avec toi, c'est compris ? Je peux te laisser comme ça si j'en ai envie. Je peux te regarder, te toucher. Avec moi, on ne discute pas, vociféra-t-il dans son anglais approximatif en joignant le geste à la parole.

Avec un soulagement indicible, Angie comprit que ce n'était pas elle qui l'intéressait. Du moins pas pour le moment. Il ramassa le jean, les chaussures, et brandit le soutien-gorge et la culotte de dentelles en gloussant de plaisir. Il empocha son butin et sortit précipitamment. La lingerie occidentale et le jean devaient être destinés à sa bien-aimée, se dit Angie, amusée, malgré sa terreur rétrospective. Quelle brute ! Elle s'enveloppa tant bien que mal dans la peau qui lui servait de couverture. Cette fois, elle avait atteint des sommets dans le dénuement.

Peu après, le gardien reparut et lui jeta un paquet de chiffons. Avant de repartir, il lui jeta un regard qui l'écœura. Rester sur ses gardes. Ne pas se réjouir trop vite. L'homme prenait un malin plaisir à s'attarder sur la courbe de ses hanches, à lui montrer qu'il était le maître et qu'il pouvait à volonté la laisser nue devant lui. Elle était son jouet. Cette seule idée lui soulevait le cœur. Tout ce qu'elle espérait, c'est qu'un de ses chefs reviendrait avant que l'idée de s'amuser d'elle ne lui passe par la tête.

Des larmes de rage et d'humiliation lui montèrent aux yeux. Elle se sentait misérable et abandonnée comme jamais. Il lui fallut un grand moment pour oser bouger à nouveau et défaire le ballot. Dedans, il y avait une chasuble et un large pantalon de toile grossière maintenu à la taille par un lien qu'elle enfila avec empressement. On était loin de Sax et Bloomingdale, mais au moins elle se sentait un peu plus propre, heureuse, surtout, de mettre son corps à l'abri du terrible regard et de la peur qu'il lui inspirait.

L'épreuve était passée. Une de plus dans l'interminable décompte des frustrations et des terreurs de ces mois de captivité. Depuis deux jours, Pasang avait disparu. Il était son seul pourvoyeur d'espoir. Le seul aussi à savoir qu'elle parlait un peu le chinois. Jusqu'à ce jour, c'était resté leur secret sans qu'elle sache pourquoi il ne l'avait pas dénoncée. Rien n'avait changé dans la routine de sa séquestration sous haute tension. Sa méfiance était intacte. Elle ne baissait pas sa garde devant la folie meurtrière de ce groupuscule d'hommes assoiffés de sang et enivrés par leur pouvoir. Grâce à Pasang, elle éviterait au mieux de sombrer dans la folie où elle menaçait de s'enliser si sa détention s'éternisait. La moindre péripétie l'affolait. Où était passé Pasang ? Pourvu qu'il ne lui soit rien arrivé. C'était le comble d'en arriver à s'inquiéter pour l'un de ses geôliers.

– Ma vieille, tu nages en plein syndrome de Stockholm, se dit-elle tout bas, essayant ce qui lui restait de son célèbre sens de l'humour. À l'occasion d'une prise d'otages à Stockholm, on avait vu les prisonniers prendre, au bout d'un certain temps, le parti de leurs geôliers. En l'occurrence, ça lui paraissait impossible. Pasang était-il un homme à part dans cette bande de soldats ou avait-elle été abusée parce qu'il s'était montré un peu plus humain que les autres ? Il y avait de quoi devenir folle. Si le monstre de tout à l'heure revenait, elle craignait le pire. L'homme était sournois, diabolique. Il jouait avec elle comme un chat avec une souris captive. Elle était à sa merci et il le savait. Seul Pasang pouvait la sauver. Les quelques échanges prudents qu'elle avait eus avec lui l'avaient réconfortée. Ainsi, Pasang avait laissé entendre que Dawa était toujours en vie. Un mince espoir subsistait pour qu'ils s'en sortent tous les deux. Le barbare petit général qui avait torturé froidement son ami avait-il fini par comprendre qu'il pourrait échanger ses prisonniers contre une rançon importante ? S'était-il absenté pour entamer les négociations ? Tous les chefs de guerre ont besoin d'argent : le nerf de la guerre.

L'esprit d'Angie tournait avec sa logique et sa rigueur coutumières. Son imagination très vive lui permettait d'envisager toutes sortes de solutions aux problèmes qu'elle rencontrait et lui avait servi plus d'une fois à se tirer d'un mauvais pas. Mais cette fois, les pensées tournaient à vide sous son crâne. Elle n'avait que très peu de moyens d'influer sur le cours des événements. Cette guerre ne ressemblait à aucune autre. D'un côté, il y avait un petit peuple avec une grande âme. Le Tibet. Avec la prière et la contemplation pour seules armes. Un peuple réduit à la misère, un peuple affamé qui avait fait de la résistance un mode de vie et de pensée. En face, un géant acharné à l'anéantir, à détruire cette culture, cette religion. La Chine. Le conflit s'exacerbait entre bandes chinoises armées et fugitifs tibétains. Des hommes engagés encore plus profondément dans leur quête ascétique par les contraintes que faisaient peser sur eux leurs poursuivants. Réduits à la mendicité, affamés, ils vivaient de rien, soutenus par les enseignements de Bouddha. Ils traversaient ce temps comme une épreuve sur les voies éternelles de la sagesse à laquelle ils se soumettaient de leur plein gré. Face à cela la visée expansionniste de la Chine cherchant à récupérer les territoires perdus et à lobotomiser les esprits égarés semblait dérisoire. C'était l'histoire toujours recommencée de David et de Goliath, du pot de terre contre le pot de fer. Les Tibétains avaient l'éternité pour eux. Les visées économiques et géopolitiques n'avaient plus cours et la répression peu de prise. L'esprit du Tibet renaissait chaque fois de ses cendres comme un phénix et sa légende commençait à se répandre de par le vaste monde, dépassant largement les frontières, les races et les continents. Une vision souriante, par-delà toutes les horreurs, qui avait attiré Angie jusque-là.

La pluie avait repris. Le bruit des gouttes sur les lattes du toit apaisait Angie. La pénombre de l'étroit réduit, la chaleur humide de la mousson, le manque d'aération, l'épuisement dû à son altercation avec le gardien la plongèrent dans la torpeur. Il y eut un bref moment de panique quand elle craignit d'avoir laissé son mouchoir dans la poche de son jean. À nouveau aux cent coups, elle retourna fébrilement sa paillasse. Quand elle mit la main sur le doux carré de coton aux initiales de son père, P. B., l'émotion la submergea. Elle pleura longtemps, la joue contre le tissu familier.

« Mon Dieu, Peter, est-ce que tu entends mon appel ? Ma pensée vole vers toi. Tu sais, tu sens que je suis vivante ? Je t'aime. J'ai besoin de toi. Ne m'abandonne pas. Ne t'abandonne pas au désespoir. Cherche encore. Je suis là. »

Dans le puits sans fond du sommeil qui la prit sans crier gare, ce n'était pas la voix de Peter qui résonnait. C'était une autre voix, un peu moqueuse, infiniment tendre :

– Qu'est-ce que c'est que ça ? Qui pourrait croire une chose pareille. Angie Bronson. La femme la plus étonnante que j'aie rencontrée. Il te faut vraiment ce mouchoir pour t'endormir ? Chérie. Tu me vois tout attendri. Mais il va falloir que tu sois terriblement gentille avec moi pour que je ne vende pas la mèche.

Angie Bronson s'endort avec son mouchoir comme une petite fille qui a peur du noir. Incroyable.

Les moqueries avaient dégénéré en une tendre bataille. Angie soupira dans son sommeil. Le mouchoir avait été un signal entre elle et l'homme de sa vie. Chaque fois qu'il partait, il faisait un nœud au coin du mouchoir :

– Pour être certain que tu ne m'oublies pas dans tes rêves, disait-il, taquin.

Comment aurait-elle risqué de l'oublier ? Il était entré dans sa vie le soir du premier vernissage de sa nouvelle galerie. Elle avait été l'une des toutes premières à se lancer, à lâcher Soho pour l'East Village. À laisser tomber la fausse bohème de la galerie perchée au sommet d'un escalier vermoulu dans un vieil immeuble pour s'installer dans un *white cube*, un immense espace blanc comme une page neuve où écrire une nouvelle histoire à chaque exposition.

L'enthousiasme de Lisa avait été la première surprise. Spontanément, elle avait proposé son aide. Contrairement à son père, Angie ne sous-estimait pas l'influence mondaine de sa mère. Quand l'alcool ne lui brouillait pas l'esprit, Lisa était d'une redoutable efficacité, même si elle avouait elle-même ne rien comprendre aux œuvres que sa fille exposait. La blancheur des lieux l'avait séduite. Elle avait donc battu le rappel du ban et de l'arrière-ban de ses relations mondaines et attiré pour le vernissage de cette première exposition quelques grands collectionneurs qu'Angie n'aurait jamais rêvé de toucher aussi rapidement. À dix-huit heures, l'embouteillage avait bloqué le quartier. Une file de limousines longues comme des wagons-lits longeait le trottoir, pare-choc contre pare-choc, dans un concert d'avertisseurs assourdissant. Angie s'était moquée de Lisa quand elle était arrivée avec une équipe de grooms en stricte livrée noir et or. À présent, elle devait reconnaître que sa mère avait eu raison. Son bataillon de petits bruns basanés faisait merveille, jonglant avec les capes et les manteaux des invités, ouvrant les portières, faisant passer le champagne qui coulait à flots. Lisa avait toujours eu un talent fou pour organiser les fêtes. Angie le reconnaissait volontiers. Mais elle ne pouvait s'empêcher d'être agacée par la façon dont sa mère intercalait des noms d'illustres inconnus dans la liste de ses invités. Si elle l'avait laissée faire, elle aurait aussi modifié le thème de l'exposition qu'elle jugeait trop intellectuel et pour tout dire incompréhensible :

– Vanités contemporaines, qu'est-ce que c'est que ce charabia. Qui veux-tu vexer, avec un titre pareil ? s'était-elle exclamée, méprisante.

Mais elle était restée médusée devant les œuvres rassemblées : le cadre d'or vide d'Eckart, l'œuvre noir, rouge et or de James Lee Byars, l'avaient particulièrement fascinée. Angie, elle, avait un faible pour le corbeau de Karen Knorr. Le corbeau était son animal totem. Et les vanités, sa passion. Le XVIIe siècle français les avait inventées pour dire que la mort et la vie sont étroitement liées, que les possessions, le savoir sont éphémères. Sur ce thème de la vanité, la jeune femme avait juxtaposé habilement des œuvres anciennes et contemporaines, des toiles et des sculptures que des artistes reconnus lui avaient permis d'exposer aux côtés d'œuvres à vendre de jeunes inconnus qu'elle mettait ainsi en valeur. Les collectionneurs ne s'y trompèrent pas. L'exposition *Vanités* fut un succès qui lança la galerie et assit la réputation d'Angie Bronson dans le milieu de l'art new-yorkais. Le soir du vernissage, des options d'achat étaient posées sur la moitié des œuvres en vente.

Dans le grand brouhaha de la soirée, Angie n'avait qu'un souvenir. Étourdie par les embrassades et les congratulations, elle passait d'un groupe à l'autre, écoutant d'une oreille distraite les commentaires élogieux des invités. Tout le gotha new-yorkais était là pour assister au triomphe de la jeune Bronson devenue une femme ravissante et pleine de talent. Très belle et très à son aise dans une tenue d'un magnifique bleu noir de Montana, son couturier préféré, elle évoluait dans son nouvel espace, heureuse de le voir si bien accordé à son ambition et au plaisir des amateurs d'art.

Il lui avait fallu répondre à plusieurs interviews, à de nombreuses questions. L'espace ressemblait à une ruche en folie. Toutes les stars du monde de l'art, mais aussi du cinéma, de la télévision et de la presse semblaient s'être donné rendez-vous dans sa galerie ce soir-là. Les compliments fusaient, plus ou moins sincères, plus ou moins judicieux, en anglais, mais aussi en français ou en italien. Ils étaient tous là à poser des questions idiotes ou à vouloir montrer à tout le monde qu'ils la connaissaient personnellement.

– Angie, quelle réussite ! et quelle belle idée ! Votre père doit être si fier d'une fille qui prouve un goût aussi irréprochable. Où est-il ? disait une dame blonde qu'elle n'avait jamais vue de sa vie en l'embrassant comme du bon pain.

– Angie Bronson, faut-il être vaniteuse pour exposer des vanités ? demandait un petit journaliste agressif que le sujet semblait toucher au vif.

Sir Connery la serra dans ses bras avec affection, lui valant des regards envieux de toutes les femmes présentes :

– Sean, je ne m'attendais pas à vous voir ici ! Je vous croyais à Ibiza avec Micheline, en train de jouer au golf ! s'écria Angie, jouant immédiatement le jeu.

– Sacrée Greenette, quand je pense que je t'ai fait sauter sur mes genoux quand tu avais cinq ans ! Je n'aurais raté cette soirée pour rien au monde.

– Arrête de draguer ! Tu n'en finiras donc jamais de jouer les play-boys ! Laisses-en un peu pour les autres, sale égoïste !

Angie se retourna, surprise, en reconnaissant la fameuse voix rauque de Sylvester. Sean ne s'était pas laissé démonter :

– Je me rends ! Salut, Stallone, il ne manquait plus que toi. Voilà, Mister Rocky, je vous abandonne mademoiselle. Je ne voudrais surtout pas vous énerver ! enchaîna-t-il, dans le plus pur humour bondesque. 007 n'aurait pas mieux dit.

Les deux protagonistes s'inclinèrent l'un devant l'autre. Angie riait, aux anges. À deux pas d'elle, Peter souriait de toutes ses dents, fier du succès de sa fille. Il gardait un œil sur Lisa radieuse dans son fourreau blanc. Tous. Ils étaient tous venus. On ne parlerait que de ça dans New York demain.

Seul, Malcolm ne participait pas à la liesse générale. Il absorbait whisky sur whisky et importunait toutes les filles qui passaient à portée du buffet. Faby, désireuse d'éviter tout scandale devant la presse, ne le quittait pas d'une semelle. Angie avait autre chose à faire que surveiller son frère.

Un des grooms engagés par Lisa vint la prévenir que le sénateur Wallace arrivait. La jeune femme se dirigea aussitôt vers l'entrée de la galerie sans cesser de serrer des mains et de sourire à droite et à gauche. À chaque pas, quelqu'un l'arrêtait pour la féliciter. Près de la porte, une bousculade des photographes lui fit perdre l'équilibre. Une main secourable la retint au moment où elle trébuchait. Elle tomba dans les bras d'un homme bien plus grand qu'elle. Chose rare.

– Mon nom est Gordon. Nice to meet you ! Ravi de vous rencontrer ! dit-il avec un sourire un peu narquois, en l'aidant adroitement à retrouver son équilibre.

La voix était grave et bien modulée. Ses doigts avaient enregistré la douceur du cachemire de la veste. Le parfum était un cuir de Russie discret et raffiné comme seuls les Anglais savent en composer. Troublée, elle se redressa avec la souplesse d'une danseuse, furieuse de se sentir rougir.

– Je suis confuse ! Merci de m'avoir évité la chute. Les photographes s'en seraient donné à cœur joie. Vous avez de bons réflexes ! Je suis Angie Bronson, dit-elle en lui tendant la main avec sa franchise coutumière.

Tout en parlant, elle dévisageait enfin son sauveteur, étonnée de ne pas reconnaître ce visage bronzé de baroudeur aux mâchoires fermes et aux pommettes hautes. L'œil bleu insolent et l'air un peu trop sûr de lui à son goût.

Mais le sénateur ne laissa pas au bel inconnu le temps d'en dire davantage. Il enleva Angie pour faire le tour de la galerie. Lui aussi la connaissait depuis l'époque des nattes. Encore un vieil ami de Peter. Justement, il se dirigeait vers eux un grand sourire aux lèvres. Il était aux anges, comme toujours quand sa fille triomphait. Le champagne coulait à flots. La soirée battait son plein. Un bon moment se passa avant qu'Angie ne repère à nouveau dans la foule la haute silhouette de l'inconnu. Elle avait l'impression d'être dans un de ces rêves pénibles où ce que vous désirez vous échappe chaque fois au moment même où vous allez l'atteindre. Ses réponses se faisaient de plus en plus distraites. Une seule chose l'intéressait : qui était-ce ? Chaque fois qu'elle l'apercevait, il avait les yeux fixés sur elle. Carson passait par là. Il connaissait toujours tout le monde. Elle lui sourit :

– Dites-moi Johnny, qui est le grand type aux cheveux blonds ? Celui qui regarde avec insistance le bronze de Pistoletto, là-bas, près du pilier. J'ai vu que vous lui parliez tout à l'heure. Est-ce un ami à vous ?

– Oh, *dear*, si je devais connaître tous ceux à qui je parle dans ce genre de soirée ! Je pensais que c'était un ami à toi. La grande classe. Un connaisseur. Tout à fait ton style. Si ma mémoire est bonne, il s'appelle Gordon.

Chacun de ceux qui l'avaient croisé lui tenaient à peu près le même discours. Personne ne restait insensible au charisme de Gordon. Mais personne ne le connaissait.

Restait Lisa. Avec un peu de chance, Gordon faisait partie de la liste d'invités qu'elle avait rajoutés sans vergogne à ceux de sa fille. Elle se mit à sa recherche. Lisa n'avait pas lâché son cher époux d'une semelle tout au long de la soirée, ravie de pouvoir montrer au tout New York que tout allait pour le mieux chez les Bronson. Angie la découvrit enfin non loin du buffet, tous charmes dehors. Pour qui prenait-elle ces airs de sirène qui rappelaient un peu la Lisa d'antan ? Pour Gordon avec qui elle était en grande conversation. Bingo ! Il fallait reconnaître un talent à Lisa : elle avait un goût infaillible pour s'entourer des plus beaux hommes de la soirée. Angie secoua ses boucles brunes et, espiègle, tapota sur l'épaule dénudée de sa mère, moulée dans un admirable fourreau blanc de Versace. Son buste parfait émergeait du drapé comme celui d'une statue antique.

– Ma chérie ! Viens que je te présente ce cher Gordon ! Il vient de me dire tout le bien qu'il pense de ton exposition et me pose mille questions auxquelles tu répondras mieux que moi. Je pensais qu'il trouvait comme moi ton exposition farfelue, mais il prétend que ton propos est d'une parfaite orthodoxie. Il dit même que tu nous donnes une leçon d'histoire de l'art, ce soir.

Lisa pérorait, s'écoutant parler, flattée de tenir pour une fois sa fille en haleine. Gordon, impatient, l'interrompit :

– Notre télescopage ne nous a pas laissé le temps de faire les présentations complètes : Gordon Mac Farlow. Si j'ai bien compris, j'ai la chance de compter parmi les invités personnels de votre charmante mère, mademoiselle Bronson. Elle m'a souvent parlé de vous. Je suis heureux de vous rencontrer.

Il lui tenait la main dans les siennes, chaleureuses et énergiques. Angie tenta de cacher son émoi avec la déplaisante sensation qu'il s'en rendait parfaitement compte. Elle joua le jeu des mondanités et engagea la conversation :

– Je pensais naïvement connaître tous les amis de Lisa. Nous ne nous sommes jamais croisés *uptown* ! Il y a longtemps que vous habitez New York ? demanda-t-elle, incapable de réfréner sa curiosité.

– Lisa est surtout une amie de ma mère, Drusilla. Toutes deux ont eu une réussite hors du commun après avoir été les mannequins vedettes de la même agence de mode. Vous avez du entendre parler de Drusilla comme j'ai entendu mille fois l'éloge de Lisa. Elle est inséparable des meilleurs souvenirs de ma mère, dit-il en s'inclinant galamment vers Lisa, rose de plaisir. Je viens régulièrement lui rendre visite, mais je vis à Londres où me retiennent mes travaux de recherche et d'écriture. Je voyage partout dans le monde. Voyez-vous, je suis connu comme ethnologue. Mais je suis surtout ce qu'on appelle un écrivain-voyageur. Vraiment, Lisa ne vous a jamais parlé de moi ? Je suis déçu...

– Ça ne m'étonne pas vraiment. Ma mère a toujours aimé avoir ses petits secrets. Elle entretient un suspense permanent, au grand désespoir de mon père. J'avoue que de temps à autre, c'est un peu fatigant pour tout le monde. N'est-ce pas, maman ?

Angie ne pouvait pas s'empêcher de taquiner Lisa qui avait bien remarqué l'intérêt de sa fille pour Gordon.

– Voyons ma chérie, quelque chose me dit que mon invité surprise de ce soir n'est pas pour te déplaire ! Je me trompe ?

Et elle les planta là tous les deux, sans se soucier d'avoir mis Angie dans l'embarras avec ses déclarations intempestives.

– N'oubliez pas que j'ai le même modèle à la maison, chuchota Gordon. J'ai été très heureux de vous rencontrer, miss Bronson, dit-il en lui prenant la main pour un baise-main pas très conventionnel, mais très galant.

Angie ne pouvait décemment pas le retenir. Avait-il répondu à l'invitation de Lisa parce qu'il voulait voir de près le clan Bronson qui défrayait la chronique mondaine, pour faire plaisir à sa propre mère ou parce qu'il avait une heure à tuer avant le dîner ? Elle ne le saurait probablement jamais. D'ailleurs, elle n'avait pas le temps de se poser la question : Malcolm avait atteint des sommets d'agitation que Faby ne savait plus contenir. Il fallait qu'elle aille de toute urgence à la rescousse. Navrée, elle regarda Gordon s'éloigner, discret et élégant, vers un monde inaccessible. Les éclats de voix de Malcolm résonnaient, menaçant de gâcher la fête. Sa réalité à elle, c'était ça : les disputes familiales et le scandale, même un jour comme celui-ci où tout aurait dû être lisse et parfait. Elle soupira. On n'échappe pas à sa famille. Lisa et Malcolm étaient une malédiction qu'elle partageait avec Peter. Ni Gordon, ni personne n'avaient aucune idée du calvaire que ces deux êtres puérils et instables leur faisait vivre depuis toujours.

– Mac, s'il te plaît, pas aujourd'hui, souffla-t-elle, en essayant d'entraîner son frère loin du buffet.

Le mélange alcool-drogue avait une fois de plus fait des ravages sur la frêle constitution de son cadet.

– Tiens, mais c'est ma sœur chérie. Le petit génie de la famille se souvient qu'elle a un frère ! brailla-t-il, ivre mort, rameutant les colporteurs de ragots de Manhattan, ravis à l'idée d'avoir quelque chose à se mettre sous la dent pour pimenter le récit du vernissage de l'exposition de cette chère Angie Bronson. Mais Peter ne laissa pas à son fils le temps de leur faire ce plaisir. Il l'attrapa par le bras, et, entraînant Lisa, les fit sortir et les fourra dans la limousine qui patientait dehors, ordonnant au chauffeur de les reconduire à la maison.

Le lendemain matin, le cœur battant, elle reconnut la voix de Gordon au téléphone. Il demandait à revoir l'exposition dans des conditions plus calmes. Ils passèrent un délicieux moment à se disputer sur l'évolution de l'art en général et des vanités en particulier au fil des siècles. Angie, ravie, découvrait un interlocuteur de haut niveau, qui suivait son idée et débattait pied à pied quand il n'était pas d'accord. Tout les rapprochait. Y compris leur méfiance pour l'amour et ses pièges qui avait fait d'eux, chacun dans son genre, les célibataires les plus endurcis de New York. Ils s'étaient si bien juré de ne plus s'y laisser prendre qu'ils furent sans défense devant la force de leurs sentiments, la puissance de leur complicité. Solide, le visage buriné avant l'âge, Gordon avait le charme puissant d'un homme au sommet de ses forces et de ses possibilités. Angie appréciait par-dessus tout que cet homme calme et pondéré puisse avoir rien que pour elle des pudeurs d'adolescent et une fantaisie amoureuse aussi inventive. Elle savait qu'il l'aimait comme elle était, libre et indomptable, débordante de projets qu'elle se donnait toute seule les moyens de réaliser. Tous deux voyageaient d'un bout à l'autre de la planète et s'amusèrent vite à jongler avec les fuseaux horaires et les avions pour se surprendre souvent là où ils ne s'attendaient pas. Chacun avait pris une ligne de téléphone exclusivement réservée à l'autre. Une façon de se créer un espace secret dans des vies extrêmement remplies et occupées. Ils ne purent cacher longtemps le lien très fort qui les unissait et tout New York se mit à faire des paris sur un prochain mariage. Mais ni l'un ni l'autre ne se pressait de donner satisfaction à la bonne société. Ils s'aimaient libres de tout lien, sans attaches obligées, amants terribles qui jouaient avec le temps et l'espace, défiant les lois qui veulent que l'amour ne dure pas toujours.

– Angel, mon Angel, j'avais besoin d'entendre ta voix. Ici, il est trois heures du matin. Mais je ne dormais pas. J'ai un boulot monstre. Je ne m'en sors pas. Tout ça par ta faute !

À l'autre bout du fil, à l'autre bout du monde, elle s'étranglait d'indignation, plaidait non coupable. Il riait :

– Impossible de me concentrer. Je ne pense qu'à une chose, à cette folle nuit sur la plage d'Hawaii. Je meurs d'envie de te caresser, je deviens fou à l'idée de ton corps si doux, de ta peau... Je me suis trompé de surnom. Je n'aurais jamais dû t'appeler Angel. Tu es un démon et tu m'as ensorcelé.

Leurs rires se répondaient. Au réveil, sa secrétaire rougissante lui remettrait un fax enflammé. Il lui renvoyait aussitôt un poème sur son E-Mail avec un petit corbeau noir pour toute signature. Un dialogue amoureux jamais interrompu qui se jouait des distances et de l'absence.

Trois ans. Ils avaient entretenu pendant trois ans cette tension amoureuse de tous les instants quand le temps avait rattrapé Angie dans un chalet du Colorado. Elle était venue se mettre au vert pour réfléchir à ses prochaines expositions. Dès qu'il en aurait fini avec son congrès de chercheurs à Denver, il devait la rejoindre pour quelques jours de vacances bien méritées. Elle l'attendait de tout son être.

Angie s'agita sur sa paillasse. Les images du bonheur refluaient dans sa mémoire. Son rêve la ramenait à cette nuit d'hiver glaciale, sous les étoiles froides de Sun Valley. Une épaisse couche de neige recouvrait le paysage. La tempête avait fait rage toute la journée. L'électricité était coupée, mais le générateur lui donnait juste ce qu'il fallait d'énergie pour se chauffer et s'éclairer. Le chalet appartenait à un ami écologiste de Gordon qui avait installé des capteurs solaires sur le toit et une installation de survie à la fois simple et sophistiquée. Elle goûtait le plaisir rare de se sentir à l'abri des éléments déchaînés. Le spectacle grandiose de la nature avait disparu dans la nuit. Sa seule inquiétude concernait Gordon. Comment ferait-il pour la rejoindre dans ce coin perdu ? Allongée sur le canapé devant un bon feu de cheminée, Angie dévorait un vieux roman de Graham Greene déniché sur une des étagères en rondins qui tapissaient les murs quand le téléphone sonna. La voix de l'opératrice lui annonça un appel en PCV :

– *Yes, I'm miss Bronson.* Bien sûr que je le prends, votre *collect call* ! Elle s'énervait.

– Gordon, c'est toi ? Mais où es-tu ? Je commençais à m'inquiéter avec cette tempête de neige. Comment ça, tu viens en bus ? Aucun taxi ne peut te prendre, tu en es sûr ? Tu vas mettre un temps fou pour arriver ici. Ce n'est pas raisonnable. Tant pis, chéri. Laisse tomber. Je ne veux pas t'imposer ça. Nous nous retrouverons à New York la semaine prochaine.

– *Honey,* tu n'y penses pas. La météo annonce une

amélioration pour demain. Fais de beaux rêves, j'arrive.

– Appelle-moi avant de décoller. Je t'attends. *I miss you my love*. À demain, dit Angie avant de raccrocher, résignée, à l'idée de passer cette nuit seule dans ce chalet perdu dans un désert enneigé. Dehors la tempête s'était calmée.

Après avoir grignoté un dîner rapide, elle interrogea sa messagerie. La voix nerveuse de Faby la tira de la douce torpeur de cette soirée solitaire. Alertée, elle composa le numéro de son amie à New York.

– Faby ? Je viens d'avoir ton message. Non, Gordon n'est pas encore arrivé. Il y a eu une terrible tempête de neige ici. Je suis seule dans le chalet. Mais non, je n'ai pas peur. Dis-moi plutôt ce qui s'est passé. Tu avais l'air inquiète tout à l'heure. Quoi ? Malcolm a eu le culot de te demander de l'argent ? C'est incroyable. Il a le chic pour venir te jouer son numéro d'incompris quand il me croit hors de portée. C'est tout, Fab ? J'ai l'impression que tu me caches quelque chose.

À force de prières et de tendres menaces, Angie obtint la vérité de Faby. Avec son cœur tendre, elle était toujours horrifiée du mode brutal des rapports familiaux des Bronson. Elle ne s'y habituait pas. La scène qu'elle avait essuyée le matin même l'avait brisée. Angie le devina.

– Écoute, il vaut mieux que tu me dises la vérité. Tu sais bien que je finis toujours par savoir ce que je dois savoir. Calme-toi et explique-moi ce qui s'est passé.

Faby sanglotait à présent en lui expliquant comment Lisa s'en était mêlée. Elle n'avait rien pu faire. Angie se sentit pâlir de colère. Lisa arrivait toujours à la mettre hors d'elle. Elle respira profondément, décidée à garder son calme et interrompit le flot de paroles de son amie.

– Arrête de t'excuser et cesse de pleurer. C'est ridicule. Faby, tu ne pouvais rien faire d'autre. Je t'approuve entièrement. Tu m'entends ? C'est à moi de régler le problème. Et c'est à moi de te présenter mes excuses pour t'avoir mise dans une situation pareille. Remarque, je suis à peine surprise. Lisa a toujours pris parti pour son chérubin. Mais là, elle pousse le bouchon un peu loin. Elle va voir de quel bois je me chauffe. C'est un véritable hold-up. Quand elle a décidé de l'accompagner, elle savait que tu n'étais pas de taille à résister. Tu étais dans une position intenable et tu n'avais pas le choix. Il n'était pas question une minute de discuter ou de refuser. Je la vois comme si j'y étais. Elle a dû débarquer à la galerie comme si elle était chez elle, exiger que tu ouvres le coffre. C'est vraiment minable d'en arriver là pour quelques milliers de dollars que Dad a dû refuser à mon frère ! Voyons les choses positivement, ma chérie. Heureusement que tu n'avais pas vendu une toile importante à un riche amateur qui t'aurait payé cash. Elle aurait tout ratissé. Nous aurions été vraiment mal. Tu as très bien limité les dégâts. Réfléchis. Tu ne pouvais tout de même pas appeler la police pour dénoncer mon frère ou ma mère ! Je réglerai ça en rentrant. Fais-moi confiance, ça va swinguer le blues ! Bon, maintenant, cesse de pleurer et va te coucher. Je t'appelle quand je rentre. Bye.

Angie raccrocha et resta un long moment à ruminer sa rancune. La dérive de Lisa et de son frère commençait à devenir inquiétante. Ils ne reculaient devant rien pour se procurer de quoi meubler leur vie ratée. Alcool, drogue, fêtes, tout ça coûtait cher. À eux, mais aussi à Peter et Angie. C'était sa croix. Elle soupira. Gordon lui manquait.

Jingle Bell, Jingle Bell, carillonna la porte du chalet, la faisant sursauter. Un promeneur égaré ? Ami ou ennemi ? Pas très rassurée, Angie s'approcha de la porte bien verrouillée et demanda d'une voix forte et bien assurée :

– Qui est là, répondez !

– Je cherche miss Bronson, répondit une voix qu'elle reconnut sans hésitation possible. Un kilomètre de plus et j'étais congelé. Chère Princesse des Neiges, pouvez-vous héberger un pauvre pèlerin transi de froid et de fatigue ?

Sans plus se poser de questions, elle ouvrit toute grande la porte pour recevoir dans ses bras Gordon, frigorifié, sac au dos et raquettes aux pieds.

– Mon amour, par quel miracle es-tu là ? Tu es fou d'être venu jusqu'ici par un temps pareil !

Elle parlait, le frictionnait, l'embrassait, sans prendre le temps de respirer, ne sentant ni la neige, ni le froid.

– Mon Angel, si nous rentrions nous mettre à l'abri, dit Gordon en détachant les raquettes qui lui avaient permis de franchir les quelques kilomètres qui séparaient le chalet de la station la plus proche.

Il avait retrouvé ses réflexes de baroudeur et foncé à l'héliport de Denver. Un ethnologue, comme il l'expliqua à Angie, ce n'est pas si différent d'un journaliste de terrain qui doit utiliser tous les moyens possibles et imaginables pour arriver là où il veut aller. Il s'était joint à un groupe de secouristes venus prêter main-forte au médecin local, débordé. Il semblait que plusieurs bébés aient décidé que c'était la bonne nuit pour naître tous en même temps aux quatre coins de Sun Valley. Gordon en avait profité. Il avait ensuite emprunté une paire de raquettes pour faire à pied les deux heures de marche qui restaient à couvrir pour atteindre le chalet de son ami Doug. Il était déjà venu plusieurs fois. Il connaissait le chemin et il était impatient de la retrouver.

Le souvenir de la ferveur de ces retrouvailles fit gémir Angie dans son sommeil. Tout en lui racontant son odyssée, Gordon s'était débarrassé de ses vêtements mouillés, et l'avait suivie dans la cuisine où elle s'affairait à lui réchauffer une soupe de légumes qu'elle avait préparée pour lui quelques heures plus tôt, heureuse de s'activer pour l'homme qu'elle aimait alors que la tourmente soufflait au-dehors.

– Quelle chance, dit Gordon, en la prenant dans ses bras, on dirait que je vais avoir l'honneur de déguster l'une des célèbres soupes d'Angie Bronson...

Mais, comme ses grandes mains sensibles et intelligentes le lui firent rapidement comprendre, il avait faim d'autre chose. Prononçant de douces paroles qui l'étourdissaient un peu, il l'entraîna vers le vaste canapé qui faisait face à la cheminée. Angie adorait la façon bien à lui qu'il avait de quitter son air civilisé avec ses vêtements. C'était un Irlandais pure souche, immense, taillé pour porter de grands pulls qu'elle adorait lui chiper. Il y avait quelque chose d'un Indiana Jones dans le contraste entre son corps d'athlète et son cerveau d'intellectuel. Une force calme et impérieuse émanait de lui. Angie qui était d'habitude si rétive avec les hommes adorait lui céder. Lui aussi la regardait avec adoration tandis qu'il la dévêtait avec une douce autorité :

– Comme tu es belle, mon Ange, tu as l'air de t'être évadée d'un film de John Ford avec tes longs cheveux d'Indienne. Serais-tu la fille de Cochise, le grand chef Apache ?

Elle voulut répondre, entrer dans le jeu, mais il pensait déjà à un autre jeu et lui ferma la bouche d'un baiser passionné. Leurs corps glissèrent l'un vers l'autre dans une folle étreinte, tout à la joie de se retrouver. Leur accord avait été immédiat, simple et aisé. Au-delà de tout ce qu'ils avaient connu auparavant l'un et l'autre. Comme s'ils avaient atteint le port ardemment désiré après une longue, une douloureuse, une inutile errance.

Angie lui appartenait corps et âme. Ses doigts jouaient dans les boucles d'un blond de blé mûr, caressaient le dessin moqueur de sa bouche sensuelle. Le cœur lui manquait sous le regard aigu des yeux bleus qui lisait ses secrets et ses désirs les plus intimes. Il savait tout d'elle avant de la connaître :

– Tu es si douce, murmurait-il, comme un enfant éperdu d'amour. Tu me rends fou, ajoutait-il, comme un homme qui trouve un appui inattendu au-dessus du gouffre.

Elle se laissait entraîner dans son vertige et, les yeux clos, savourait chaque seconde de bonheur. Rien ne pourrait détruire cet amour sans faille. Le lien qui les unissait était de ceux qui durent par-delà les siècles, qui vous donnent envie de croire à la réincarnation.

L'orage qui les soulevait rivalisait de force avec le blizzard qui s'était remis à souffler au-dehors. Ni l'un ni l'autre n'y prêtaient garde, attentifs à explorer ensemble chaque parcelle de plaisir, chaque étincelle de jouissance.

Plus tard, bien plus tard, il se leva pour aller chercher une immense couverture indienne bariolée dont il la borda tendrement avant d'attaquer la soupe fumante à même la soupière. Une cuillerée pour lui, une cuillerée pour Angie.

Et Angie riait, se laissait faire, au comble du bonheur. Un bonheur qu'elle se sentait capable de faire durer toute la vie. Un bonheur qui embrasa Sun Valley pendant huit longues journées. Quand le soleil réapparut, trois jours plus tard, il leur sembla être Adam et Ève à l'aube du premier matin du monde. Ils chaussèrent les skis de randonnée et s'élancèrent. Gordon ouvrait la trace d'un pas régulier et Angie n'était pas du genre à se laisser distancer. Ils revinrent au chalet, fourbus et ravis. Chaque fois qu'ils vivaient ainsi ensemble pendant quelques jours, ils se trouvaient d'autres raisons de se plaire.

Dans l'ombre glaciale de sa cellule, emmitouflée sous les couvertures et la peau de yack qui la protégeaient du froid des nuits en altitude, Angie, plongée dans son rêve, frissonnait, troublée par un émoi inusable. Son cœur battait la chamade. Son amour était intact. En dépit des longues semaines de détention, la seule évocation de ces souvenirs apaisait les traits de son visage endormi. Un calme profond que nul ne pouvait lui enlever. Un calme que la suite de son rêve allait pourtant faire tourner au cauchemar. Un terrible cauchemar.

Au bout de trois années de chassés-croisés amoureux, ils avaient décidé de convoquer monsieur le maire. Peter était aux anges. Pour une fois d'accord, Lisa et lui rêvaient d'une réception à faire mourir de jalousie Elizabeth Taylor, leur amie de toujours. Angie et Gordon les laissaient dire. Tous deux penchaient plutôt pour une cérémonie discrète et une escapade vers une île déserte connue d'eux seuls et de leur ami Doug : le chalet de Sun Valley.

En attendant, Angie travaillait d'arrache-pied pour organiser la première exposition d'un jeune artiste sud-américain sur lequel Faby et elle fondaient énormément d'espoir. Il refusait de se séparer de trois pièces essentielles qui résumaient tout son parcours.

– Enfin, Riverto, je veux les exposer, les montrer. Il n'est pas question de les vendre malgré toi. Il s'agit simplement de montrer au public comment tu en es arrivé à peindre ce que tu peins aujourd'hui, argumentait Faby.

– Riverto, exposer, c'est s'exposer. Personne ne peut le faire à ta place. Ni malgré toi. Surtout pas moi. Prends ta décision et reviens me voir quand tu sauras ce que tu veux, trancha Angie fermement, laissant le jeune artiste sans voix.

Admirative, Faby le vit blêmir, se ressaisir et décider de s'en tirer par une pirouette. Ce garçon avait un charme fou et le savait. Il fit une affreuse grimace et se jeta aux pieds d'Angie dans une posture ridicule qui déclencha le fou rire des deux femmes. Quand la sonnerie du téléphone résonna, ils riaient encore tous les trois de la comédie qu'ils venaient de se jouer.

– Tu as de la chance d'avoir autant de talent, Riverto. Sinon, je t'aurais volontiers passé par la fenêtre. A-t-on idée d'être aussi entêté ! grondait Angie pendant que Faby prenait la communication.

Déjà, elle avait repris le plan de son accrochage, y incluant les trois œuvres qu'elle venait d'obtenir de haute lutte.

– Allô, s'époumonait Faby. Parlez plus fort, je n'entends rien. Taisez-vous, vous autres ! Non, je ne suis pas miss Bronson. Je suis son assistante. Non, on ne peut pas la déranger. C'est à quel sujet ? Qui la demande ?

Le visage de Faby se ferma subitement.

– Non, ce n'est pas vrai ! s'exclama-t-elle sourdement. Oui, je vous la passe, dit-elle, vaincue.

Quand elle se tourna vers Angie, le visage défait, le combiné pendant au bout de la main comme un bizarre instrument du destin, les larmes coulaient déjà sur son petit visage blême.

– Je parie que c'est encore Malcolm qui a fait des siennes, s'exclama la jeune femme, excédée.

« Allô, que se passe-t-il ? Oui, je suis Angie Bronson ! Bien sûr que je connais Gordon Mac Farlow. Nous sommes fiancés. Il lui est arrivé quelque chose ? Quand ? Mon Dieu, il est en vie ? Aux urgences ? J'y vais immédiatement.

Elle raccrocha brusquement et fixa Faby d'un regard fou. L'artiste avait reculé jusqu'au fond de la pièce et n'osait plus bouger ni dire un mot.

– Gordon ! Une agression devant la banque. Poignardé. Il a reçu un coup de couteau. J'y vais. Il va vivre. Il est solide, Gordon. Il va s'en sortir, Faby, tu comprends, il va s'en sortir.

Angie parlait d'une voix hachée, cherchait son sac, livide, sans larmes, son visage creusé par l'angoisse. Elle quitta la pièce en courant, sans laisser à Faby, pétrifiée, le temps de réagir. Subitement isolée face au destin qui la frappait en plein bonheur, elle eut juste le temps de lancer à son amie impuissante une promesse qui sonnait comme un défi :

– Je le retiendrai, tu m'entends, il va vivre !

Faby avait écouté ses pas résonner dans les grandes salles vides de la galerie. Dans la souffrance, Angie était toujours seule. Son amie n'avait pas changé. Elle vivait près d'elle, travaillait avec elle, lui faisait confiance, lui laissait la clef du coffre, mais dès qu'elle souffrait, elle se refermait comme une huître et se battait seule.

D'un geste résolu, elle décrocha le téléphone et appela la police. Elle devait en savoir plus avant d'appeler Peter. Quelques instants plus tard, la voix étouffée de sanglots, elle lui résumait le drame :

– D'après les témoins, Mister Farlow a été agressé en sortant de sa banque. Il n'aurait pas dû essayer de se défendre. Ils étaient trois. Des camés prêts à n'importe quelle folie pour avoir de quoi acheter leur dose. Il a reçu plusieurs coups de couteau. Ils m'ont dit que c'est courant *downtown*. Il a été transporté à l'hôpital. Angie est près de lui. J'y vais.

Sans hésiter, Faby endossa son manteau et partit rejoindre son amie.

Pendant ce temps, dans l'agitation des urgences qui arrivaient les unes après les autres, Angie se bagarrait pour tirer les vers du nez à la réceptionniste qui en avait vu d'autres.

– Je cherche Gordon Mac Farlow. Il a été amené par la police il y a une demi-heure environ. Victime d'une agression. Où est-il ? Comment va-t-il ? Puis-je le voir ?

La réponse beaucoup trop évasive de l'infirmière n'était pas faite pour la calmer :

– Mais enfin, dites-moi ce qui se passe ! Je veux voir un médecin. Je me doute bien qu'on s'occupe de lui. Appelez-moi un responsable. Je ne vais pas attendre ici sans rien savoir ! Les policiers m'ont dit que c'était grave. Je vous en supplie.

– Asseyez-vous, il est en salle d'opération. Les médecins font leur travail, ils viendront vous informer dès que possible. S'il vous plaît, soyez raisonnable !

Raisonnable ! *Ratio,* raison, ce mot qu'elle avait appris et décliné en apprenant le latin était depuis longtemps banni de son vocabulaire. Elle ne put contenir sa nervosité et explosa :

– Comment peut-on me demander d'être raisonnable ? Croyez-vous que la vie est raisonnable ? Connaissez-vous le sens profond de ce mot pour l'utiliser dans un endroit pareil ? Pensez-vous que les blessés qui arrivent ici ont été trop ou pas assez raisonnables ? Alors, avant que je ne perde la raison, allez chercher quelqu'un.

Un mur de silence compétent s'élevait devant elle. Comment retenir Gordon à la vie si elle n'était pas près de lui, si elle ne pouvait lui tenir la main, l'appeler, faire retentir sa voix, cette voix qu'il aimait, par-delà la douleur, pour pénétrer dans les fibres les plus profondes de son inconscient. Là où le temps n'avait plus de prise sur eux, sur leur amour. La raison, elle était en train de la perdre dans ce hall verdâtre.

La porte marquée « *Emergency, No Entrance* » battit enfin. Jusqu'à la fin de ses jours, elle entendrait le battement sourd de la porte qui retomba sur son espoir comme un couperet. L'interne portait sur son visage l'impuissance de la médecine à sauver Gordon.

Il venait la chercher. Enfin. Peut-être n'était-il pas encore trop tard ?

– Il faut que vous soyez forte, mademoiselle. Son état est désespéré. Il a reçu sept coups de couteau et a perdu beaucoup de sang. Nous faisons le maximum. Êtes-vous Angel, ou Angie ? Ce sont les seuls mots qu'il ait prononcés avant de sombrer dans le coma.

À nouveau, il fallut attendre. Tout près de lui. Si loin de lui. Gordon était hors d'atteinte. Il l'attendait et elle n'était pas venue. Elle ne parviendrait pas à franchir tous ces sas censés le protéger. Ce qui le tuait, c'est qu'elle, son Angie, l'ait abandonné dans le couloir de souffrance où il se débattait. Il lui semblait vieillir d'un siècle à chaque minute qui s'égrenait sur la grosse pendule suspendue au-dessus de la porte interdite. Les blouses blanches passaient et repassaient devant elle dans un ballet agité et dérisoire. Les larmes brouillaient sa vue. Elle guettait le tressautement des aiguilles sur le cadran comme si les minces flèches noires allaient la transpercer. Chaque minute qui passait l'éloignait de Gordon. Elle le savait. Une prière lui monta aux lèvres. Une incantation qui venait du fond des âges. Elle pensait à leur dernière conversation sur les *chakras*. Le mystère des cellules ouvertes vers l'infini qui permet de combattre les blessures de l'âme comme celles du corps. Dire qu'elle avait douté quand il lui en avait parlé. Ne s'était-elle pas un peu moquée ? Quel tribut devait-elle payer pour que son bel amour lui soit ainsi retiré brutalement ?

Isolée dans sa méditation, la première de son existence, elle sursauta lorsqu'un homme coiffé et vêtu de coton vert lui posa la main sur l'épaule :

– Mademoiselle Bronson, je suis le docteur Beloliel, responsable de ce service.

Son masque chirurgical à peine baissé lui mangeait encore la moitié de la bouche. Angie se débattit un peu sous sa main pour espérer encore. Mais il n'y avait plus d'espoir du tout à attendre du regard clair et plein de pitié qui se posait sur elle à présent :

– Nous avons tout tenté. Il avait une forte constitution et a résisté à ses blessures plus longtemps qu'un autre. Mais son cœur a flanché. C'est fini, mademoiselle. Nous l'avons perdu.

Le reste de ses paroles se noya dans un brouillard vert où passaient les voix angoissées de Faby et de son père.

Le reste, c'étaient les images d'un cauchemar dont le froid la glaçait encore. La scène se déroulait dans un petit cimetière isolé, non loin de Kenmare où Gordon lui avait promis de l'emmener un jour. Un petit groupe désolé et transi se tenait au sommet d'une falaise ventée dominant la mer. C'est là que reposerait Gordon, sur sa terre natale d'Irlande, auprès de la dépouille de sa mère, disparue quelques mois auparavant. Dans sa longue redingote noire, ses longs cheveux bruns lui battant la figure, Angie se tenait droite, indifférente au froid glacial, à l'humidité. Comme si Gordon avait emporté avec lui tout le soleil de la vie.

La main de Faby, chaude et douce, ne lâchait pas la sienne. Pas moyen de maîtriser le tremblement qui la saisissait à l'idée que plus jamais elle ne reverrait Gordon. La terre noire et froide allait l'engloutir à jamais. Le défilé des condoléances avait commencé sans qu'elle sorte de cette hébétude, répondant machinalement aux politesses d'usage formulées par des inconnus. Rien ne parvenait à effacer les terribles images qui resteraient gravées dans sa mémoire aussi longtemps qu'elle vivrait.

Le docteur avait soulevé le grand drap blanc recouvrant le corps de Gordon allongé sur une civière. Le visage de son bien-aimé, d'une pâleur effroyable, était apparu, immobile sous la crinière blonde où ses doigts aimaient tant jouer. Entre les paupières closes, un bref éclat bleu lui avait donné un fol espoir que tout ceci ne soit un mauvais rêve, qu'il s'éveille et revienne à elle, quittant ce masque froid qui lui faisait peur. En vain. Ses sanglots, ses appels, ses baisers n'avaient pas su le rappeler à la vie. Sans oser découvrir le corps enfoui sous le drap, elle avait déposé un dernier baiser sur la bouche dont le dessin gardait son ironie sensuelle et virile. Une bouche qui ne répondrait plus jamais à son désir impérieux, une bouche qui ne prononcerait plus les paroles qui la faisaient trembler. Son odeur, déjà, s'était modifiée. Elle avait recouvert la face inerte et sans souffle de son bien-aimé en le suppliant, puisqu'il ne serait jamais son époux, de lui laisser un peu de son âme, lui qui croyait tellement à sa survie par-delà la mort.

Faby la tirait doucement par la main pour lui faire quitter le cimetière. Celui qui devait devenir son époux, l'homme de sa vie n'était plus. Elle avait laissé tomber dans la fosse noire le lys blanc qu'elle tenait à la main. Le corbeau avait croassé de plus belle et elle avait compris que dans le froid qui demeurerait à jamais au fond de sa vie, il serait toujours là pour la protéger et la consoler.

L'angoisse sortit Angie de son cauchemar. Le cœur battant à tout rompre, elle se redressa brusquement. Elle s'en voulait, après tant d'années, de continuer à porter en elle les blessures d'un amour que rien ne pouvait lui ramener. Mais les flammes de sa passion pour Gordon la brûlaient toujours comme un fer rouge, marquaient sa destinée d'un sceau indélébile. Qu'avait-elle voulu faire d'autre que le rejoindre en venant au Tibet ? C'est pour lui, pour la sérénité du sourire de Bouddha dont il lui avait tant parlé qu'elle était venue jusque-là. Elle aurait dû être vigilante, écouter ce mauvais pressentiment qui l'avait saisie au moment de faire ses adieux à Peter. Comme si elle risquait de ne jamais le revoir. Elle lui avait fait promettre de prendre soin de lui, d'être prudent, sans penser une seconde que c'était elle qui se lançait tête baissée dans une folle aventure. Gordon le lui avait pourtant bien dit : on ne joue pas impunément avec sa peur sans qu'elle essaye un jour ou l'autre de vous dévorer.

Par moments, elle lui en voulait de l'avoir entraînée dans cette galère qu'était la vie sans lui. Mais elle savait aussi que le meilleur de son existence lui venait de lui. Il lui manquait trop après toutes ces années.

Quelles raisons avait-elle de continuer à se battre, à survivre dans cet enfer glacé ?

Une fois de plus, comme les chevaliers de légende recommencent inlassablement à couper les têtes des monstres qui repoussent au fur et à mesure qu'ils les éliminent, Angie tenta de se ressaisir en se mettant en posture pour méditer. Là encore, Gordon l'avait laissée seule, avec pour tout viatique quelques mots lui suggérant d'essayer d'atteindre à cette forme supérieure de lucidité que procurait la méditation.

Sans doute, au milieu de cet effondrement moral provoqué par la solitude et les privations, la méditation était-elle le bon moyen de restructurer son énergie, de tenir. L'enseignement qu'elle avait suivi avec le maître de Gordon pendant plusieurs années avait été un moyen comme un autre de faire son deuil. Mais elle en savait assez pour comprendre avec une ironie un peu désespérée que son troisième *chakra,* celui du plexus solaire, directement relié aux sentiments et aux émotions, ressemblait davantage à un nœud marin qu'à l'image sage et idéale d'une roue lumineuse en perpétuel mouvement, entraînant les six autres *chakras* dans sa ronde infernale et dévastatrice.

Concentrée, elle respira profondément, essayant de retrouver les rythmes acquis au fil des ans. Sur son visage les traces de tension s'effacèrent peu à peu. Une impression de sérénité l'envahit, proche de celle qu'elle connaissait quand Gordon la prenait contre lui. L'image du corbeau se forma dans son esprit. C'était pour elle les prémices de son voyage mental. Son esprit quittait la terre et la cellule noire pour emporter l'oiseau sombre vers le dernier étage d'un building où l'attendrait jusqu'au bout le seul homme qui comptait encore dans sa vie : Peter, son père, son seul espoir.

Le corbeau était un signe qu'elle lui envoyait. Peter en était certain. Les manches de chemise retroussées, la pipe à la bouche, il s'était figé en le regardant se poser sur la rambarde, l'œil vif, la plume brillante, d'un noir d'encre. Passant rudement sa main dans sa chevelure que ces mois d'attente avaient blanchie, il ne put s'empêcher d'en parler à Samuel qui s'inquiétait et le retenait en ligne depuis vingt bonnes minutes pour le convaincre d'aller chez le cardiologue :

– Ça va, Sam, change de disque. Je n'irai pas faire ce check-up. C'est inutile et j'ai autre chose en tête en ce moment. Arrête de t'inquiéter pour rien. Ce petit malaise l'autre soir n'était qu'un manque de sommeil. J'ai un nouveau traitement et ça va déjà beaucoup mieux. Attends, vieux, murmura-t-il soudain, et le ton de sa voix alerta son vieil ami.

« Il est là, je te jure qu'il est là, devant moi. L'oiseau. Oui, le corbeau. Il me regarde à travers la baie. Quel dommage que tu ne puisses le voir. On dirait qu'il comprend tout ce que je te dis. Je suis sûr que c'est un messager d'Angie. Il y a plusieurs jours que je ne l'avais plus vu. Je commençais à désespérer. Là, je suis sûr qu'elle est vivante. Bon, tu as raison. Je me calme et je te laisse travailler. Tu as fait du bon boulot avec ce testament. Arthur te le rapporte signé et daté. Tout est entre tes mains à présent. Bon, je raccroche. Je sens que tu vas recommencer à m'énerver. Salut, vieux.

Peter raccrocha pour guetter par la fenêtre son curieux visiteur. Mais il s'était déjà évaporé sans demander son reste. Il appuya son front contre la vitre et essuya une larme que personne n'aurait jamais cru lui voir verser un jour. D'ailleurs, personne ne le verrait. D'une main tâtonnante, il choisit au hasard deux cachets dans les boîtes qui encombraient son tiroir et les avala. Pourvu qu'il tienne jusqu'au retour d'Angie. Mais quoi qu'il advienne, il avait assuré ses arrières. Les chacals ne dévoreraient pas le corbeau.

Angie déglutit péniblement. Le souffle court, elle sortait peu à peu de son état méditatif. Son esprit avait quitté les ailes du corbeau pour réintégrer son moule qui n'avait pas changé de posture. De son long voyage mental, elle n'avait retenu qu'une chose : Peter l'attendait toujours, il avait tout préparé pour son retour. Mais comme il avait l'air fatigué !

Le corbeau

Angie se redressa, trempée de sueur. Un dialogue en chinois attira son attention. Curieuse d'en savoir plus, elle se leva, se précipita vers la porte de bois et y colla son oreille. Malheureusement, elle ne comprenait que trop bien le sens général de ce que l'homme disait :

– Comment ça, je n'ai pas le droit ? Cette femme sera à moi. Tôt ou tard, elle criera sous mes assauts. Tu l'entendras hurler, me supplier d'arrêter. Il faut juste attendre le bon moment pour l'avoir. Le chef ne la gardera pas indéfiniment au secret. D'ailleurs, ça ne nous mène à rien. À cause d'elle, nous sommes bloqués dans ce trou pendant que les autres attaquent des petits villages, ont les femmes et le butin. Il faudra qu'elle y passe. Elle nous doit bien ça et tu serais bien bête de ne pas en profiter toi aussi dès qu'on sera seuls.

Angie se boucha les oreilles, horrifiée. Une nausée de dégoût la souleva à l'idée des mains de l'homme sur elle. La voix lui était familière. Elle s'était déjà retrouvée face à ce sadique. Cette même voix rauque et rageuse avait exigé qu'elle se mette nue devant lui. Le souvenir de son regard salace, mauvais, la rendait malade d'horreur. Elle s'obligea à écouter encore. La conversation continuait.

Pour la première fois, elle avait des informations sur le groupe d'hommes armés qui la retenait prisonnière :

– Tu te trompes. Nous ne sommes pas là pour piller, répondait l'autre homme avec indignation.

Mais ses paroles n'étaient pas plus rassurantes que celles du monstre avec qui il parlait. Angie pouvait les imaginer, appuyés contre la cloison, l'arme au côté, sentinelles d'une sale guerre où l'idéologie était au mieux une justification, au pire un prétexte pour tuer et torturer.

– Nous sommes là pour endoctriner les enfants et les gagner à notre cause. Ils sont notre future armée. Leurs parents doivent être éliminés. C'est un obstacle inutile. Rappelle-toi ce couple enchaîné et agenouillé aux pieds du chef. Muets de peur devant leur fils qui les conspuait. Il était très fort, ce gamin. Il a dit des mots terribles. Des mots qu'on n'aurait pas trouvés tout seuls. Les injures et les crachats qu'il jetait à la face de ses parents, c'est une de nos plus belles réussites. Grâce à ce système, chaque jour, nous gagnons du terrain. Quoi qu'ils en pensent et qu'ils le veuillent ou non, les Tibétains font partie maintenant de la grande Chine. Notre action continuera au Druk Yul ! Le Dragon paisible ne sauvera pas les fuyards. Crois-tu que ce sont des étrangers comme cette femme inutile ou cet insolent de guide tibétain qui nous empêcheront de poursuivre notre mission ? Je suis d'accord. le chef devrait se débarrasser de ces gêneurs et les mettre à mort plutôt que de nous obliger à perdre notre temps à les garder. Mais les ordres sont les ordres. Tu ne dois pas toucher à la femme tant qu'elle a de la valeur pour le chef. Les paysans qui utilisent les passes des montagnes pour nous échapper, les nomades, tous finiront par rallier nos idées quand ils verront qui est le maître. Ils marcheront avec nous pour la Mère Patrie. Nous, les soldats secrets et fidèles de la Mère Patrie.

Le dialogue s'arrêta net et Angie qui en avait assez entendu se réfugia sur sa paillasse pour mettre un peu d'ordre dans ses pensées. Elle commençait à entrevoir les raisons de son incarcération. Ces faux soldats étaient beaucoup plus dangereux que s'ils avaient appartenu à une armée régulière. Ses geôliers étaient manifestement une de ces bandes armées, émanation clandestine de l'Armée rouge, chargée de semer le trouble et la terreur dans la population tibétaine. Les préceptes maoïstes se mélangeaient dans leur esprit grossier avec une soif de grandeur ancestrale impossible à étancher. Les mots d'ordre ancrés dans leurs frustes cervelles comme un tatouage indélébile, leur soif de conquêtes et cet aveuglement intellectuel étaient la marque de l'extrémisme dans toute sa barbarie. Ils étaient les héritiers des hordes sauvages qui, sous la conduite des seigneurs de la guerre, ravageaient cette contrée du monde depuis la nuit des temps. L'idéologie de la Mère Patrie et leur amour sans faille pour leur pays et leur drapeau justifiait toutes leurs exactions. Ils se prenaient pour une armée, mais ce n'était qu'une bande de brigands plus ou moins bien contrôlée par ses chefs. Ils n'auraient aucune pitié. Elle devait leur échapper coûte que coûte. Aucune négociation ne serait possible avec des éléments aussi incontrôlés que clandestins. Même l'argent ne serait pas un argument. Des armes, peut-être. Et encore. Ils semblaient disposer de ce dont ils avaient besoin pour faire régner la terreur et torturer leurs malheureux prisonniers tibétains.

Comment comprendre la présence de Pasang parmi eux ? Quelque chose en elle s'obstinait à le croire différent, mais l'incertitude la dévorait. Il était son seul espoir. Bien mince, bien incertain. Reviendrait-il seulement ? Il disparaissait et réapparaissait à un rythme de plus en plus irrégulier.

Inlassablement, elle recommençait ses plans sur la poussière du sol, profitant du moindre rai de lumière pour essayer de mesurer où ses ravisseurs la retenaient captive. La frontière tibétaine avait été anéantie par la force de l'armée chinoise. Le Dragon paisible dont l'homme venait de parler était l'emblème du Bhoutan : la traduction poétique de son nom.

Coincé entre l'Inde et la Chine, au sud du Tibet, le Bhoutan se préserve jalousement du tourisme de masse. Pays de tradition bouddhiste, il a su, mieux que son malheureux voisin tibétain, faire le nécessaire pour conserver ses traditions millénaires dominées par une religion lamaïste très vivante entretenue dans les innombrables forteresses, les *dzongs*. Le Bhoutan est un pays de forteresses, un *dzong* de *dzongs,* avait lu Angie dans un livre qui racontait l'histoire de ce pays perdu aux confins de l'Himalaya. Un pays compartimenté en vallées closes comme des forteresses, défendues par des monastères-forteresses. Partout, on l'avait prévenue. Moines et fonctionnaires se partagent le pouvoir et les murs de ces immenses bâtisses où chacun a sa place selon son rang dans la hiérarchie sociale. L'étranger y est un intrus. Impossible de se promener selon sa fantaisie. L'itinéraire, la durée du séjour, les points de chute, tout devait être prévu d'avance. La moindre modification suscitait d'interminables tracasseries administratives avec force papier carbone.

La marche forcée de plusieurs jours qu'elle avait effectuée les yeux bandés, marchant péniblement dans le froid et la neige, un canon de fusil pointé entre les omoplates, le souffle court, mesurant l'altitude qui s'élevait à sa difficulté croissante à trouver de l'oxygène, lui avait prouvé qu'elle se trouvait bien dans la chaîne himalayenne. Beaucoup de Tibétains avaient franchi au péril de leur vie la plus belle et la plus dangereuse des frontières naturelles, l'Himalaya, dans une tentative désespérée pour sauvegarder leur histoire, leur philosophie, leur intégrité et leur foi. Ces marcheurs, guidés par une force spirituelle hors du commun, se jouaient des distances, de l'altitude et des redoutables conditions climatiques : cet exode glacé était pour eux une de ces épreuves enrichissantes qui peuvent vous conduire vers la délivrance, avec la certitude d'avoir franchi une marche supplémentaire dans l'interminable escalier de la vie, pour préparer leur prochaine incarnation. Les bandes armées prochinoises se lançaient à leur poursuite et les torturaient impitoyablement quand elles parvenaient à leur mettre la main dessus. À cause d'elle, à cause d'une petite statue de Bouddha souriante, Dawa était venu se jeter dans la gueule du loup. Où trouver la force d'accepter l'épreuve et la torture comme un don du ciel ?

En entendant la clef fourrager dans la serrure, Angie effaça ses plans d'un coup de pied rapide, soulevant un nuage de poussière. Sa main se referma sur un morceau de silex qu'elle avait réussi à extraire entre deux pierres qu'il jointoyait après la précédente visite du monstre : la résignation n'était pas son mode de vie à elle. Bien décidée à vendre chèrement sa peau, elle serrait la pierre coupante entre ses doigts. Plutôt mourir que permettre à cet horrible bonhomme de poser la main sur elle. La rage au cœur, prête à bondir et à se défendre, elle se tenait à présent près de la porte, guettant sa seule chance de faire reculer le monstre : la surprise qu'il aurait quand elle lui sauterait à la gorge.

Mais l'homme qui entra n'était pas celui qu'elle redoutait. Bien au contraire, c'était celui qu'elle attendait. Soulagée, partagée entre les sanglots de la peur et le rire nerveux d'avoir pris pour rien cette attitude guerrière, elle s'élança vers lui spontanément et lui prit les mains :

– Pasang ! Comme je suis heureuse de vous voir !

Puis elle se ressaisit très vite. L'homme avait eu un

geste de recul. Il ne fallait pas l'effrayer mais cultiver au contraire la timide confiance qu'elle sentait naître entre eux au fil des visites.

– Pasang, j'ai peur. Le temps passe et il ne se passe rien. Quand vous me laissez seule si longtemps avec ces malades, tout peut arriver. Si vous saviez de quoi parlaient les hommes dans le couloir tout à l'heure. Vous êtes revenu juste à temps. Si ça doit se terminer ainsi, je préférerais que vous me tuiez de vos propres mains. Je suis certaine que mon pauvre Dawa a déjà rejoint la liste des sacrifiés. Ils ont parlé de lui en riant, mais je n'ai pas compris ce qu'ils ont dit. Mon pauvre guide, si dévoué. Qu'avait-il fait d'autre que me mener là où je voulais, lui qui connaissait les moindres sentiers et raccourcis de ces montagnes si belles. Dans quelle horreur sommes-nous jetés ?

Angie parlait, parlait, d'une voix sourde. En dépit des longs mois de captivité, sa colère était intacte, son inquiétude pour Dawa réelle. Elle parlait au seul être humain qu'elle ait rencontré dans cet enfer. Elle parlait librement, exposant ses craintes et ses déductions devant cet homme dont elle avait décidé qu'il l'aiderait coûte que coûte. Il était son seul recours.

– Je ne suis pas une espionne qui travaille pour les USA. Je ne suis même pas journaliste. Ce qui ne m'empêche pas de me poser des questions : que faites-vous avec eux, Pasang ? Pourquoi me montrez-vous votre visage ? Quel est votre rôle dans cette histoire ? Pourquoi ne pouvons-nous pas nous asseoir et parler tous les deux ? En chinois ou en anglais, comme vous voulez. Vous savez à présent que je parle chinois.

Adossé contre la porte refermée, il la laissait vider son sac, impressionné malgré lui par sa franchise suicidaire. La colère faisait briller ses yeux turquoise dans la pénombre. Il essayait de toutes ses forces d'oublier qu'elle était une femme. Une femme qui lui en rappelait une autre. Indomptable, rétive, jamais prête à capituler. Silencieux, il scrutait la beauté de ce visage volontaire aux traits tirés par la fatigue et les privations, il écoutait cette voix vibrante qui défendait corps et âme sa vérité. Sans oser encore se l'avouer, Pasang admirait son étrange prisonnière. Car il n'était pas dupe : elle prenait un risque en parlant librement de cette façon devant lui. Elle avait pesé le pour et le contre et elle avait fait son choix : lui faire confiance contre toute évidence, quelles que soient les conséquences. Qu'est-ce qui lui avait donné cette certitude qu'il était entre tous l'homme qui pouvait l'aider ?

Angie se posait les mêmes questions, essayant de percer le mystère de ce visage lisse, de cette expression indéfinissable. Rien ne transpirait sur ses traits immobiles. Mais quelque chose dans la tension du corps lui disait qu'il écoutait attentivement. Alors elle continuait, dévidant ses arguments, ses peurs, ses maux, tout le triste roman de sa vie de captive de sa voix grave et vibrante dont elle avait autrefois si souvent joué comme d'un instrument de séduction. Cette fois, c'est sa vie qui était en jeu.

Ce masque impassible, ce regard dans lequel la lumière venue de la porte lui avait un jour montré un mélange étonnant d'encre pailletée d'amande lui donnèrent soudain une autre idée. Elle tenta sa chance en entamant un interrogatoire où son intuition lui disait qu'une botte secrète ferait peut-être sortir l'homme de sa réserve. De toute façon, quand on a déjà touché le fond, c'est le moment ou jamais de prendre des risques. La situation ne peut plus empirer.

– Vous savez, Pasang, c'est vraiment trop bête de nous rencontrer dans des circonstances aussi idiotes. J'aurais eu tant de questions à vous poser. Toutes celles que je n'ai jamais eu l'occasion de formuler pendant toutes les années que j'ai passées à étudier votre civilisation, votre art, l'histoire passionnante de vos ancêtres, leurs légendes, leurs croyances.

Retenant sa respiration, elle passa au chinois. Si son père l'avait entendue, il aurait dit qu'elle était encore en train de se jeter d'un avion sans parachute. Mais elle savait qu'il aurait été fier de voir sa fille se battre jusqu'au bout pour comprendre les événements et ne jamais leur permettre de la manipuler comme un fétu de paille dans le cours violent d'un torrent. Oui, Peter aurait été fier d'elle.

– Vous savez, Pasang, chez moi, aux États-Unis, on accorde une dernière cigarette au condamné avant de le mettre à mort. J'ai une dernière requête à formuler. Je sais que je dois mourir. J'ai entendu les gardiens parler de ma mort prochaine. Je les ai aussi entendus se vanter du viol collectif qu'ils me feront subir avant d'en finir. Si je dois mourir, je voudrais au moins être sûre d'une chose. Ne pas mourir pour rien, sans savoir, comme une bête. Je voudrais en savoir un peu plus sur vous. Sur votre histoire. Je me pose tant de questions ! Je suis née en Occident. Là-bas, nous avons entendu parler de l'endoctrinement des enfants tibétains par les Chinois. Est-ce que je me trompe si je crois que vous êtes un de ces enfants ? Que vous étiez un enfant du Tibet avant de devenir un soldat de la Chine ?

Il resta de marbre, masquant sa surprise devant sa sidérante faculté de déduction, et s'efforça de répondre avec un calme imperturbable :

– Vous faites beaucoup de fautes dans notre langue quand vous vous énervez ainsi, miss. Pourquoi devrais-je vous répondre et vous parler de mes origines ? Vous avez peut-être deviné en moi un métissage, mais qu'est-ce qui vous dit que vous avez tout compris ? On peut ne pas être de race pure et être entièrement dévoué aux idées de la race qu'on s'est choisie. Surtout quand on croit à un futur immense.

– Que ne ferait-on pas pour la Mère Patrie, ne putelle s'empêcher d'ironiser.

– Taisez-vous, jeta-t-il brusquement. Je vous interdis de m'interroger et de porter un jugement sur mes convictions. Votre intelligence vous égare. Vous êtes une étrangère et nous savons ce que font les étrangers. Dangereux, car ils laissent partout des traces de leur passage. Des traces indélébiles et mauvaises. Des traces que nous devons nous efforcer d'effacer.

– Que vous arrive-t-il, Pasang ? reprit Angie, avec une douceur impitoyable, certaine à présent d'avoir deviné juste. Avez-vous peur de parler de l'homme blanc qui a aimé votre mère Tibétaine ? Avez-vous peur de la renier une deuxième fois comme ces enfants de votre peuple que l'on oblige à cracher au visage de leurs parents pour symboliser la rupture avec la civilisation dont ils ne pourront plus hériter après ça ?

La réponse fut soudaine et brutale : une gifle monumentale la déséquilibra, interrompant net sa verve et coupant court à ses intuitions trop aiguës.

– *Shut up,* tais-toi ! hurla-t-il, hors de lui. Tais-toi et essaie de lire, puisque tu tiens tant à comprendre avant de mourir, dit-il en lui lançant une mince brochure qu'il avait sorti de son *go* et tenait à la main depuis un moment. Et il s'en fut, tirant la porte derrière lui et faisant rageusement tourner la clef dans le verrou qui claqua comme un verdict.

Prise à son propre piège, Angie se mit à pleurer. Son seul allié était parti fâché. Ce qu'elle redoutait le plus au monde venait de se produire : il avait feint pour d'obscures raisons d'être de son côté, d'être plus humain que les autres. En fait, il la haïssait peut-être davantage encore que les autres, parce qu'elle incarnait la part de lui-même qu'il avait reniée. Et voilà qu'elle se mêlait de venir le lui expliquer. L'impact de son essai de psychanalyse sauvage avait dépassé ses espérances. Outre la douleur du coup qui aurait suffi à dévisser des mâchoires moins fragiles que la sienne, il y avait la terreur de s'être trompée et d'avoir fait confiance à un homme qui ne la méritait pas. Sa situation déjà critique était devenue intenable :

– Comment ai-je pu me tromper à ce point ? J'ai touché le point sensible, et ça l'a mis hors de lui. Combien de fois Peter ne m'a-t-il pas répété que toute vérité n'est pas bonne à dire ? Il disait aussi que l'intelligence est un grand atout, mais qu'elle peut être aussi le pire des handicaps si l'on s'y fie exagérément. À présent, Pasang est si fâché qu'il risque de me livrer à ces fauves rien que pour sauvegarder son orgueil blessé.

Des larmes de fatigue nerveuse coulaient sur ses joues creusées et pâlies.

– Il va me détester encore bien davantage, maintenant que, sans le vouloir, j'ai découvert quel est son terrible secret. Nigaude, aurait dit Peter, tu aurais mieux fait de tourner ta langue sept fois dans ta bouche avant de parler. Mais à présent que c'est fait, intègre cette nouvelle donnée à ta réflexion et agis. Peter avait la religion de l'action. Il avait raison.

Angie humecta ses yeux rougis et gonflés de larmes avec le fond d'eau fraîche qui restait dans la cruche. Tout son être était secoué d'un chagrin qui la dépassait. Pasang n'était pas seulement l'apparition providentielle qui lui avait permis de tenir dans cet enfer. Leurs conversations étaient le seul carré de vérité et d'humanité dans ce monde hostile. Secouant sa lassitude immense, elle se força à s'intéresser au petit livre qu'il lui avait laissé. La mince pile de feuilles s'ouvrait comme un accordéon. Elle la déplia avec précautions, attirée comme toujours par l'odeur délicate du vieux papier et de l'encre séchée. Il lui semblait que Gordon était tout près d'elle. Tant de fois ils s'étaient penchés coude à coude sur de vieux grimoires orientaux semblables à celui-ci. Elle le porta à son nez pour mieux en apprécier la fine fragrance, comme un amateur de vin respire le contenu de son verre avant d'y tremper les lèvres.

– Quelle merveille, murmura-t-elle, j'ai tellement aimé ces senteurs lorsque je feuilletais des manuscrits anciens.

Les pages flétries et jaunies semblaient être passées entre des centaines de mains. Les caractères utilisés dans ces pages ne lui étaient pas familiers. Il lui faudrait l'aide de Pasang pour tout déchiffrer. Le peu de lumière dont elle disposait lui permit de reconnaître quelques-unes des phrases religieuses qu'elle avait apprises au cours de ses longues semaines d'étude et de recherches en compagnie de Dawa. Le rai de lumière qui lui servait de chandelle s'amenuisait. Le soleil était sans doute en train de se coucher.

Tout se mélangeait dans sa tête : les gestes attentifs de Pasang, leurs conversations si libres, la gifle et ce cadeau inattendu. Y avait-il encore une lueur d'espoir au fond de ce puits où elle était oubliée depuis de si longs jours ?

La nature humaine est ainsi faite que la moindre parcelle d'espoir donne prise au futur par-delà notre ignorance et notre faiblesse présentes. Angie s'accrochait à ce don mystérieux, à ces quelques feuillets couverts de caractères pour la plupart inconnus, parce que c'était un don de Pasang. Un don fait presque malgré lui, comme la dernière cigarette du condamné. Touchant le papier si doux dans le noir, elle éprouvait la douceur indéfinissable du déjà vu. Quelque chose la liait obscurément à ces lignes tracées par une main inconnue. Un fourmillement au bout de ses doigts l'en avertissait, comme si sa main captait les signes qu'elle ne savait pas lire. Une sensation si prenante et si étrange qu'elle parvenait même à faire reculer la sensation de faim, de soif. Angie ne s'attendait pas à recevoir de nourriture ce soir. Seul Pasang se souciait de l'alimenter à peu près régulièrement. Les autres lui apportaient quand ils y pensaient un reste de *tsampa* et riaient quand ils la voyaient grimacer sous l'assaut des fortes épices qui assaisonnaient leur traditionnelle bouillie d'orge.

Toute notion de temps avait disparu lorsque le grincement de la porte la tira de sa douloureuse somnolence. Elle aurait vendu son âme pour un cachet d'aspirine. Un rai de lune jetait une lueur blafarde dans la cellule. Assez pour qu'elle reconnaisse dans l'ombre la main de Pasang qui lui tendait une coupelle fumante. Il était entré comme un voleur, refermant subrepticement la porte derrière lui. Cette fois encore il lui apportait une ration de survie, nécessaire et suffisante :

– Pas un mot, chuchota-t-il. Mangez vite avant que je sois obligé de vous prouver que je tape aussi fort de la main droite que de la main gauche. Je vous garde en vie par choix. N'essayez donc pas de savoir pourquoi.

Assise en tailleur sur sa paillasse, Angie se le tint pour dit et absorba sa maigre pitance sans lever les yeux vers lui. Il restait là, debout, planté devant elle comme pour mieux marquer sa position de supériorité, se demandant comment elle s'y prenait pour lui donner l'impression qu'il était à ses ordres, attendant patiemment qu'elle ait fini de manger.

Concentrée sur sa nourriture, Angie essayait de deviner les raisons de cet étrange comportement. Inexplicablement, elle se sentait soulagée par ce revirement de situation. Il était revenu. Quelles qu'en soient les raisons, elles lui semblaient plutôt positives. Elle regardait ses pieds curieusement bottés de chauds tissus savamment entrecroisés et s'étonnait qu'il ait une pointure si petite pour sa haute taille. Au fond, il était plutôt bel homme. Avait-il perçu le petit sourire insolent qui avait retroussé un bref instant les lèvres de sa prisonnière ? Il se déplaça, silencieux comme un chat et s'assit dans le rayon de lune. Étonnée, elle leva les yeux, sans oser formuler la moindre question. Quelque chose avait changé dans son comportement. Ce soir, il était là presque clandestinement, hors des tournées d'inspection qui faisaient filer doux ses redoutables gardiens et lui permettaient d'adoucir son sort sans rendre de comptes à personne. Quand il parla, ce fut un flot continu de questions formulées d'une voix sourde mais insistante :

– Pourquoi avez-vous cherché à découvrir mes origines ? Pourquoi avez-vous voulu me blesser en parlant de ma mère ? Pensez-vous avoir tous les droits sur nous parce que votre pays croit qu'il est la plus grande puissance mondiale ? Que savez-vous de la répression des Tibétains par les Chinois ? Ils coupent les seins des nonnes dans les monastères. Ils se servent de matraques électriques pour torturer les fidèles avant de badigeonner leurs brûlures avec du piment.

Ils pendent les hommes par les pieds pendant deux ou trois jours et s'en servent de cible pour s'entraîner à la boxe ou aux arts martiaux. Ils savent empoisonner la nourriture de façon à provoquer des douleurs infinies qui font souffrir sans jamais tuer et prolongent le martyre de leurs victimes. D'autres ont subi des injections de substances inconnues qui les ont laissés paralysés à vie. Vous avez échappé à tout cela parce que vous êtes étrangère, parce que j'ai usé de mon influence pour que vous soyez placée sous ma responsabilité directe.

Angie l'écoutait parler, le regardait. Il avait adopté la position ancestrale du lotus, quand le maître donne des indications à son disciple pour progresser dans la voie de la sagesse. Sa voix était sévère. Il ne l'épargnerait pas :

– Votre guide n'a pas été tué. Il a passé plusieurs semaines dans une cage emplie d'éclats de verre pour l'empêcher de bouger. Dawa priait trop. Il a été admis avec d'autres lamas qui détiennent le savoir millénaire tibétain. À présent, ils apprennent tous ensemble l'art de s'occuper des cochons dans une ferme collective. Les autres membres de l'expédition ont été mis à mort. Vous vouliez savoir, vous savez.

Angie n'en croyait pas ses oreilles. Partagée entre la haine, le dégoût et la peur, son regard turquoise fixé sur son étrange protecteur, elle ne savait plus que penser. La violence de ses propos lui arrachait des larmes de compassion. Sur quoi, sur qui pleurait-elle ? Pas sur elle-même. Pour cela, les larmes lui manquaient depuis longtemps. Elle tortillait son mouchoir entre ses doigts dans un geste machinal de désespoir. Pas question de s'effondrer devant lui, de supplier, d'implorer. La silhouette de Pasang, sa posture méditative qui contrastait avec l'horreur de ses dires, disparaissaient dans un brouillard de larmes. Son esprit blessé reconnut soudain l'oiseau noir qui se tenait aux côtés de Pasang. Il ne s'était aperçu de rien. Devenait-elle folle ? Elle cligna des paupières pour effacer cette vision du corbeau qui lui rappelait son rêve. Pasang reprit sur un autre registre, plus vindicatif :

– Quand vous m'avez parlé de ma mère, vous avez réveillé dans mon âme des souvenirs que je croyais enfouis à jamais. Comme si toutes les années passées à les gommer de ma mémoire avaient été vaines. Moi qui croyais que le temps en était enfin venu à bout, je les revivais avec une cruauté que les pires tortures ne sauraient égaler.

Sa voix était rauque de chagrin. L'image du corbeau se volatilisa comme par enchantement. Angie hésita à lui parler de cette vision, de son rêve. Pourtant, sa présence ici cette nuit était liée au rêve du corbeau. Elle en était persuadée. Tant pis s'il se fâchait. Elle se jeta une fois encore à l'eau :

– Pasang, je vois un corbeau près de vous. Ce corbeau hante mes rêves depuis des semaines et aujourd'hui, voilà qu'il est là. Le voyez-vous aussi ?

Il fit un signe de dénégation, incapable d'articuler une parole. Angie venait de franchir un seuil très secret de sa vie. Elle venait d'évoquer intuitivement une image dont il pensait ne plus jamais entendre parler.

Bouleversé par la mobilité du beau visage qui reflétait la complexité de ses pensées, il avait cessé un court instant son triste monologue pour la dévisager. Il était déchiré entre son envie de s'enfuir, de partir et de l'abandonner à son cruel destin et celle de la prendre dans ses bras pour la consoler et la protéger. Il percevait sa puissance dans la pénombre. Cette femme était différente des autres : il admirait sa force d'âme, son courage, sa fierté et la rapidité de ses déductions, mais il aimait par-dessus tout sa sensibilité et son intuition, même s'il en faisait les frais. Il ne pouvait s'empêcher de se demander ce qu'elle avait vécu dans sa vie pour posséder une aura aussi étincelante. Comment savait-elle pour le corbeau ?

La patience d'Angie avait eu raison de sa colère et de sa raison. À son tour, il se décida à tout lui raconter :

– Ma mère était douée d'une force de caractère exceptionnelle. Lorsque je pense à son visage, je le revois très beau, habité d'une lumière intérieure très intense. Sa beauté fit chavirer le cœur de l'étranger. Il était médecin et américain. Le hasard l'avait amené, le hasard l'emporta. Ma mère se retrouva seule. Je devais avoir quatre ou cinq ans. J'ai oublié. Elle voyait en moi un futur moine et me plaça dans un monastère. Moinillon de six ans, j'ai commencé à apprendre la grammaire sanskrite pour acquérir un jour la *prajnaparimita*.

Angie sursauta. Elle avait lu ce mot dans les feuillets qu'il lui avait donnés. Il ne lui était pas étranger, mais sa mémoire défaillante ne parvenait pas à en retrouver la signification. Elle préféra ne pas l'interrompre :

– Sa devise tenait en peu de mots : “Mon fils, un jour, tu trouveras la Voie du Milieu. Ce jour-là, je serai fière de toi.”

« Ma mission était toute tracée. Mais, moins de deux ans plus tard, tout a basculé brusquement.

Il s'était arrêté pour une pause qui menaçait de durer. Angie discernait à peine son ombre mais elle ressentait les ondes de son émotion passer dans sa voix. Sa phrase brutale avait provoqué un choc. Cet intégriste si sûr de lui se métamorphosait en un être fragile. Son esprit blessé s'épanchait, confessant sa douleur pour mieux la digérer. Dawa, lui, avait trouvé un chemin spirituel qui condamnait toute force d'extrémisme. Après des dizaines d'années, il possédait sans doute la fameuse Voie du Milieu. Lui aussi en parlait beaucoup.

– Dawa m'a parlé de la Voie du Milieu, Pasang. Mais que s'est-il passé deux ans plus tard ? soufflat-elle.

– Un jour, elle est venue me chercher au monastère comme elle le faisait de temps à autre. J'avais huit ans. Je me réjouissais de la revoir et de pouvoir l'embrasser. J'adorais ma mère, vous comprenez ? Elle arriva dans un état d'affolement complet. Très énervée, elle me demanda de courir avec elle sans me donner d'explications. J'étais un enfant et je ne comprenais rien à ce qui se passait alors chez nous. Je me souviens seulement que les gens couraient dans tous les sens. La panique était totale. Ma mère me prit par la main et me demanda de courir le plus vite possible avec elle : “Les Chinois sont ici, petit, il faut fuir !” a-t-elle hurlé. J’entends encore sa voix.

Pasang ne prenait même plus le temps de respirer. Il évoquait les scènes d’horreur de son enfance d’un ton neutre, comme on débite une récitation apprise par cœur.

– Ma mère me tirait de toutes ses forces pour que j’avance plus vite. Elle n’a pas lâché ma main, même au moment où une balle l’a jetée à terre. Je revois encore le sang rouge sur mes doigts quand j’effleurai son corsage. Je l’ai appelée, mais elle n’a plus rien dit. Plus jamais. Je l’ai laissée là pour continuer à courir, hébété, droit devant moi. Je ne connaissais pas le *lung-gom-pa*. Mes pieds me faisaient mal sur les cailloux du sentier. Épuisé, je me suis caché dans les buissons pour pleurer.

La voix de Pasang, de plus en plus rauque, ne pouvait plus cacher l’émotion que provoquait le récit de ses souvenirs.

– Angie, écoutez-moi. Ce jour-là, il s’est passé quelque chose d’inoubliable. Un oiseau noir, un grand corbeau, s’est posé à mes côtés et ne m’a plus quitté. Lorsque les Chinois m’ont découvert un peu plus tard, ils l’ont vu, eux aussi. Ils ont essayé de le faire partir, de lui faire peur, ils lui ont lancé des pierres, mais il restait là, près de moi. Ils n’ont jamais réussi à le tuer. Je me suis défendu à coups de pieds et de poings lorsqu’ils ont voulu m’attraper. Pourquoi m’ont-ils laissé la vie sauve ? Je n’y comprends toujours rien. Je les détestais. Je voulais mourir pour retrouver ma mère. Ils ont choisi une autre méthode, peut-être pire que la mort. Après m'avoir enfermé dans le noir pendant plusieurs jours sans nourriture, ils m'ont choisi un *yongzi,* un jeune tuteur chinois très dur pour me façonner à leur école. Un vrai sadique. J'ai été son souffre-douleur pendant des années. J'ai patienté : je n'avais pas le choix. Avec ma mère, j'avais tout perdu. Ma mère, une Tibétaine. Vous aviez vu juste.

Terrassée par la dureté de l'histoire, Angie avait presque oublié où ils se trouvaient. L'histoire n'était plus celle d'une prisonnière et de son geôlier. Elle les dépassait. Honteuse, elle réalisait quel choc elle lui avait causé en l'accusant d'avoir été de ces enfants qui apprenaient à cracher au visage de leurs parents. Jamais Pasang n'avait renié sa mère. Il avait survécu pour avoir une chance, un jour, d'exaucer son vœu : trouver la Voie du Milieu. Elle avait parlé sans savoir.

– Pasang, je vous dois des excuses. Je vous remercie de m'avoir fait confiance alors même que vous deviez vous sentir insulté. J'ai voulu vous provoquer, trouver un moyen d'en finir avec cette incarcération qui me tue à petit feu.

Angie parlait. Pasang ne bougeait pas. Il resta un moment tapi dans le noir, luttant contre une émotion inconnue. Cette femme lui ramenait sa mère au moment le plus inattendu de son existence. Il n'avait pas l'habitude de céder à ses émotions. Peut-être pouvait-il encore la repousser hors des limites qu'elle avait franchies, seule entre tous. Il reprit sur un ton sévère qui la désarçonna plus que tout le reste :

– Angie Bronson, cessez de vous interroger, de

poser des questions et de croire que vous allez sortir d'ici rapidement. Vos chances sont minces. Votre instinct vous a trahi. Vous savez très bien que je ne vous tuerai pas. Ce n'est pas mon rôle. Vous feriez mieux de méditer sur les pages que je vous ai laissées. Je sais que vous ne pouvez pas tout lire. Mais peut-être est-il temps pour vous d'accepter de ne pas tout comprendre. Ces pages me sont précieuses : c'est tout ce qui me reste de la femme dont je viens de vous parler. De ma mère.

Il se tut brusquement. L'instant d'après, il était parti. Angie se débattit toute la nuit contre l'insomnie. Impossible de savoir si sa situation était pire ou meilleure qu'auparavant.

Deux jours passèrent sans nouvelles de Pasang. La prisonnière recevait la visite d'un gardien cagoulé. Sans dire un mot, il lui donnait son bol de *tsampa*, son thé au beurre de yack et une cruche d'eau. Elle était la seule survivante de l'expédition. Mais pour combien de temps encore ? L'endoctrinement de Pasang n'était parvenu à détruire ni ses souvenirs, ni la mémoire de sa mère. Ses paroles avaient été le grain de sable dans les rouages bien huilés. La machine avait dérapé. Mais dans quel sens ?

Inlassablement, elle recopiait dans la poussière les mots inscrits sur les feuilles afin d'en deviner la signification.

« *Om mani padme hum*. » Quand elle eut écrit deux fois ce groupe de mots, elle comprit qu'il s'agissait d'un mantra. Elle ferma les yeux pour répéter les syllabes selon le rythme saccadé que Dawa avait utilisé devant elle. La réponse jaillit du rythme des syllabes : elle reconnaissait ce mantra sacré. Elle l'avait entendu dans la bouche de Dawa. Poursuivant ses recherches, elle tomba sur un autre mot : « *mahakala*. » Dans sa bouche, il prenait un tout autre relief que dans celle de Dawa. Mais elle le reconnaissait aussi. Que voulait-il dire ? Elle fouillait dans sa mémoire, certaine de le savoir.

À l'autre bout de la planète, dans la Bronson Tower à New York, les pendules marquaient quatorze heures trente. Jane passa à Peter un appel de Faby qu'elle faisait patienter depuis le matin. La jeune femme lui trouva une voix fatiguée, maussade. Pourtant, il l'accueillit avec sa gentillesse habituelle.

– Peter, je ne sais pas quoi faire, expliqua la jeune femme. Un client vient de passer à la galerie. Il est tombé fou amoureux d'un tableau de Riverto que j'ai laissé accroché dans le bureau parce que c'était le préféré d'Angie. Je m'en veux. À présent, je ne sais plus quoi faire. Mécontenter ce gros client en refusant de lui vendre cette œuvre ou risquer des reproches d'Angie ? Peter, c'est affreux. Devant mes réticences, il a triplé la mise. Nous en sommes à douze mille dollars. Je ne sais plus comment refuser. Angie le voulait pour elle. Que dois-je faire ?

– Vendre. Tu dois vendre, dit fermement Peter. Si Angie tenait tant à ce tableau, elle devait prendre ses dispositions avant de disparaître dans la nature. Tout ce qui se trouve dans cette galerie est à vendre. Et tout ce que tu vends est bien vendu. Angie ne protestera pas. Quoi qu'il lui soit arrivé, voilà des mois qu'elle ne nous a pas donné signe de vie. Elle comprendra que nous avons dû prendre des décisions, faire face, toi et moi. Je te donne carte blanche, Faby. Je vais même te l'écrire immédiatement noir sur blanc pour que tout soit bien clair. Jusqu'au retour d'Angie, c'est toi qui prend les décisions pour la galerie. Angie t'a choisie comme bras droit et j'ai approuvé totalement son choix. À toi de jouer.

Deux heures plus tard, l'affaire était faite. Riverto avait même calmé ses scrupules en affirmant qu'il serait si heureux de retrouver sa chère galeriste qu'il réaliserait une œuvre spécialement pour elle. Faby laissa le message à Jane pour qu'elle transmette la bonne nouvelle à Peter.

Il tint à la féliciter lui-même. Sa voix était lasse. Faby s'en inquiéta, lui demanda s'il s'était décidé à voir un médecin.

– Tous les cachets du monde ne peuvent rien contre l'absence d'Angie. Tu me connais, je m'énerve à longueur de journée contre ceux qui cherchent et ne trouvent pas. Cet animal de Sly, par exemple, qui m'a envoyé promener en me priant de le laisser enquêter à sa façon. Je ne fais plus confiance à personne et je découvre en même temps que je suis trop vieux pour faire le boulot moi-même.

Une sensation assez désagréable, reprit le vieux lion désabusé. Ma fatigue vient de là. Allô, Faby, tu m'écoutes, au moins ? Je déteste qu'on fasse autre chose que m'écouter quand je suis en ligne. Je sais bien que tu peux aussi bien être en train de faire ton courrier ou de te changer pendant que je te parle avec ces maudits portables, mais je sens très bien quand tu ne m'écoutes plus !

– Calmez-vous, Peter, dit la voix douce et ferme de Faby. D'abord, je suis à la galerie. Je cherchais un dossier dans les tiroirs d'Angie et je suis tombée sur un vieux livre. J'étais en train de le feuilleter quand vous avez appelé. Un mot vient de me sauter aux yeux, d'où ce flottement que vous avez bien perçu. Peter, c'est vous qui allez m'écouter. Est-ce que la divinité Mahakala vous dit quelque chose ?

– Qu'est-ce que c'est encore que ces salades ? grogna Peter qui s'énervait déjà. Il n'avait pas de temps à perdre.

– Laissez-moi au moins le temps de vous l'expliquer ! s'exclama Faby, mécontente. Je n'ai pas rêvé. C'est quand même vous qui m'avez parlé le premier de ce corbeau qui vient vous rendre visite tous les matins. Figurez-vous que Mahakala est une divinité masculine qui a la particularité de prendre la forme d'un corbeau. On l'appelle le Noir Seigneur de la sagesse transcendantale, rien de moins. Mahakala symbolise le temps cosmique, à la fois hier et aujourd'hui. Sous la forme du corbeau, il exprime aussi l'humilité, la simplicité et la sagesse. Moi, je ne crois pas aux coïncidences. Lorsque vous m'avez raconté la visite du corbeau, vous m'avez dit vous-même que c'était la première fois que vous en voyiez un en ville et surtout à cet endroit.

Peter ne parlait plus, stupéfait de voir son intuition vérifiée. Il essaya de se défendre de son trouble. Le noir volatile hantait ses nuits, le rendant fou à petit feu à force de questions qui ne trouvaient jamais de réponse.

– Tu sais très bien ce que j'en pense, reconnut-il. C'est un signe que m'envoie ma fille, c'est tout. De là à imaginer que la divinité Mahakala se déplace en personne, il ne faut tout de même pas exagérer.

– Écoutez, Peter, je dois vous avouer que cette histoire de corbeau m'avait laissée un peu perplexe. J'avais surtout envie de vous croire. Là, je suis béate, admirative. Vous vivez les choses avec le cœur, sans chercher d'explications. J'admire vos convictions et votre courage. J'espère que Mahakala vous apporte un peu de consolation et surtout la certitude qu'Angie est bel est bien vivante.

Peter coupa court. Il avait peur de s'effondrer. Assis derrière la grande table qui lui servait de bureau, il marqua un temps d'arrêt, regarda par la fenêtre, ouvrit un tiroir derrière lui, en sortit un mouchoir et épongea son front ruisselant de sueur. Respirant profondément, il ouvrit un deuxième tiroir pour y prendre une série de cachets qu'il avala tous d'affilée. Puis il se leva pesamment et alla en personne voir Melvin, un de ses réalisateurs, qui patientait depuis un bon moment dans l'entrée. L'une des forces de Peter Bronson était ce respect du temps et du travail d'autrui. Il installa Melvin et lui demanda quelques minutes de patience supplémentaires.

Il avait reconnu la voix de Malcolm qui résonnait, ironique et mauvaise, dans le bureau de Jane :

– Il est plus que temps que la jeunesse arrive dans cette boîte ! Ce cher Peter a pris un sacré coup de vieux depuis que ma sœurette a eu la bonne idée de jouer les filles de l'air. Il est temps qu'il passe la main. Il est fini. D'ailleurs, toutes les programmations récentes qui ont eu le plus de succès sont des idées que je lui ai soufflées, fanfaronnait-il. Même toi, tu mériterais mieux. Une belle femme comme toi, Jane. Tu vas voir un peu quand je serai à sa place : ça va valser à l'étage !

Jane ne pipait mot, ennuyée de ses vantardises et terrifiée à l'idée que Peter puisse entendre ce que son fils disait de lui. Elle fit une timide tentative pour endiguer ce flot de sornettes :

– Taisez-vous, Malcolm ! Votre père n'a pas besoin de ce genre de provocation. Il est bien assez nerveux et malheureux comme ça en ce moment. Et puis vous savez bien qu'il n'aime pas vous voir traîner dans mon bureau.

– Bien vu, Jane ! enchaîna Peter qui en avait assez entendu et intervint brusquement, ravi de constater qu'il lui restait assez d'autorité pour que son rejeton rentre la tête dans les épaules en le voyant débouler dans le bureau.

« Je déteste les mythomanes prétentieux et inutiles qui n'ont rien d'autre à faire que de débiter des idioties et d'empêcher les autres de travailler. Vous, Jane, allez porter le projet de contrat à Melvin qui poireaute dans mon bureau. Quant à toi, dis-moi ce qui t'amène sans tourner autour du pot.

– Cool, cool, j'ai eu une bonne idée que je venais te soumettre dans l'intérêt de la famille, minauda Malcolm qui au fond n'en menait pas large.

– Dépêche-toi, je n'ai pas que ça à faire. Sois plus précis et surtout plus rapide, on m'attend, dit Peter en le poussant vers l'ascenseur.

– C'est simple. J'ai décidé de reprendre la galerie et de m'en occuper à la place de Faby. Comme ça, ça resterait dans la famille. Après tout, qu'est-ce qu'elle fait là, Faby, à part être payée pour attendre le retour d'Angie ? Je vaux bien cette greluche que je n'ai jamais pu supporter. Il est normal que ça me revienne. Je suis le frère d'Angie Bronson après tout. D'ailleurs, Mum est bien d'accord là-dessus...

Peter, qui était parvenu à grand-peine à garder son calme, éclata en l'entendant parler de Lisa :

– Nous y voilà. Ta mère, toujours ta mère. Parfois, je me dis que je te vois plus bête et méchant que tu n'es, mais tu t'arranges toujours pour dépasser mes pires estimations. Tu prends la place de Faby et tu enterres Angie, c'est ça ! N'y compte pas, mon petit vieux. Ni de mon vivant, ni même après ma mort. Pas besoin de m'enterrer moi aussi pour arranger tes affaires. Je te préviens que j'y ai pourvu.

– Mais enfin, atterris, balbutia Malcolm, qui ne savait plus où il en était. Ça fait huit mois que tu cherches, que tout le monde cherche, sans rien trouver. Il faudra bien que tu regardes la vérité en face un jour ou l'autre. Angie est morte. Et moi, je suis aussi un héritier Bronson, croassa-t-il, à demi étranglé par la poigne de Peter qui le jetait dans l'ascenseur.

Lancé dans un gymkhana infernal à travers les embouteillages de Broadway, Malcolm ne décolérait pas. Il prit le chemin de Central Park. Il voulait voir sa mère. C'était à elle de le défendre contre son monstre de mari.

Comme à son habitude, il maintint enfoncé le bouton de la sonnette jusqu'à ce que le bruit des pas de Babou se fasse entendre. Quand elle ouvrit enfin, elle avait l'air exaspéré :

– Qu'est-ce que c'est que ces manières de sauvage ? Tu ne changeras donc jamais, gronda la vieille dame.

– Mais c'est qu'elle est en colère, ma grosse nounou ! lui dit-il en la faisant tournoyer sur elle-même comme une toupie. C'est qu'elle ferait la morale à son grand Malcolm ! Dis-moi plutôt où est ma chère mère, il faut que je lui parle.

Il lui lança son fameux sourire à la Tom Cruise.

– Chut, elle est occupée. Il ne faut pas la déranger. Elle m'a demandé de répondre aussi au téléphone. Un rendez-vous très important. Viens plutôt à la cuisine avec moi. Je suis en train de faire des cookies.

– Ma mère, un rendez-vous important ? Tu te moques de moi ! C'est quoi ces mystères ? Un nouvel amant ?

– Un peu de sérieux et de respect, s'il te plaît. Tu étais si mignon quand tu étais petit. Malcolm, on n'écoute pas aux portes. Combien de fois faudra-t-il te le répéter ?

Babou grondait comme lorsqu'il était enfant. Il haussa les épaules et elle battit en retraite. Oubliant de frapper, il poussa la porte du living-room, interrompant visiblement une intéressante séance de méditation. Lisa, étendue sur une chauffeuse, en déshabillé transparent de soie blanche, vampait un inconnu qui lui tenait les mains.

– Oh, tu nous as fait peur. Malcolm, mon poussin, entre que je te présente mon cher ami Paul Vijnen.

– Cesse de m'appeler mon poussin, grinça Malcolm qui s'adressa à l'homme sans gêne.

« Salut, moi, c'est Malcolm, le fils de la famille. Enfin, ce qu'il en reste, pour être plus précis.

– Mon chéri, je suis si heureuse que tu rencontres Paul. C'est un homme formidable et très influent. Il dirige une école de méditation réputée. Tout ce qu'il me raconte est vraiment passionnant. Il est un grand maître de l'écoute et je venais tout juste de lui promettre de participer à une de ses réunions. Dis-moi si tu veux venir avec moi. Je cotiserai pour nous deux.

Malcolm haussa les épaules avec dédain. Mais il tiqua quand il vit le montant de la cotisation.

– Mon cher, j'espère que la qualité de votre écoute est à la hauteur de vos prétentions financières. Cela dit, sachez que ce genre de détails doit être discuté au préalable avec moi. Vous comprenez, ma petite maman a subi un grand choc avec la disparition de ma sœur. Je ne suis pas certain qu'elle soit en état de suivre vos séminaires. Par ailleurs, fort heureusement, je suis encore à ses côtés pour lui éviter des placements hasardeux. Voyez-vous, je suis à la fois son conseil et son héritier. Je me demande bien comment vous vous êtes introduit ici, mais sachez que vous devrez compter avec moi.

Le maître de l'écoute avait pâli sous l'insulte implicite des propos de Malcolm. Il se leva pour prendre congé, mais Lisa ne l'entendait pas de cette oreille.

Consternée, elle fit ce qu'elle faisait toujours le mieux : diversion. Chez elle, les larmes coulaient à la demande. En actrice consommée, elle s'essuya les yeux avec un petit mouchoir de soie blanche et recommença ses jérémiades. En même temps, elle avalait compulsivement ses pilules :

– Quel drame, mon pauvre Paul ! Imaginez ! Perdre sa fille dans des conditions pareilles. Heureusement que mon petit Malcolm est toujours si gentil avec moi, dit-elle en se pendant à son bras. Je ne sais pas ce qui se serait passé si je m'étais retrouvée seule ! Nos amis me téléphonent chaque jour pour demander de mes nouvelles.

N'y tenant plus, Malcolm coupa court :

– Arrête de pleurnicher. Ça ne fera pas revenir Angie ! Il faut penser à l'avenir. Et l'avenir, c'est moi. Entendez-vous, Vijnen, moi ! dit-il, s'échauffant brusquement.

Le maître voulut s'immiscer dans la discussion et prit sa voix la plus mielleuse pour tenter d'amadouer Malcolm :

– Mes doux amis, reprenez-vous. Le chagrin vous égare. Mais notre communauté est pleine de personnes qui ont souffert. Vous savez, Malcolm, nous devrions parler de tout ceci à tête reposée. Je pense que je pourrai sûrement vous aider. Nous gérons les intérêts de tous nos amis. Les plus grandes entreprises à travers le pays nous demandent conseil et placent leur argent chez nous. Notre chère Lisa est une femme si exquise, si extraordinaire ! Je ne veux que son bien. Elle mérite de trouver enfin son plein épanouissement.

Malcolm vit avec stupéfaction sa mère se pâmer devant ces compliments de pacotille et ces promesses fumeuses.

– Tu vois chéri, contrairement à ce que croit ton père, je n'ai pas que des fréquentations inutiles. Moi aussi, je peux m'intéresser à la finance. Il me prend pour une hystérique, mais de toutes façons, il ne m'a jamais rendu justice.

Sous l'effet des cachets, son élocution devenait de plus en plus difficile. Vijnen dut se résoudre à prendre congé. Malcolm lui passa le bras autour des épaules pour le reconduire vers la porte d'entrée. Lisa titubait déjà vers sa chambre à coucher.

– Ne vous inquiétez pas, mon vieux, dit Malcolm avec un sourire carnassier. Elle va seulement dormir. N'oubliez pas, termina-t-il avec une nuance de menace dans la voix, comme je vous l'ai expliqué tout à l'heure, je suis désormais le seul et unique héritier des Bronson.

En attendant, Malcolm avait faim. Il fit une razzia dans les casseroles de Babou, sans prêter garde à ses protestations. Il s'installa sur un tabouret pour feuilleter à son aise les gros titres de la presse sur la disparition d'Angie que Babou recueillait religieusement. Avide de ragots croustillants, il fouillait les pages, amusé de voir pour une fois sa sœur défrayer la chronique. Mais les échos du drame de la famille Bronson qui avait tenu tout New York en haleine avaient été rapidement remplacés par d'autres événements tout aussi éphémères. Un commentaire à la une sous une photo de Peter attira son attention : « Aucune nouvelle de la fille de Peter Bronson. Le magnat du cinéma, de la télévision et des multimédias reste très évasif et se refuse à tout commentaire. »

Il découpa la page et la glissa discrètement dans la poche arrière de son jean. Une idée venait de germer dans sa tête.

Angie mourait d'ennui. Encore un jour sans voir Pasang. Dès que le soleil pointait ses rayons à travers les murs en bois de sa prison, elle s'arrachait les yeux sur les mystérieux feuillets qu'il lui avait confiés avant de disparaître. Sans doute connaissait-il ces mantras par cœur. Pourquoi avait-il remis entre ses mains l'héritage de sa mère tibétaine ? Pendant ces longues heures d'attente, elle l'imaginait, petit garçon perdu abandonné aux mains d'hommes brutaux, sans foi ni loi, harcelé sans répit par un *yongzi* en mal d'autorité. Un enfant qui grandissait sans une once d'affection, dressé comme un chien à écouter, exécuter les ordres, seriner des sentences qui condamnaient la religion et la civilisation de sa mère. Un enfant qui malgré tout était parvenu à travers toutes ces épreuves à sauver quelques minces feuilles de papier qui contenaient l'essence même de la foi maternelle.

Il lui avait dit clairement qu'il ne la tuerait pas. Le hasard de sa découverte venait peut-être finalement de lui sauver la vie ? Mais son absence la laissait encore plus seule, à la merci du retour du monstrueux geôlier. Les questions, toujours les mêmes, tournoyaient dans son esprit :

« Si j'ai bien compris, ma vie est entre ses mains, récapitula-t-elle, fataliste. Mais lequel des deux Pasang prendra la décision ? Le soldat qui défend la Mère Patrie ou le fils de la Tibétaine ? Je suis une survivante. Il me l'a bien dit. Pourquoi ne tranche-t-il pas une fois pour toutes ? Qu'on en finisse. »

Au bruit de la clef dans la serrure, elle cacha rapidement les précieux feuillets sous sa paillasse et s'assit dessus pour mieux écarter les soupçons. À tâtons, elle chercha le silex acéré qui lui servait d'arme, mais ne parvint pas à mettre la main dessus. L'homme qui entra était masqué. Angie frissonna en reconnaissant celui qu'elle redoutait entre tous. Vicieux, il prenait un malin plaisir à la voir trembler devant lui. Ses petits yeux porcins brillaient d'un éclat méchant. Il déposa le bol de *tsampa*. La nourrir était un bon prétexte pour pénétrer dans la cellule sans désobéir aux ordres de Pasang. À présent, elle était seule avec lui, complètement à sa merci. Angie se leva, prête à répondre à un assaut qu'elle devinait imminent. Elle ne se laisserait pas faire sans résister.

– Alors, grinça-t-il dans un anglais rocailleux, tu es toujours aussi belle, mais beaucoup moins bavarde aujourd'hui.

Tout en parlant, il remontait le canon de son fusil le long de ses jambes. Angie se raidit pour ne pas crier. Il s'arrêta quand il eut atteint les cuisses.

– Beaucoup d'hommes ont dû prendre leur plaisir avec toi, n'est-ce pas ? Je parie que tu ne sais même pas le nombre exact ? Combien d'entre eux as-tu aimé ?

Il distillait ses mots lentement, bien à l'abri de sa cagoule opaque. Savourant sa supériorité, il jouait avec le fusil, s'en servant pour écarter les vêtements de la jeune femme qui n'osait pas bouger.

– Tôt ou tard, tu y passeras. Les chefs vont finir par se désintéresser de toi. Tes compagnons sont déjà tous morts. Quant à ton sale Tibétain, il a résisté plus longtemps que les autres, mais il a fini par crever, lacéré par les morceaux de verre qui tapissent nos cages. C'est vraiment dommage, elles sont toujours trop petites pour qu'on s'y tienne debout. Alors le prisonnier se fatigue et se blesse. Nous autres, nous savons comment traiter ceux qui nous résistent. Et encore, nous ne mettons pas de tessons par terre ! Qu'est-ce que tu en penses, ma jolie ? Tu as encore envie de résister ?

Angie le regardait sans rien dire, les yeux agrandis par l'horreur. Brusquement, dans un geste violent et désespéré, elle empoigna l'arme et la braqua contre son propre front :

– À présent, ferme-la et tire ! Montre-moi si tu es un homme ! Tire donc ! Voyons si tu oses ! Tire, mais tire !

Il tenait l'arme fermement, bloquant sa tête contre

le mur et lui faisant sentir que c'était lui qui tenait l'engin de mort dans ses mains. Mais il ne tirait pas.

Soudain, il mit fin à la scène en lui assénant un coup brutal en plein visage. Le nez d'Angie craqua et se mit à saigner à flots. Elle lâcha le fusil et porta ses mains à ses tempes. À présent qu'il était passé à l'acte, elle redoutait le pire. Mais non. Il recula et se remit à parler :

– Ça suffit ! Chez nous, les femmes se taisent. Je vais t'apprendre à te taire, moi. J'ai d'autres projets pour toi avant de te tuer. Dans quelques temps, nous jouerons à d'autres jeux. Tes insultes, tu les garderas pour toi. Tu viens seulement de choisir une mort encore un peu plus lente et douloureuse. Crois-moi, je suis un spécialiste.

Angie, abasourdie par la force du coup, tentait d'enrayer l'hémorragie qui lui rougissait les mains. Il disparut aussi soudainement qu'il était entré. Ce serait tout pour cette fois. Elle se servit de sa maigre ration d'eau pour se nettoyer et se força à manger un peu. Un morceau d'étoffe arraché à ses vêtements lui permit d'arrêter le saignement. Elle n'avait pas de miroir mais il lui suffit d'effleurer sa joue gauche pour sentir l'énorme hématome qui enflait déjà.

« Il ne m'a pas tuée. Ce n'est pas ce qu'il veut. Ce sont tous des malades, des névrosés. Il faut à tout prix que je m'échappe d'ici, que je sorte de leurs sales pattes. Plutôt mourir que les laisser s'amuser de moi comme ça. »

La douleur lui coupait le souffle. Pressant des compresses trempées dans l'eau froide pour essayer de calmer le feu qui dévorait sa pommette, Angie se sentait misérable. Si Pasang revenait à présent, il pourrait voir de ses propres yeux qu'elle ne mentait pas en lui assurant qu'elle était en danger quand il s'absentait. Elle voulait qu'il la voie dans cet état-là.

De grands élancements lui vrillaient les tempes. Sous son crâne, il lui semblait qu'une armée de lutins pervers martelaient des milliers de cloches dans une épouvantable cacophonie. Serrant les dents, elle s'accrochait à sa douleur pour ne pas pleurer ni s'effondrer.

– Décidément, cette joue est maudite, murmura-t-elle en la prenant dans sa main. Cette gifle lui en rappelait une autre.

Après la mort de Gordon, Angie avait eu une longue période de solitude. Peter, désolé de la voir s'enfermer dans son chagrin, usait de toutes sortes de stratagèmes pour qu'elle reprenne goût à la vie et à l'amour. En bon père attentif à tous les aspects de la question, il avait décidé de s'occuper en personne de ce casting un peu spécial : les fils de famille célibataires susceptibles d'être l'heureux élu étaient sélectionnés et dûment présentés à la jeune femme. Elle le laissait faire, indifférente, souriant poliment à ces chevaliers servants que son charisme et sa beauté étrange fascinaient. Ses trente-sept ans n'enlevaient rien à son charme un peu acide. Angie Bronson était en outre un des meilleurs partis des États-Unis. L'héritière déclarée de Peter Bronson et la brillante directrice de la Bronson's Art, galerie de plus en plus célèbre.

Angie se souvenait de cette soirée : elle était en train de réfléchir à l'accrochage de sa prochaine exposition. Les toiles étaient posées contre le mur, à même le parquet vitrifié, en attendant qu'elle décide dans quel ordre les présenter. C'était l'exposition annuelle des jeunes artistes qu'elle avait sélectionnés. Son exposition fétiche. Celle qui justifiait à ses yeux son travail de galeriste. Chaque artiste devait avoir sa chance de tenter les collectionneurs qui viendraient nombreux voir quels nouveaux talents elle avait découverts. Elle venait de passer l'après-midi avec l'un des plus riches d'entre eux, le Japonais Kanamoto qui l'avait chargée de lui dénicher un Dali, mais ne dédaignait pas de jeter un coup d'œil en avant-première sur les toiles de ses poulains. Il avait posé une option et proposé un bon prix pour l'œuvre d'un inconnu.

Satisfaite de son après-midi, elle s'accorda un moment de pause et s'installa sur le canapé bouton d'or qui ornait l'angle de la loggia au-dessus de la grande salle. Elle se versa une larme de porto bien méritée et appela Faby :

– Allô Fab, c'est moi. Je viens juste de terminer avec Kanamoto. Ça a marché. J'ai fait une vente. Tu vas être fière de moi. Écoute, je trouve qu'il faut fêter ça. Il fait beau et cette vente m'a mis du baume au cœur. Je t'invite à dîner Chez Elen's. On va se faire une virée entre filles comme au bon vieux temps. Qu'en dis-tu ?

Il y eut un blanc à l'autre bout du fil. Connaissant sa scrupuleuse Faby, Angie pouvait deviner qu'elle était prise et ne savait comment le lui dire :

– Quel est l'heureux élu, ma chérie ? Allons, avoue ! dit-elle en riant.

– John Balmer. Il m'a invitée, mais je peux me décommander, proposa Faby. Mais sa voix manquait de conviction.

– John Balmer. Attends, ce ne serait pas ce client texan qui téléphone trois fois par jour à la galerie ? Dites-moi, mademoiselle, on débauche les collectionneurs pendant que j'ai le dos tourné, à présent ?

– Ce n'est pas ce que tu crois ! D'ailleurs, je vais annuler.

Prise en flagrant délit de romance, Faby essayait de se justifier. Mais Angie ne lui en laissa pas le temps :

– Grande bête, tu as perdu ton sens de l'humour ? Mademoiselle joue les culs serrés ! Je t'ai connue plus tranquille avec les hommes. Ceci dit, pas question que tu annules. L'idée m'était venue comme ça. Si les clients se mettent à tomber amoureux de toi, la fortune de la galerie est faite. Ça nous consolerait presque d'être des bourreaux de travail ! Que va-t-il te montrer ? Fais attention, c'est un Texan. Il va profiter de la première occasion pour te rouler dans le foin.

– Arrête de plaisanter, gémit Faby, au supplice. Je m'en veux de te laisser seule ce soir. Mais je préfère que tu le saches : je l'aime. C'est idiot. D'ailleurs, il ne le sait pas encore. Mais je l'aime. J'ai l'impression d'être une collégienne et je mérite sans doute que tu te moques de moi. Je suis contente de pouvoir enfin te le dire. C'est plus facile au téléphone. J'avais peur de te faire de la peine, Angie. Je t'aime trop pour ça.

– Ma Faby, s'attendrit Angie, je suis très heureuse

pour toi. C'est si doux d'être amoureuse ! Quel bonheur que ça t'arrive enfin à toi aussi. Ma chérie, va le voir et dis-lui que tu l'aimes. Ne perdez pas de temps. On ne sait jamais combien de temps on a pour être heureux. Il ne faut pas laisser passer une seule minute de bonheur. Le bonheur est une des seules choses qui ne se refusent pas et surtout qui ne s'achètent pas. Passe une douce soirée, et à demain.

Après avoir raccroché, elle se servit un nouveau porto, mais posa le verre après y avoir trempé les lèvres :

– Ma vieille, se dit-elle tout haut, il faut que tu te secoues. Un verre de porto, c'est une solution de vieille dame. Cesse de t'apitoyer sur ton sort, prends ton courage à deux mains et remue-toi ! Tu n'as pas besoin de Faby pour sortir.

Deux heures plus tard, elle était installée Chez Elen's et bien entourée. Plusieurs de ses chevaliers servants de ces derniers mois étaient venus se joindre à sa table. Il y avait Ray, danseur de grand talent, toujours une plaisanterie à la bouche. Il lui courait après depuis belle lurette. Ou plutôt, perpétuellement désargenté, il courait après la fortune. Robin, que les filles surnommaient Blue Eyes, l'avait couverte de fleurs pendant des mois sans arriver à imaginer autre chose pour aller plus loin. Quant à Donald, au sourire enjôleur, il avait attendu patiemment sa réponse avant d'en épouser une autre. Le quatrième des trois Mousquetaires était assis en bout de table. C'était le dernier arrivé et Angie ne lui avait pas encore prêté attention. Elle fixait, quelques mètres plus loin, un couple d'amoureux qui se dévoraient des yeux entre deux baisers. Seuls au monde comme Gordon et elle l'avaient été.

Le vide, l'absence, des jours et des mois sans amour. Le constat de sa vie était amer. Elle ne supportait plus de se réveiller seule dans son *king size bed,* de se préparer sans personne pour l'admirer, de ne plus sentir au petit matin la douceur d'une main chaude sur son corps encore endormi. Son cœur vide implorait juste un peu de tendresse.

Le champagne faisait des bulles dans les coupes, faisant tomber les barrières invisibles qu'elle avait bâties autour d'elle. Angie s'amusait, écoutait ses quatre amis bavarder et plaisanter. Mais quelque chose en elle échappait à la gaieté ambiante. Quelque chose qui passait dans son regard vert qui fixait Calvin sans vraiment le voir.

Il lui fit un grand sourire et agita la main devant elle, comme pour la tirer d'un mauvais rêve :

– Hello, you ! Ne me regarde pas comme ça, tu me fais peur ! Je ne suis pas un extra-terrestre. J'ai hérité du petit nez de mon père, des beaux yeux verts de ma mère, et je resterai discret sur le reste de mon anatomie pour ce soir.

Les autres s'esclaffèrent et Angie réalisa qu'elle avait été incorrecte et s'en excusa au moment même où Calvin dépliait son mètre quatre-vingt-quinze pour s'asseoir près d'elle, déclenchant les boutades des trois autres.

– Attention, mec, cette femme est dangereuse !

– Alors, dit-il en plongeant son regard insolent dans

celui d'Angie, êtes-vous aussi sauvage que tout le monde le dit ?

Un peu surprise, elle prit le temps de finir sa coupe avant de lui répondre, toute son assurance d'autrefois retrouvée :

– Pour m'attraper, il faut simplement choisir le bon moment ! On vous dira dans New York que je fais partie de la race dangereuse des félins. Mais je dois avouer que je suis beaucoup plus vulnérable lorsque je bois.

Ils bavardèrent, faisant connaissance. Il aimait beaucoup parler de lui-même. Sa haute taille, ses cheveux blonds lui faisaient un peu penser à Gordon. Mais il portait les cheveux longs et une moustache qui lui donnait un genre anglais. Il évoqua le collège, les études de droit imposées par ses parents et le moment où il avait tout envoyé promener pour se consacrer à la musique.

– La production est un métier difficile, commenta Angie. Vous composez pour qui ?

– Je fréquente des musiciens depuis toujours. Les artistes sont des gens très spéciaux, difficiles à approcher, difficiles à saisir et surtout très tourmentés. Je distribue mes conseils à qui veut les écouter et les suivre. Je suppose que c'est la même chose pour toi avec tes artistes.

Angie, qui se disait qu'elle avait bien trop bu pour être parfaitement lucide, essaya de se reprendre. Il avait beaucoup de charme et avait déjà poussé son avantage plus loin que les autres. Elle décida de casser le jeu avant de faire un faux pas :

– Excusez-moi, Calvin, mais je dois vous quitter. Il faut que je rentre. J'ai de nombreux rendez-vous demain. Nous aurons sans doute l'occasion de nous revoir. Ciao, tout le monde ! lança-t-elle à la cantonade.

Le reste de la tablée était en pleine discussion politique et ne prêta guère attention à son départ. Mais Calvin n'avait pas l'air décidé à se laisser faire aussi facilement :

– Pas question de me quitter comme ça, ma toute belle ! Je te raccompagne jusque devant ta porte, sinon je vais mourir d'inquiétude, s'indigna-t-il en lui prenant la main.

– Merci, vous êtes adorable, mais j'ai ma voiture !

Angie essayait de couper court, tout en se rendant compte, depuis qu'elle était debout et que la salle tanguait légèrement, qu'elle avait décidément trop bu.

– Vous voyez comme la vie est bien faite, s'esclaffa Calvin. Moi je n'ai pas de voiture. Nous n'avons donc aucun souci. Mais c'est moi qui conduis, princesse. Je vous escorterai où bon vous semblera, dit-il en s'inclinant pour lui déposer sur la main un baiser langoureux.

– Salut, tout le monde, bonne fin de soirée, lança-t-il aux autres, médusés, en prenant Angie par la taille.

À la sortie du couple, le voiturier attendait, les clefs à la main. Calvin ne put retenir une joie enfantine en voyant le coupé sport d'Angie :

– Mademoiselle a du goût ! Avec un bijou pareil, je te fais faire le tour du monde si tu veux, s'exclama-t-il en prenant le trousseau avec une autorité charmante.

Il conduisait vite et bien. Ils rentrèrent à toute allure, fenêtres ouvertes, musique à fond en direction de l'appartement d'Angie dans le Village. L'air frais lui avait fait du bien, lui permettant de reprendre un peu ses esprits. Lucide, elle se disait que tout ceci allait un peu trop vite à son goût. Mais en même temps, un petit démon intérieur lui disait aussi que la vie qu'elle menait depuis la mort de Gordon n'en était pas une. Ce garçon était charmant et inoffensif. Feignant d'être plus ivre qu'elle ne l'était, elle s'amusait à observer son insouciance, son audace et son manque absolu de complexes. Il était sûr de lui et sa passagère n'avait qu'à bien se tenir. Suivant les directives d'Angie, il rangea la Jaguar au parking et se précipita pour lui ouvrir la portière :

– Si mademoiselle veut bien se donner la peine, dit-il en se courbant légèrement. Je me ferai un plaisir de te raccompagner chez toi, ajouta-t-il en coulant un regard gourmand sur la jolie jambe que découvrait la jupe fendue d'Angie alors qu'elle s'extrayait du siège bas.

– Merci Calvin, je vous appellerai un taxi d'en haut, répondit-elle, légère, vaguement amusée.

En le guidant jusqu'à l'atelier d'artiste qu'elle n'avait pas voulu quitter après la mort de Gordon, elle savait qu'il serait plus raisonnable de le renvoyer tout de suite et de stopper là cette nuit déjà bien arrosée. Mais après tout, elle n'était pas plus cul serré que Faby. Elle pouvait bien s'amuser un peu après tout ce temps passé dans les larmes. Et puis, il était vraiment très beau garçon.

Le jardin d'hiver, les toiles et les sculptures qui ornaient la vaste pièce au plafond élevé lui arrachèrent un cri d'admiration :

– Mais c'est Byzance, ici ! Tu as un goût extraordinaire ma chérie. Et cette mezzanine ! Je suppose que l'escalier mène tout droit aux chambres. S'il te plaît, sers-moi quelque chose à boire, le temps d'apprécier cet endroit incroyable et je m'en vais, supplia Calvin qui arpentait la pièce en tous sens, évaluant sans vergogne la petite fortune en œuvres d'art qu'elle contenait.

Angie jeta ses chaussures sur l'épaisse moquette blanche et se dirigea vers le bar américain qui se cachait dans le fond de la pièce. Elle décida d'en rester au champagne et revint avec deux coupes, un peu étonnée de voir ce grand blond élégant, installé sur le canapé en cuir havane qu'elle avait choisi avec Gordon. Ils l'avaient assorti à la rampe ancienne en bois.

– J'adore ce loft, expliqua-t-elle avec un brin de nostalgie. J'ai failli le quitter mais le destin en a décidé autrement. Je me plais énormément ici, au grand désespoir de ma famille qui déteste le Village. Mais c'est un quartier d'artistes et j'aime son ambiance à la fois désuète et branchée. Les gens sont gentils ici.

Calvin avala son verre en trente secondes et partit se resservir d'un pas ferme. Angie saisit la télécommande pour déclencher la platine sur laquelle son chouchou du moment, le dernier Teddy Perdergrass, tournait en boucle.

– Puis-je te demander où sont les toilettes ? demanda Calvin en timbrant sa voix pour se faire entendre.

– À ta droite, au fond du couloir, répondit-elle, distraite. Les yeux mi-clos, elle savourait la musique en souriant à chacune des inflexions du chanteur.

De son côté, Calvin, avec la rapidité d'un expert, avait étalé la poudre blanche sur le rebord du lavabo. Il traça soigneusement deux rails longs et épais, sortit un morceau de paille coupée qu'il mit dans son nez et aspira avec force. Une ligne pour chaque narine. Il ramassa le reste de la poudre sur son doigt et le passa sur ses gencives pour ne pas perdre la moindre parcelle de la précieuse poudre blanche. Il vérifia dans le miroir qu'il ne restait pas de trace visible. Il connaissait Malcolm et Angie avait la réputation d'être particulièrement intolérante avec la drogue. Il prit au passage une autre coupe pour Angie, lui caressa les cheveux en passant derrière elle, posa le verre sur la table basse sans dire un mot et s'approcha d'elle pour l'embrasser.

Angie eut un léger réflexe de recul :

– Calvin, dit-elle sans conviction, je crois qu'il vaudrait mieux en rester là pour ce soir !

– Chérie, nous faisons connaissance ! C'est une si merveilleuse soirée. Tu me plais énormément. Tu es seule, ravissante, rien ne nous empêche d'être heureux tous les deux, murmura-t-il, devenant de plus en plus entreprenant.

Angie, partagée entre une folle envie d'être aimée à nouveau et une éthique rigoureuse qui lui interdisait de se laisser aller, comme ça, dès le premier soir, se défendit d'une voix un peu indécise :

– Il est tard et j'ai un peu trop bu...

Sans lui laisser le temps de terminer sa phrase, Calvin l'embrassa et mit fin à ses hésitations.

Toutes les questions disparurent quand il la prit dans ses bras. Elle savourait son parfum, la douceur de ses cheveux blonds qui balayaient son visage. Il descendit nerveusement le zip de son bustier et dégrafa avec maladresse le soutien-gorge qui lui cachait encore cette poitrine superbe sur laquelle il avait fantasmé toute la soirée. La jeune femme, plus ivre de plaisir que d'alcool, dégagea sa chemise du jean moulant qu'il portait pour la déboutonner plus facilement. Il ne lui laissa pas le temps d'aller jusqu'au bout de son geste. Il la souleva du canapé comme une plume et escalada les marches de l'escalier, le nez fourré dans son cou dénudé. Sans hésiter, il se dirigea vers la porte ouverte à deux battants derrière laquelle il avait aperçu un grand lit posé en haut de trois marches.

Angie, toute à son plaisir, caressait la poitrine musclée et bien bronzée qu'elle venait de découvrir :

– Comme ta peau est douce, Calvin.

Tout à son excitation, il dévorait goulûment ses mamelons gonflés de plaisir, et ne répondit pas. Il ne pensait plus qu'à une chose : la posséder. Impérieux, il retroussa la longue jupe fendue qui l'avait fait rêver une heure auparavant, la dépouilla de ses dessous soyeux, se redressa et se mit nu sans la moindre pudeur, envoyant promener son jean d'un coup de pied. Il ne l'avait pas quittée des yeux un seul instant. Sans dire un mot, il s'allongea sur elle pour prendre possession de celle en qui il voyait une proie depuis le début de la soirée.

Angie avait perdu le sens des convenances qui avaient toujours guidé sa vie. Un peu étonnée de le voir si impitoyable dans sa volonté d'assouvir son plaisir, elle prenait le sien avec décontraction, toute au bonheur de céder aux assauts enfiévrés de son cavalier. Elle profita au maximum de sa fougue amoureuse dont elle ignorait qu'elle était quintuplée par les effets de la poudre blanche.

– Comment peut-on avoir un corps pareil et dormir seule ? Tu es chaude comme de la braise. Mon bébé, j'ai tellement envie de toi que je vais te faire l'amour toute la nuit, susurra-t-il au creux de son oreille avant de se retourner et de l'allonger sur lui.

Un peu troublée, elle écarta les longs cheveux blonds qui lui barraient le visage :

– Nous nous connaissons si peu, Calvin, murmura-t-elle.

– Pas besoin de te connaître pour deviner que tu es une bombe en manque d'amour, chérie, railla-t-il.

Il refusait visiblement de perdre son temps dans les préambules amoureux. Tel un coureur de fond, il voulait lui prouver qu'il était le meilleur dans sa discipline : le marathon amoureux. Deux heures ne suffirent pas à calmer l'étalon qui poursuivait sa compétition sans rien perdre de son rythme. Mais deux heures suffirent à faire réfléchir Angie qui trouvait que tout ceci manquait singulièrement de tendresse.

– Calvin, arrête, je n'en peux plus ! murmura-t-elle en prenant avec douceur la tête blonde entre ses mains pour capter son attention et calmer ses ardeurs.

– Laisse-moi faire, s'il te plaît. Ne bouge, pas, reste comme ça, dit la voix impérieuse de Calvin. Tu m'appartiens maintenant et j'ai encore envie de toi, ma toute belle. Nous aurons toute la journée de demain pour dormir. Tourne-toi, je veux t'entendre crier. Je veux que tu sois à moi, corps et âme.

Angie en profita pour échapper à cette étreinte qui l'agaçait subitement.

– Calvin, tu deviens fou ! Qu'est-ce qui t'arrive ? Nous ne sommes pas en train d'essayer de battre le record du monde, dit-elle avec un sourire ironique. Moi en tout cas, je vais prendre une douche et dormir un peu, conclut-elle fermement.

C'était mal connaître son obstiné partenaire qui se redressa, toujours aussi vaillant, bien décidé à poursuivre sa conquête et sa nuit d'amour. Il la rejoignit dans la salle de bains et la coinça contre le lavabo de marbre. À présent, il avait une autre idée en tête. Un autre fantasme à assouvir :

– Viens, je t'aime trop pour en finir aussi vite. Regarde dans quel état je suis. Tu m'excites tellement. Je veux tout de toi. Viens, répéta-t-il en se plaquant contre son dos, je vais te faire découvrir un nouveau nirvana ! Et il tenta, sans autre forme de procès, de la sodomiser. Angie cria, se débattit et le repoussa violemment, tout à fait dégrisée à présent :

– Non, je t'en prie, arrête. J'ai horreur d'être prise comme ça, par surprise !

– Tu as tort, moi, c'est tout le contraire. Ça m'excite, gronda-t-il en remettant brutalement la main sur elle.

Angie venait de réaliser qu'il n'était plus dans son état normal. L'idée qu'il s'était drogué pour lui faire l'amour la mit hors d'elle.

– Arrête ça ! hurla-t-elle en lui donnant une bonne gifle.

Fou de rage, son amoureux d'un soir, pour ne pas être en reste avec son ego, lui asséna à son tour une solide paire de claques qui imprimèrent ses doigts durs sur les joues pâles.

– Pour qui te prends-tu ? Tiens-toi tranquille, compris !

– Lâche-moi et va-t'en immédiatement ! dit-elle en se débattant comme un beau diable.

Mais il était plus grand qu'elle et l'immobilisait en lui tenant les poignets. Une autre gifle la projeta contre le rebord de la baignoire. Elle s'y agrippa, terrorisée.

– Mademoiselle s'imagine que tout lui est permis parce qu'elle s'appelle Bronson et que son papa a beaucoup d'argent !

– Tu deviens fou. Qu'est-ce que tu as pris pour te mettre dans un état pareil ? Tu n'es pas normal. Va-t'en, sors d'ici !

Fou de rage devant sa résistance, il la lâcha pour saisir un flacon de parfum qu'il lui jeta à la figure avant de quitter la pièce. Elle en profita pour se précipiter dans sa chambre, fermer la porte à double tour et téléphoner à la sécurité de l'immeuble. Elle aussi tremblait de rage et d'humiliation :

– Allô, Fred, envoyez-moi vite quelqu'un. La personne qui m'accompagnait ce soir est devenue subitement dingue. La drogue, je pense. Voulez-vous m'aider à le mettre dehors avant qu'il ait tout cassé ici ? Non, Fred. Pas la police. Ça ira, merci. Non, je ne bouge pas de ma chambre. C'est ça.

Des hurlements et des bruits de chaise renversée accompagnèrent la sortie houleuse du beau Calvin, mettant un point final à une histoire d'amour étouffée dans l'œuf.

Angie retrouvait comme une sensation désagréablement familière l'impression d'avoir la joue en carton et la tête deux fois plus grosse que d'habitude. L'aube devait pointer son nez dans le camp retranché. Le sifflement du vent qui soufflait avec violence contre les faux volets consolidés par des planches la sortit de sa pénible somnolence. Son crâne lui faisait atrocement mal. Impossible d'ouvrir l'œil gauche : pendant la nuit, les hématomes avaient dû gonfler.

– Moi qui me plaignais de ne pas avoir de miroir. Je crois que je préfère ne pas voir ça, murmura-t-elle tout haut pour se donner du courage.

La position verticale provoquait de tels élancements qu'elle se rallongea. Elle tira sur elle la peau noire qui lui servait de couverture. Le temps virait au froid. La chaleur était un bien précieux qu'il fallait préserver. Dehors, aucune voix, aucun cri. Seul le bruit du vent se faisait entendre. Elle se sentait abandonnée entre ces quatre murs effrités par le temps et les changements brutaux de température.

Enfin la porte grinça, lui prouvant qu'on ne l'avait pas complètement oubliée. Immobile sous sa couverture rudimentaire, elle resta allongée sans même chercher à savoir qui cette fois venait la nourrir ou lui donner à boire. Son esprit affolé luttait contre l'idée que son tortionnaire était peut-être de retour. L'odeur du thé parvint à ses narines. Elle ne parvenait pas à s'habituer à ce bouillon. Le thé au beurre de yack. Un beurre salé nourrissant, qui flottait à la surface et se figeait en une croûte blanchâtre sur les pourtours du bol dès que le thé refroidissait.

Une main longue et fine repoussa la couverture. Une lampe torche éclaira son visage tuméfié. Pasang était revenu. Horrifié par l'état pitoyable de sa prisonnière, il la pressa de questions. Mais Angie ne pouvait pas parler, bouleversée de le voir de retour, encore sous le coup de la terreur d'avoir cru un instant qu'il s'agissait de son tortionnaire. Elle tourna la tête vers le mur et fit une dérisoire tentative pour cacher son visage. Pasang lui posa doucement la main sur la tête :

– Trashir, c'est Trashir qui vous a frappée. C'est le plus petit et le plus gros des gardes. C'est lui, n'est-ce pas ? Répondez-moi, miss Bronson. Que vous a-t-il fait ? Montrez-moi ça, dit-il de sa voix de commandement où passait une douceur nouvelle.

Angie comprit qu'il était sincèrement malheureux de la retrouver en si piteux état. Le voir penché sur elle, anxieux et attentif, lui tira des larmes de soulagement et de joie. Son instinct ne l'avait pas trompée : il se préoccupait de son sort. Mais était-ce pour de bonnes ou de mauvaises raisons ?

– Ce qui est fait est fait, dit-elle d'une voix pleine de rancune. Il m'a juste frappée. Il n'a pas osé aller plus loin, même s'il m'a menacée. Je préfère que vous m'exécutiez plutôt que de me laisser entre les mains de ce fou. À moins que ces supplices ne fassent partie de vos plans ? ajouta-t-elle avec défi. Vous me l'avez dit vous-même, souffrir mille morts est le destin de tous ceux que vous capturez. Vous ne pouvez pas dire le contraire, vous étiez si fier de me le raconter l'autre nuit !

Tu es incorrigible, ma vieille, se disait-elle pendant qu'elle parlait. Incapable de baisser la tête, de lâcher le morceau, de plier devant la force. Voilà qu'elle recommençait à provoquer Pasang. Elle serait bien avancée s'il se fâchait et disparaissait pour de bon. Mais elle ne pouvait s'empêcher de dire tout haut ce qu'elle pensait tout bas.

Récupérant sous sa paillasse les feuillets qu'il lui avait confiés, elle enchaîna sans lui laisser le temps de réagir :

– Reprenez ce qui vous appartient. Je crois que lire ces pages ne me servira à rien. Je veux juste en finir au plus vite.

Pasang était lui aussi habité de sentiments contradictoires. Trashir ne perdait rien pour attendre. Il voyait la souffrance physique et morale de la captive mais ne pouvait exprimer cet élan d'amour qu'il éprouvait pour elle. Il avait envie de la rassurer, de la protéger. Mais il n'était pas encore temps qu'elle sache quel étrange ascendant elle avait pris sur lui. Son innocence, sa combativité, sa volonté de survivre et de s'en sortir le touchaient. Il se demandait encore comment il s'était laissé aller à lui confier le secret de sa vie. Il choisit de lui dire la vérité, pensant à juste titre qu'elle y serait sensible :

– La douleur vous égare, miss Bronson. Mais c'est normal. Je vous ai dit que vous étiez égarée dans un monde qui n'obéit pas aux mêmes lois que les vôtres. Ceci dit, j'ai travaillé pour vous. Mes recherches sont terminées. Vous devez comprendre que pour nous, tout étranger est une menace. Ne vous inquiétez plus. Trashir ne viendra plus vous ennuyer.

Il avait posé le précieux manuscrit sur le sol et parlait doucement, cherchant à effacer les douleurs et l'angoisse de la prisonnière :

– À présent, je sais que vous avez dit la vérité. J'ai retrouvé votre trace. Vous êtes bien Angie Bronson, la fille de Peter Bronson, née à Los Angeles le 7 août 1953. Je sais même que votre mère est italienne et s'appelle Lisa Angelica Ottelli. Vous avez aussi un frère, Malcolm. Je devais tout vérifier en détail et être sûr avant de pouvoir vous faire confiance.

Exaspérée, Angie se demandait à quoi tous ces discours pouvaient bien rimer. Elle le lui dit clairement :

– Arrêtez ! dit-elle d'un ton sec. C'est moi qui ne vous crois plus. Je ne dépends pas plus de vous que d'un autre. Vous avez un chef qui un jour ou l'autre, suivant son humeur, décidera de mon châtiment. Je sais qu'après tous ces mois d'attente, je dois me préparer à une mort certaine. Votre ami Trashir m'a expliqué avec force détails que la mort me semblera une délivrance après toutes les tortures que je devrai endurer auparavant. Pour appuyer ses dires, il ne s'est pas gêné pour me frapper au visage. Tout ce que je vous demandais, c'était de m'aider à mourir sans souffrir. Vite et proprement. Vous avez choisi de m'abandonner à mon sort et je vous comprends. On ne peut pas en attendre davantage d'un homme qui a subi un lavage de cerveau du genre de celui que vous avez connu. C'est vraiment dommage, parce que je crois que vous seriez sûrement devenu quelqu'un d'extraordinaire.

Pasang la regardait intensément. Rien ne laissait entendre qu'il comprenait ce qu'elle lui demandait, encore moins qu'il acceptait :

– Miss Bronson, la seule chose que je sais, c'est que vous n'avez pas menti sur vos origines. Vous avez encore beaucoup à apprendre. Entre autres qu'il ne fait jamais porter des jugements trop rapides sur autrui. La sagesse voudrait que vous aimiez les êtres tels qu'ils sont. Je pardonne votre insolence parce que je suis conscient que la captivité est une expérience terrible et étrange pour une riche héritière américaine. Permettez-moi de vous faire remarquer que ceux qui vous retiennent captive depuis des mois n'ont pas demandé de rançon. L'argent ne les intéresse pas. Il se battent pour des convictions. Ils ne sont pas achetables. Mourir ou tuer pour leurs idées : voilà leur destinée. Ici, la mort n'a pas d'importance. Elle est même plutôt une délivrance. Les prisonniers récitent des mantras à longueur de journée pour libérer leurs esprits. Je me souviens des paroles que ma mère citait : « La vie nous apprend que la seule chose à traverser sera la souffrance. Aussi, lorsque tu croises le bonheur en chemin, profites-en ! » Peut-être découvrirez-vous qui je suis plus tard. En attendant, j'aimerais que vous méditiez là-dessus.

Angie l'écoutait attentivement lui faire la morale, se tenant machinalement la joue qui la faisait toujours autant souffrir. Elle découvrit son arcade et sa joue tuméfiées à l'homme qui la dévisageait, toujours agenouillé près d'elle :

– Pasang, je ne comprends pas où vous voulez en venir. Ce n'est pas le moment de me faire la morale. Regardez-moi, regardez ce qu'ils m'ont fait. Comment voulez-vous que je vous suive ? Cette incertitude me torture. Je voudrais seulement savoir ce que vous allez faire de moi.

Il baissa les yeux et parla d'une voix sourde, passionnée :

– Chut ! Je suis ici pour vous aider. Ne l'avez-vous pas encore compris ? Vous devez fuir. Mais dès que nous serons sortis d'ici, vous serez en grand danger. Je ferai tout pour protéger votre fuite. Il faut me faire confiance, Angie. Maintenant, reposez-vous, mangez, reprenez des forces. Vous en aurez besoin. Je m'occupe de tout. Il faut que je parte. Dans un moment, tout le monde sera réveillé. Je ne veux pas qu'on me voie vous parler. Je reviendrai. À plus tard.

Médusée, Angie voulut s'exclamer, questionner. De quoi parlait-il ? Fuir, elle ne demandait que ça.

L'espoir se levait en elle comme une houle subite. Un vertige la prenait à l'idée qu'elle allait sortir de ce trou noir. Presque une appréhension devant les épreuves qui l'attendaient encore. Mais tout serait préférable à cette attente sous la menace d'un viol collectif et d'une mort certaine. Pasang ne lui laissa pas l'occasion de s'exprimer. Déjà, il s'était redressé d'un geste souple, félin, et avait regagné la porte de son pas feutré par les bottes. Avant de refermer la porte, il se retourna, lui fit un petit sourire et posa son index sur ses lèvres pour lui intimer le silence.

La porte claqua et Angie, étourdie, se rallongea, à demi asphyxiée par ce qu'elle venait d'entendre. Oubliés la douleur, son visage déformé, la fatigue, les angoisses. Les derniers mots de Pasang soulevaient un terrible espoir. Elle était suspendue à cet espoir comme une araignée au bout de son fil, si ténu, si fragile, si vital. Oublié son désir de mourir. Elle voulait vivre, s'en sortir, s'en aller. Une énorme envie de se battre lui faisait aspirer à pleins poumons l'air frais des montagnes. Un oiseau dont on entrouvrait la porte de la cage devait éprouver ce même vertige. Pasang venait de lui lancer la bouée qui lui permettait de ne plus se laisser sombrer dans l'obscurité :

– Partir. Il a bien parlé d'évasion. Il va m'aider à sortir d'ici, protéger ma fuite. Je n'ai pas rêvé. C'est ce qu'il vient de me dire. Et il voudrait que je me rendorme comme si de rien n'était ? Quelle idée !

Manhattan, neuf heures du matin

Les petits vendeurs de journaux se faufilaient au milieu des habituels embouteillages matinaux de Broadway's Avenue. Leurs cris rivalisaient avec celui des avertisseurs, des sirènes et des radios branchées à fond sur la FM. Ils annonçaient les gros titres du *New York Herald Tribune* pour attirer le chaland :

– Malcolm Bronson, héritier de Peter Bronson, le célèbre magnat des médias, parle enfin ! Des révélations fracassantes sur la disparition de sa sœur aînée. Demandez le *Herald Tribune* ! s'égosillaient les gamins.

Au dernier étage de la Bronson Tower, Jane chuchotait au téléphone avec Faby :

– Bien sûr que j'ai lu le journal ! J'en suis malade. Quant à Monsieur Bronson, il est hystérique.

Soudain, la voix nerveuse du boss résonna dans l'interphone. La voix des mauvais jours :

– Jane, venez dans mon bureau, immédiatement.

Cela mit fin à la conversation. Jane savait par expérience que Peter était moins patient que jamais dans ces moments-là. L'atmosphère de la grande salle directoriale était surchauffée. Peter, le maudit journal étalé sur la table devant lui, tempêtait :

– Alors Jane, dit-il en se radoucissant brusquement à sa vue, vous avez vu le journal ? Je viens de lire dans le détail l'interview de mon abruti de fils. Rien ne me sera épargné.

La présence de sa secrétaire avait toujours le don de l'apaiser. Mais ce matin-là, c'était peine perdue.

Jane fit le point rapidement des appels qui l'assaillaient depuis le début de la matinée. Ils décidèrent de maintenir le black-out pour l'instant.

– Avez-vous lu ça, Jane ! Quelle espèce de serpent ai-je réchauffé dans mon sein ? Écoutez ce qu'il dit : "Ma famille et moi avons fait l'impossible pour retrouver ma sœur. Sly Gandbar, le meilleur des détectives, a été engagé pour retrouver sa trace. Sans parler des spécialistes du FBI dont personne ne peut mettre en doute l'efficacité. En vain. Ils ont pourtant contacté les autorités chinoises, tibétaines, népalaises, que saisje ! Pourtant, ce n'est pas très facile en ce moment, reconnaissez-le. Nos espoirs se sont estompés. Le chagrin nous a longtemps aveuglés. C'était ma sœur adorée. Il y avait une telle connivence entre nous. Je n'arrive pas à comprendre ce qui s'est réellement passé. À présent, nous devons nous rendre à l'évidence : Angie Bronson a disparu. Ma sœur est morte."

« Vous vous rendez compte, Jane ! Il enterre sa sœur comme ça, dans la presse, sans même une information. Et ce n'est pas tout. Ce torchon est un monument d'hypocrisie.

Tout en lisant à voix haute, Peter, ses lunettes sur le nez, s'arrachait un par un les poils de ses sourcils sans même s'en rendre compte. Jane l'écoutait patiemment, consciente que partager le choc de cette lecture était le seul moyen pour lui de la supporter. Debout sur ses talons aiguilles, elle attendait qu'il ait fini comme une statue de la dévotion. Être à ses côtés dans les bons comme les mauvais jours, c'était son rôle.

Son tyran attitré poursuivait sa lecture sans se douter

qu'elle avait déjà lu et relu l'article en question. Ses chaussures lui martyrisaient les chevilles, mais elle se serait coupé la langue plutôt que de se plaindre.

– Attendez, Jane, ce n'est pas tout ! Écoutez la suite, c'est à peine croyable, reprit Peter qui reprit sa lecture :

« La disparition d'Angie a terriblement affecté ma mère. Quant à mon père, Peter Bronson, qui a comme vous le savez d'énormes responsabilités, il se noie dans le travail comme pour mieux oublier. Après neuf mois sans la moindre nouvelle, sans la moindre trace, les autorités ont arrêté les recherches, ne nous laissant aucun espoir. Ma sœur a sans doute été victime d'un accident dans ces régions reculées de l'Himalaya. Nous n'avons pas la moindre chance de retrouver son corps. C'est vraiment terrible de me dire que ma sœur n'est plus de ce monde. Mais il faut se rendre à l'évidence. Sur les conseils de mon père, je compte reprendre sa galerie, la Bronson's Art, dans quelques temps. »

Le journaliste commentait ensuite l'accablement de Malcolm, le frère unique de la disparue.

– Vous rendez-vous compte, Jane, il leur a fait le coup de la larme à l'œil par-dessus le marché ! C'en est trop. Trouvez-moi Samuel Goldsmith. Je ne veux parler à personne d'autre que lui, m'entendez-vous ? Personne.

Peter était écarlate. Jane craignit pour sa tension qui devait coter à la hausse. Inquiète, elle lui proposa un thé et lui demanda s'il avait pris ses médicaments. Le grand homme prit la mouche :

– Cessez de prendre ce ton maternel avec moi et faites ce que je vous demande. Je ne suis pas encore complètement gâteux. Ça suffit. Qu'est-ce que vous avez, tous, à vouloir me pousser vers l'hospicc ! Et trouvez moi ce vaurien de Malcolm.

Jane battit en retraite vers son bureau. Toutes les dix minutes, la voix de son patron, de plus en plus irritée, lui demandait où elle en était de ses recherches. Elle avait laissé des messages partout : chez Lisa, à la galerie, sur son portable. Malcolm débarqua sans prévenir en fin de matinée. Il était temps. Jane était au bord de la crise de nerfs. Peter avait mis tous ses collaborateurs à rude épreuve ce matin-là. Mais tous lui pardonnaient de bon cœur. À commencer par Jane. En fait, tous le plaignaient de l'ingratitude de son fils.

Le journal sous le bras, Malcolm fit une entrée remarquée. Très sûr de lui, il arpenta les couloirs sans saluer personne, plein d'une arrogance qu'une bonne dose de poudre devait soutenir. Il avait préparé son texte :

– Alors Père, il paraît que tu me cherches partout. Tiens, je t'ai apporté les nouvelles du matin. Je pense qu'il était grand temps qu'un homme de la famille se décide à parler aux journalistes. Ils me pourchassent jour et nuit parce que tu refuses obstinément de leur parler. Et je t'en prie, pas de sermon. J'ai passé l'âge, dit-il en parlant très fort et en jetant théâtralement le journal sur le bureau.

Peter s'était levé, immense et imposant comme une statue du Commandeur. Jane assistait à la scène, impuissante, pétrifiée sur le seuil du bureau. D'un geste brusque, Peter poussa son fils qui tomba assis dans l'un des vastes fauteuils en cuir qui meublaient l'immense salle.

– Ce n'est pas un sermon qu'il te faut, mon garçon, dit-il d'une voix froide et basse. Si froide et si basse que Jane en trembla. C'est mon poing dans la figure que tu vas prendre si tu ne cesses pas immédiatement ce genre de déclarations ridicules. Comment peux-tu te livrer à une comédie pareille ? Déclarer ta sœur disparue, comme ça, alors que tu ne t'es jamais préoccupé de son sort. Qu'est-ce qui t'a pris ? As-tu seulement tenté quelque chose pour découvrir la vérité ? Espèce de sale petit hypocrite !

Peter parlait calmement, s'efforçant de contrôler la rage et le chagrin qui lui serraient le cœur. Jamais, de toute sa vie, il ne s'était senti aussi solitaire. Malcolm faisait le fanfaron mais il était impressionné. Il savait par expérience que la fermeté de son père était encore plus dangereuse qu'une de ses célèbres colères. Il avait espéré le faire sortir de ses gonds et en était pour ses frais. Avec une arrogance accentuée par la fierté de voir sa photo à la une des journaux, il persévéra dans son attitude, cherchant à exaspérer son père :

– Mon pauvre père, tu es la risée de tout le gotha de New York avec cette histoire. Tout le monde dit que le grand Peter Bronson perd les pédales. Toi, du haut de ta tour, tu ne te rends compte de rien. Tu poursuis ta chimère comme un sale égoïste. Tu nous ridiculises. Lisa n'en peut plus et moi... moi, dit-il avec un petit sourire diabolique, je crois que tu veux prouver une fois de plus que tu as eu raison, que tu es le plus fort. Au fond, tu sais toi aussi qu'Angie est morte...

Il n'eut pas le temps de terminer sa phrase. Pour Peter, il venait de dépasser les limites de l'acceptable. D'une poigne solide, il attrapa la tignasse noire de son rejeton, l'enserra sous son bras d'une prise qui rappelait qu'il avait été jadis membre de l'auguste compagnie des marines et serra un bon coup pour ôter à Malcolm l'envie de continuer sur cette voie :

– Tu vas te taire, gronda-t-il comme un vieux fauve blessé.

Il serra un peu sa prise et Malcolm se mit à éructer et tousser, étouffant et cherchant à se soustraire au bras qui lui imposait sa volonté.

– Tu fais moins le malin, à présent, hein ! commenta Peter, pas mécontent de montrer à son fils qu'il était bel et bien le plus fort.

Le dialogue avait tourné au catch. Malcolm devenait cramoisi et se débattait sans pouvoir échapper à la terrible poigne paternelle.

– Arrête, Dad, arrête, s'étrangla-t-il. Mes cheveux, tu me fais mal ! Je ne peux plus respirer ! Au secours !

Mais Peter ne lâchait pas sa victime :

– Tu fanfaronnes beaucoup moins à présent, petit minable. As-tu seulement pensé un instant à la détresse de ta sœur ? À l'horreur des mois qui passent ? À la souffrance qu'elle endure quelque part, blessée, perdue, prisonnière, que sais-je encore ? Quoi qu'il lui soit arrivé, seule la certitude que je la chercherai jusqu'au bout doit la tenir en vie.

Sa fureur avait éclaté. Il parlait de plus en plus fort, sans pour autant lâcher sa prise.

– Au secours, il devient fou, hurla Malcolm, alertant Jane qui accourut.

– Tu n'es pas digne de porter le nom de Bronson, cria Peter. J'ai honte de toi, honte de t'entendre parler ainsi de ta sœur, honte que tu n'aies pas honte. Enterrer ta sœur dans la presse et en profiter pour te vanter d'être désormais mon unique héritier ! Tu ne manques pas d'air ! C'est ta victoire, hein, c'est ça que tu attendais, prendre la place d'Angie !

Jane se précipita pour intervenir avant que Peter n'ait tout à fait étranglé son fils.

– Monsieur, que faites-vous ? Je vous supplie d'arrêter immédiatement. Vous allez le tuer, il étouffe ! Regardez, il est tout rouge ! Monsieur Bronson !

– Qu'est-ce que vous fichez là, Jane. Ça ne vous regarde pas. Laissez-moi régler mes histoires de famille en paix !

Peter la fusillait du regard. Il relâcha légèrement sa prise et Malcolm en profita pour se dégager.

– Jane, vous êtes témoin, bégaya-t-il entre deux quintes de toux. Il a voulu me tuer ! Il est complètement fou !

– Arrêtez de le provoquer, Malcolm. Cessez ce cirque tous les deux. Ce n'est pas digne de vous, s'insurgea Jane qui commençait à trouver qu'ils exagéraient l'un comme l'autre.

Peter, de plus en plus nerveux, se tourna vers elle. Il n'était pas content de son intrusion. Mais elle soutint son regard furieux et le miracle s'opéra. Son calme rendit un peu de son self-control aux deux combattants.

– Jane, retournez dans votre bureau et laissez-nous régler ça, dit-il d'un ton plus calme. Vous avez assez de travail sans vous mêler en plus de nos histoires. Je règle ce petit problème de presse avec ce play-boy à la noix et nous faisons le point sur les recherches. Tant que je m'appelle Peter Bronson, c'est moi qui décide. Que ce soit clair pour tout le monde. Préparez un communiqué dans ce sens pour la presse. Je vais désavouer ce freluquet pour le compte. Il aura une bonne raison de se sentir ridicule.

Malcolm, qui s'était appuyé contre la baie vitrée pour rajuster sa chemise et se recoiffer, se retourna comme si une mouche l'avait piqué :

– Tu n'es qu'un vieux fou furieux. Tu viens de le prouver. Je ne vais pas en rester là. Ma sœur est morte et toi tu es devenu raide dingue de chagrin. Tu l'as toujours préférée. À présent, je sais exactement à quoi m'en tenir, cracha-t-il.

– Arrêtez, tous les deux, s'interposa Jane pour la seconde fois. Elle retenait son patron par le bras. Malcolm, vous êtes vraiment insupportable ! Votre père est fatigué. Cette histoire finira mal si vous continuez comme ça.

Soudain, elle se figea. Une ombre noire venait de se poser sur la rambarde. Un corbeau.

– Mon Dieu, murmura Jane, regardez, le voilà, le corbeau est revenu ! C'est un signe.

Peter se retourna. La sueur coulait sur son front pâli par le choc que venait de lui donner son fils. Il eut un petit sourire quand il reconnut le messager ailé venu là à point nommé lui donner le signe qu'il attendait.

– Ma pauvre Jane, qu'est-ce qui vous prend ? Ma parole, vous devenez folle, vous aussi ? C'est contagieux ou quoi ? Regardez, ce n'est qu'une saleté de corbeau.

– Tais-toi et sors de ma vue, trancha Peter qui en avait assez entendu. Quitte mon bureau et mets-toi bien dans ta petite cervelle d'oiseau que toutes tes déclarations n'y changeront rien : tu n'auras pas la galerie de ta sœur pour la bonne raison qu'elle est en vie. Tu viens d'en avoir la preuve. Maintenant, dehors.

Malcolm toisa son père, mais le cœur n'y était plus. Dans son esprit tortueux, les spéculations allaient bon train sur la signification des dernières paroles de son père. Qu'avait-il voulu dire ? C'était lui, l'héritier des Bronson, qu'il le veuille ou non. Il faudrait bien qu'il en passe par là un jour ou l'autre. Il essaya une ultime fanfaronnade :

– Tu ferais mieux de déclarer aux journalistes que tu prends ta retraite, que tu laisses ton héritier poursuivre ton œuvre. Parce que, au train où tu vas, c'est l'asile psychiatrique qui te guette, mon cher père, ni plus ni moins.

Jane le poussa rapidement vers la sortie et referma la porte sur lui pour éviter un nouveau pugilat.

Peter se laissa tomber dans son grand fauteuil devant la baie vitrée. Il appuya sa nuque contre le dossier et regarda le corbeau qui penchait son long bec brillant de côté et le regardait de son petit œil rond. Puis il s'envola d'un battement de ses grandes ailes ténébreuses.

Quelques secondes plus tard, Peter ouvrit son tiroir, avala plusieurs cachets multicolores et, enfin seul, le regard perdu dans le bleu du ciel où venait de disparaître son mystérieux messager ailé, se mit à pleurer comme un enfant.

La fuite

De chaudes journées et des nuits glacées s'étaient succédé. Angie attendait le retour de Pasang. Elle n'était plus qu'attente. Une patience presque insoutenable s'était emparée d'elle depuis sa dernière conversation avec son étrange cerbère. Le moindre bruit de pas dans le couloir pouvait être la réponse qu'elle attendait : Pasang. C'est lui qui détenait les clefs de sa liberté. Par moments, elle se demandait s'il n'avait pas joué avec elle un jeu encore plus pervers que les autres : et s'il lui avait fait miroiter une échappatoire pour mieux la briser ensuite ? Comment supporterait-elle la ruine de ce nouvel espoir qui donnait des ailes à son imagination ?

La nuit, surtout, donnait libre cours aux idées folles qui germaient dans sa pauvre cervelle enfiévrée. Elle se remettait doucement de ses blessures. Le choc avait déclenché une forte poussée de température qu'elle ne pouvait soigner qu'au moyen de rudimentaires compresses d'eau glacée. Heureusement, Pasang avait dû donner ses ordres : elle recevait à présent de l'eau en abondance ainsi qu'une double ration de nourriture à chacun de ses repas. Elle se forçait à manger et à se réhydrater régulièrement. Elle avait aussi décidé de refaire sur le sol étroit de sa cellule tous les mouvements de gymnastique qu'elle connaissait dans l'intention de redonner du tonus à ses muscles endoloris par des mois d'enfermement et de sévère régime alimentaire.

Son visage portait encore par endroits les stigmates violacés des coups de Trashir. Mais son tortionnaire n'était pas reparu. Pasang avait-il réussi à l'écarter définitivement ? Ou était-ce un répit comme elle en avait connu d'autres avant de nouvelles violences et de nouvelles brimades ?

Quoi qu'il en soit, elle se préparait, physiquement et mentalement, à s'évader. Quand Pasang lui ferait signe, elle serait prête à le suivre où il voudrait, pourvu que ce soit loin de sa prison. Les nuits se suivaient, calmes. Trop calmes.

Résignée, elle s'était allongée une fois de plus sur sa paillasse : ce ne serait pas encore pour aujourd'hui. Elle devait chaque jour faire son deuil de cette évasion sempiternellement remise au lendemain avant de pouvoir glisser dans un sommeil réparateur. Machinalement, elle refit sa natte avant d'entamer sa méditation quotidienne. Une habitude qu'elle avait prise avec Gordon. Dans l'état d'épuisement nerveux où elle se trouvait, c'était le seul moyen de ne pas perdre pied. Elle rêvait du corbeau dans ces moments-là : elle suivait son vol, tendue vers un but qu'elle ne discernait pas encore mais qui lui semblait lumineux et paisible.

Était-ce la mort qu'elle entrevoyait ainsi comme la cible de toute vie ?

La joue contre les initiales brodées sur le grand mouchoir paternel, elle s'endormit enfin. Ce mouchoir avait traversé tous les naufrages qui avaient agité la cellule. Avoir réussi à le conserver était à ce jour la seule victoire qui vaille à ses yeux. Un minuscule mais décisif acte de résistance qui lui permettait de tenir. Angie avait beau se dire que si ça continuait, elle fêterait ses quarante ans entre ces quatre murs, elle redevenait une petite fille quand elle s'endormait le soir, la joue sur son mouchoir et le poing refermé sur sa natte brune.

Plongée dans son premier sommeil, le plus profond d'après les spécialistes, elle n'entendit pas le bruit de la porte qui butait contre les cailloux qu'elle avait pourtant disposés là pour ne pas être surprise dans son sommeil. Une forme se glissa par la mince ouverture, referma silencieusement le lourd battant et se baissa pour déposer un paquet de tissus soigneusement roulé sur le sol.

Un craquement d'allumette réveilla Angie en sursaut. La flamme de la bougie éclairait le visage de Pasang.

– Il faut m'écouter sans poser de questions chuchota-t-il. Nous n'avons pas beaucoup de temps devant nous. Je vous ai apporté des vêtements pour vous changer. C'est cette nuit ou jamais que vous vous évadez.

Angie, mal réveillée, ouvrait de grands yeux et le regardait déplier son ballot et en tirer plusieurs pièces de tissus qui constituaient le costume traditionnel bhoutanais.

– Cette longue pièce de tissu est la *kira*. Enroulez-la autour de votre corps. Nous la maintiendrons avec ces deux *komas,* dit-il en lui montrant deux espèces de fibules. Je vous aiderai à les attacher. Dépêchez-vous et pas un bruit !

– Seigneur, je n'arrive pas à y croire, marmonna-t-elle en se débarrassant de ses guenilles, toute pudeur oubliée.

Depuis le premier passage de Trashir, elle n'avait plus de sous-vêtements. Le regard clair de Pasang brilla d'une brève lueur en découvrant le corps mince et pâle de sa prisonnière, ses petits seins hauts et le galbe ferme de ses fesses. Un corps de déesse. Un corps qui l'avait fait souvent fantasmer durant ses nuits de garde. Il détourna les yeux pour ne pas l'importuner. Ils n'avaient pas de temps à perdre avec ce genre de pensées.

– Pourquoi faites-vous ça, Pasang ? demandait Angie qui suivait son idée. Je ne suis qu'une étrangère pour vous. J'ai compris que je n'étais pas dans le bon camp. Que rien ne justifie ma présence ici. C'est pour cela que je suis prisonnière depuis près d'un an sans qu'une solution soit apparue pour m'en sortir. Et voilà que vous me proposez de m'évader ce soir. Qu'est-ce que je dois en penser ? Expliquez-moi, Pasang, je n'y comprends rien.

Tout en parlant, elle enroulait autour d'elle le coton épais orné de dessins rectangulaires réguliers dont les fils aux couleurs bariolées avaient été soigneusement tissés sur le fond noir d'une longue pièce de tissu.

– Laissez-moi vous fixer ces *komas*. Oui, elles sont en argent. C'est mon cadeau d'adieu, dit-il avec un petit sourire narquois. Et taisez-vous pour l'amour du ciel, ajouta-t-il avec un soupir. Qu'est-ce que vous êtes bavarde ! Voilà, dit-il en jaugeant son œuvre d'un œil critique. Serrez à présent cette ceinture que nous appelons *kera* autour de votre taille. Vous commencez à ressembler à une femme du pays. C'est votre seule chance de passer inaperçue. Si vous voulez échapper aux mailles du filet qui s'étend sur plusieurs kilomètres aux alentours du camp, il faut impérativement que vous ressembliez à une Bhoutanaise.

À présent, ses longues mains adroites fixaient les fibules sur les épaules d'Angie qui céda à une impulsion subite et posa son front contre la poitrine de son sauveur. Un geste gracieux et spontané qui voulait exprimer la tendresse et la gratitude qu'elle éprouvait pour cet homme qu'elle avait si souvent haï durant ses longues nuits de solitude. Elle se sentait coupable de le voir risquer sa vie pour elle et le dit à voix très basse :

– Pasang, pardon. Je me suis trompée à votre sujet. Il faut que vous le sachiez. Je ne mérite pas tant de sollicitude. Pourquoi faites-vous tout ça pour moi ? Dites-le-moi. Le savoir m'aidera quand je serai dehors. Pasang, s'il vous plaît.

Relevant la tête, elle plongea son regard interrogateur dans celui de l'homme qui demeurait impassible, résistant à la douceur de l'instant. Impossible de déceler ses sentiments.

– Vous vous posez toujours trop de questions, miss Bronson. Vous encombrez votre esprit d'interrogations qui ne vous serviront à rien dans les heures à venir. Vous rendre la liberté est une question de vie ou de mort. Mais ce ne sera pas facile. Vous allez être livrée à vous-même dans une région du monde qui vous est totalement inconnue. Tout ce que vous avez pu lire ou apprendre ne voudra plus rien dire quand vous serez seule dans l'obscurité et la solitude des montagnes. Vous ne croiserez pas âme qui vive pendant plusieurs jours, ce qui sera d'ailleurs préférable pour votre sécurité. Vous ne pourrez compter que sur vous-même. Mais je pense que vous allez réussir. Vous êtes protégée et je crois que vous êtes venue ici pour apprendre quelque chose dans cette vie.

« Ma mère était une femme exemplaire qui a marqué ma vie d'une empreinte indélébile. Grâce à vous, j'ai retrouvé dans ma mémoire des émotions que j'avais chassées. Tout le conditionnement que j'ai subi très jeune était fait pour ça. Il ne me restait rien qu'une image douloureuse. En vous parlant d'elle, j'ai compris que je n'avais rien oublié. Rien. J'ai retrouvé cette sensation unique de l'amour quand il vous prend aux tripes et irradie tout votre être.

Angie buvait ses paroles dans l'obscurité. Occupée à nouer l'épaisse ceinture qu'il lui avait donnée autour de sa taille menue, elle restait attentive et discrète pendant qu'il se confiait comme jamais sans doute il ne l'avait fait :

– En Occident, ce sont souvent les poètes et les romanciers qui ont exprimé cette force qui jaillit de nous et donne un sens à notre vie. J'aimerais vous faire lire un jour un de mes auteurs préférés, un français, Gustave Flaubert, qui disait : « Il faut rire, pleurer, aimer, travailler, jouir et souffrir, enfin, vibrer ! » Cette corde intime que vous avez sentie vibrer en vous nous est commune. Reste à savoir si nous sommes vraiment capables d'en sortir des sons harmonieux dignes d'être entendus et reproduits par les autres.

Elle s'interrompit, confuse de se lancer à un moment pareil dans des spéculations philosophiques, des conversations de salon et des grandes phrases. D'autant qu'elle se battait avec la ceinture sans parvenir à la nouer de façon satisfaisante. La nuit avançait :

– Ce que je peux être maladroite ! se lamenta-t-elle. Quelle empotée je fais. Heureusement que vous serez là pour me sauver la mise. Sans vous, je ne serais jamais sortie de ce guêpier. Quand partons-nous ?

Pasang lui prit les poignets dans ses mains pour l'obliger à l'écouter attentivement :

– Angie, écoutez-moi. Vous partez seule. Je vais vous aider à sortir du camp, à éviter les sentinelles. Ensuite, vous devrez vous débrouiller sans moi.

L'angoisse remonta brusquement. L'expédition prenait une toute autre allure. Affronter le danger ensemble était excitant. En solitaire, c'était carrément effrayant.

– Mais enfin, c'est impossible ! Je ne sais même

pas où nous sommes. Comment voulez-vous que je retrouve mon chemin seule dans l'obscurité ?

Elle avait haussé le ton.

– Chut ! Ne parlez pas si fort ! Vous allez réveiller tout le monde ! murmura-t-il en lui posant la main sur la bouche.

« Cessez de me harceler de questions et d'exigences, reprit-il plus sévèrement. Nous avons encore beaucoup à faire pour vous rendre méconnaissable et vous permettre de passer inaperçue dans le paysage. Vous avez la peau trop blanche ! Avec votre teint laiteux, on vous repèrera à cent mètres à la ronde. Cette natte aussi est un danger. Les Chinois sont encore peu nombreux ici. Mais ils vont tous se mettre à votre recherche. Il faudra vous servir de votre instinct animal plutôt que de votre raison. Partez du principe que vous raisonnez mal. J'ai apporté de quoi vous camoufler le temps de vous évader.

Angie l'écoutait, muette d'inquiétude. Elle se sentait devenir folle à l'idée de se lancer en solo dans cette équipée sauvage. Mais elle n'avait pas le choix. C'était le moment ou jamais d'être une femme d'action.

– Allez-y, chuchota-t-elle. Vous allez trop vite pour moi, mais je vous fais confiance. C'est vrai que je n'ai guère eu le temps de bronzer ces derniers mois, ajouta-t-elle avec un sourire amusé.

Pendant ce temps, Pasang émiettait dans l'eau d'un bol un mélange de feuilles entre ses longs doigts fins. L'eau changea de couleur sous le regard intéressé d'Angie.

– Chez nous, nous avons la bonne fée des contes pour changer les citrouilles en carrosses, les souris en attelage d'étalons blancs et les guenilles en robe de bal. J'ai l'impression d'être Cendrillon. Malheureusement, j'ai l'impression qu'il ne faut pas trop que je m'attende à trouver un carrosse et des pantoufles de vair...

Indifférent à son bavardage, Pasang avait terminé sa mixture. Il trempa un morceau de chiffon dans le liquide noirâtre et lui demanda de fermer les yeux. Puis il entreprit de lui badigeonner le visage en douceur avec ce mélange. Le teint blême de la jeune femme prit une couleur ocre. Élevant la bougie dont la fumée donnait mal au cœur à Angie, il jugea satisfaisant le résultat de son maquillage :

– Voilà qui vous permettra de passer un moment inaperçue. Vous avez changé de couleur. Reste le problème des cheveux. Là, je n'ai pas le choix.

– De quoi parlez-vous, Pasang ? Ils sont très bien, mes cheveux. Je vais simplement les cacher sous cette bande de tissu. Je la nouerai en turban et personne n'y verra rien.

Une peur absurde lui nouait le ventre. Jamais ses longs cheveux, la fierté de son père, n'avaient été coupés courts. D'aussi loin qu'elle se souvienne, le doux rideau soyeux la protégeait et lui battait les reins.

– Cette bande de tissu est une écharpe cérémoniale réservée aux femmes. Elle est obligatoire pour entrer dans les *dzongs*, les autres monastères et lieux sacrés. Mais ce tissu, le *rapchu* se porte sur l'épaule, pas sur la tête ! Soyez raisonnable. Il faut couper vos cheveux.

C'est un sacrifice nécessaire. Nous n'avons pas le temps d'en discuter. J'ai tout fait pour que vous puissiez vous évader cette nuit. Réfléchissez. Votre résistance serait futile et sotte. Les cheveux tombent et repoussent. La vie tombe et se perd. C'est tout simple.

Angie baissa la tête, vaincue. Il serait dit qu'elle irait au bout du dépouillement sur les chemins du Bhoutan. Il avait sorti de son *go* un couteau à la lame affûtée. Il passa derrière elle et se saisit de sa longue natte noire :

– Allons, ne prenez pas cet air affolé. Je vous assure que ce couteau fera son office mieux que le meilleur des rasoirs. Baissez la tête et tenez votre cuir chevelu dans vos mains.

Angie ne put retenir un gémissement. En trois coups de lame, Pasang avait détaché la tresse qu'il cacha sur lui afin de la faire disparaître comme les autres traces de son évasion. Il termina le travail en supprimant les dernières mèches longues échappées de la natte. La jeune femme serrait les dents, essayant de ne pas penser à la tête qu'elle devait avoir à l'instant même. Son coiffeur improvisé recueillait soigneusement la moindre touffe de sa chevelure sacrifiée.

– Allons, dit-il avec un bon sourire. Vous êtes toujours aussi ravissante. Ce n'est pas très régulier, mais je pense que vous ne serez pas trop mécontente de moi quand vous vous regarderez à nouveau dans une glace. Une vraie petite Bhoutanaise ! Encore un mot : prenez garde à baisser les yeux quand vous croisez quelqu'un. Avec votre peau foncée, votre regard paraît encore plus clair. Voilà. Vous êtes prête. Il ne vous reste qu'à enfiler cette veste, le *toego,* sur votre *kira* et vous serez parfaite.

– Vous racontez n'importe quoi ! On n'y voit rien avec cette bougic. J'ai l'impression d'être toute nue ! se plaignit Angie en touchant ses cheveux courts du bout des doigts.

Un bruit suspendit leurs gestes un court instant.

– Ce n'est rien, dit Pasang. Mais mieux vaut nous hâter à présent. Posez le *rapchu* sur votre épaule. Il va falloir être rapides et silencieux.

Angie enfila la veste, saisit l'écharpe, chaussa des bottes trop grandes pour elle et se campa devant lui, l'air résolu. Dans la pénombre, les yeux de Pasang brillaient d'un éclat étrange :

– Merci de votre aide, Pasang. J'ai bien l'intention de sortir vivante de cette galère. Je suivrai vos conseils. Mais faisons vite. Sinon, il sera trop tard.

Plus Angie s'agitait, plus Pasang montrait de sang-froid. Ses gestes posés et ses conseils laconiques étaient bien faits pour préparer la jeune femme à affronter l'épreuve :

– Surtout, gardez votre calme. Respirez profondément et donnez-moi encore quelques minutes. Je veux que vous repreniez le plein contrôle de vous-même avant de m'écouter.

Ses deux mains dans les siennes, si chaudes et douces, Angie laissa les battements de son cœur s'apaiser. Mais un trouble étrange et familier s'emparait d'elle. Elle était douloureusement consciente de la proximité de leur séparation. Ce grand corps robuste diffusait une énergie dont elle ressentait intensément la force protectrice. Que ferait-elle loin de lui dans ces montagnes hostiles ?

– Fermez les yeux Angie. Vous allez prendre une profonde inspiration qui doit partir du ventre et remonter en haut de vos poumons. Ensuite, bloquez votre respiration et comptez jusqu'à huit. À ce moment-là, vous devez regrouper mentalement toutes vos forces vitales au centre de votre plexus solaire. Expirez ensuite dans le sens inverse, sur le même rythme de huit secondes, pour vous vider de vos angoisses. Pendant ce temps, essayez de conserver visuellement vos énergies comme un disque d'or au centre de votre corps. Allons-y. Essayez !

Angie s'exécuta. Pasang se livra au même exercice. Il n'avait pas lâché ses mains, comme s'il voulait lui transmettre par ce moyen des énergies supplémentaires. Concentrés à l'extrême, ils ne virent pas la flamme sautillante de la bougie disparaître soudain, effacée par le halo de lumière blanche qui venait d'envelopper les deux êtres immobiles l'un en face de l'autre. Ils ne formaient plus qu'un mais l'ignoraient encore.

À deux pas de là, dans l'angle du mur, un œil noir et brillant était apparu. L'oiseau noir étira ses longues ailes sombres, poussa un cri rauque et disparut à l'instant précis où leurs mains se séparaient.

– Qu'est-ce que c'était ? demanda Angie. Vous n'avez pas entendu un cri étrange ?

Pasang la regardait intensément, pensif, un grand trouble sur son visage :

– Vous avez beaucoup de chance, miss. Je crois que

Mahakala vient de vous faire un signe. Mais il est trop tard pour parler de ça, conclut-il avant de sortir quelques papiers de son *go*.

« Voici une copie de votre passeport, quelques *ngultrums,* la monnaie locale. J'espère que vous pourrez les utiliser. Cela voudrait dire que vous avez réussi. »

Il lui jeta la peau de yack sur le dos, lui tendit un ballot contenant quelques vivres et lui donna enfin le recueil de prières qui appartenait à sa mère. Elle eut un mouvement de recul, mais il secoua la tête et insista :

– Ces feuilles vous seront plus utiles qu'à moi. Je n'ai plus besoin d'elles pour retrouver l'âme de ma mère. C'est à cause d'elle que je prépare aujourd'hui votre évasion. Votre chemin passe par ce pays et vous aurez besoin de ces prières pour vous guider sur votre route. Il vous faudra sûrement beaucoup de patience. Des jours et des jours de méditation et de solitude. Mais vous allez combler ce qui vous manquait sans que vous le sachiez, vous allez découvrir que, par-delà tout ce qui semble opposer l'Orient et l'Occident, nous faisons partie d'un tout. Tout sera différent après ça. Peut-être en reparlerons-nous un jour. Le temps ne représente plus rien lorsqu'on acquiert la sagesse dans une vie. Mais pour l'heure, le temps nous est compté. Il est temps de partir. Suivez-moi sans faire de bruit et mettez vos pas dans les miens. Les premiers mètres seront les plus difficiles. Ensuite, il vous faudra continuer seule. Bouddha vous accompagne ! dit-il en soufflant brusquement la bougie.

Il lui prit la main dans la pénombre. Elle fit quelques pas, un peu empêtrée dans la tenue bhoutanaise dont elle n'avait pas l'habitude, mais retrouva vite son aisance.

– *Good luck,* Angel, murmura-t-il, retrouvant sans le savoir le petit nom d'amour que lui donnait Gordon.

Au moment où il ouvrait la porte, attentif à ne pas la faire grincer, elle déposa un baiser sur la main qui tenait la sienne. Un sentiment de gratitude emplissait son cœur, plus fort que la peur, plus fort que tout ce qu'elle avait ressenti depuis longtemps. Avant de franchir le seuil de la cellule dont elle s'évadait, Angie, machinalement, se signa. Quand la porte se referma derrière eux, il n'y eut plus qu'une pièce insalubre, vide, dans laquelle seule une paillasse et quelques vêtements épars témoignaient de l'évasion organisée par un homme dont le seul et unique mobile, le seul secret, était son amour pour une jeune captive courageuse et indomptable.

New York, le même jour, sept heures plus tard

Une journée bien calme s'achevait pour Faby. En dépit de l'absence d'Angie, la notoriété de sa galerie était toujours aussi grande. Mais une partie de la clientèle, qui avait l'habitude de traiter directement avec Miss Bronson avait déserté. Le talent de vendeuse de Faby n'était pas en cause, ni ses compétences artistiques. Mais rien ne pouvait combler l'humour, le charisme et le regard violet de la créatrice de la Bronson's Art.

Faby avait le blues. Sa meilleure amie lui manquait énormément à elle aussi. Les questions insidieuses des commères lors des vernissages, les ragots sur la mésentente de la famille Bronson, les sous-entendus des directeurs de musée avec qui elle essayait en vain de traiter pour une nouvelle exposition, les angoisses des artistes qui se commençaient à se demander s'ils n'allaient pas changer de galerie : elle supportait tout sur ses frêles épaules depuis près d'une année. À force, elle en avait perdu le sourire et le sommeil. La galerie ne désemplissait pas, mais il s'agissait plus souvent de curieux que de clients potentiels. Elle avait eu fort à faire aussi avec des journalistes qui se prétendaient tous critiques d'art mais n'étaient que de vulgaires paparazzi. Les déclarations intempestives de Malcolm n'avaient rien arrangé. Il faudrait qu'elle ait une conversation avec Peter à ce sujet. Fatiguée, elle décida de fermer tôt. Elle finissait tout juste de baisser la grille de la vitrine quand la sonnerie du téléphone lui fit rebrousser chemin. Le canapé bouton d'or ornait toujours l'angle de la loggia. Faby récupéra le portable et s'y laissa tomber :

– Bronson's Arts, j'écoute ?

– Fab, c'est Malcolm. J'avais besoin de t'entendre.

– Que se passe-t-il ? dit-elle aussitôt, alarmée par la faible sonorité de sa voix. À peine si elle le reconnaissait. Où était passé le Malcolm enjoué et blagueur, toujours prêt à rire et à se moquer ? Décidément, rien n'allait plus.

– Un vieux reste de grippe, sans plus. Je ne suis

pas au sommet de ma forme, en ce moment, avoua-t-il comme un petit garçon penaud.

N'écoutant que son bon cœur, Faby oublia aussitôt sa fatigue et son coup de cafard pour apporter un peu de réconfort au frère de son amie.

– Malcolm, ce n'est pas une blague ? Je te trouve terriblement déprimé et j'ai la sensation que pour une fois, tu ne plaisantes pas. Si tu veux, retrouvons-nous pour dîner. Ça te fera du bien de parler à cœur ouvert de ce qui te préoccupe. À huit heures Chez Elen's ?

– Angie a bien de la chance d'avoir une amie comme toi, Faby, dit Malcolm d'une voix étranglée par l'émotion. Non, je ne veux pas t'importuner et gâcher ta soirée. Je suis un piètre compagnon en ce moment. Mieux vaut que je reste dans mon coin. D'ailleurs, je n'ai pas grand-chose à raconter !

Faby s'entêta. Ce ton boudeur ne présageait rien de bon. En l'absence d'Angie, c'était à elle de prendre la relève et de veiller sur ce petit frère que son amie décrivait toujours comme fragile et livré à toutes sortes d'influences mauvaises. Qui sait auprès de qui il irait se réfugier si elle le laissait tomber. Elle insista, lui proposant de le rejoindre où il voudrait.

– Bon, alors, si tu y tiens, retrouvons-nous chez Caplan. Elen's est trop fréquenté par les amis d'Angie et je ne m'y sens plus à l'aise. Ils me regardent comme si elle avait disparu par ma faute. Tu as raison, Faby, je dois me changer les idées.

Quand il eut raccroché, elle réfléchit à la scène étonnante qu'elle venait de vivre. Malcolm craquait, de toute évidence. Jamais elle n'aurait cru qu'il ferait appel à elle. Il devait se sentir bien seul. À moins qu'il n'ait une idée derrière la tête. Angie lui avait dit et redit que son frère ne faisait jamais rien pour rien. Mais elle était sur ce point aussi sévère que Peter. Trop peut-être ? La soirée apporterait une réponse. Elle avait juste le temps de passer chez elle se changer avant cet étonnant rendez-vous qu'elle n'aurait manqué pour rien au monde.

D'habitude, Caplan était bondé. Mais ce soir, seules deux tables étaient occupées chez le roi des délicatessens. Deux couples d'étrangers assis chacun à une extrémité de la salle. Faby jeta un coup d'œil rapide vers les loggias où son invité aurait pu s'installer, mais dut se rendre à l'évidence : elle était arrivée la première. Assise dans un coin tranquille, la jeune femme dévora le menu des yeux avant d'appeler le waiter pour commander un drink.

Le temps passait et Malcolm ne se montrait pas. Faby commençait à s'énerver. Angie le lui avait pourtant bien dit : son petit frère était incapable d'arriver à l'heure à un rendez-vous. Mécontente, affamée après une rude journée de travail, elle rassemblait ses affaires pour s'en aller lorsqu'il arriva. Quand elle le vit, pitoyable, le teint pâle, les yeux cernés, l'air contrit, aussi désemparé qu'un gamin qui a fait une bêtise, elle n'eut pas le cœur de lui faire des reproches.

– Désolé, Faby. Je sais qu'on ne fait pas attendre une femme. Surtout une femme telle que toi. Et me voilà, en retard et les mains vides par-dessus le marché. Tu dois me prendre pour un parfait goujat, dit-il d'une voix incertaine.

Faby coupa court aux excuses et l'entraîna joyeusement vers la table qu'elle avait choisie.

– Si je devais te faire un reproche, ce serait plutôt d'avoir visiblement attendu de toucher le fond avant de m'appeler, dit-elle spontanément. Tu as une mine affreuse et moi, je suis morte de faim. Commandons tout de suite et raconte-moi ce qui ne va pas. Je n'aime pas te voir dans cet état, Malcolm. Angie ne serait pas contente, elle non plus !

Il poussa un énorme soupir et reconnut qu'il avait faim lui aussi. En un rien de temps, les sandwiches au pastrami, *tuna, fried bacon* et salade *cole slaw* apparurent sur leur table. Le waiter traitait le jeune homme en habitué.

– Malcolm, tu as souvent abusé de trop de choses. Jure-moi que tu ne prends rien qui te fasse du mal, ne put s'empêcher de demander Faby.

Elle se souvenait de la scène qu'elle avait surprise en compagnie d'Angie. Il s'était drogué. Ce n'était un secret pour personne. Avait-il replongé ?

Il se braqua, indigné et soudain redevenu lui-même, agressif et insolent comme un adolescent difficile :

– Si c'est pour me donner des leçons de morale, ce n'était pas la peine de m'inviter ! Changeons de sujet, veux-tu ?

– Ne le prends pas mal ! Nous nous connaissons depuis tant d'années. Pour moi, tu es le petit frère d'Angie. Tu aurais aussi bien pu être le mien. Je me fais du souci, Malcolm. J'ai beaucoup d'affection pour toi. Je te promets de ne plus aborder le sujet, à condition que tu m'expliques ce qui t'arrive, sans tricherie, ni faux-fuyants.

Tout en parlant, elle dégustait le *tuna sandwich* au pain de campagne grillé dont elle raffolait. Cette soirée serait désastreuse pour sa ligne. Fidèle à l'exemple d'Angie, elle lui trouvait toutes les excuses. Malcolm comptait bien là-dessus. Sa sœur avait toujours eu une patience d'ange avec lui et il se doutait que Faby prendrait modèle sur elle. Cela faisait partie de son plan diabolique.

« Nom d'un chien, qu'est-ce que je suis bon ! » se disait-il en baissant les yeux pour qu'elle ne voie pas l'éclair de triomphe qui passait dans son regard tandis qu'il piochait dans son assiette de bacon d'un air désabusé.

Inconsciemment, Faby l'identifiait à sa sœur. Il en était certain. La ressemblance entre eux deux lui causait à chaque fois un choc qu'elle était bien incapable de dissimuler. Comme il l'avait prévu, elle souffrait de la disparition d'Angie qui lui manquait autant sur le plan professionnel que personnel. Depuis des années, Faby n'entreprenait rien sans l'accord et la bénédiction de son amie. Il serait facile de la déstabiliser à présent qu'elle était privée de son meilleur soutien. L'assurance n'était pas son fort. En outre, Malcolm la soupçonnait d'avoir tout aussi inconsciemment un petit faible pour lui dont il comptait bien profiter à fond.

Il la regarda commander un deuxième sandwich,

devinant qu'elle mangeait pour ne pas lui donner l'impression de le harceler de questions :

– Pas moyen, depuis ma plus tendre enfance, de résister à ce truc, dit-elle, gourmande et mutine, en se léchant les doigts. Je pourrais en avaler trois ou quatre sans problèmes. Je ne viens jamais ici à cause de ça. Ma ligne n'y résisterait pas !

Malcolm se racla doucement la gorge et poussa un long soupir de désespoir, comme s'il n'avait rien entendu à ce qu'elle venait de dire. Il était parti pour un de ces grands numéros de comédien dont il avait le secret. Prenant un air de chien battu, il commença à mettre en œuvre le plan qu'il avait préparé avec minutie. Un plan diabolique :

– N'essaie pas de meubler le silence, Fab. Je ne suis pas dupe, tu sais. Toi au moins, fais-moi la grâce de ne pas me prendre pour un imbécile comme c'est le cas de la plupart des gens aimablement avertis de mon incompétence par mon cher père. Je n'ai jamais compris quel espèce de surhomme il voulait que je devienne. Navré. J'aime, je déteste, je fais des erreurs comme tout le monde. Peut-être plus que d'autres, je le reconnais. Mais vois-tu Faby, ces derniers mois, depuis la disparition d'Angie, j'ai eu le temps de réfléchir, de faire le point sur ma vie. Il me semble que je paie cher quelques erreurs de jeunesse dont je ne me sens pas totalement responsable. Quelle éducation cet homme qui s'est toujours intéressé à ses affaires plus qu'à sa famille a-t-il cru me donner ? Quel exemple ? Seule Angie a toujours trouvé grâce à ses yeux parce qu'elle a le même caractère que lui. Il la comprend. Moi, je lui suis resté étranger. Il ne m'a jamais reconnu comme son fils. Si je n'avais pas à ce point les traits des Bronson, je suis sûr qu'il m'aurait soupçonné d'être un bâtard. C'est bien la seule chose qu'il n'ait jamais eu l'occasion de me reprocher ! À présent, ma mère est malade et Angie a disparu. Je me retrouve seul. Seul.

Incrédule, Faby écoutait cette véritable confession, se demandant où était passé le Malcolm étourdi, égoïste et insouciant que tout le monde s'accordait à dénoncer comme incorrigible. Le chagrin d'avoir perdu sa sœur l'aurait-il amendé ? Faby était toute prête à le croire. Elle avait laissé tomber son repas pour mieux l'écouter et s'attendrissait.

Du coin de l'œil, Malcolm la surveillait, ravi de la voir fondre comme beurre au soleil devant le pitoyable spectacle qu'il lui offrait en acteur consommé. Quand elle esquissa un geste pour parler, répondre, il leva la main, désabusé :

– Je t'en prie. Laisse-moi parler. Tu es bien la seule qui ait eu la gentillesse de me donner un peu de son temps pour écouter le ringard que je suis devenu aux yeux de tous.

Son regard exprimait un terrible désespoir. Faby le fixait, interdite. Il enfonça le clou, sûr qu'elle était en train de tomber dans le piège qu'il avait savamment préparé. Il ne fallait pas lui laisser le temps de la réflexion. Le moment était venu de ferrer le poisson avec une grande tirade. Il se lança :

– Regarde-moi, Faby. Tu es mieux placée que quiconque pour savoir que je n'ai jamais eu ma place dans cette famille. J'adore mon père et il ne l'a jamais compris. L'a-t-il seulement voulu ? J'ai tout tenté pour qu'il soit fier de moi, pour être digne de lui, puis, voyant que je n'y parvenais pas, pour exister à ses yeux, quitte à le provoquer, à le mettre en colère. Rien n'y a fait. Il ne m'entend pas. Je dirais même qu'il ne me voit pas, ce qui est le plus difficile à vivre. Il n'a jamais eu d'yeux que pour Angie. J'ai la sensation d'être arrivé là par erreur. Lisa m'a dit et redit que je n'étais pas un enfant désiré. Le hasard a voulu qu'elle tombe enceinte au moment où il était tout occupé d'une de ses starlettes. Il avait déjà son héritière. Je suis venu en surnombre. Il n'a jamais eu besoin de moi comme il a besoin de ma sœur. Dans mon enfance, je ne le comprenais pas et j'essayais à tout prix d'attirer son attention. J'y suis parvenu, mais pas dans le sens où je l'aurais voulu. Il m'a pris en grippe et j'ai bien peur que ce soit définitif. Ainsi, même le chagrin d'avoir perdu Angie ne nous a pas rapprochés. Il veut être le seul à qui elle manque, le seul à souffrir, le seul à l'attendre, le seul à la rechercher. Je crois qu'à ses yeux je suis coupable de n'avoir pas disparu à la place de ma sœur. C'est irrémédiable.

Faby écoutait son analyse, étonnée de la profondeur de ses vues et de ses sentiments. Sans s'en rendre compte, elle avait recommencé à se ronger les ongles, bouleversée par l'émotion que dégageait sa voix. Où était le beau parleur, le cynique, le viveur si sûr de lui ? Devant elle se tenait un homme blessé, un petit garçon malheureux, une intelligence bafouée. Un être souffrant au point d'en être réduit à se confier à une étrangère. Sa réserve naturelle l'empêchait de le prendre dans ses bras comme elle en aurait eu envie pour le consoler. Mais il lui faisait pitié. Ses aveux étaient un touchant constat d'échec et d'impuissance. Pleine de compassion, elle entreprit de lui remonter le moral :

– C'est une situation de blocage, que tu décris là, Malcolm. Les enfants se braquent souvent contre leurs parents pour des raisons qui n'existent pas. Une fois le malentendu installé, il est très difficile, mais pas impossible, de revenir dessus. Vous traversez tous une période très difficile. Je connais bien Peter. Quand il est tendu, il en a après tout le monde. Il ressemble à un ours mal léché, mais il a un cœur gros comme ça. La disparition de ta sœur l'a rendu fou d'angoisse, je te l'accorde. Un enfant ne peut jamais en remplacer un autre. Il est agressif avec toi parce qu'il se fait du souci pour ton avenir. S'il se moquait de toi, il ne prendrait pas la peine de te faire des scènes pareilles ! Et puis ta mère t'adore, ce qui a aussi joué son rôle dans l'histoire de votre conflit. Vos relations ont toujours été privilégiées. Angie m'a même confié en avoir souffert de son côté. Tu vois, rien n'est simple.

Malcolm continuait à lui jouer la comédie, se tenant la tête dans les mains et jouant avec maestria le rôle de l'homme au bout du rouleau. Il décida de porter la dernière estocade et releva la tête, les yeux humides comme s'il était au bord des larmes. Pour y parvenir, il lui suffisait de penser que Peter cherchait ni plus ni moins à le déshériter. Une idée qui lui tirait des larmes de rage à coup sûr. Faby marchait à fond :

– Pourquoi me parles-tu de ma mère ? demanda-t-il comme si la question le désespérait encore davantage. C'est une femme malade, qui a passé sa vie à pleurer sur son sort alors qu'elle avait tout pour être heureuse. Elle n'a pas su aimer mon père. Elle ne sait aimer qu'elle-même. Je pourrais t'en parler pendant des heures. Pendant des années, elle n'a cessé de le détruire à mes yeux, de m'éloigner de lui. Elle lui trouvait tous les défauts de la terre. Elle est allée jusqu'à me laisser croire qu'il était violent avec elle pour être certaine que je le détesterais autant qu'elle le désirait.

– Malcolm, je ne peux pas croire une chose pareille, protesta Faby. Dis-moi que ce n'est pas vrai. Une mère ne peut pas faire une chose pareille à son fils. Ce serait trop horrible.

– En réalité, ce qui est dommage, c'est que sa haine renforçait ma vénération pour mon père. Je le défendais, je lui trouvais toujours des excuses. Il m'impressionnait tant. Le plus ridicule, c'est que plus je le regardais m'ignorer, plus je le trouvais formidable. Toute mon enfance, j'ai attendu qu'il daigne au moins une fois, une seule, m'accompagner à l'école. Je pourrais te donner mille autres exemples qui ne changeraient rien à la situation.

« Le pire, c'est qu'il n'arrive pas à comprendre à quel point Angie me manque à moi aussi. C'est ma sœur après tout. Elle s'est toujours occupée de moi. Nous nous ressemblons plus qu'il ne veut le croire ou le voir. Si elle revenait, tout serait différent. Elle saurait bien lui expliquer que j'ai changé. On a le droit de changer. Avec elle, il suffit d'un sourire, de trois mots, et il la croit sur parole. Je voudrais tant qu'il me fasse confiance. Je lui ai proposé de l'épauler, mais il m'a repoussé. Tu sais bien que, dans mon for intérieur, j'ai toujours été un peu artiste. C'est de famille. Nous sommes aussi tous un peu fous, mais ça aussi, c'est de famille. J'admire la réussite d'Angie avec sa galerie. Tu es très discrète, mais je me rends bien compte que toutes nos histoires ne doivent pas arranger les affaires. Le monde de l'art est si sensible aux cancans ! C'est terrible de voir son œuvre péricliter depuis qu'elle n'est plus là. Si elle voyait ce gâchis, elle entrerait dans une colère noire. Et elle aurait raison. Nous ne sommes pas à la hauteur. Elle me manque, tu comprends ? Elle me manque !

Et Malcolm s'effondra en larmes, la tête sur ses bras croisés, comme possédé par la colère et le chagrin. Puis il feignit de contrôler les sentiments qui l'étouffaient.

– Excuse-moi, Faby, dit-il en relevant son visage défait. Tu dois me prendre pour un imbécile. Mes problèmes métaphysiques doivent te sembler du dernier ridicule. Mais si tu savais combien je voudrais que le jour vienne où mon père me prendra enfin au sérieux, où il comprendra que je suis là quand il a besoin de moi ! Je voudrais tant que ma sœur soit fière de moi si elle revient. Par moments j'en doute. C'est vrai que ce n'était pas malin de parler aux journalistes. Ils ont raconté n'importe quoi, en plus. Tu imagines bien que je n'ai pas dit toutes ces sottises. Il n'y a que mon père pour croire ça !

Bon. Faby était mûre. Autant faire court. Il demanda l'addition d'un geste brusque, comme s'il voulait en finir avec les confidences. Discrète, Faby n'osait pas poser de questions.

– Je suis vraiment désolé de la soirée que je viens de te faire passer, s'excusa Malcolm. Je te remercie, Faby. Ça m'a fait énormément de bien de pouvoir parler. Tu m'as mis du baume au cœur. Ne t'en fais pas, tout finira par s'arranger.

Avant de disparaître, il se fit plus charmeur que jamais et lui posa un doux baiser sur la joue qui la laissa encore plus troublée. Elle n'avait pas encore ouvert la bouche, assommée par ce qu'elle venait d'entendre.

– Bon, dit Malcolm, ravi de son effet. Je rentre à pied. J'ai besoin de prendre un peu l'air. Il doit bien y avoir un charmant monsieur qui t'attend quelque part. Tu es de plus en plus jolie. Je te rappellerai. Ciao !

Faby essaya en vain de le retenir :

– Mais enfin Malcolm, attends une seconde ! Je n'ai même pas eu le temps de te parler ! Il y a sûrement une solution ! Je ne peux pas te laisser comme ça !

Fébrilement, elle rassemblait ses affaires, voulait le suivre, le raccompagner. Mais il ne lui en laissa pas le temps. Surtout pas.

– Ne t'inquiète pas, Faby. J'ai juste envie d'être seul. Ce n'est rien. À bientôt. Promis !

Et il disparut avec un geste charmant, comme un personnage de comédie.

Sous le choc, Faby se laissa retomber sur la banquette et se servit un grand verre d'eau. Les révélations de Malcolm la suffoquaient. Tant de souffrance, d'incompréhension de part et d'autre. Il fallait qu'elle fasse quelque chose. Qu'elle réfléchisse. Elle resta assise là, à reprendre son souffle, encore sous le coup de l'émotion, le temps que le waiter arrive en s'excusant, la note du dîner à la main :

– Je suis désolé, miss, mais monsieur est parti en oubliant de payer la note !

– Pas de problème, il était en retard. Je vais vous régler ça. Tenez, gardez tout !

« Il est tellement perturbé qu'il ne sait même plus ce qu'il fait », pensa-t-elle, sans réaliser qu'elle venait de se faire manipuler de main de maître. Il était arrivé à ses fins en jouant sur sa sensibilité exacerbée. Faby était décidée à intervenir. Elle savait même comment.

Le lendemain matin à la première heure, elle était sur le parvis de la Bronson Tower. Chamboulée par les confidences de Malcolm, elle n'avait pas fermé l'œil de la nuit. Elle avait pris sa décision : il fallait parler à Peter. C'était son devoir.

Arrivée devant le bureau de Jane, elle entra d'un pas ferme et la fit sursauter. À cette heure matinale, la fidèle secrétaire n'attendait personne. Peter était encore enfermé dans son bureau où il avait passé la nuit comme trop souvent ces derniers temps. Sans doute avait-il rendez-vous avec ce terrible corbeau dont il était persuadé qu'il était un messager de sa fille Angie. Jane se faisait beaucoup de souci pour lui.

Accueillant la visiteuse avec sa grâce coutumière, Jane s'enquit de ce qui l'amenait si tôt.

– Je sais qu'il est là. Nous n'avons pas rendez-vous, mais il faut absolument que je le voie.

Sa voix nerveuse ne souffrait pas de réplique. Jane haussa ses belles épaules :

– Il déteste être dérangé quand il ne l'a pas prévu. Cela dit vous êtes libre d'essuyer la tempête du matin si ça vous chante, mon petit. Mais je vous préviens, il est d'une humeur de dogue.

Devant la double porte fermée, Faby ajusta les revers de son élégant tailleur et frappa avant d'entrer :

– Tiens, c'est toi, s'étonna Peter. Tu es bien matinale. J'espère que tu apportes de bonnes nouvelles. Ça me changerait un peu pour une fois. Figure-toi que je pensais te téléphoner. Je suis inquiet. Voici plusieurs jours que je n'ai pas vu l'oiseau. Qu'en penses-tu ? Il doit bien y avoir une explication. Et ce maudit Sly qui m'a envoyé un message pour m'informer qu'il rentrait sans avoir pu mettre la main sur Angie. Cet imbécile rentre bredouille. Tu te rends compte ? Au prix qu'il pratique, je trouve qu'il n'est vraiment pas à la hauteur de sa réputation. Mais tu me connais. Je n'ai pas dit mon dernier mot. S'il le faut j'irai moi-même sur place pour leur apprendre à mener une enquête.

Tout en parlant, Peter tournait les pages des journaux. Chaque matin, il commençait sa journée par une revue de la presse internationale. Il écumait tout seul, ravi d'avoir un public. La jeune femme attendait patiemment de pouvoir prendre la parole et d'aborder la raison de sa visite.

Comme elle ne réagissait pas, il baissa la feuille imprimée qu'il parcourait et la regarda par-dessus ses lunettes :

– Qu'y a-t-il, ma belle ? Tu es devenue muette ? Attends, installe-toi, je nous commande deux cafés. Ça nous fera du bien. Parce que là, je vois bien que tu dors encore.

Il appuya sur l'interphone. La voix patiente de Jane résonna et prit note de la commande de deux expressos bien serrés. Peter replia les quotidiens et s'interrogea sur la visite inattendue de la meilleure amie de sa fille.

– Bon. Que se passe-t-il ? Tu as des problèmes à la galerie ? Tu as l'air bien soucieuse et fatiguée. Je te sais assez sensée pour ne pas débarquer à la première heure juste pour le plaisir de prendre ton café du matin avec un vieux grincheux comme moi. Dis-moi ce que tu as sur le cœur et sois rapide, dit-il en jetant un coup d'œil à sa montre. Parce que ma première réunion a lieu dans une demi-heure.

Faby n'avait plus le choix. Elle se jeta à l'eau :

– Je crois qu'il est grand temps de vous dire ce qui se passe. Tout ce que je vous demande, c'est de me laisser parler sans vous énerver. J'ai réfléchi toute la nuit à ce que je vais vous dire.

Peter ne broncha pas et choisit de dédramatiser :

– Faby, mon petit, pourquoi veux-tu que je m'énerve avec toi ? Parle sans crainte. Je t'écoute.

– Je pense que je dois vous donner ma démission de la galerie. J'ai fait tout mon possible, mais après tous ces mois sans Angie, je crois que cette situation a assez duré. Je me sens mal à l'aise. La clientèle s'effrite parce qu'elle venait pour rencontrer votre fille. Pour le gotha new-yorkais comme pour nos meilleurs clients, je ne suis qu'une intrigante qui profite de son absence mais ne possède pas les capacités nécessaires ni pour défendre un artiste, ni pour représenter le nom des Bronson. Conclusion : je ne suis pas à la hauteur. Donc, j'arrête les frais, termina-t-elle, fière de sa prestation.

Peter grillait cigarette sur cigarette et s'efforçait de garder son sang-froid. Mais le pied qui se balançait en rythme sous le bureau trahissait son énervement.

– Écoute ma petite Faby, tu n'as tout de même pas cru que j'allais tomber dans un piège aussi grossier que celui-ci ? Je suis un vieux renard, ne l'oublie jamais. Ta démonstration se tient, mais tu ne m'as absolument pas convaincu. Nous n'avons jamais prétendu que tu remplaçais Angie. Mais j'ai, comme elle, une entière confiance en tes capacités et ton honnêteté. Il y a autre chose, je le vois dans tes yeux. Tu ne sais pas mentir. Dis-moi la vérité et nous gagnerons du temps tous les deux.

Désarçonnée de se voir si bien découverte, Faby s'étrangla en buvant la tasse de café fumante que venait de leur servir Jane.

– Oui, il y a autre chose. Si c'est la vérité que vous voulez entendre, je vais vous la dire. J'ai vu Malcolm hier soir. Il est au cinquante-sixième dessous. Il a fait des erreurs mais il n'en est pas le seul responsable. C'est toujours pareil avec les histoires de famille. On se déchire si longtemps qu'on ne sait plus très bien pourquoi. Il n'osera jamais vous le dire, mais il est très malheureux. Il a besoin de vous. Il vous aime. Il attend que vous lui donniez une place à vos côtés depuis sa plus tendre enfance. Il était si émouvant lorsqu'il parlait de vous hier soir. J'en avais les larmes aux yeux. Il souffre de votre manque de confiance. Sa sœur lui manque énormément. Je crois que c'est à lui que revient la responsabilité de la galerie. Il y sera beaucoup plus à sa place que moi. Voilà.

Peter se leva et applaudit lentement des deux mains.

– Bravo ! Et voilà le travail ! Alors toi aussi, tu es tombée dans le panneau ! Ma pauvre enfant, il a joué avec toi comme un méchant chat qu'il est avec une gentille souris. Trop gentille. Comment as-tu fait pour t'y laisser prendre ? Il est vraiment très fort. Qu'est-ce que tu crois, fillette ? Tu penses être la seule à qui il a joué la grande scène du pauvre petit garçon riche abandonné par son ingrat de père ? L'incompris, c'est son meilleur rôle. Il le possède à fond. C'est un comédien-né : si ma mémoire est bonne, il a décroché son premier prix de comédie à seize ans dans un stage de théâtre. Il aurait pu en faire son métier, mais il est bien trop paresseux pour apprendre un autre rôle que le sien. Ne t'inquiète pas, tu n'es pas la première à t'y laisser prendre. Il a fait craquer tout le monde un jour ou l'autre avec sa comédie. Mais tu en reviendras, toi aussi. Quel culot ! Je peux te le décrire comme si j'y étais. La mine pâle, les yeux cernés qu'il maquille légèrement pour en accentuer les effets, les yeux perdus dans le vague, loin, très loin ! La voix brisée, les grandes déclarations, les anecdotes d'enfance.

Faby, sidérée, l'écoutait faire le portrait de Malcolm tel qu'elle l'avait vu la veille. Mais elle ne se résolvait pas encore à croire qu'elle avait été abusée par un comédien hors pair et s'entêtait comme une enfant butée.

Gentiment, Peter se pencha sur elle et lui posa une main consolatrice sur l'épaule qui se déroba, boudeuse. Alors, impitoyable, il poursuivit sa description :

– Passons à la phase suivante. Acte I, scène 2 : les longs soupirs, la tête dans les mains, l'œil humide. J'espère qu'il t'a raconté qu'il attend encore que je l'emmène à l'école ? C'est sa meilleure prestation. Et t'a-t-il fait son numéro d'enfant découvrant dans la bouche de sa mère la violence de son père ? Et son amour, son admiration pour moi qui allaient grandissant en dépit de tout ce qu'il apprenait ? Et son désespoir de voir que je le rejetais impitoyablement ? C'est ça ?

Faby l'interrompit, incapable d'en entendre davantage :

– Arrêtez, Peter. Ce n'est pas possible. Il ne m'aurait pas fait ça, pas à moi ! C'est ignoble ! Pourquoi m'aurait-il fait ça ? Je ne peux rien lui apporter. Il n'a pas besoin de faire tant de frais pour moi. Je ne suis rien dans cette histoire. Juste la meilleure amie de sa sœur. Je le connais depuis longtemps. Écoutez. J'essaie de garder mon calme et d'être logique. Il sait très bien qu'il n'obtiendra rien de moi puisque je n'ai aucun pouvoir. Pourquoi voudrait-il me tromper ? Je suis là parce que j'ai usé mes jeans sur les bancs de la même école d'art qu'Angie. J'ai adoré la suivre, mais regardons les choses en face : sans elle, je ne suis rien.

Elle essuya furtivement une larme de déception. Elle savait très bien qu'elle défendait l'indéfendable. Aucun argument ne convaincrait Peter. D'ailleurs elle sentait bien qu'il n'avait pas tort. Pour une raison obscure, Malcolm l'avait manipulée. Il s'était servi d'elle. Elle se sentait bafouée comme une enfant prise au piège par la promesse d'une sucrerie. Elle fit une dernière tentative :

– Peter, vous me connaissez : j'ai toujours été franche avec vous. La clientèle déserte peu à peu la galerie. Soit Angie revient, soit vous donnez sa place à votre fils. Les Bronson ne peuvent être représentés que par eux-mêmes. Votre fils rêve de tenir la galerie. Pourquoi ne pas sauter sur l'occasion ? Vous faites d'une pierre deux coups. Vos relations avec Malcolm redeviennent normales et il se met au travail comme vous l'avez toujours souhaité. Par-dessus le marché, la galerie retrouve la place et l'éclat qu'elle mérite.

Planté devant la fenêtre, Peter l'écoutait patiemment. Quand il se retourna vers elle, il y avait de la compassion dans son regard et beaucoup de tendresse :

– Écoute, je sais que la situation n'est pas facile à la galerie. Quand Angie t'a choisie pour bras droit, elle n'a pas recherché un double d'elle-même. C'est ta rigueur, ton intégrité, ta sensibilité et ton réalisme qui l'ont attirée. Les faits lui donnent raison. Bien sûr, les affaires ne sont pas florissantes. Mais rien ne justifie que tu jettes l'éponge. Surtout pas pour sauver la mise à ce vaurien de Malcolm. Écoute Faby. Si tu veux démissionner, je ne t'en empêcherai pas. Mais je fermerai la galerie plutôt que d'en confier la direction à mon fils. Ce garçon n'est même pas capable de s'occuper de lui-même. Comment peux-tu imaginer une seconde qu'il pourrait tenir entre ses mains la carrière d'un artiste, avoir l'abnégation et le courage qu'il faut pour le défendre quand personne n'y croit ? Ne t'en veux pas. Je m'y suis fait prendre moi aussi. J'ai payé pour voir. À présent, je ne joue plus. Cette galerie, Angie l'a créée avec toi. Elle y a mis toute son énergie, tout son cœur, tout son talent. Personne, entends-tu, personne ne détruira son œuvre. J'ai tout organisé pour que sa mission continue avec ou sans elle, avec ou sans moi. Fais-moi confiance. Si par malheur Angie ne revenait pas ou si je mourais avant son retour, je voudrais savoir que je peux compter sur toi pour tenir la barre sur le cap qu'elle s'était fixé. Si tu as besoin d'un coup de publicité pour faire repartir les affaires, parlons-en. Je suis disposé à t'aider. Mais laisse Malcolm en dehors de tout cela. Il est destructeur et tu n'es pas de taille à lutter contre lui. Je ne te laisserai même pas essayer.

« Par surcroît, ajouta-t-il, les yeux brillants, je suis sûr qu'Angie va donner bientôt de ses nouvelles. Je te disais que je m'inquiétais de n'avoir pas vu le corbeau depuis plusieurs jours et voilà qu'il vient de passer deux fois devant la fenêtre pendant que je te parlais. Aie confiance, mon petit, et laisse-moi travailler à présent. Fais de ton mieux et cesse de te faire du souci pour mon fils. Il a tout ce dont il a besoin. Le reste est à l'abri de ses manigances puériles. Et la prochaine fois qu'il vient pleurer dans ton giron, donne-lui donc mon numéro de téléphone. Tu le verras changer de comportement en un clin d'œil ! acheva-t-il dans un grand rire joyeux.

KO debout, Faby n'osait plus rien dire. Elle sentait que Peter parlait vrai. Avant de la laisser partir, il l'embrassa paternellement et lui donna une petite tape sur la joue :

– Allons, Faby, ne t'en fais pas. Je voudrais tellement avoir ton âge et savoir ce que je sais !

Dans le *cab* qui la conduisait à grands coups d'avertisseur à travers les embouteillages matinaux de la grande ville, Faby rectifiait à grand peine son maquillage. Le business continuait. Avec ou sans Angie. Lucide, elle fit le bilan des dernières vingt-quatre heures. Le taxi était l'endroit idéal pour ça :

« Regarde-toi, idiote que tu es. Le beau Malcolm t'a roulée dans la farine. À présent, tu es vexée, blessée dans ton orgueil. C'est vrai que tu n'y as vu que du feu. On a peine à croire que ce garçon si séduisant puisse être tordu à ce point. Angie disait qu'il y avait du bon en lui. Si seulement elle revenait, tout pourrait encore changer ! »

Il était aux alentours de trois heures du matin dans le petit camp de base des mercenaires chinois. La nuit était bien avancée et le sifflement incessant du vent ne parvenait pas à troubler le profond sommeil de la troupe endormie. Mais il chassait les nuages et la lune jouait un jeu de cache-cache déprimant pour la fugitive. Projetée dans l'inconnu, elle prenait garde où elle mettait les pieds, attentive à ne pas faire rouler de pierres sous ses pas. Elle eut une pensée pour le pauvre Dawa. Son guide lui manquait cruellement et elle se sentait douloureusement coupable de l'avoir entraîné dans cette aventure où il allait sans doute laisser la vie.

Recouverte de la peau de yack, pliée en deux pour se fondre dans le paysage pierreux, Angie respirait à pleins poumons l'air de la liberté. Tout valait mieux que de rester enfermée dans l'attente d'un sort pire que la mort. Elle souleva sa *kira* avec précaution. Par manque d'habitude le long vêtement bhoutanais l'entravait, lui donnait la sensation d'être coincée dans un étau. Son geôlier progressait devant elle comme un chat qui chasse. Il lui fit signe de s'aplatir contre le mur de vieilles pierres ravinées par la neige et le gel. Sa main chaude et sécurisante ne la lâchait pas. Au-dessus d'eux, la lune éclairait par instants les immenses sommets neigeux. L'angoisse ajoutée au manque d'oxygène que l'altitude raréfiait lui brûlait la poitrine. Fuir voulait dire marcher, vite et loin. Sa résistance était amoindrie par les longs mois de captivité. Elle en était bien consciente. Mais elle n'avait pas le choix. Le souffle haletant, elle tentait d'apaiser les pulsations de son cœur emballé dès les premiers pas, de calmer la sensation d'étouffement qui l'oppressait.

Pasang, tapi dans l'angle de la vieille bâtisse qui avait été sa prison, lui fit signe que la voie était libre.

Il avait l'œil à tout, comme un hibou en chasse. À l'affût du moindre bruit, du moindre roulement de caillou, du moindre crissement des plaques de neige qu'ils foulaient sans prévenir. Le danger était tel qu'il ne permettait pas une seule erreur. Mais il réussit à la faire sortir du camp sans encombre. Pressant fermement la main de celle qui était encore sa prisonnière pour attirer son attention, il lui montra d'un geste rapide la direction qu'ils devaient emprunter pour mieux se cacher. Un doigt sur les lèvres pour lui rappeler de ne faire aucun bruit, il courut en avant pour lui ouvrir la voie vers la liberté.

À pas de loup, il traversa un petit chemin pour se réfugier cinquante mètres plus loin derrière un tas de caillasses, reste d'un ancien éboulis qui suffisait à peine à le dissimuler. Les yeux d'Angie avaient fini par s'accoutumer à l'obscurité. À force de passer ses journées dans le noir de son cachot, la nuit lui semblait presque claire. Sur le qui-vive, elle guettait le moment de le rejoindre quand il lui fit signe de se baisser et de ne plus bouger. Des bribes de conversations leur parvenaient, portées par le vent :

– Dans deux jours, nous descendrons prendre deux yacks. Ils appartiennent aux nomades. Il faudra être discrets.

– Personne n'a encore repéré notre existence. Les paysans penseront qu'ils ont disparu vers les sommets.

– À mon avis, nous pourrons en finir ensuite avec l'Américaine. Je ne comprends pas pourquoi les chefs l'ont gardée si longtemps. C'est un témoin gênant. Il est grand temps qu'elle disparaisse. Mais pour commencer, j'ai bien l'intention de m'occuper d'elle la nuit prochaine, dès que Pasang aura le dos tourné. Il nous assomme, celui-là, avec ses principes. C'est la guerre. Après tout, nous avons nous aussi le droit de prendre du bon temps. De toute façon, elle doit mourir. L'ordre a été donné. Mais personne n'a dit comment ni dans quelles conditions. Et moi, j'ai ma petite idée là-dessus, fanfaronna la voix grasse de Trashir dans son anglais approximatif.

Angie frissonna d'horreur en la reconnaissant. Terrorisée à l'idée d'être repérée, elle se plaqua au sol, priant le ciel pour qu'ils s'éloignent sans la voir :

– Seigneur, faites qu'ils s'en aillent ! suppliait-elle, la tête entre ses bras croisés. Un léger hululement l'avertit qu'il était temps de bouger. C'était le signal convenu avec Pasang.

– Ils sont déjà réveillés ! Nous n'y arriverons jamais, lui dit-elle à l'oreille quand elle fut tout près de lui. Ils ne vont pas tarder à s'apercevoir de ma fuite.

Pasang la tira violemment par la main et l'entraîna à l'abri d'un énorme rocher. Il la secoua pour être sûr qu'elle l'écoute. Ce n'était pas le moment de reculer :

– La sécurité est droit devant vous, Angie. Pas derrière. Baissez-vous et allez-y. Ne courez pas. Le plus important, c'est de continuer à progresser sans faire aucun bruit. Partez la première, droit devant vous. Moi, je me charge de brouiller les pistes. Allez, vite !

Angie regarda le long passage à découvert qu'il lui montrait. C'était la seule issue. Lucide, elle comprit que c'était quitte ou double : il n'y avait pas la moindre échappatoire, pas la moindre possibilité de repli. Elle serait facilement repérable sur une bonne centaine de mètres.

Obéissant à l'injonction de Pasang mais oubliant les conseils de prudence qu'il venait de lui donner, elle se précipita dans une course folle, poussée par une peur plus grande qu'elle. Fixée sur le but à atteindre, un gigantesque bloc de pierre qui lui semblait au bout du monde, elle ne pouvait s'empêcher de courir pour en finir plus vite.

– Le rocher, il faut que j'atteigne ce bloc de pierre. Ensuite, je m'arrête, se disait-elle, le cœur cognant contre ses côtes à un rythme fou. Il lui semblait que son battement résonnait haut et clair dans la nuit froide.

Une plaque de glace gelée craqua sous sa botte. Elle venait involontairement de les mettre en péril. Haletante, elle se jeta derrière le bloc enneigé et se retourna pour voir où était passé Pasang. Il avait disparu.

– Mais enfin, où est-il caché ? Ce n'est pas le moment de me lâcher ! marmonna-t-elle en essayant de reprendre son souffle. Elle avait l'impression d'avoir couru un mille mètres.

Pourquoi demeurait-il invisible ? La réponse ne tarda pas à venir : les deux hommes armés dont elle avait surpris la conversation étaient revenus sur leurs pas. Cette fois, ils parlaient chinois. L'anglais était réservé aux informations que l'on ne voulait pas partager avec tout le monde dans le camp.

– Je te dis que j'ai entendu du bruit de ce côté-là ! Regarde bien si tu ne vois rien !

Sans comprendre tout ce qu'ils disaient, Angie en savait assez pour deviner qu'elle venait de les mettre en péril. Les deux soldats restèrent sur place un moment qui lui sembla une éternité, épiant d'autres bruits et d'autres signes, puis rebroussèrent chemin, persuadés qu'il s'agissait d'une fausse alerte.

Toujours aucune trace de Pasang.

– Il n'a pas pu partir, me laisser seule. Pas encore. Il a dit qu'il me mettrait sur mon chemin. Il faut que je patiente, se raisonna-t-elle.

Maîtrisant son envie d'appeler, de crier, elle se tapit dans la pierraille, sachant qu'au moindre bruit l'ennemi reviendrait. Devant elle s'ouvrait un énorme éboulis. Le camp de base était bien protégé par ce rempart naturel. Terrée au pied de son caillou de plusieurs tonnes, hypnotisée par l'angoisse et la grandeur du paysage où elle allait devoir s'enfoncer pour fuir, elle entendit soudain des bruits de pas qui s'approchaient dans son dos. Elle se terra dans son trou, comme une petite souris qui aurait aperçu un gros matou. Immobilisée en position fœtale, elle retenait sa respiration.

– C'est moi, n'ayez pas peur ! murmura Pasang qui avait choisi une autre voie pour la rejoindre sans se faire remarquer.

– J'ai cru mourir de frayeur en ne vous voyant plus ! J'ai eu peur qu'il ne vous soit arrivé quelque chose, répondit-elle en se redressant doucement au son rassurant de sa voix.

– Dépêchez-vous de me suivre. Ils ne tarderont pas à se douter de quelque chose. Il faut que je sois revenu très vite à mon poste, dit-il en disparaissant à nouveau dans la pénombre.

Angie lui emboîta le pas, décidée cette fois à garder son calme et à ne pas se laisser distancer. Pendant plus d'un quart d'heure, elle s'accrocha à sa main comme un aveugle à sa canne. Allongeant la foulée dans la nuit, Pasang avançait avec une sûreté déconcertante. Il connaissait le terrain dans ses moindres détails et se jouait de tous les pièges que la nature dressait devant lui.

Il aurait pu lui faire faire le tour du monde sans qu'elle oppose la moindre résistance. Elle avait une confiance totale en lui. Par endroits, la neige fondue se transformait en flaques de boues glissantes. Mais, son guide avait le pied aussi sûr qu'un chamois. Parvenu au départ d'une descente vertigineuse, il ralentit le pas et s'arrêta près d'un sentier qui dévalait à l'infini les parois abruptes au versant d'une montagne enneigée où toute vie semblait quasiment impossible.

– C'est par là que vous devez fuir, Angie. La seule et unique façon pour vous de rejoindre les contrées habitées. L'autre voie est trop bien gardée. Vous n'y tiendriez pas dix minutes sans être repérée et reprise. Derrière nous se trouve le Lingshi la, un des rares passages de la frontière naturelle entre le Tibet et le Bhoutan. Pour la traverser, il vous faut emprunter ce chemin et pas un autre. Vous serez à découvert pendant un bon moment. Il faut que vous y alliez le plus vite possible. Pendant ce temps, je vais essayer de faire diversion et d'occuper la troupe ailleurs. Ne perdez pas de temps et ne vous retournez pas. Un peu plus bas, vous trouverez des rochers qui vous permettront de vous reposer un peu.

Angie tremblait à l'idée de se lancer seule et mal équipée sur ce mince bandeau de terre au bord d'un vide vertigineux. Encore une fois, elle n'avait pas le choix. Il ajouta :

– Ne regardez jamais en bas. L'appel du vide serait trop fort. Surveillez le sol. Votre sécurité dépend de l'endroit où vous posez les pieds. Le moindre caillou peut finir en glissade et vous ne pourriez pas vous récupérer. À deux jours de marche, vous trouverez la forêt. Essayez de repérer un cours d'eau et suivez-le. Il vous mènera jusqu'à un village. Là vous trouverez des paysans pour vous guider et vous ramener vers les premières habitations. Vous tomberez peut-être sur des nomades qui ne voient jamais âme qui vive dans ces régions désertiques. Ou bien sur des bouddhistes qui se réfugient dans la forêt pour échapper aux bandes armées chinoises comme la nôtre. Soyez rapide et prudente. J'aimerais que vous sortiez vivante de cette histoire ! conclut-il en lui baisant timidement les doigts.

– Pas si vite, Pasang, ne partez pas si vite ! J'aurais tant de choses à vous dire, de questions à vous poser, supplia-t-elle.

– Il est trop tard pour ça. Je méditerai en pensant à vous. Bonne chance, petite Angel. Allez maintenant, il n'y a plus une minute à perdre. Bouddha veillera sur vous.

Emmitouflée dans sa peau noire, elle ne put que le regarder s'éloigner, le cœur serré. Sans plus se poser de questions, elle s'élança dans la pente à l'aveuglette, sa main droite gantée de laine suivant la paroi de la montagne pour se rassurer. Sur la sente à peine plus large que deux roues de voiture, chaque pas était une difficulté nouvelle. Un abîme sans fond la guettait. Le manque de visibilité ne lui facilitait pas la tâche, mais lui donnait un peu de sécurité tant qu'elle était à découvert. Au-dessus d'elle, la crête enneigée l'écrasait de son immensité immaculée. Le vent persistant balayait les sommets, la saupoudrant régulièrement d'une fine couche de neige. Minuscule point noir progressant dans l'infini formidable de la nature, elle ressemblait à une lilliputienne accrochée au dos d'un géant. L'esprit embrouillé par ce changement soudain, Angie avait beaucoup de mal à réaliser ce qui lui arrivait. Le froid glaçait ses os, la rendant maladroite. Les violentes rafales l'obligeaient à se blottir de temps à autre contre la paroi pour ne pas être déséquilibrée. Tout était contre elle : les terribles conditions climatiques, les hommes qui risquaient de se lancer à sa poursuite, sa méconnaissance totale de la région, l'absence de guide. Statistiquement, elle ne se donnait pas de grandes chances de s'en tirer. Mais Angie était la fille de son père : les pourcentages, elle adorait les dépasser, leur donner tort.

Sa survie dépendrait de sa rapidité à quitter cette pente exposée aux regards, puis des cachettes naturelles qu'elle trouverait sur son chemin.

Les paroles de Dawa, son guide tibétain, lui revenaient en mémoire : « Ici, même les ombres sont au service des envahisseurs chinois ! » affirmait-il avec son sourire triste et beau. Avait-il eut le pressentiment de sa terrible destinée ?

– Reste calme, Bronson, reste calme ! Avance, plus vite, bien plus vite ! Allez, du nerf !

Angie s'exhortait à voix haute. L'autosuggestion est toujours le meilleur remède contre la panique. Suspendue à flanc de montagne, frigorifiée, le pied incertain, les muscles endoloris, le souffle court, la visibilité nulle, elle s'appliquait à tourner le dos au vide, fidèle aux conseils de Pasang.

L'aube pointait, dévoilant la beauté majestueuse de l'Himalaya. Il était temps de se mettre à courir, de descendre le plus rapidement possible vers les premiers rochers qui lui offriraient une couverture sommaire mais précieuse. Angie décida de tenter sa chance, saisit sa *kira* et, les yeux rivés sur le sol, entama le marathon de la dernière chance pour quitter aussi vite que possible la zone minérale désertique couverte de plaques de neige.

« Tant pis. Plutôt courir le risque d'une glissade dans cet abîme sans fond que celui de retomber entre les mains de cette bande de monstres », pensa-t-elle pour se donner du courage.

Les rocailles pointues la faisaient trébucher, les passages glacés la déséquilibraient, les fortes rafales de vent la plaquaient contre les rochers. Chaque pas était un danger pour sa vie. Mais elle s'obstinait à avancer. La semelle de ses bottes tibétaines en peau de yack rehaussée de laine aux couleurs ternies par l'usure la protégeait du froid sans parvenir à atténuer la douleur que lui infligeaient les pierres acérées du chemin de la liberté. Une heure durant, Angie poursuivit sa descente tandis que des nuages noirs s'accumulaient au-dessus de sa tête. L'orage gronda au moment même où les premières gouttes de pluie la trempaient. Il y eut un roulement de tonnerre digne des tambours du Bronx.

« Il ne manquait plus que ça. Un orage ! Mais qu'est-ce que j'ai pu faire au bon Dieu ! Comme si ma situation n'était pas assez désespérée ! » se lamenta la jeune femme.

Outre la peur, l'angoisse de l'inconnu, voilà qu'il lui fallait se battre en plus contre les éléments déchaînés.

« Jamais ils ne me retrouveront, vous entendez, jamais ! » jura-t-elle sans quitter des yeux les aspérités qui se levaient sous chacun de ses pas.

L'air raréfié par l'altitude lui brûlait les poumons. La douleur était de plus en plus insupportable. Sentant sa vue se brouiller, elle stoppa un instant sa course. Adossée à la montagne pour mieux se fondre dans le paysage, elle resta une minute sans bouger, agrippée aux rochers dégoulinant d'eau glacée. Le bout de ses doigts commençait à geler, provoquant de terribles élancements. Chaque fois qu'elle se retournait pour évaluer le chemin parcouru, un vertige la prenait, balançant le paysage désertique, quasi lunaire, de haut en bas. Elle se laissa glisser un moment le dos contre la paroi et s'assit pour ne pas tomber dans le vide.

Emmitouflée dans sa peau de yack pour se protéger

des bourrasques, elle souffla sur ses mains et les battit pour essayer d'y faire à nouveau circuler le sang. La brûlure de l'engelure immobilisait l'extrémité de ses doigts. Elle attrapa avec gaucherie le baluchon fixé autour de sa taille pour en extraire un morceau de viande séchée. Pasang avait vraiment pensé à tout. Il fallait qu'elle se nourrisse pour pouvoir continuer :

– Je suis épuisée, c'est vrai, mais je dois avancer. Je n'ai pas le droit de m'arrêter. Pas maintenant. Ce serait dangereux. Pour moi et pour Pasang. Il faut que j'atteigne un coin où je pourrai me cacher pour me reposer.

Tout en répétant mentalement ces phrases d'encouragement, elle tenta de reprendre un peu d'oxygène dans ses poumons surmenés. Puis elle termina consciencieusement sa tranche de viande séchée. Le goût salé lui fit du bien. Soulevant doucement la peau de bête qui la recouvrait, elle observa l'horizon. La cime qu'elle avait quittée quelques heures auparavant avait disparu dans les nuages. Avait-elle semé ses poursuivants chinois ? Si c'était le cas, elle savait à présent que son ange gardien s'appelait Pasang. Il avait dû les lancer sur une autre piste. Après tout, c'est lui qui commandait la troupe du camp. Elle n'aurait jamais la réponse. Ses dernières phrases la hantaient :

– Courez, le plus vite que vous pourrez, courez, ne vous arrêtez sous aucun prétexte ! Ils feront tout pour vous rattraper. Courez, Angie, courez.

Se tournant résolument vers l'autre côté, vers la liberté, elle vit à travers le rideau de pluie mêlé de neige le chemin escarpé s'élargir une centaine de mètres plus bas pour rejoindre un vaste plateau rocheux. Encore essoufflée, elle se remit sur ses pieds pour continuer sa descente infernale, prenant garde à ne jamais regarder sur sa gauche l'à-pic vertigineux du ravin. Elle avançait comme une somnambule, à pas pressés, uniquement guidée par sa peur.

Enfin, elle atteignit le plat, cinq cents mètres plus bas. Déjà elle respirait mieux. Elle remarqua aussi que des pousses de végétation apparaissaient entre les rochers. Elle perdait de l'altitude. Sans plus réfléchir, elle accéléra son allure et choisit instinctivement de se lancer dans la pente pour rendre sa fuite encore plus rapide.

Les heures passaient. Rien, toujours rien, juste cette nature hostile dont la beauté grandiose ne l'impressionnait même plus. Son angoisse croissait avec le temps. Trempée jusqu'aux os, terrassée par le vent, épuisée par l'altitude, elle ne sentait même plus la brûlure de ses poumons, les ampoules de ses pieds et les irrégularités du sol. La teinture que Pasang lui avait passée sur le visage pour la maquiller avait dégouliné sous la pluie, laissant des coulées jaunâtres sur son visage violacé par le froid.

Courir, courir encore. Pas après pas. Sa fuite en avant vers la liberté lui donnait une résistance inouïe.

Emportée par la vitesse sur le terrain pentu, elle se prit le pied dans l'encombrante peau de yack qui la protégeait du froid, trébucha et glissa sur une dizaine de mètres dans la neige fondue, serrant les dents pour qu'aucun son ne sorte de sa bouche. Mais elle ne put retenir un cri de douleur en terminant son dérapage dans un bloc de pierre. Les larmes jaillirent de ses yeux. Elle s'était violemment cogné la hanche contre un rocher. Encore sous le coup de sa chute, elle entendit un galop de sabots dont le grondement sourd fit vibrer le sol. Elle n'était plus seule au monde. Amis ou ennemis ? Persuadée que les Chinois avaient fini par la rattraper et qu'elle allait se trouver d'un instant à l'autre nez à nez avec le redoutable Trashir, elle s'aplatit sur les cailloux, retenant son souffle. Quelques minutes passèrent. Plus un bruit, plus un mouvement. Le chant du vent la rendait folle. Se fier à son instinct, avait dit Pasang. Son instinct lui disait de ne pas bouger. De rester aux aguets.

– Il faut que j'attende, ils me recherchent, c'est certain ! murmura-t-elle pour elle-même.

N'y tenant plus, elle s'agrippa à la pierre et se déplia silencieusement pour observer les alentours. Non loin d'elle paissait tranquillement un troupeau de yacks. Ils avaient dû fuir, effrayés par ses cris lorsqu'elle était tombée. La silhouette des grosses bêtes dont elle avait pu apprécier la volumineuse fourrure, lui arracha un soupir de soulagement. Elle se dit qu'elle était mûre pour jouer un remake tibétain de *Peau d'Âne*.

Pour l'instant, le danger ne provenait plus de ses poursuivants mais plutôt des propriétaires de ces bêtes magnifiques. Était-ce le troupeau dont Trashir avait parlé de prélever quelques têtes pour l'approvisionnement du camp ? La zone était encore trop dangereuse pour qu'elle prenne le risque de se montrer.

« Je dois déguerpir d'ici au plus vite. Toute rencontre reste dangereuse. Je suis encore trop près du camp chinois. Il ne doit jamais passer aucun étranger dans ce coin paumé. Je ne peux que les effrayer. C'est dangereux de toute façon. »

Courageusement, elle essuya son visage ruisselant de pluie, essora le bas de sa *kira* dégoulinante d'eau et ramassa l'indispensable peau de yack pour s'en couvrir. Un peu boueuse et pas très ragoûtante après lui avoir servi de luge pendant sa glissade, mais c'était sa couverture de survie.

L'estomac tordu par un stress pire qu'au début de son équipée, elle repartit vers la liberté. L'idée lui vint d'escalader un rocher pour prendre de la hauteur et tenter de découvrir un campement ou un village. Sans résultat. La pluie s'était remise à tomber, rendant le terrain glissant et sa fuite encore plus difficile.

Sur un coup de tête, elle décida de changer de direction. Si ses poursuivants retrouvaient sa trace, ils penseraient qu'elle avait continué sa descente dans la même direction. C'était logique. Angie retrouvait les vieux réflexes inculqués par Peter : prendre la tangente pour surprendre l'ennemi.

Une nouvelle course contre la montre commençait. Les heures passaient et Angie dévalait toujours les pentes ressemblant de plus en plus à un pantin désarticulé, une mécanique enrayée dont les mouvements désordonnés ne peuvent plus s'arrêter. Embarquée dans une fuite éperdue, Angie fonçait, tête baissée, contre le vent, aveuglée par les larmes qui coulaient de ses yeux. À peine si elle s'apercevait que la végétation devenait de plus en plus fournie.

Un kilomètre plus bas, elle ralentit le rythme en apercevant à l'horizon, en haut d'un col, la pointe d'une rangée de drapeaux de prières. Des silhouettes de moines se détachaient à contre-jour. À bout de forces, Angie s'avança encore plus près du surplomb et aperçut trois tentes bleues dont s'échappait de la fumée. Distinguant deux hommes en pleine discussion, elle se coucha sur le sol de peur d'être vue. Il était encore trop tôt. La peur la reprit.

« Il faut que je quitte cet endroit rapidement. Ces moines sont peut-être alliés aux Chinois pour me retrouver. Je peux être une monnaie d'échange intéressante pour eux. Un otage à échanger contre d'autres prisonniers. »

Son esprit asphyxié par la fatigue, le manque d'oxygène, le froid, la pluie, divaguait un peu. La prudence devenait une obsession. Les épreuves des dernières heures avaient eu raison de la sérénité qui lui avait permis de résister à son internement.

Angie rampa à reculons, recueillit une poignée de neige et la suça pour étancher sa soif avant de repartir sans songer un instant à demander de l'aide. Vu son état, aucun nomade ou moine de la région ne la lui aurait refusée. Mais elle n'avait aucun moyen de le savoir.

À la tombée de la nuit, elle se réfugia dans une grotte naturelle. Sans prendre le temps de se sécher, elle sortit de sa besace un peu de farine d'orge qu'elle mélangea à de la neige fondue pour faire une bouillie. Elle n'avait rien sur elle pour faire du feu. De toute façon aurait-elle osé craquer une allumette ? Chez Angie, l'humour ne perdait jamais ses droits.

« Un festin digne de Mme Cromagnon. Me voici retournée à l'âge des cavernes », plaisanta-t-elle faiblement.

Elle se força à avaler sa mixture avec un morceau de viande séchée et un reste de *shapati,* une galette donnée par Pasang, qui avait pris l'eau, elle aussi. Puis elle tomba dans le sommeil comme une pierre au fond d'un puits. Les premières heures ressemblèrent à un coma dont elle sortit à plusieurs reprises comme une bête traquée par d'impitoyables chasseurs. Un profond gémissement la tira de son cauchemar, la réveillant. Plusieurs fois dans la nuit elle se redressa ainsi d'un coup, haletante, cherchant autour d'elle un ennemi imaginaire.

– Ils sont là, cachés quelque part. Il ne faut plus que je dorme. Ils vont surgir d'un moment à l'autre. Ou bien ils se sont cachés et attendent que je sorte, gémit-elle comme une petite fille perdue.

Ses lèvres gercées fendues par le froid murmurèrent le nom de Pasang, puis celui de Peter. Dans la hâte du départ, elle avait même égaré son mouchoir fétiche.

Cette évasion à l'aveuglette la vidait de ses dernières forces déjà rudement éprouvées par la captivité. Des visions terrifiantes de tortures hantaient ses rêves. Bref, Angie Bronson était en train de perdre son célèbre *self-control*.

Grelottante dans ses vêtements détrempés, elle essaya de se réchauffer en se blottissant dans la chaude fourrure noire de yack qui était sa seule chance de survie dans ce désert glacé du bout du monde. Assise au fond de son refuge de fortune, les yeux grands ouverts, attentive aux bruits de la nuit, elle se disait qu'au bout du chemin, il y avait des merveilles aussi surprenantes et quotidiennes qu'un bon bain moussant bien chaud. La pluie venait de cesser. Les rayons blancs de la lune tombaient, obliques, sur les sommets enneigés qui cernaient l'horizon. Jamais elle ne s'était sentie aussi petite et misérable. L'immensité himalayenne révélait la fragilité de l'existence humaine. S'y confronter, c'était éprouver en direct la formidable puissance de l'univers.

Les ombres portées de chaque touffe d'herbe, de chaque brindille, de chaque buisson se métamorphosaient en une farandole fantastique de lutins et autres monstres nocturnes qui épiaient cette étrange Bhoutanaise au creux de sa cachette. Angie s'amusa à mettre sur ces ombres tous les noms des masques de la commedia dell'arte dont elle se souvenait.

La nuit n'en finissait pas. Les questions tournoyaient dans son esprit embrumé :

« Quelle heure peut-il bien être ? Vais-je survivre ? Vais-je mourir de froid, terrée comme un loup blessé dans sa tanière ? Est-ce que tout le monde a déjà tiré un trait définitif sur mon existence ? Est-ce que Peter continue à me chercher ? Faut-il que je reste ici durant toute la nuit ? Dois-je sortir ? J'ai peur. C'est beaucoup trop calme. »

Un grondement accompagné d'une chute de pierre vint immédiatement contredire le cours de ses pensées et l'obligea à se mordre la joue pour ne pas laisser échapper un hurlement. Elle se colla contre l'angle du rocher pendant que les derniers éboulis rebondissaient devant l'entrée de sa grotte. Le cerveau d'Angie s'emballait. La panique avait monté d'un cran :

« Que se passe-t-il ? Et s'ils étaient là, juste au-dessus de ma grotte, à me guetter ? Et si c'étaient eux qui avaient provoqué la chute de pierres en s'approchant ? Perdue pour perdue, il faut que je sorte de là », décida-t-elle soudain.

Elle vérifia en silence que sa besace de nourriture était bien accrochée à sa *kera*. Puis elle prit une inspiration profonde pour tenter de dénouer l'étau qui la tenaillait. Enfin, elle entama mentalement un compte à rebours pour se donner du courage avant de sortir. Dix, neuf, huit, sept, six, cinq, quatre, trois, deux, un... À la sortie de son repaire, elle se retrouva aussitôt face à celui qui venait de provoquer l'éboulement : un superbe yack aux cornes majestueuses à la recherche de brindilles fraîches venait de faire glisser involontairement une plaque de terre ravinée par la neige fondue et la pluie.

Qui fut le plus effrayé des deux en voyant apparaître l'autre ? Angie ne le sut jamais. Chacun partit de son côté au triple galop. Les nomades avaient-ils repris leur chemin ? Pourquoi le yack s'était-il éloigné du troupeau ? Les questions recommençaient. Elle ne connaissait rien des habitudes locales que savait si bien lui expliquer le sage Dawa. Comme elle se haïssait d'avoir dû l'abandonner à son sinistre sort. Était-il mort pour avoir accepter de partir avec elle à la recherche d'une statuette ? Une quête qui avait perdu tout son sens.

Que fuyait-elle, droit devant ? Les Chinois ? Elle-même ? La plante de ses pieds était à vif. Les aspérités du sol crevaient les ampoules qui la martyrisaient, les unes après les autres. La douleur était vive, mais elle finissait par l'oublier pour essayer de courir encore plus vite, encore plus loin. Elle tombait, glissait, se relevait, retombait, courait. Se relever devenait chaque fois plus difficile. Où allait-elle, lancée dans cette équipée abrupte, balancée entre la vie et la mort à chaque dérapage incontrôlé ? Une autre nuit, glacée, inhospitalière, se passa. Pendant ce temps, des trombes d'eau avaient effacé les traces de son évasion qui datait déjà de plus de vingt-quatre heures. Mais elle l'ignorait.

Sa tenue si minutieusement préparée par Pasang ne ressemblait plus à grand-chose. La terre collée à l'ourlet de sa *kira* l'alourdissait dangereusement. Le lever du jour dessinait les maigres frondaisons courbées par le vent des premiers arbres qui avaient eu la force de résister aux brusqueries de la nature dans ces contrées hostiles à la vie. Quatre ou cinq drapeaux de prières marquaient le col qu'elle avait choisi de rejoindre. Malgré sa volonté, son courage, son étourdissante envie de survivre, Angie sentait ses forces se liquéfier dans le marathon inhumain qu'elle était en train de s'imposer. Son rythme de marche s'alourdissait. Chaque rocher devenait un refuge. Chaque bruit, chaque ombre devenaient un prétexte pour s'arrêter. Les haltes devenaient de plus en plus fréquentes. Les pulsations de son cœur étaient douloureuses dans sa poitrine. Elle marchait courbée comme une petite vieille. Elle avait froid, mais la sueur ruisselait sur son front, ce qui ne laissait rien présager de bon.

Il lui fallut la journée entière pour atteindre péniblement le pied des immenses piquets de bois des drapeaux de prières. Les morceaux de tissu soigneusement accrochés claquaient d'un ton sec dans l'air du matin, marquant un tempo qui répondait à ceux installés sur le col d'en face. Comme un écho solitaire d'écritures sacrées. Elle remarqua le petit monument de pierres sculptées posées avec amour et délicatesse les unes sur les autres. Dawa lui en avait montré sur leur chemin, il y avait des siècles de cela. Intriguée, poussée par une pulsion intérieure, elle clopina vers le petit édifice construit par la main de l'homme et le contourna. Sans le savoir, elle venait de suivre le bon chemin et la règle qui veut que l'on dépasse toujours un *chorten* par la gauche.

Soudain, prise de tremblements violents, elle s'affaissa sur le sol, épuisée. Impossible de faire un pas de plus :

– J'ai froid, bégaya-t-elle, claquant des dents. Qu'est-ce qui m'arrive ? Il ne faut pas que je tombe malade. Il ne faut pas.

Mais elle n'était plus maîtresse de ce corps qui lui échappait, agité de mouvements désordonnés qu'elle ne maîtrisait plus.

– Je dois manger, sinon, je vais mourir.

Son instinct de survie lui dictait ce qu'il fallait faire. Mais elle était à bout de résistance. Elle batailla longtemps pour décrocher de sa ceinture le baluchon qui contenait les provisions. Exposée sur le col comme sur une cible trop visible, elle se sentait vulnérable, incapable de descendre vers la forêt, un kilomètre plus bas. Elle régurgita la viande séchée qu'elle avait eu tant de mal à avaler. La fatigue lui donnait des hallucinations. Les pans de tissu qui flottaient au-dessus d'elle se travestissaient en fantômes géants venus d'ailleurs pour l'agresser. Aucun cri ne s'échappait de sa gorge nouée par ses peurs imaginaires. La fièvre avait redoublé. Impuissante à contenir l'horreur qui la submergeait, elle sombra dans l'inconscience.

Le pauvre corps prostré d'Angie cessa de trembler comme par miracle. La fièvre retomba doucement. Une heure plus tard, la fugitive retrouva ses esprits. Soulevant les paupières, elle vit les drapeaux de prières et se redressa, un peu perdue :

– Que s'est-il passé ? Qu'est-ce que je fais ici ? Pourquoi ne me suis-je pas cachée ? Est-ce que je perds la tête ?

Il lui fallut plusieurs minutes pour bouger, fouillant dans ses souvenirs pour comprendre ce qui s'était passé. Elle abdiqua très vite, accusant l'épuisement et l'altitude. L'angoisse d'être repérée par ses poursuivants n'avait pas disparu avec les mauvais rêves. La forêt était toute proche. Elle pourrait ralentir sa course une fois qu'elle serait à l'abri de ces grands épineux. Ses pieds meurtris, à moitié gelés, la faisaient terriblement souffrir, mais elle n'osait pas ôter ses bottes pour vérifier les dégâts.

Se retournant une dernière fois vers le claquement

familier des drapeaux, elle jeta un coup d'œil sur le sentier de son trekking infernal. Les mercenaires chinois n'avaient toujours pas réussi à la rattraper.

Épuisée, elle attaqua sa descente traînant ses bottes crottées vers la nature verdoyante qui lui paraissait si hospitalière, comparée au désert minéral dont elle avait réchappé. La température était douce comparée à la nuit hivernale dont elle sortait. Les dernières plaques de neige fondaient aux rayons du soleil ressuscité auquel elle offrit son visage. Il y avait si longtemps qu'elle ne l'avait pas vu !

Pasang aurait pu penser à lui retrouver ses lunettes de soleil. La luminosité était telle qu'elle avait du mal à garder les yeux ouverts. Elle en venait à souhaiter le retour des nuages. La peau du visage la tiraillait et se craquelait aussi vite qu'une plaque de boue dans un désert brûlant. Deux heures plus tard, elle n'avait toujours pas atteint la limite des arbres. Sa tête ordonnait, mais son corps meurtri ne voulait plus rien entendre. La forte odeur des résineux montait vers elle et lui rappelait le chalet des vacances de son enfance.

En atteignant les premiers mélèzes, elle s'arrêta, à bout de forces. Pas un centimètre carré de son corps qui ne fût douloureux. Elle ne savait même plus où elle avait le plus mal tant la douleur était vive. Il lui semblait avoir subi un lynchage en bonne et due forme.

– Je n'y arriverai jamais. Je suis trop fatiguée !

Comme elle le faisait depuis de longs mois, elle s'exhortait à voix haute à poursuivre son effort.

Écartant une à une les branches piquantes, Angie

recherchait un sentier pour la guider. La mousson continuait son œuvre en déversant des trombes d'eau qui rendaient le terrain impraticable, mais effaçait toute trace de son passage.

La protection divine ou son ange gardien la guidèrent malgré tout vers un sentier qui rendit sa marche un peu plus facile. À cette altitude, la forêt bhoutanaise ressemblait bizarrement à la Suisse. Mais rien ne lui indiquait pour autant dans quel coin elle se trouvait. Chaque pas, lent, hésitant, mais obstiné, l'éloignait du danger. Les branches des sapins gorgées de pluie la douchaient au gré des rafales de vent. Résignée, Angie ne pensait plus, ne monologuait plus, n'angoissait même plus. Elle divaguait au milieu des grands fûts comme un zombi, attentive à ne pas perdre le fil étroit du sentier qu'elle suivait. Aussi ne remarqua-t-elle pas immédiatement le nouveau danger qui la menaçait. Tombées de la dernière pluie, de minuscules calamités s'abattaient sur cette proie toute trouvée : c'est en voulant essuyer son cou ruisselant de pluie qu'elle découvrit une sorte de boule un peu molle collée à sa peau. Malgré tous ses efforts, elle ne parvint pas à l'enlever. Elle s'arrêta pour faire une autre tentative tout aussi vaine. Puis elle en reçut une sur la main et comprit :

– Des sangsues, non, quelle horreur, hurla-t-elle en se débattant contre elle-même.

Oubliant toute fatigue, elle recommença à courir comme une folle pour échapper à ce nouveau danger. C'est ainsi qu'elle perdit à son insu le baluchon contenant le peu de nourriture qui lui restait encore.

Son corps lui échappa une fois de plus. Ses jambes ne la portaient plus, l'air lui manquait, ses yeux se brouillaient. Tout devint flou autour d'elle. Une racine assassine coinça une de ses bottes trop grandes pour elle. La course d'Angie s'acheva dans un roulé-boulé interminable. Elle n'avait plus la force nécessaire pour se retenir, interrompre sa chute. Comme un pantin désarticulé, elle dévala la pente pour cesser sa course contre un tronc d'arbre trois cents mètres plus bas. Elle n'avait même pas aperçu les volutes de fumée qui témoignaient des premiers signes de la civilisation retrouvée. Inconsciente, elle resta enfouie dans les fougères, comme morte. La nuit sans lune la protégea. Ce n'est qu'au petit matin qu'un bruit de pas se fit entendre. Angie gisait, inanimée, sous l'œil attentif d'un grand corbeau noir.

Même le chant du *manip,* voyageur infatigable véhiculant fièrement sur son dos le *tashigomang* pour propager la bonne parole, ne put la sortir de sa léthargie. Mais le religieux, alerté par le comportement étrange du corbeau qui coassait tant et plus, trouva le corps inerte sous les fougères. Choqué par le visage tuméfié et boursouflé de l'inconnue, il l'examina et découvrit rapidement les sangsues qui avaient grossi durant la nuit, se nourrissant du sang de la jeune femme. Il savait déjà que la présence de ces sales bestioles ne présageait rien de bon pour la survie de l'étrangère à la peau blanche. Que faisait-elle, égarée dans ces solitudes ? Il l'ignorait. Prestement, il rebroussa chemin pour aller chercher de l'aide auprès des autochtones et revint avec une étrange civière. Angie n'était plus seule.

À la lisière de la forêt épaisse, un homme marchait, revêtu du *go,* l'habit traditionnel des hommes bhoutanais, chaussettes remontées jusqu'aux genoux. Les bras chargés de *nake,* les crosses de fougère qui faisaient un légume très apprécié de la gastronomie locale, il pressait le pas pour rejoindre sa maison patricienne, entourée de cultures. Au loin, la silhouette familière de l'énorme masse de glace du Chomolhari, dominant de ses sept mille trois cent vingt mètres le Drukyel Dzong, n'attirait plus ses regards. Mais il s'arrêtait souvent devant l'ancien rempart du monastère en ruines. Ce *dzong* dont ne subsistaient que les hauts murs et les tours démantelées verrouillait jadis la vallée contre les nombreuses invasions chinoises. Son père l'avait vu s'envoler en fumée un jour de *tsechu,* la grande cérémonie religieuse annuelle des monastères bhoutanais. Comme beaucoup de paysans, il nourrissait et faisait vivre sa famille de ses récoltes. Il montait régulièrement dans la forêt cueillir les délicieuse crosses de fougère, le légume favori des gens du pays. Seunam avait grandi, accroché à sa montagne nourricière, comme ses parents et ses grands-parents. Sa maison était pleine de vie et ses deux enfants seraient là pour prendre la relève.

Depuis la visite du *manip,* tout avait changé : il se pressait de rentrer afin d'avoir des nouvelles de la femme blanche moribonde que le religieux avait amenée chez lui. Dans la grande pièce aux murs blancs d'une propreté exemplaire, vu le nombre d'occupants, le calme n'était que relatif. Pema, agenouillée devant le feu, attisait les braises incandescentes pour mettre l'eau du thé à bouillir pendant que sa belle-mère, assise dans l'angle d'un mur, mâchouillait du *doma* en berçant dans ses bras le petit dernier de la famille.

Le sourire noirâtre et édenté de la grand-mère, noirci par le bétel qu'elle mâchait depuis sa plus tendre enfance, s'était penché sur l'inconnue avec toute sa science et son expérience.

– Je suis très inquiète pour cette femme. Depuis trois jours qu'elle est chez nous, sa fièvre n'est toujours pas tombée, dit Pema à l'aïeule.

– Il faut attendre. J'ai passé la matinée à décrocher les sangsues qui l'affaiblissaient. On verra bien, expliqua la grand-mère avec un geste fataliste, sans interrompre un seul instant son incessant mâchonnement.

Pema était certaine que sa belle-mère avait soigneusement brûlé ces sales bestioles et fait tout ce qui était en son pouvoir pour aider l'inconnue, mais ne pouvait masquer son inquiétude :

– Les tisanes de plantes si efficaces d'habitude ne lui ont rien fait ! J'ai un mal fou à la faire boire. Elle aurait bien besoin de manger aussi. Elle est si maigre ! J'ai bien peur qu'elle ne survive pas, se lamenta la maîtresse de maison.

– Sois patiente, mon enfant. Nous avons fait ce qu'il fallait faire. Moi, je me fais bien plus de soucis pour d'autres détails : son visage est anormalement enflé, mais on peut voir que sa peau est blanche. Je me demande si c'est une étrangère qui s'est égarée lors d'un trekking. En ce cas, peux-tu m'expliquer pourquoi elle était vêtue d'une de nos *kiras* ? Pourquoi était-elle enveloppée dans une peau de yack ? Il y a quelque chose de louche là-dessous, crois-moi. Gardons-la à l'abri des regards. Elle est en paix sous notre toit.

Absorbé dans son coin, Dorje, un joli garçonnet de neuf ans, ne s'intéressait absolument pas à la conversation. Le nez dans ses écrits, le futur moinillon était bien calme pour un enfant de son âge. Il se balançait d'avant en arrière en récitant inlassablement les textes sacrés qu'il apprenait par cœur.

Pema se leva pour rejoindre la petite pièce de derrière où ils avaient installé l'étrangère au moment même où son mari entrait et demandait des nouvelles de la malade :

– Je vous entends discuter. Est-elle réveillée ?

– Allons voir, mais je ne crois pas, répondit Pema. Je dois à présent lui poser ces compresses et lui passer du beurre de yack sur le visage, les mains et les pieds. Ils sont tout crevassés. Elle a dû passer plusieurs nuits exposée au froid. Elle aura beaucoup de chance si elle ne perd pas sa main. Elle est en piteux état. Mais ta mère dit qu'elle va s'en sortir.

Pema pénétra à pas feutrés dans la minuscule chambre à peine éclairée d'une bougie. Couchée sur une natte tressée, recouverte d'une couverture en laine chamarrée, héritage probable d'une aïeule, Angie, méconnaissable, ne bougeait pas. Étendue sur le dos, les mains pansées et posées à plat sur la couverture, elle semblait moribonde. Son infirmière de fortune se pencha sur elle pour essuyer avec douceur les gouttes de sueur qui perlaient sur son front. Elle remarqua que les paupières commençaient à dégonfler et lui parla doucement en *dzonkha*, la langue usuelle des Bhoutanais :

– Madame, est-ce que vous m'entendez ?

Tout en parlant, elle étalait avec précaution une épaisse couche de beurre de yack sur chacune des plaies.

« Réveillez-vous ! Vous n'avez rien à craindre. Je m'appelle Pema, et mon mari Seunam. Nous allons vous guérir. La grand-mère connaît les plantes mieux que personne. Elle dit qu'il faut être patiente. Vous allez revenir vers nous et retrouver votre beau visage. »

Pema parlait, parlait, autant pour se rassurer que pour appeler l'esprit de l'inconnue à regagner son corps qui revenait à la vie sous les soins conjugués de ses hôtes. Ses paroles mettaient une musique chantante dans la petite pièce dont elle referma soigneusement la porte avant de retourner s'occuper de son mari et de ses enfants.

Pendant le dîner, où elle mangea du riz rose, la discussion s'éternisa. Toute la famille buvait du thé au beurre de yack. Une boisson énergétique qui hydratait, désaltérait et nourrissait tout à la fois. Tous consommaient plusieurs tasses par jour de ce breuvage à l'aspect peu engageant qui restait cependant le seul remède efficace contre le climat rigoureux du pays et les brusques chutes de température dans la vallée perchée à plus de deux mille mètres. Pema surveillait toujours le feu qui ne devait jamais s'éteindre dans le grand foyer d'argile réfractaire. En l'absence de conduit d'évacuation, la fumée s'échappait par un trou ouvert dans le plafond noir de suie.

Comme elle le faisait régulièrement depuis trois jours, Pema abandonna une nouvelle fois les siens pour s'allonger auprès de la survivante qui lui causait tant de soucis. Au fil des heures, pourtant, le visage de la rescapée reprenait forme humaine. Ses épaules et ses jambes ne portaient plus que quelques stigmates des monstrueuses sangsues qui l'avaient presque dévorée vivante. Son état physique s'améliorait mais, au grand désespoir de Pema, elle ne sortait pas de sa léthargie. Patience étant mère de sûreté, comme le lui rappelait quotidiennement l'aïeule, sa vigilance fut enfin récompensée. L'aube pointait à peine quand Pema fut tirée de son sommeil par de faibles plaintes. Elle sortit rapidement de ses couvertures, alluma la bougie à la graisse de yack et découvrit les pupilles turquoises agrandies par la peur dans les prunelles encore rougies par l'ophtalmie.

Au sortir de sa pénible torpeur, Angie eut un mouvement de recul en la voyant. Pema eut un geste apaisant :

– N'ayez pas peur, dit-elle, souriante. Je m'appelle Pema. Quel bonheur, vous êtes enfin réveillée ! Restez calme, vous êtes encore très faible. Vous avez failli mourir, expliqua-t-elle encore. Mais elle réalisa que l'inconnue ne la comprenait pas.

Angie dévisageait son infirmière sortie de nulle part. L'odeur rance de la bougie lui rappelait quelque chose, mais quoi ? La sentant complètement perdue, Pema prit doucement sa main bandée et la posa sur sa poitrine :

– Pema, je suis Pema, répéta-t-elle en espérant se faire comprendre enfin.

– Pemapema, répéta Angie dans un souffle, avant de refermer les yeux, épuisée, mais consciente d'être en sécurité.

La joie de la savoir hors de danger agita la maison toute la matinée. Mais il fallut attendre deux jours encore pour qu'elle soit capable de se lever. Couchée sur sa natte, Angie entendait des bruits de voix qui s'élevaient à nouveau librement dans la maison à présent qu'elle était réveillée. Mais elle se rendit compte rapidement qu'elle n'y comprenait rien. Elle fouillait dans sa mémoire à la recherche d'un nom, d'un visage, de quelque chose qui puisse lui donner une indication sur ce qu'elle faisait là, mais en elle, c'était le noir absolu. Quand elle avait voulu répondre à la timide tentative de communication de Pema, elle s'était aperçue, horrifiée, qu'elle avait oublié jusqu'à son nom. Des émotions trop fortes l'avaient laissée amnésique. Ce réveil était une seconde naissance. Du moins n'était-elle pas seule. Est-ce la peur du néant qui la tira du lit ? Elle lava son corps meurtri dans le récipient d'eau fraîche laissé là par son infirmière et l'appela :

– Pemapema, où êtes-vous ? demanda-t-elle en

entrebâillant pour la première fois la porte de sa chambre.

La maîtresse de maison, un grand sourire de bienvenue aux lèvres, la rejoignit pour lui apporter de quoi se vêtir. Quelques minutes après, Angie revêtue de la tenue locale était en proie à une grande agitation, en retrouvant un nom dans un repli de sa mémoire engourdie :

– Pasang ! Il a fait les mêmes gestes que vous ! Il m'a habillée. Je me souviens. Il faisait noir. Puis il a fait froid. Puis je ne me souviens plus. Ni avant, ni après lui, murmura-t-elle, désemparée en se passant la main sur le front.

Si Pema fut surprise de la voir réagir si vivement, elle ne comprit pas pour autant ce qui l'agitait soudain. Elle lui prit la main et la dirigea vers la grande pièce où la grand-mère veillait sur le bébé en mâchant son *doma*. Son beau visage aux rides profondes et nombreuses révélait la rudesse du climat et le parcours difficile de l'aïeule. Elle sourit à Angie et ce fut comme si une fenêtre s'ouvrait. Enveloppé à ses côtés, le bébé dormait comme un ange.

Curieuse, Angie examina la grande pièce aux murs blancs faits d'une sorte de torchis qui laissait apparaître par endroits un colombage de bois dont les intervalles étaient emplis de bambous tressés. Le mobilier était sommaire : quelques tables basses, quelques malles. Partout, des tapis permettaient de s'asseoir. Dans le prolongement de la salle commune, une pièce abondamment décorée, le *choesham,* accueillait un petit autel domestique où brûlait de l'encens. Le couvercle de la marmite posée sur le feu tressautait au rythme de l'eau que Pema avait mise à bouillir pour le thé. Angie aimait les regards très doux que ces gens posaient sur elle. D'un pas chancelant, elle se dirigea vers la fenêtre, espérant y voir apparaître des souvenirs plus précis. Peine perdue : du premier étage, le spectacle de Seunam en plein travail qui labourait son champ avec une charrue tirée par deux bœufs sous le joug ne lui disait rien non plus. Elle se tourna vers Pema et déclara en souriant :

– Je crois que je vais sortir un moment. L'air me fera du bien. Merci Pemapema.

Son hôtesse refusa de la laisser descendre seule l'escalier trop raide et l'accompagna en protestant :

– Ce n'est pas prudent ! Vous êtes encore trop faible. Vous devriez attendre un peu pour sortir.

Sourde aux recommandations dont elle ne comprenait pas un traître mot, Angie respirait à pleins poumons. Le soleil, même voilé, était encore trop dur pour ses yeux. Le cri d'appel joyeux de Pema résonna à ses côtés :

– Seunam, viens ! Regarde, notre invitée est sortie !

Il arrêta son attelage et vint les rejoindre, tout joyeux :

– Bienvenue, heureux de vous voir debout, Seunam est mon prénom, dit-il en baissant plusieurs fois la tête en signe de respect. Puis, à la surprise d'Angie, il lui tendit la main, à l'occidentale. Un espoir fou la saisit :

– Bonjour, Seunam, je suis Angie. Est-ce que par miracle vous parleriez quelques mots d'anglais ?

demanda-t-elle. Moi, je ne comprends rien à votre langue. Mais je vous remercie du fond du cœur, ajouta-t-elle en prenant leurs deux mains et en les pressant contre son cœur en signe de gratitude.

Persuadé qu'elle venait de lui répondre, il se lança dans une grande explication :

– Le *manip* et moi avons eu très peur quand nous vous avons trouvée dans la forêt. Nous pensions que vous alliez mourir. J'espère que vous ne manquez de rien. Pema fait de son mieux. C'est grâce à elle, aux conseils avisés de ma mère et à ses tisanes que vous êtes revenue parmi nous. Mais vous étiez bien protégée. Quand vous étiez étendue, mourante, dans la forêt, Mahakala a crié pour nous guider vers vous.

Angie le regardait sans rien comprendre. Mais quelque chose dans sa mémoire tressaillit au nom de Mahakala. Sentant son désarroi, Seunam et Pema l'aidèrent à faire quelques pas. Ils essayèrent les gestes et se lancèrent dans de nouvelles mimiques pour lui expliquer où ils l'avaient trouvée :

– Vous étiez là, dans la forêt ! Vous aviez des sangsues partout ! Mais elle souriait sans progresser d'un iota.

– Pasang est-il ici ? demanda-t-elle, espérant réveiller un écho en prononçant le seul nom dont sa mémoire avait gardé la trace. Par flashes, les images d'un visage de métis au regard clair lui revenaient. Soudain, elle tituba de fatigue. L'effort avait été trop grand pour cette première sortie.

Pema l'entraîna d'autorité vers la maison. Une solide construction étagée sur un rez-de-chaussée en pierres qui servait à la fois d'étable et de réserve. Des colombages de bois rehaussaient la façade. Les fenêtres étaient décorées de motifs multicolores. Elle ressemblait à un petit *dzong*.

Pendant que Pema s'affairait devant son feu, Angie, très lasse se reposait, assise sur le tapis, scrutant les motifs de sa mémoire. Elle ne connaissait pas cette maison ni cette famille si hospitalière avant son accident, elle en était persuadée. Ces gens se donnaient énormément de mal pour lui faire plaisir et la ramener à la vie, mais elle comprenait qu'elle leur était étrangère. Qui étaient-ils ? Pourquoi les noms de Pasang et de Mahakala trouvaient-ils un écho en elle ? Qui était-elle ? Avait-elle une famille, des enfants ? Sa peau était blanche. Elle parlait une langue que les habitants de ce pays ne comprenaient pas. D'où venait-elle ?

Les émotions violentes de son incarcération et de son évasion avaient violé ses émotions au point de gommer de son cerveau toute réminiscence du passé. Comme le lui fit comprendre l'aïeule à force de gestes persuasifs, le plus important pour le moment était de reprendre des forces.

La famille se réunit pour le dîner. Elle fut la première à recevoir un bol d'*ema datsi* qu'elle goûta sans plus attendre. Dès la première bouchée, les piments lui arrachèrent le palais. Elle se mit à tousser, écarlate. Les autres la regardaient, amusés. Angie se tenait la bouche et soufflait pour essayer d'éteindre l'incendie que les épices y avaient allumé :

– Mangez ça, le riz calmera le feu des épices, dit

Pema compréhensive. Et elle lui tendit un bol dans lequel fumait du riz rose et de la viande de porc bien grasse. Angie goûta prudemment et avala de bon cœur cette autre spécialité de la gastronomie bhoutanaise moins volcanique que la précédente.

À la fin du dîner, Seunam, sortit de son *go* les feuilles qu'il avait précieusement conservées sur sa poitrine pendant toute une longue semaine. Il récupéra aussi les quelques *ngultrums* que portait la jeune femme sur elle quand il l'avait trouvée, mais elle secoua la tête. Il tendit le manuscrit à Angie en lui montrant comment il en avait fait sécher les feuillets un par un au-dessus du feu.

– Merci, Seunam, mais qu'est-ce que c'est ? Pourquoi me le donnez-vous ? s'enquit Angie, troublée.

Nerveusement, elle déplia les pages et déchiffra les premiers mots sans les comprendre davantage que le reste.

– Je n'y comprends rien, se désola-t-elle.

Elle ne tarda pas à rejoindre sa natte. Les émotions avaient été beaucoup trop nombreuses pour une convalescente. Les jours qui suivirent n'apportèrent aucune réponse aux questions qu'elle se posait. La douceur de la famille qui lui offrait une hospitalité si généreuse, la joie permanente de Seunam qui se tuait au travail mais chantait tout le jour la rassuraient. Elle ne se sentait pas seule et apprenait la patience. Sans qu'elle s'en doute, son enseignement avait commencé : elle faisait connaissance avec elle-même, travaillant inconsciemment à construire son futur. Peut-être les barrières du passé s'étaient-elles dissoutes dans les neiges éternelles pour qu'elle puisse renaître à une autre vie ?

Les journées s'écoulaient à un rythme paisible. Elle prenait un grand plaisir à demeurer assise à regarder l'aïeule filer sa laine. Les vieux doigts habiles tordaient et retordaient plusieurs fois le fil qu'elle ne trouvait visiblement jamais assez serré. Lorsque Dorje cessait de se balancer en récitant ses litanies, il aimait s'essayer à reproduire sur un morceau d'ardoise rudimentaire des motifs traditionnels bhoutanais.

Jour après jour, Angie reprenait des forces. Elle s'était rapidement adaptée à la vie locale, parvenant même à faire sa part des petits travaux de la maison, à la grande confusion de Pema qui ne savait comment l'en empêcher. Une vraie tendresse était née entre les deux femmes.

Avide de renouer les fils de son histoire, Angie marchait de plus en plus loin aux alentours à la recherche des traces de son passé récent. Elle aimait regarder les maisons solitaires, nichées dans la verdure et espacées les unes des autres. Leur toit couvert de bardeaux était consolidé par de nombreuses pierres qui leur évitaient de s'envoler quand la bourrasque soufflait. La charpente servait à suspendre les épices pour les faire sécher. Chacun travaillait avec acharnement pour récolter le fruit de ses efforts et arracher la pitance familiale à cette terre rude et pauvre. Ce n'était pas à proprement parler la richesse, mais la famine n'existait pas.

Quand Pema s'exclama en montrant un point qui progressait vers eux sur le sentier qui serpentait dans la prairie depuis l'autre bout de la vallée, Angie s'agaça de n'avoir une fois de plus rien compris à ce qu'elle disait. Elle commençait tout juste à se confectionner un vocabulaire des mots les plus usuels. Un homme s'approchait, visiblement bienvenu lui aussi dans cette famille accueillante. Seunam poussa une exclamation joyeuse et lui prit la main pour la conduire vers le nouvel arrivant :

– Bonjour, mademoiselle, est-ce que vous allez mieux ? demanda en anglais l'homme au *tashigomang*.

– Vous parlez anglais, quel bonheur ! Je vais enfin comprendre ce qui m'est arrivé, balbutia Angie au comble de l'émotion.

Pema souriait, ravie de la joie de son amie. Elle invita tout le monde à déguster un bon thé. Angie était devenue un vrai moulin à paroles et questionnait le saint homme qui lui raconta bien volontiers le peu qu'il savait. Il lui raconta la façon dont il l'avait trouvée et félicita Pema qui avait donné tellement d'elle-même pour la ramener à la vie. En découvrant le récit de sa terrible aventure, Angie la serra dans ses bras et l'embrassa. L'émotion était intense. La conversation devint générale et Angie se sentit à nouveau exclue. Mais le *manip* avait quelque chose à lui dire :

– Seunam et Pema sont d'accord avec moi. Il est temps pour vous de monter voir le lama. Vous êtes capable de supporter la marche qui est assez longue. Lui seul pourra donner un sens aux questions qui tourmentent votre esprit. Nos amis vont vous conduire à

Taksang. C'est dit. À présent, si vous le permettez, nous allons chanter les prières.

Angie préféra s'isoler pour méditer sur ce qu'elle venait d'apprendre. De la pièce voisine lui parvenait l'écho très doux des mots et des chants sacrés. La tête chamboulée, les yeux mouillés de larmes, elle ferma les paupières et médita en silence. Quelques images affleurèrent sur le miroir de sa mémoire : le visage de Pasang, une pièce noire très différente de celle où elle se trouvait. Les images arrivaient par vagues et elle avait du mal à les mettre bout à bout. Une nuit et une journée entières se passèrent pendant lesquelles elle refusa de sortir de sa méditation, au grand étonnement de ses hôtes. Profondément remuée par les échos qui se levaient en elle, elle se terra dans la maison. En face d'elle, l'aïeule filait sa laine et mâchonnait son bétel en la couvant d'un regard attentif. Entre ses doigts noueux apparaissaient les motifs complexes d'une couverture neuve. Ce voyage dans les ténèbres se termina par une crise de larmes que la vieille dame apaisa en la berçant comme une enfant : elle n'était pas parvenue à revenir au début de son histoire. Elle avait perdu son identité, son enfance et une grande partie de sa vie dans le désert de sa mémoire. Avait-elle une famille qui l'attendait quelque part ? Était-elle une mère ? Une épouse ? Pourquoi l'oiseau noir qui hantait ses rêves avait-il guidé ce moine vers elle ? Ses questions paraissaient sans fin et sans réponse. L'amnésie était sa nouvelle prison : captive de sa mémoire, elle devait s'évader d'elle-même et partir à la recherche de sa vie.

L'initiation

New York

L'énervement et la tension culminaient sur les hauteurs de la Big Apple. Un nuage de fumée bleue flottait dans le bureau de Peter Bronson. Des éclats de voix s'échappaient du bureau. Les collaborateurs qui avaient encore le courage de monter jusqu'au dernier étage pour essuyer la tempête repartaient en secouant la tête. Le patron était d'une humeur massacrante. La rumeur dans les étages prétendait que c'était la faute de Sly.

Chargé de retrouver Angie Bronson, le détective le plus renommé de la place de New York avait fait chou blanc. Fou d'angoisse pour sa fille, Peter avait envoyé en vain avec lui les meilleurs enquêteurs de ses chaînes d'information. Personne n'avait su retrouver Angie, découvrir ce qui lui était arrivé depuis tous ces mois. La jeune femme n'avait pas donné signe de vie depuis près d'un an. La patience de Peter avait volé en éclats en apprenant que Sly ne s'était pas présenté à lui dès sa descente d'avion. Il l'avait fait convoquer immédiatement, mais le détective fit répondre qu'il désirait récupérer du décalage horaire avant d'affronter les foudres bronsonniennes. On pouvait le comprendre, songeait Jane qui tremblait d'avance à l'idée de la scène épouvantable que Peter allait faire à cet homme.

Angie s'était volatilisée dans une des dernières contrées incontrôlables du monde. Dans ces pays, le temps, les distances, la vie d'une femme, la liberté d'information et de circulation, la patience, la vie et la mort avaient des valeurs différentes. L'Occident se perdait dans les méandres de l'Orient.

Au téléphone, Peter semblait au bord de l'explosion. Ces derniers temps, il semblait incapable d'une conversation normale. Il faut dire que les chacals montraient des dents, sentant le vieux lion aux abois. Les rumeurs allaient bon train, maladroitement alimentées par Malcolm et Lisa qui annonçaient à qui voulait l'entendre que le chagrin rendait Peter fou, qu'il était mûr pour l'asile. Autour de lui, le dernier carré de fidèles tenait bon : Peter était particulièrement irascible, mais on l'aurait été à moins. Le monde impitoyable des médias dont il avait si bien su jouer se retournait contre la main qui l'avait nourri. L'expérience était rude, mais le patron avait encore du répondant. Ceux qui se risquaient à l'affronter en direct en faisaient les frais :

– Non, je n'ai pas le temps de vous parler de cette émission maintenant, mon vieux ! disait Peter. Mais vous savez qu'elle m'intéresse. Quoi ? Le ton changeait subitement. Il explosa. N'essayez pas de me faire du chantage à la concurrence. Je suis le premier, vous le savez bien. Et prenez-le sur un autre ton, s'il vous plaît. Si je me charge en personne de faire votre réputation, je ne donne pas cher de votre peau dans ce métier. Qu'est-ce que c'est que ces manières ? rugissait Peter. Écoutez. Un rendez-vous m'attend. Réfléchissez et je verrai à mon tour si je donne suite. Salut, vieux !

Il raccrocha brutalement et traversa la grande salle pour rejoindre le bureau de Jane. Il écumait :

– Mais pour qui se prennent-ils ces blancs-becs ! Ils tètent encore le sein de leur mère et se voient déjà assis à ma place !

– Quelque chose ne va pas, monsieur ? s'inquiéta Jane, navrée de le voir si mal commencer la journée.

– Tous des ânes ! un point, c'est tout. À quelle heure Sly a-t-il prévu de se réveiller ? Parce que lui, il mérite la palme.

Peter tournait en rond. Il savait bien que son attitude envers le détective était injuste. Mais jeter l'éponge comme l'avait fait Sly, il ne pouvait pas l'envisager une minute. Il lui en voulait de n'avoir pas la même opiniâtreté que lui. Il en voulait à la terre entière de la disparition de sa fille. Il lui en voulait même à elle de l'avoir si longtemps laissé sans nouvelles. Toute son énergie était concentrée dans cette monstrueuse attente. Il était épuisé, mais pas question de le reconnaître. Seule Jane entrevoyait le vrai visage de son patron bien-aimé : un homme brisé par le doute et laminé par l'inquiétude. Les autres devaient affronter un homme au masque dur et impitoyable. Ceux qui le rencontraient en ce moment en gardaient un souvenir cuisant et s'empressaient de démentir les rumeurs d'affaiblissement qui couraient la ville. Peter Bronson restait l'homme de tous les défis. S'il fallait se battre seul contre le monde entier pour retrouver Angie, il le ferait.

Sly arriva sur ces entrefaites. Jane s'empressa de proposer des cafés. Peter avait retrouvé un calme apparent, mais elle savait qu'il s'agissait plutôt de concentration.

Le détective avait accentué son look de baroudeur. On aurait dit qu'il n'avait pas pris le temps de se raser avant de venir rendre compte à Peter. De nos jours, un homme comme lui était sévèrement concurrencé par les journalistes. Il n'avait pas apprécié que Peter lui lance ses propres troupes dans les jambes. La meilleure défense étant l'attaque, il commença par se plaindre de leurs initiatives désordonnées qui lui avaient fait perdre un temps précieux. Cet afflux soudain d'hommes qui posaient des questions à propos de la même touriste blanche avait fermé les portes au lieu de les ouvrir. On risquait de la prendre pour une femme légère poursuivie par une meute d'hommes qui se disputaient pour la retrouver. C'était le meilleur moyen de faire d'elle une monnaie d'échange, un otage ou une quantité négligeable. Au choix. Son exposé retraça l'itinéraire de ses recherches. Il avait remonté la piste jusqu'au départ de l'expédition guidée par Dawa. Selon ses informations, elle avait choisi le meilleur guide possible avant de s'enfoncer dans l'arrière-pays :

– La région himalayenne reste impénétrable pour un enquêteur isolé, monsieur. Il faudrait monter une expédition quasi militaire pour explorer ces contrées sauvages. J'ai appris que des bandes armées de mercenaires chinois y font la loi, traquant les réfugiés tibétains et capturant les plus religieux d'entre eux pour les torturer, les tuer ou les rééduquer.

À son avis, Angie avait été capturée par une de ces bandes. Sa quête de la statue de Bouddha pouvait l'avoir menée droit dans un piège. Il n'en savait pas plus. Sur place, on lui avait conseillé de laisser passer un peu de temps. Mais prêcher la patience à un père fou d'inquiétude et un père aussi puissant que Peter Bronson était une autre paire de manches. Il laissa passer l'orage et reprit posément sa démonstration :

– Je comprends votre colère, monsieur Bronson. C'est bien la première fois que je n'arrive à rien. Mais les conditions de cette enquête sont extrêmement spéciales. Les Chinois sont partout. Tout le monde se méfie et même les ombres sont au service des Chinois.

– Mais enfin, il fallait proposer de l'argent. Dans toutes les guerres on a besoin d'armes, donc d'argent. Si vous ne m'aviez pas laissé sans nouvelles pendant des semaines, j'aurais pu vous conseiller, vous donner des moyens d'agir !

– Vous vous trompez, monsieur. Ici, on peut tout acheter. Là-bas, c'est très différent. J'ai même pensé utiliser les ressources des satellites stratégiques et contacté mes relations dans les agences gouvernementales. Ils m'ont ri au nez. Autant chercher une aiguille dans une botte de foin. Les camps des mercenaires chinois sont sous surveillance, mais ils se déplacent souvent et personne n'a signalé de femme blanche parmi eux. Je vous prie de croire que je m'en suis assuré sans lésiner sur les moyens. J'ai remonté sa piste aussi loin que j'ai pu. Mais en réalité, je perds très vite sa trace. Je crois même que c'est elle qui a volontairement brouillé les pistes pour mener en paix sa quête du Bouddha. Après ça, tout a pu arriver.

– Quand on cherche vraiment, on trouve. Que faites-vous ici au lieu de continuer votre enquête ? Faut-il que j'y aille moi-même ? demanda Peter, mécontent de devoir se rendre à l'évidence.

Sly avait fait sérieusement son travail. Il était rentré bredouille. Voilà ce que lui reprochait Peter. L'échec n'entrait pas dans son planning. Jamais. Ce qu'il expliqua vertement à l'enquêteur penaud, ulcéré de n'avoir pu être à la hauteur de sa réputation.

– Monsieur Bronson, vous pouvez envoyer une armada d'investigateurs pour reprendre mon enquête dont je vous laisse par ailleurs le détail. Vous verrez que je n'ai négligé aucune piste. Ils ne feront pas mieux que moi. Si Angie réapparaît, ce sera par elle-même. Pas parce que vous serez allé la chercher pour la ramener à la maison. Apparemment, elle savait ce qu'elle faisait, elle connaissait les dangers de la région et ne s'est pas lancée dans cette aventure à l'aveuglette. Faites-lui confiance : un an, là-bas, ce n'est rien. Dans le coin où j'ai perdu sa trace, elle n'a aucun moyen de communiquer, de vous donner des nouvelles. L'Himalaya n'est pas encore couvert de cabines téléphoniques, vous savez, dit-il, s'énervant un peu devant la mauvaise foi de Peter qui s'était détourné, l'air sombre et mécontent.

Sly prit congé. Lui aussi était mécontent. Cette affaire nuisait à sa réputation d'infaillibilité. Il tourna les talons, laissant Peter à sa colère et à son chagrin. Sa toute-puissance venait de trouver ses limites. Il n'était guère agréable d'être l'homme qui lui avait fait toucher ces limites du doigt. Restait à espérer que le retour prochain d'Angie viendrait démentir ces sombres nouvelles.

Sur la piste de Taksang

La matinée était radieuse. Toute la maisonnée s'était éveillée à l'aube pour le grand départ. Les baluchons de victuailles étaient prêts, l'autel avait reçu ses offrandes, l'encens brûlait. Pema, en femme prudente, avait préparé des vêtements chauds : le temps change vite en montagne.

Le trekking des trois marcheurs s'annonçait sous les meilleurs auspices. Seunam et Pema avaient confié leurs enfants à Mamie Doma, le surnom qu'Angie avait choisi pour celle dont l'expérience des plantes médicinales lui avait sauvé la vie. Comme toutes les femmes bhoutanaises, elle était tout aussi bien capable qu'un homme de faire marcher la maison, sa famille et le commerce des récoltes sans l'aide de personne.

En dépit de son âge avancé et de sa fâcheuse propension à mâchouiller le fameux *doma* à longueur de journée, c'était une femme de tête et Angie l'embrassa affectueusement avec la sensation de quitter une aïeule dont les conseils allaient lui manquer terriblement. L'égalité des sexes n'était pas un vain mot au Bhoutan.

La visite du *manip* et sa conversation inattendue avaient fait ressurgir le souvenir de la prison et de ses souffrances. Mais Angie ignorait toujours qui elle était et ce qu'elle faisait toute seule, perdue dans ce pays inconnu. Sa méditation avait été vaine. Elle se languissait à présent de rencontrer le sage qui détenait peut-être la clef de ses souvenirs enfuis.

Seunam s'était déjà rendu à plusieurs reprises dans ce haut lieu du Bhoutan, l'ermitage de Taksang, situé à trois mille soixante-dix mètres et considéré comme l'un des pèlerinages les plus importants du pays du Dragon paisible. Il connaissait tous les sentiers qui leur permettraient de rejoindre sans encombre la vallée de Paro.

Comme tous les Bhoutanais, entraînés depuis l'enfance à vivre à une altitude élevée, il marchait devant, imposant aux deux femmes un rythme de marche soutenu. Au bout de quelques heures, ils atteignirent une forêt dont le spectacle coupa le souffle à Angie. Elle n'avait jamais rien vu de pareil : les lichens suspendus entre les branches des arbres donnaient un air irréel au paysage. Elle aurait voulu partager son émotion avec Pema, mais la communication était encore rudimentaire entre elles. Les yeux brillants, elle fit une mimique d'admiration à laquelle la jeune Bhoutanaise répondit par un sourire joyeux.

Il fallut encore marcher un bon moment pour arriver en vue de l'ermitage de Taksang, accroché à unc falaise rocheuse qui surplombait l'abîme à plus de huit cents mètres de hauteur. Angie allait d'émerveillement en émerveillement. Elle se posa sur un bout de roche pour admirer en silence l'éclatante magnificence du site. Comprenant son émoi, Seunam décida qu'une halte était nécessaire avant d'attaquer le sentier pédestre qui allait les mener au monastère.

Comme à chacune de ses visites à Taksang, il retrouvait intacte une émotion unique qu'il était fier de voir l'amie étrangère partager si vivement. Il se souvenait de l'impression bouleversante qu'il avait eue lors de son premier pèlerinage. Il devinait mieux que quiconque le saisissement de cette attachante inconnue que Mahakala leur avait amenée. Ils se trouvaient devant le plus beau *dzong* de tout l'Himalaya. Pema et lui étaient heureux de la guider vers celui qui seul saurait l'aider à trouver la paix de l'esprit et du cœur.

Pema sortit les vivres de son sac : les marcheurs avaient besoin de se restaurer avant de s'attaquer à l'interminable raidillon qui escaladait le piton rocheux, but de leur voyage. Il leur faudrait avoir l'estomac bien accroché pour parvenir au terme de leur randonnée. Ils dévorèrent de bon appétit les *shapati* accompagnés de viande de porc séchée. Les premières gouttes de pluie interrompirent plus vite que prévu ce pique-nique improvisé, obligeant les trois marcheurs à se protéger avant d'entamer la montée vers la Tanière du Tigre.

Plus le chemin escarpé s'élevait, plus le vide devenait impressionnant. Angie retrouva les sensations angoissantes qui avaient marqué sa fuite infernale. Elle réalisait à quel point elle avait eu de la chance de ne pas finir ses jours au fond d'une crevasse gelée. En dépit de son étourderie et de son impatience, elle n'avait jamais oublié la recommandation de Pasang :

– Souvenez-vous Angie, il ne faudra jamais regarder vers le bas, jamais plonger votre regard dans le vide qui vous attirerait irrésistiblement vers lui.

La montée se faisait à un rythme plus tranquille. Seunam tenait à ce que l'invitée soit en pleine forme à son arrivée au monastère. Ils croisèrent un moine au visage radieux qui redescendait vers la vallée : Pema expliqua à Angie que l'homme repartait, comblé, après avoir effectué une retraite de trois ans, trois mois et trois jours. Par endroits, le sentier se rapprochait exagérément du vide :

– Je déconseillerais à quiconque souffrant du vertige de venir se promener par ici, s'exclama Angie en reprenant son souffle après un passage particulièrement délicat.

À quelques mètres de l'arrivée, la jeune femme fit une halte pour imprégner sa mémoire de la vue aussi vertigineuse que splendide. La présence de l'édifice blanc aux toits ocre rouge enchâssé dans les rochers, ses deux tours carrées de taille décroissante construites l'une sur l'autre et rehaussées d'un petit toit merveilleusement ouvragé, tout lui semblait irréel. Une multitude de fenêtres en bois s'ouvraient sur la façade. Chacune d'elle était peinte, sculptée et reliée aux autres par des rubans de prières à une deuxième bâtisse plus simple, tout en hauteur, posée elle aussi à l'aplomb d'un précipice profond de huit cents mètres. C'était inimaginable.

Pour l'instant, elle se contentait d'admirer, bouleversée par la beauté des lieux. Plus tard, Angie voudrait tout savoir de l'histoire de ce *dzong* célèbre. Elle apprendrait que des siècles auparavant, Padmasambhava, le Gouru Rinpoché, avait atterri dans cette grotte sur le dos d'un tigre volant pour apporter le bouddhisme du Tibet jusqu'au Bhoutan. Il était resté là pour méditer. Il fallut attendre 1692 pour que le quatrième *desi,* Tenzin Rabgye, fasse construire le temple principal. La légende raconte que, après avoir prié le Gouru Rinpoché, il se coupa les cheveux et les jeta dans le vide. De sa chevelure jaillirent les rochers qui soutiennent le temple.

Seunam la sortit de sa contemplation. Ils étaient arrivés à présent. Elle était au bout du chemin et il était temps d'entrer dans l'ermitage. Partagée entre l'envie de rencontrer le lama pour en savoir davantage et la peur d'une vérité qui risquait de la décevoir, Angie esquissa un sourire à l'adresse de ses amis.

Prête à recevoir son enseignement, elle se retrouvait une fois de plus face à son destin. La porte s'ouvrit et le saint homme prononça en *dzonkha* des paroles de bienvenue :

– Je suis heureux de vous recevoir. Votre visite m'avait été annoncée par le *manip*.

Se tournant vers Angie, il s'adressa à elle en anglais, à son vif soulagement :

– Bienvenue à Taksang. Je suis le Lama Rizin, le gardien de ces lieux sacrés depuis longtemps déjà. Voulez-vous poser ce *rapchu* sur votre épaule et enlever vos chaussures avant de franchir le seuil de cette porte, comme le veut la tradition, demanda-t-il avec un bon sourire.

Impressionnée par la douceur de son visage et la sérénité qui rayonnait de lui, Angie le remercia comme une enfant timide. Tous trois entrèrent, précédés par le maître, dans une vaste salle blanche dépouillée de tout ornement.

– Je voulais vous féliciter d'avoir si bien soigné cette jeune femme. Vous lui avez rendu la santé. À moi de faire ressurgir de sa mémoire ce qu'elle connaît déjà afin de lui laisser la possibilité de choisir quelle sera sa vie à l'avenir. Je vous propose de passer la nuit ici, si vous le désirez.

– Merci, Lama Rizin, répondit courtoisement Seunam. Mais Pema et moi préférons redescendre pour retrouver nos enfants. Nous avons encore le temps de faire la route du retour avant le coucher du soleil. Notre mission s'achève ici. Cette femme a beaucoup souffert, dans son corps et dans son âme. Elle ne sait pas encore la chance qu'elle a de se trouver auprès de vous. Lorsqu'elle ressortira de cet ermitage, sa vie sera différente. Nous n'avons été que les instruments du destin.

Ils se courbèrent plusieurs fois devant lui avant de partir. Seunam sortit de son *go* un paquet qu'il remit au Lama Rizin avant de se retourner vers Angie qui attendait patiemment que leur incompréhensible conversation s'achève. Le cœur plein de gratitude, elle réalisa que leurs chemins se séparaient là. Elle ne pensait pas les revoir. Elle serra contre son cœur ses sauveteurs pour leur prouver combien elle les aimait et les regarda partir sans retenir ses larmes. Un des tout premiers nœuds de sa nouvelle vie se dénouait avec cette séparation.

Un moine lui offrit de l'accompagner à sa cellule. Il la conduisit vers le deuxième bâtiment. Ils traversèrent une petite plate-forme extérieure et il lui fit signe de ne pas s'approcher du muret qui les séparait du vide. Les drapeaux de prières claquaient au vent. Un jeune moine au crâne rasé méditait, indifférent à tout, dans sa tenue ocre. Comme tous ceux qui faisaient retraite au monastère, Angie se vit attribuer une minuscule pièce d'environ quatre mètres sur quatre. Une natte tressée, quelques couvertures pliées, une petite table sur laquelle était posée l'inévitable bougie au beurre de yack dont l'odeur l'incommodait toujours, quelques livres pour étudier constituaient tout le mobilier de cette cellule monastique.

La petite fenêtre ouvrait directement sur la pente abrupte qui plongeait huit cents mètres plus bas. Perchée dans ce nid inconnu au sommet d'une montagne, la jeune femme croyait deviner ce que pouvait ressentir un oisillon lors de son premier envol. On lui servit un bol de riz rose mélangé à des morceaux de viande et une tasse de thé salé au beurre de yack. D'un bout à l'autre du Bhoutan, le régime était le même. Simple et nourrissant à la fois. Elle avalait toujours ce repas avec application. Ses forces en dépendaient. La journée s'acheva dans la solitude. Personne ne vint la déranger.

Les deux premiers jours furent les plus difficiles. Cette pièce étroite lui rappelait-elle douloureusement sa détention ? Elle fit des rêves sombres qui la replongèrent dans les affres des mois précédents. Le visage de Trashir la poursuivait et les images de Dawa torturé la hantaient. Mais chaque fois, le chant répétitif, monocorde des moines qui se balançaient en priant dans la chapelle adossée à la grotte de méditation de Padmasambhava eurent le don de l'apaiser. Angie avait immédiatement adopté le rythme très matinal des occupants de l'ermitage. Elle ne se demandait même plus combien de temps il lui faudrait attendre : elle n'était plus qu'attente. Mais une attente paisible et patiente, à l'opposé de celle qu'elle avait connue pendant son incarcération.

Le troisième matin, Lama Rizin vint la chercher :

– Bonjour, je pense que le temps est venu pour vous. Il faut que nous parlions, si vous le voulez bien, proposa-t-il.

– Merci, dit-elle, émue. Je suis si heureuse de vous voir. J'ai tellement besoin de comprendre. Et puis pour tout vous avouer, je m'inquiétais un peu. Je me demandais même si je ne vous avais pas offusqué sans le vouloir, ajouta-t-elle avec sa franchise coutumière.

– Nous laissons toujours le temps faire son œuvre. Il ne faut pas se montrer trop impatient. Vous aviez besoin de ces jours de repos pour apprécier le lieu sacré dans lequel nous vivons. Je sais que nos chants et nos prières, même si vous ne les comprenez pas, auront calmé vos angoisses. Suivez-moi à présent. Il faut que nous nous mettions au travail.

Le Lama Rizin n'eut pas besoin de le lui dire deux fois. Angie baissa les yeux et le suivit sans commentaires.

Ce jour-là, elle évoqua longuement la bande de mercenaires chinois qui l'avait retenue si longtemps. Elle parla de Dawa, son guide, de Trashir et de son obsession de viol, de Pasang qui l'avait aidée à s'évader. Mais rien d'autre ne subsistait dans sa mémoire. Son passé était effacé. D'où venait-elle ? Qui était-elle ? Pourquoi s'était-elle retrouvée prisonnière dans ce camp des montagnes bhoutanaises ? Elle n'en avait aucune idée.

Le Lama Rizin se contenta dans un premier temps d'écouter le récit haché et décousu de la jeune femme. L'image de l'oiseau qui revenait régulièrement dans le récit le surprit :

– Ce corbeau, je le revois aux côtés de Pasang lorsqu'il me parlait de sa mère. J'ai même la sensation étrange d'avoir volé dans les airs à ses côtés. Je ne sais pas quoi penser.

Angie se délivrait en vrac de ses sentiments et de ses pensées les plus intimes, à la vitesse d'un torrent grossi par la fonte des neiges. La matinée passa comme un rêve. Lama Rizin partagea son déjeuner avec elle, silencieux devant son riz rose. Il étudiait attentivement l'étrangère que certains souvenirs décomposaient. Le récit devenait de plus en plus pénible.

Après le repas, il lui conseilla de retourner méditer dans sa cellule et lui donna quelques indications pour l'aider :

– Vous avez dégagé une partie de vos souvenirs. Il faut vous reposer et méditer sagement. Je vous raconterai demain les raisons de votre séjour ici, parmi nous.

Obéissante, impressionnée par tant d'assurance tranquille et de force d'âme, elle le salua sans un mot, les mains jointes, avant de se retirer.

Le lendemain, Angie retrouva le lama en pleine conversation avec trois moines qui recevaient les dernières paroles du sage avant de partir à leur tour dispenser l'enseignement qu'ils avaient reçu. Lama Rizin lui fit signe d'entrer et de l'attendre quelques instants. Son sourire d'une douceur peu commune l'émouvait infiniment. Il raccompagna ses hôtes et, revenant sur ses pas, entra dans le vif du sujet :

– Vous l'ignorez, mais si Manip Tsewang a pu vous retrouver sous les fougères, c'est qu'un oiseau noir, un corbeau, lui avait signalé votre présence. Vous m'avez parlé de cet oiseau à plusieurs reprises. Pour nous, il représente Mahakala. Une divinité masculine, symbole du temps d'hier et d'aujourd'hui, je dirais même du temps cosmique.

Angie, les yeux grands ouverts, buvait ses paroles :

– Mahakala se présente sous la forme d'un corbeau pour mieux incarner la simplicité, la sagesse et l'humilité. Son rôle est entre autres de surveiller les grands prêtres, les sages, initiés et les lamas ! Beaucoup d'histoires reviennent où nous retrouvons cette divinité. Lorsqu'une réincarnation importante a lieu, les parents du nouveau-né se souviennent souvent d'avoir vu un corbeau survoler pendant plusieurs heures ou plusieurs jours leur habitation même si parfois ce genre d'oiseau leur est inconnu parce qu'il n'existe pas dans leur région ! On raconte qu'il est arrivé un jour que des parents donnent naissance à un enfant élu sans même savoir qu'il était une réincarnation importante. Des brigands survinrent et mirent leur maison à sac, les obligeant à fuir sans pouvoir emporter le nouveau-né resté dans son berceau. Lorsqu'ils purent enfin revenir, le lendemain, ils retrouvèrent le nourrisson bien vivant, gardé par un corbeau. Ainsi, voyez-vous, les apparitions de Mahakala sont nombreuses et souvent attachées à l'existence des lamas.

« Je dois avouer que j'ai trouvé très surprenante la présence répétée de cet oiseau noir dans votre histoire, ajouta Lama Rizin en se grattant la tête. Quoi qu'il en soit, Mahakala ou coïncidence, il vous a guidée vers un enseignement que vous êtes prête à suivre si vous le voulez à partir d'aujourd'hui.

Angie s'inclina, profondément émue par ce qu'elle venait d'apprendre. Le sens en demeurait obscur, mais elle devinait une grande lumière dans cette obscurité.

Après chaque enseignement matinal, elle avalait le sempiternel bol de riz rose qu'elle finit par trouver délicieux. Les après-midi étaient consacrés à la méditation. Les histoires, les légendes, les prières et tout ce qui faisait l'essentiel de l'enseignement du bouddhisme éveillait en elle une très vieille impression de déjà vu. Comme tous les autres, elle participait aux offrandes, faisait brûler de l'encens, récitait des prières et profitait de l'isolement indispensable pour remercier Lama Rizin qui n'était que sagesse et sérénité.

Un mois et demi s'écoula sans qu'aucun signe prouvant qu'elle recouvrerait un jour la mémoire de son enfance ne survînt. Mais elle s'était pratiquement faite à l'idée de poursuivre sa vie sans en savoir davantage. Le présent était déjà bien assez riche. Un matin pluvieux où le vent sifflait plus fort qu'à l'accoutumée, elle regardait les rideaux de pluie parcourir l'incroyable vue dont elle ne se lassait pas quand Rizin vint exceptionnellement la rejoindre dans sa cellule.

– Bonjour ! Votre nuit a-t-elle été sereine ? Je vous sens beaucoup plus paisible qu'à votre arrivée. Mon instinct m'aurait-il trompé ? demanda-t-il, occupé à allumer des bâtonnets d'encens avant de s'asseoir.

– Lama Rizin, s'exclama Angie touchée de tant d'attentions, je suis heureuse de vous voir ici. Il est vrai que la paix commence à envahir mon cœur. Votre patience et vos paroles y sont pour beaucoup. Être parmi vous me fait beaucoup de bien.

– Je désirais vous parler des papiers que m'a remis Seunam avant de partir. Il les a trouvés sur vous.

Angie reconnut les prières qu'elle n'avait pu déchiffrer.

– Ils appartenaient à la mère de Pasang. Il me les a confiés quand je suis partie, mais j'ignore pourquoi. Mes connaissances en tibétain sont tout à fait insuffisantes pour que je sache les lire. Je ne sais pas pourquoi il me les a donnés.

– Ces papiers qu'il a conservés à travers toutes les épreuves que vous m'avez racontées prouvent qu'il n'a jamais été complètement à la solde des Chinois. Voilà pourquoi cet homme vous a ouvert la porte vers la liberté. Je crois qu'il savait parfaitement que le terrible périple, si vous le surmontiez, vous conduirait jusqu'ici, jusqu'à la connaissance et à l'enseignement que vous recevez ici à Taksang. Votre présence, vos questions, l'évocation de son passé l'ont replacé sur son chemin initial. Tout cela était destiné à m'informer que le fils de cette pieuse femme se trouve aujourd'hui au Bhoutan. Je suis en possession de ses prières dont vous connaissez à présent un bon nombre par cœur à force de les répéter, même si vous ne savez toujours pas les déchiffrer sur ces papiers. Vous devez encore savoir deux autres choses. Deux informations qui ont été rapidement inscrites sur ces papiers par celui qui vous les a transmis pour que vous me les apportiez un jour. Je vous demanderais donc de méditer dessus. Si ce que j'attends se produit, nous en reparlerons ensemble demain matin.

Angie, sans saisir toute la portée du discours du lama, fut émue de voir ressurgir entre tous le nom de Pasang. Que voulait dire le saint homme ? Quelles révélations pouvait-il attendre pour le lendemain ? Comment avait-il eu du nouveau dans ce monastère désertique à trois mille mètres d'altitude où les visites étaient comptées et les visiteurs annoncés et attendus. Elle s'était suffisamment bien intégrée à la vie de la communauté pour savoir qu'aucun nouvel arrivant n'avait franchi le seuil de ce nid d'aigle depuis la veille. Chaque arrivée était un événement qui ne passait pas inaperçu.

Avant de refermer la porte, le lama fit une pause :

– Le premier mot écrit par Pasang est « statuette », le second est un prénom étranger qui vous guidera sûrement pour retrouver la mémoire sur les débuts de votre vie : « Angie. » À présent, je vous laisse prier et méditer.

Il lui sourit et sortit aussi calmement qu'il était entré. En entendant son prénom, Angie ressentit une énorme douleur à l'estomac sans qu'elle comprenne très bien d'où elle provenait. Elle ferma les yeux et s'abandonna à la mélopée apaisante des moines qui venaient de commencer leurs prières.

La première voix qui répéta ce prénom, le sien, fut celle d'un homme. Puis celle d'une femme. Elle entendit dans le lointain une autre voix qui appelait « Greenette, Greenette ». Et elle savait qu'il s'agissait d'elle également. La machine à remonter le temps était en marche. La journée se passa. Toute à sa méditation, s'interrompant seulement pour boire une tasse de thé régulièrement, elle ne voyait plus les heures tourner. À la fin de la nuit suivante, elle avait retrouvé son identité et tous ses souvenirs qui avaient gelé dans le froid himalayen. Chacune des images qui ressurgissaient ainsi de nulle part lui faisait verser des flots de larmes. Elle avait l'impression de découvrir l'existence d'une personne qui ne lui ressemblait que de loin. Comme une sœur cadette un peu trop gâtée. Elle était loin, si loin des préoccupations de Faby et de sa galerie, des foucades de son frère Malcolm, de l'instabilité permanente de Lisa, sa mère, et même de la douce Babou, sa nounou. Mais le souvenir des cookies faisait monter un goût sucré dans sa bouche. Seul Peter, son père, le premier homme de sa vie, avait conservé son aura intacte à ses yeux. En dépit des regrets absurdes qu'il entretenait de ne pas avoir pu faire de sa fille une star du grand ou du petit écran, il l'avait toujours aimée pour elle-même. Très tôt il avait décelé et encouragé sa passion pour l'art, son talent inné pour les contacts avec les artistes, sa curiosité constante pour l'histoire des civilisations. Angie admirait profondément son père pour son exigence et sa rigueur professionnelle, mais plus encore pour sa générosité et son ouverture d'esprit. À tous les âges de la vie, il avait su accumuler les expériences, se remettre en cause. Il ne déclarait jamais forfait.

Lama Rizin venait de lui donner une seconde naissance en lui ouvrant les yeux sur sa pensée ensevelie dans les méandres de sa mémoire. Peter était plus que jamais le héros de son enfance retrouvée.

Le lendemain, Rizin l'envoya chercher. Il savait pertinemment que la solitude et la réflexion auraient eu le temps de faire leur œuvre. Il l'avait prévu. Lorsqu'elle entra dans sa cellule, l'encens brûlait déjà sur la table du sage qui relisait pour la millième fois le *Kanjur* à la lumière de sa bougie malodorante. Un sourire illumina son masque serein :

– Lama Rizin, j'ai de bonnes nouvelles ce matin. Mais vous vous en doutiez. Je peux enfin me présenter à vous sous mon vrai nom : je suis Angie Bronson. Citoyenne américaine. Née sur la côte Ouest des États-Unis. Fille de Peter Bronson, un homme très célèbre dans le monde des médias. Je vous en dirai peut-être plus long un jour si vous en avez le temps. Allons à l'essentiel : je suis la directrice d'une galerie d'art new-yorkaise. J'organise des expositions qui mélangent des œuvres du passé et du présent pour montrer comment les nouveaux talents que nous découvrons de nos jours s'inscrivent dans l'histoire de l'art dont ils sont les héritiers. L'un des jeunes artistes dont je m'occupe m'a apporté la photo d'une statuette de Bouddha en train de prêcher. Une petite statue merveilleuse de sérénité. J'ai eu envie en la voyant d'organiser une exposition sur le sourire dans l'art dont cette statuette serait le centre. J'avais envie que le monde entier connaisse ce sourire. Je ne voudrais pas que vous puissiez me prendre pour une pilleuse de tombes. Mon intention était de retrouver la statuette et de négocier avec les autorités religieuses tibétaines l'autorisation de l'emprunter pour l'exposer. À présent je me rends compte que c'est une idée un peu futile d'Occidentale férue d'art et d'Orient. Je vous assure que ma sincérité était totale. Cela dit, j'ai beaucoup médité sur le sens que je donnais à ma réussite professionnelle et la façon dont j'ai utilisé l'art pour me faire un nom et une réputation. Mais c'est une autre histoire. Un commando de mercenaires chinois a mis fin à cette partie de ma vie. Vous connaissez la suite. Le corbeau m'a fait signe et m'a menée jusqu'à vous par l'intermédiaire de Pasang, de Manip Tsewang, de Pema et

Seunam et de tous les moines de Taksang. Vous m'avez tous donné tant de clefs pour ouvrir les portes closes de mon cœur si égoïste et si froid !

Lové dans l'ocre de sa tunique, Rizin, en position de méditation, l'écoutait, heureux de constater que son enseignement commençait à porter ses fruits. L'intensité de son silence entraînait Angie dans une confession arrachée au plus profond de son être.

– Voyez-vous, je me suis nourrie pendant des années des histoires des autres. Si je n'avais pas traversé cette expérience, j'aurais terminé ma vie en ignorant la signification du verbe être. Donner, c'est apprendre à recevoir.

– Angie ! Mes prières à Gouru Rinpoché ne seront pas longtemps restées sans réponse. Je suis heureux que vous ayez retrouvé votre mémoire. Vous avez beaucoup grandi ces derniers temps. J'apprécie le changement bénéfique qui en ressort déjà. Mais il vous reste encore un choix à faire. Il ne viendra que de vous et personne ne pourra vous juger sur votre décision finale. Qu'espérez-vous en cet instant ?

Le lendemain, Lama Rizin décida de descendre en personne accompagner Angie sur la route qui les conduirait à Paro, l'un des seuls endroits où trouver un bureau de poste qui possède l'international.

New York

Dans le penthouse dominant Central Park, Peter était prêt à partir quand une bonne odeur de café lui chatouilla les narines. Sortant d'un pas décidé de la chambre d'ami dont il avait fait son refuge, il se dirigea vers la cuisine.

La disparition d'Angie avait aggravé ses relations houleuses avec Lisa. Sa femme avait trouvé une bonne raison de se faire plaindre, d'ingurgiter drogues et médicaments à longueur de journée. Elle avait baissé les bras depuis longtemps. Peter ne faisait plus aucune tentative pour la persuader que la vie était ailleurs. Il respectait en elle la mère de ses enfants et la regardait sombrer, impuissant. Il rentrait le plus rarement possible à la maison. Et quand il le faisait, c'était surtout pour Babou. La pauvre nounou vieillissait au milieu des décombres de la famille Bronson. Ses lamentations retentissaient souvent d'un bord à l'autre de l'appartement. Mais, fidèle, elle maintenait un minimum d'apparences et, surtout, elle veillait sur Lisa.

Ce matin-là, une faim inhabituelle l'attira hors de sa tanière de célibataire. Lisa ne mettait jamais les pieds dans cette partie de l'appartement. Et puis il était bien trop tôt pour qu'elle soit réveillée et trop tard pour qu'il soit l'heure du coucher. Babou l'accueillit avec des exclamations de joie :

– Pitié, Babou, ma ligne !

Peter cria grâce en voyant s'entasser devant lui *pancakes,* œufs brouillés, jus d'orange, *scones,* sirop d'érable et même *cream cheese,* son péché mignon. Tout ce que Babou jugeait indispensable pour faire un bon petit déjeuner.

– Il faut bien que je m'occupe un peu de vous, monsieur ! Je trouve que vous avez bien mauvaise mine, dit-elle de l'air sévère qu'elle prenait quand il était petit garçon.

– Ma pauvre Babou, c'est vrai que je me sens très fatigué. Et toujours pas de nouvelles d'Angie. Ce fichu Sly est rentré bredouille lui aussi. Je ne sais plus quoi faire. L'attente me tue. Je crois que je vais me décider à tout plaquer et à partir moi-même à sa recherche.

Il bavardait, engloutissant tout ce qu'elle lui mettait dans l'assiette. Soudain, il s'arrêta et porta la main à sa poitrine :

– Zut, voilà que cette douleur me reprend.

Babou s'affola aussitôt, parla d'appeler le médecin, mais Peter ne voulut rien entendre et le lui interdit.

– Allez plutôt me chercher mes cachets dans la poche de ma veste. Vite, Babou. J'ai ce qu'il faut pour me soigner.

Il avala deux de ces petites pilules dont il ne pouvait désormais plus se passer. Son visage reprit des couleurs et il respira profondément.

– Ce n'est pas raisonnable, monsieur, vous devriez voir le médecin, insista Babou. Est-ce que ça vous arrive souvent ?

– Je vous en prie, dit Peter d'une voix lasse. Pas de sermons ! J'ai passé l'âge.

Avec toute cette agitation, Lisa était sortie de son sommeil artificiel. Le cheveu hirsute, les yeux gonflés, elle fit une apparition somnambulique dans la cuisine :

– Que se passe-t-il ? Pourquoi faites-vous tant de bruit ? Vous savez pourtant que j'ai besoin de dormir, dit-elle sèchement avant de découvrir la présence de son mari.

« Peter, mon chéri, pourquoi ne m'as-tu pas prévenue que tu étais là ce matin », minauda-t-elle.

Machinalement, elle relevait les cheveux qui lui tombaient dans les yeux. Peter regardait, navré, le spectacle de déchéance qu'offrait celle qui avait été jadis une des plus belles femmes du monde. La voir sans maquillage était toujours un choc. Il ricana tristement :

– Bon, ma chère Babou, je constate que votre patronne n'est toujours pas arrivée à limiter les somnifères, s'exclama-t-il en évitant de regarder son épouse.

– Pourquoi refuses-tu de voir que je ne suis qu'une femme malade ? pleurnicha-t-elle en s'effondrant sur un tabouret près de lui. Qu'as-tu à la place du cœur ? Une pierre ? Personne ne veut mon bonheur dans cette maison, soupira-t-elle en lui prenant la main. Mais son charme n'agissait plus.

Babou essaya de s'esquiver. Les scènes de ménage ne valaient rien à son vieux cœur bien fatigué lui aussi. Mais Peter voulait un autre café avant de partir au bureau.

– Monsieur Peter, ce n'est pas sérieux ! Le café, ce n'est pas bon pour ce que vous avez. Le médecin ne vous l'a pas dit ? Moi, il m'a interdit d'en prendre en même temps que les médicaments, commença la vieille nounou.

Son ton inquiet alerta Lisa dont l'esprit embué quitta le cercle de son masochisme maladif pour s'intéresser à cette nouvelle donnée : que complotaient-ils encore ces deux-là ?

– Je le savais, on me cache quelque chose ! s'écria-t-elle, partie pour une de ses fameuses crises d'hystérie. Babou, dites-moi la vérité et cessez de me prendre pour une imbécile. Qu'est-ce qui s'est passé ce matin ?

Peter coupa court aux explications embarrassées de la gouvernante dont la main tremblait en remplissant sa tasse. Quel tableau ils formaient, tous les trois, vieux, solitaires et fatigués ! Sans enfants pour prendre la relève, sans petits-enfants pour emplir la maison de cris et l'avenir d'espoir. Il secoua la tête, accablé. De son côté, Lisa l'observait et cherchait comment le toucher, le blesser :

– Tu es malade ? interrogea-t-elle avec cette lucidité diabolique que lui donnaient parfois les drogues.

Mais elle perdit aussitôt les pédales et devint hystérique.

– Comme toujours, Babou veut protéger tes sales petits secrets et ta vie intime. Vous faites une belle paire d'hypocrites, mais je finirai bien par savoir.

Une idée lui frappa l'esprit.

– Si c'est le sida, que tu as attrapé en couchant avec une de tes innombrables secrétaires, je voudrais bien être informée. J'ai des dispositions à prendre, dit-elle sèchement. Si tu t'imagines que je n'ai pas remarqué que tu découches une nuit sur deux ! On sait ce qui arrive aux coureurs de nos jours.

Peter vida sa tasse. Il en avait assez entendu. Il prit dans sa grosse main le petit menton pointu de son épouse et releva vers lui le visage marqué pour être sûr qu'elle l'écoute :

– Ma pauvre Lisa, tu me fais pitié. Ta sottise dépasse vraiment les bornes. Regarde-toi, crois-tu qu'un homme a envie de rentrer à la maison le soir pour trouver sa femme dans un état pareil ? Le sida ! Et puis quoi encore ? Tu es folle à lier. Tu ne sais plus quelle horreur inventer pour me nuire. Après, tu racontes ça à qui veut bien l'entendre et je lis tes divagations dans les journaux. J'en ai assez, entends-tu ?

Il criait, à présent, hors de lui, dépassé par la bêtise de leur destinée qu'il avait voulue si brillante. Où était la réussite, où étaient les succès ? Sa vie était un enfer et cette femme en était largement responsable. Il fallait en finir :

– C'est fini, Lisa. Je veux pouvoir m'occuper de retrouver Angie sans me demander ce que tu fais derrière mon dos pendant ce temps. Cette fois, ça suffit. Je demande le divorce. Tu n'auras qu'à demander à ton précieux fils de s'occuper de toi. Moi, j'en ai par-dessus la tête. Et puis je pourrai peut-être en effet me donner un peu de bon temps. J'ai oublié ce que c'était. Comme tu viens de me le rappeler, la planète est pleine de jolies filles. Pour une fois, tu auras une raison valable de te plaindre. Quant à ma santé, je regrette de te décevoir, mais ce n'est pas encore aujourd'hui que tu vas m'enterrer !

Babou secoua la tête d'un air désespéré. Lisa entra aussitôt dans la bataille. Les disputes, c'était son élément naturel. Elle se dégagea et attaqua, tout venin dehors :

– Pour qui te prends-tu, Bronson ? Est-ce que tu

t'es regardé dans une glace dernièrement ? Où est-il, le séducteur de la côte ouest ? Il est beau le roi des médias !

À nouveau, Babou fit une timide tentative de conciliation. Elle fut renvoyée sur-le-champ à ses casseroles et sèchement priée de s'occuper de ses oignons. Lisa était lancée :

– La seule chose que tu pourras encore t'offrir, en y mettant le prix, ce seront des filles de bas étage qui te demanderont une fortune pour assouvir tes fantasmes de vieux beau qui ne bande plus !

Peter n'attendit pas la suite. Il tourna les talons, poursuivi par la voix criarde qui le harcelait :

– Tu fuis devant la vérité, comme d'habitude. Mais tu ne l'emporteras pas au paradis, Bronson ! Je ne t'accorderai jamais le divorce, entends-tu, jamais !

La porte blindée de l'appartement claqua bruyamment. Elle se retrouva seule devant son café refroidi. Babou la regardait d'un air de reproche, des larmes sur ses vieilles joues noires et rebondies. Personne ne l'empêcherait de dire ce qu'elle avait à dire. Madame devrait l'entendre :

– Il faut que vous sachiez ce qui s'est passé, Mam'. Je suis dans cette famille depuis si longtemps. Vous me brisez le cœur, avec vos disputes. Si seulement notre Mam'selle Angie était là ! Je me fais du souci. Malgré votre sale caractère, vous savez bien que je vous considère comme une sœur. Monsieur Peter a eu un malaise devant moi ce matin. C'est pour ça que je me suis permis d'intervenir dans votre dispute. Je suis persuadée que c'est beaucoup plus grave qu'il ne le dit. J'ai très peur, Lisa. Vous avez besoin l'un de l'autre. Vous n'êtes plus une enfant. Occupez-vous de sa santé, sinon j'ai peur qu'il nous arrive un grand malheur, Mam'Lisa.

Dans son émotion, elle reprenait son accent du Sud. La main tremblante de Lisa trouva dans sa poche la boîte à pilules qui lui rendrait l'oubli. Elle allait un peu forcer la dose pour apprendre à Peter qu'on ne parlait pas ainsi à sa femme légitime. Babou essaya de l'en empêcher :

– Mais enfin, arrêtez d'avaler n'importe quoi, madame Lisa ! Vous allez finir par vous empoisonner avec toutes ces saletés. Je suis en train de vous dire que Monsieur Peter a un gros problème. Qu'est-ce qui se passe, à la fin, dans cette maison ? Moi, je ne sais plus quoi faire !

– Cessez de dire des sottises, Babou. Peter est solide comme un roc. Rien ne le touche ! Je suis bien placée pour le savoir. Tout ce qu'il veut, c'est me détruire un peu plus chaque jour. Vous venez d'en être témoin. Je suis abandonnée de tous. Personne ne me comprend. Heureusement que j'ai mon ami Wijnen. Et encore, il y a un bon moment qu'il ne m'a pas téléphoné lui non plus. Pourtant, je lui ai donné assez d'argent ! Babou, je me sens si seule ! s'exclama-t-elle soudain en fondant en larmes.

Ses sanglots emplirent la cuisine et Babou, levant les yeux au ciel, habituée à ces scènes grand-guignolesques, la berça un moment avant de la raccompagner jusqu'à sa chambre : les cachets commençaient à faire leur effet. Une paix artificielle mais bienvenue allait retomber sur la maison Bronson.

Réfugié dans son bureau, Peter s'en voulait. Il n'aurait jamais dû passer la nuit à la maison et s'attarder à la cuisine avec Babou. Tout ce qu'il y avait gagné, c'était une autre de ces scènes qui avaient fait de son mariage un enfer quotidien.

Jane le couvait d'un œil inquiet, interprétant le teint terreux, les épaules voûtées, le souffle court comme autant de signes d'un malaise croissant. Engagé dans une de ces négociations téléphoniques qui prenaient la plus grosse part de son temps, Peter ne la voyait pas l'observer, ce qu'il détestait plus que tout. En apparence, elle était toujours la parfaite secrétaire de direction, croisant ses jambes parfaites sous la jupe de son tailleur étroit et attendant qu'il en ait fini pour lui présenter le courrier à signer. En réalité, c'était une femme désespérément amoureuse, sans illusions sur son amour, malheureuse de le voir malheureux, entraînée à masquer ses sentiments sous le masque d'un professionnalisme rigoureux. Il était malade et ne se soignait pas. Comment aborder le sujet sans franchir les limites strictes qu'il posait entre lui et ses collaborateurs ?

– Je ne parle pas à ces rats ! s'énervait Peter. Il s'énervait de plus en plus souvent. La seule chose qui m'intéresse, c'est la publicité que peut faire ce journal sur notre film. Le reste n'est pas négociable. OK ! dit-il, coupant court. *I call you back*.

– Servez-moi donc un café pendant que je relis

cette lettre, Jane. Et téléphonez au toubib pour qu'il me renouvelle mon ordonnance. Je n'ai presque plus de cachets.

– Mais, monsieur, protesta faiblement Jane, il m'a bien dit qu'il n'y aurait pas d'autre ordonnance tant que vous n'auriez pas fait le check-up qui était prévu.

– Eh bien nous prendrons un autre médecin, voilà tout. Jane, ne vous mêlez pas de ça, s'il vous plaît. Est-ce que je vous demande, moi, pourquoi vous mettez des talons pareils si vous ne savez pas marcher avec ? lança-t-il méchamment en la voyant trébucher sur le tapis.

Jane, aveuglée par les larmes, ne répondit pas. Elle avait peur. Très peur.

– Vous avez une journée très chargée, aujourd'hui, dit-elle en revenant pour changer de sujet.

Jusqu'à l'heure du premier rendez-vous, ils parlèrent contrats à relire, avocats à contacter, rectificatifs à apporter. À eux deux, ils faisaient un tandem bien rodé. Les rendez-vous s'enchaînèrent ensuite à un rythme soutenu. Ils déjeunèrent d'un sandwich et se remirent au travail.

À quinze heures, Peter raccompagna son dernier interlocuteur et demanda à Jane de ne pas le déranger tant qu'il ne lui faisait pas signe. C'était son habitude quand il avait besoin de réfléchir à tête reposée.

Soudain, la ligne directe sonna. Elle décrocha. Un grésillement épouvantable brouillait la communication. La voix parlait un mauvais anglais, avec un accent qui rendait ses propos difficiles à comprendre. Elle finit par saisir qu'il s'agissait d'un *collect call,* un appel en PCV pour Peter Bronson. Bien sûr qu'elle prenait. Avec tous les correspondants qu'ils avaient aux quatre coins du monde, c'était le genre d'appel qu'elle avait appris à ne pas négliger.

– Hello, ici Paro Post Office. Un appel du Bhoutan pour M. Bronson. Un *collect call* de Miss Bronson. Il faut que je lui parle pour savoir s'il veut prendre et payer l'appel.

– Ne quittez pas, supplia Jane, surtout, ne quittez pas. Il va prendre l'appel. Surtout restez en ligne.

L'interphone ne répondait pas. Peter avait dû le déconnecter. Quelle tête de mule. Faisant patienter son correspondant, elle se précipita, sans même prendre le temps de remettre ses chaussures, dans le bureau directorial :

– Vite, monsieur, un appel pour vous. Il vient de très loin. On entend mal. La personne a un accent terrible. C'est un *collect call,* mais je crois que ça vient de Paro, au Bhoutan.

Peter prit le combiné d'une main fébrile. La ligne grésillait toujours. Son correspondant s'égosillait dans un anglais approximatif, mais n'avait heureusement pas coupé :

– Ici Peter Bronson, dit-il d'une voix étranglée.

– Ici la poste de Paro, au Bhoutan. Voulez-vous prendre un PCV de Miss Angie Bronson ?

Peter crut s'étouffer en entendant le nom de sa fille :

– Bien sûr, je prends ! Allez-y mon vieux, passez-moi la communication !

Pâle et tendu, il attendait sans se rendre compte que des larmes coulaient sur son beau visage buriné. Il tira un mouchoir de sa poche et essuya son front ruisselant. Les secondes s'éternisaient. Il n'osait pas penser à ce que signifiait ce coup de téléphone. L'appelait-on pour lui donner des nouvelles de sa fille ou était-ce la voix d'Angie qui allait lui répondre ? L'homme avait parlé d'un *collect call* de Miss Bronson. L'attente était insoutenable. Il se raidissait pour ne pas hurler de bonheur de crainte que ce soit le malheur qui réponde à l'autre bout du fil. Mais son instinct lui soufflait que c'était elle. Dieu, comme il l'aimait, comme elle lui manquait.

– Dad, allô, Dad chéri, c'est toi ! Est-ce que tu m'entends ? C'est Angie. Chéri, parle fort, la ligne est très mauvaise.

– Oui, Angie, je suis là. Mon Dieu, que c'est bon de t'entendre. Je le savais. J'ai toujours su que tu étais en vie. Mon petit. Que s'est-il passé ? Parle, racontemoi. Tout ce temps... Il bégayait, sous le coup d'une émotion plus forte que tout ce qu'il avait connu dans sa vie. Son enfant était vivante. Sa fille chérie était sortie du néant. Il allait la revoir.

– Oh Daddy, c'était un vrai cauchemar. Mais c'est fini à présent. Je suis au Bhoutan. J'ai été capturée et retenue prisonnière pendant des mois. Mais je me suis évadée. On m'a aidée. C'est seulement aujourd'hui que j'ai pu enfin trouver un téléphone et t'appeler tout de suite. J'ai tellement pensé à toi ! Je t'aime, Dad. C'est si bon de t'entendre.

Peter se tenait la poitrine. La douleur du matin était revenue. Mais qu'importait puisque Angie était retrouvée. Il l'avait en ligne. Saine et sauve. Il épongea son visage ruisselant et respira un bon coup pour continuer à discuter avec elle sans qu'elle se rende compte de son émotion. Sa petite fille. Elle avait eu des difficultés, mais elle avait fait face et s'en était sortie toute seule comme une vraie Bronson. Il rit.

– Ça va, chérie. Ça va même beaucoup mieux depuis cinq minutes, dit-il joyeusement. Quand reviens-tu ? Je peux faire quelque chose pour toi ? T'envoyer de l'argent, affréter un avion ? Tu n'es pas blessée au moins ? Enlevée ! Quelle histoire ! J'ai bien pensé à un truc comme ça, mais je n'ai pas reçu de demande de rançon. Mes enquêteurs ne sont jamais parvenus à retrouver ta piste. Tu dis que c'est politique ? Les Chinois ? Et ta statuette, tu l'as trouvée au moins ? Et si je venais te chercher ? Je débarque au Bhoutan demain si tu veux. J'ai tellement hâte de te revoir. Moi aussi, je t'aime, fillette.

Machinalement, il griffonnait sur son agenda : « Angie OK, Bhoutan, avion ? » La ligne continuait à crachoter, la friture incessante rendait la communication difficile. Tendu pour ne pas perdre un mot de ce que disait Angie, Peter fut saisi d'un tremblement incontrôlable. Il lâcha son stylo. Quelle histoire ! Enfin, tout se terminait bien. Mais que disait Angie :

– Non, tu n'as pas besoin de faire le voyage. Ne t'inquiète pas. Tout va bien. Je suis en sécurité maintenant. Je suis bien entourée. Laisse-moi encore un peu de temps. J'ai encore des choses à faire ici avant de rentrer. Des choses importantes dont je te parlerai. Nous avons tant à nous dire. Bientôt, tu sauras tout. Je te raconterai. Allô, allô !

La communication était de plus en plus mauvaise.

– Angie, criait Peter, tu es sûre, tu ne me mens pas ? Ne tarde pas trop chérie. Ton vieux Dad a besoin de toi.

– Rassure-toi, rassure tout le monde. Je suis bien vivante et en pleine forme. Dad, je n'entends vraiment plus rien. C'est infernal. J'essaierai de te rappeler. Mais ne t'en fais pas surtout. Je t'aime, Dad, de tout mon cœur. Je raccroche, maintenant. Je t'embrasse.

– Allô, Angie, où puis-je te joindre ? Allô, Angie, Angie !

La communication était coupée. Il lui fallut un petit moment pour le comprendre. Pour réaliser qu'il venait de parler à sa fille. Qu'elle était bel et bien vivante. Il crispait sa main sur sa poitrine pour essayer de comprimer les battements de son cœur. Une crise de larmes le secoua comme une bourrasque d'automne. Le barrage qu'il avait mis en place pour défendre envers et contre tous l'idée que sa fille bien-aimée était en vie venait de céder. L'énorme tension de cette année de cauchemar passée à attendre Angie jour après jour avait pris fin si subitement. Le choc de ces retrouvailles avait brisé quelque chose dans sa poitrine. Il ne se sentait pas bien du tout. Et s'il allait mourir maintenant, avant de l'avoir revue !

– Non, pas maintenant, murmura-t-il, niant l'évidence.

Il fallait qu'il annonce lui-même la merveilleuse nouvelle à tout le monde. Son bonheur était trop grand pour qu'il le garde pour lui tout seul. Il voulait crier sa joie, pleurer, hurler, vivre et revivre ces instants magiques où il avait enfin entendu la voix d'Angie lui dire elle-même qu'elle était vivante et que tout allait bien. Il voulait partager son bonheur. À commencer par Jane qui s'était tant inquiétée. Il ouvrit son tiroir pour prendre sa boîte de pilules, mais elle était vide. Prenant lourdement appui sur le bureau, il se redressa. Sa grande carcasse lui semblait peser trois tonnes. Il chancela quand il lâcha prise pour se diriger vers la porte. Jamais le bureau ne lui avait semblé si vaste. Il devait y arriver. Dieu, que sa poitrine lui faisait mal. Au bout de quelques pas, ses jambes refusèrent brusquement de le porter. Il s'effondra sur la moquette en gémissant. Il avait l'impression d'avoir reçu un coup de poignard en plein cœur.

– Jane, Jane, appela-t-il d'une voix sourde. Angie...

Un dernier spasme le laissa inerte, sans vie. Sur son visage flottait un léger sourire de béatitude.

Jane maintint encore le black-out pendant un bon moment. Peter tenait beaucoup à ce que le barrage soit total quand il le lui demandait. Elle montait la garde, non sans se demander ce que pouvait bien signifier l'appel qu'il avait reçu du Bhoutan. Avait-il des nouvelles d'Angie ? Le *collect call* avait été demandé à son nom. L'avait-il eue en ligne ? Ce serait bien pour tout le monde que cette incertitude s'achève enfin.

– Non, je ne peux pas le déranger ! Oui, je ferai le message.

Quand elle eut répondu cinquante fois la même chose, Jane commença à s'inquiéter. Le silence de

Peter se prolongeait. L'après-midi touchait à sa fin. Ils avaient encore une quantité de choses à voir ensemble. Elle soupira à l'idée d'affronter pour la dixième fois de la semaine les foudres de son patron bien-aimé. D'un geste décidé, elle ouvrit la porte, une phrase d'excuses toute prête aux lèvres, qui se changea en cri quand elle découvrit le corps inanimé sur le tapis. Pleurant et appelant à l'aide, elle le secoua pour tenter de le faire revenir à lui. En vain. Refusant de croire qu'il était là, étendu sans vie devant elle, elle se précipita sur le téléphone pour appeler les secours :

– La sécurité ? Vite, une ambulance. C'est pour M. Bronson. Dépêchez-vous, au lieu de discuter. Et tant que vous y êtes, évitez d'alerter tout l'immeuble.

Revenue près de Peter, elle chercha son pouls. En vain. De gros sanglots la secouaient. Elle regarda autour d'elle, complètement perdue. Depuis tant d'années il lui donnait des ordres à longueur de journée, occupait tout sa vie, prenait toute son énergie. Qu'allait-elle faire sans lui ?

Sur le bureau, elle découvrit l'agenda griffonné par Peter. « Angie OK, Bhoutan, avion ? » lut-elle. Ainsi, le dernier appel qu'elle lui avait passé venait bien d'Angie. Que s'était-il passé ? Était-ce la joie d'avoir eu Angie en ligne qui l'avait tué ou au contraire avait-il appris qu'il ne restait plus aucun espoir ? Elle mit l'agenda en sécurité et retourna le veiller en attendant l'ambulance. Peter Bronson était mort et tous les secours du monde n'y pourraient plus rien.

Les minutes passaient. Soudain, elle pensa qu'ils avaient déjà discuté de la procédure à suivre si Peter disparaissait brutalement. Sa main tremblante s'empara du téléphone. Elle savait ce qu'elle avait à faire et composa le numéro de mémoire. Il s'agissait d'être jusqu'au bout à la hauteur de la confiance que Peter avait toujours mise en elle.

– Allô ! Maître Goldsmith, c'est Jane. J'ai une mauvaise nouvelle. Oh, maître, je viens de trouver Peter Bronson mort dans son bureau. Non, il n'y a plus rien à faire.

Les sanglots l'étouffaient. Mais elle devait aller jusqu'au bout de ce qu'elle avait à dire :

– Vous êtes le premier à le savoir. C'est ce qu'il désirait. Que vous soyiez prévenu avant tout le monde. Je dois encore vous dire autre chose de très important. Il avait le cœur malade et se soignait en dépit du bon sens. Mais quelque chose a eu lieu : je lui ai passé un *collect call* du Bhoutan. Je pense que c'était un appel d'Angie, sa fille. Mais je n'en suis pas absolument certaine. Le choc aura été trop grand.

Elle éclata en sanglots. Elle se sentait tellement coupable :

– Tout ça, c'est ma faute ! J'aurais dû me méfier. Aller le voir. Il m'avait demandé de ne pas le déranger. Vous savez comment il est. Bêtement, j'ai obéi. Si j'étais entrée plus tôt, peut-être aurions-nous pu le sauver.

– Du calme, Jane. Vous rendez-vous compte de tout ce que vous m'annoncez en l'espace de quelques minutes ? Pauvre Peter, pauvre ami. Mourir ainsi au moment où il retrouve sa fille. Il est vraiment très fort : il a toujours su qu'elle était vivante. En ce qui me concerne, je n'ai jamais voulu croire à ses histoires de corbeau. Mais il avait raison. Son cœur malade n'y a pas résisté. Au moins, il sera mort heureux.

« Cela dit, Jane, nous avons du travail. Il m'avait laissé des instructions très précises. Je vous remercie d'avoir respecté ses volontés et de m'avoir appelé en premier. C'était très important. Cessez de vous culpabiliser. Peter est le seul responsable. Voilà des mois que je le suppliais d'aller consulter un spécialiste. Il avait fait le choix de ne pas se soigner. Arrêtez de pleurer et rentrez chez vous. Je me charge de tout à présent. Ne vous en faites pas, il a tout prévu. Pour vous comme pour les autres. Je vous tiendrai au courant. Je vous laisse ma petite Jane. J'ai beaucoup à faire pour que tout soit fait selon la volonté de Peter. »

Heureuse d'avoir pu rassurer son père, d'avoir entendu sa voix, Angie se réjouissait de visiter Paro, une des villes historiques du Bhoutan, située à l'entrée de la vallée qui porte son nom. Avec ses maisons éparpillées, Paro ne ressemblait pas à une grande agglomération. Elle découvrait le vrai visage du Bhoutan : ses rizières dominées par l'imposante masse des *dzongs*, monuments de la sagesse humaine. Rien à voir avec le nid d'aigle de Taksang accroché à son rocher au-dessus du vide. Mais tous ces monastères se ressemblaient par leurs ornements de bois ciselés et ouvragés par des sculpteurs qui avaient tous le même sens artistique.

Les influences tibétaines s'étaient subtilement modifiées en traversant la barrière himalayenne. Ce petit territoire attachant, avait la fierté de posséder deux des douze plus anciens temples de l'ère tibétaine. C'est du moins ce que disait la légende. Le pays du Dragon paisible avait su garder son indépendance. Son relief le défendait. Sa monarchie constitutionnelle et ses structures archaïques aussi. Lama Rizin connaissait tous les habitants de la vallée de Paro qui se courbaient sur son passage, surpris de le voir en compagnie d'une Occidentale vêtue d'une *kira* et portant les cheveux très courts à la mode des Bhoutanaises. Angie avait découvert son nouveau visage avec plaisir : il symbolisait parfaitement sa nouvelle vie.

Elle était maintenant capable de repérer au premier coup d'œil à qui elle avait affaire : l'écharpe blanche bordée de rouge du chef de village, rouge unie ou rayée pour les fonctionnaires, blanche pour les gens du commun sans statut. Elle n'avait pas eu l'occasion d'admirer l'écharpe orange des ministres ni la jaune, celle du roi, mais savait reconnaître un dignitaire à l'épée qu'il portait au côté.

Ils empruntèrent une route qui les conduisit non loin d'une maison où régnait une grande animation :

– Venez, Angie, dit Lama Rizin, vous allez découvrir notre sport national, le tir à l'arc.

Les archers étaient répartis en deux groupes de quatre hommes. La cible, ornée de motifs traditionnels, était placée à environ cent cinquante mètres. Angie remarqua qu'un groupe d'hommes bavardait tranquillement, à deux pas de la cible. Les flèches arrivaient vers eux sans qu'ils doutent un seul instant de l'habileté des tireurs. Quand la flèche atteignait la bonne partie de la cible, les partenaires de l'archer, ravis, dansaient sur place en tournant sur eux-mêmes.

Angie, troublée, pensait à Pasang. Tout à coup une douleur brutale l'assaillit. L'impression qu'on venait de lui arracher un morceau d'elle-même. Lama Rizin la regardait, intrigué. Il lui proposa d'aller faire un tour au bazar tout proche, mais elle refusa. Elle se sentait subitement exténuée.

– Reposons-nous quelques minutes, mon enfant. Nous avons beaucoup marché. Il est normal que vous soyez fatiguée. Vous n'êtes pas tout à fait remise de vos épreuves. Nous ferons étape pour la nuit chez des moines qui habitent tout près d'ici.

Appuyée contre un arbre, Angie se mit à pleurer :

– Lama Rizin, je crois que mon père vient de mourir. Je le sens. Je l'ai vu. Il était étendu sur la moquette de son bureau. Mort. Son cœur a lâché. C'est ma faute. Je me sens responsable. Mon absence a dû être un supplice et voilà que je téléphone, comme ça, sans prévenir, alors que j'avais disparu depuis près d'un an. Je l'ai tué, gémit-elle, secouée de sanglots.

– Allons, Angie, vous savez bien que ce n'est pas vrai. Bien au contraire, vous avez libéré votre père du fardeau qui pesait sur lui en l'appelant. Dites-vous qu'il a préféré attendre d'avoir de vos nouvelles pour partir l'esprit tranquille. Il savait que vous étiez vivante. Il l'a toujours su. À présent, il a quitté son enveloppe. Je n'ai pas besoin de vous expliquer ce que vous savez déjà par cœur. Nous ferons des offrandes ce soir avant de nous restaurer.

Pour fixer son esprit sur autre chose, il changea de sujet :

– D'où viennent les *komas* qui retiennent votre *kira*, Angie ? Je me le suis déjà demandé.

– C'est Pasang qui me les a donnés avec les vêtements qu'il m'a procurés pour m'évader.

– Savez-vous qu'ils sont très beaux et très anciens ? Chez nous, les *komas* se transmettent de mère en fille. Ils font partie de l'héritage et ne sortent jamais de la famille. De nombreux touristes essaient régulièrement d'en acheter. Ils ne sont pas à vendre et sont très difficiles à trouver. Je pense que ceux-ci ont dû appartenir à la mère et la grand-mère de Pasang. Il vous a offert ce jour-là un présent qui a une valeur immense pour lui. Avec ces *komas* et le recueil de prières, vous êtes partie en emportant ses plus chers trésors. C'est un personnage intéressant, ce Pasang. Chez nous, beaucoup de nouveau-nés portent le prénom du jour de leur naissance. Pasang veut dire « vendredi ».

– Et voilà, dit-elle tristement, Angie Bronson a son Vendredi comme Robinson Crusoé. J'aimerais bien savoir ce qu'il est devenu. Il aurait plu à Peter.

Angie, la mort dans l'âme, suivit son *lopon*. Elle devait affronter la vérité aux deux visages : Peter venait de partir vers une autre destinée et Pasang lui avait donné, sans qu'elle s'en doute, une immense preuve d'amour.

Une pluie battante accompagnait le cortège interminable des limousines noires qui suivaient la dépouille de Peter Bronson. Les obsèques du magnat des médias étaient un événement. Il avait fallu six jours à maître Goldsmith, meilleur ami et confident du défunt, pour organiser des funérailles dignes de lui. La cérémonie fut brève, mais pleine d'émotion, surtout quand le pasteur demanda au Seigneur d'accueillir cet homme à la générosité sans faille pour lui accorder dans son dernier voyage la joie de retrouver celle qui lui avait tellement manqué de son vivant, sa fille Angie.

L'avocat, qui était le seul à connaître le secret de l'appel reçu par Peter, regarda fixement Jane éplorée, de peur de la voir défaillir ou s'exclamer. Coiffée d'un chapeau noir, aussi élégante et distinguée qu'à l'accoutumée, elle ne broncha pas.

Lisa, en tailleur noir à basques dernier cri, soutenue par Malcolm, disparaissait sous une capeline noire géante d'où s'échappait une plainte continue. Elle titubait sur ses hauts talons sous l'œil vigilant de Babou. De grosses larmes faisaient briller les bonnes joues noires de la nounou des Bronson.

Le cortège s'étirait sur les pelouses du cimetière : tous les collaborateurs de Peter avaient tenu à lui rendre un dernier hommage. La presse unanime faisait l'éloge de cet homme hors du commun. Toutes les corporations artistiques et médiatiques étaient représentées. Les photographes mitraillaient à tout-va.

Personne ne remarqua le grand oiseau noir qui se posait dans un bouquet d'arbres, à proximité de la tombe. Son croassement de détresse s'envola avec le vent. Seule Faby, qui se tenait un peu en retrait de la foule, envoya un baiser du bout de ses doigts mouillés de larmes vers l'oiseau qui, jour après jour, était venu consoler Peter de l'absence d'Angie.

– Mahakala, murmura-t-elle.

Peter lui avait raconté sa conversation avec Faby et elle se souvenait de la légende.

Les condoléances mettaient à rude épreuve les nerfs de Malcolm. Il répondait à peine, devenant de plus en plus grossier au fur et à mesure que le défilé s'éternisait. Le chagrin, pensait-il, expliquerait tout. Il s'exaspérait de voir tous ces gens communier dans une admiration pour Peter qui lui semblait absurde. Il se pencha pour parler à sa mère qui arborait à présent un sourire contraint en voyant passer devant elle des connaissances qui l'évitaient depuis des années.

– Maman, je t'en prie, abrège ! Nous devons aller chez Goldsmith pour l'ouverture du testament.

Peine perdue. Lisa continuait imperturbablement à jouer son rôle de veuve éplorée :

– Oui, c'est un vrai drame. Je me retrouve seule si tôt ! C'est terrible. L'amour entre nous était si fort ! Tout allait bien le matin, nous avions pris notre petit déjeuner ensemble. Nous faisions des plans de voyage pour les mois à venir. C'est vrai qu'il avait besoin de se reposer. Il a fallu qu'il soit seul au moment où il a eu ce stupide malaise. J'en veux terriblement à Jane. Si elle s'était demandé plus tôt pourquoi il restait enfermé seul si longtemps, nous aurions peut-être pu le sauver. Cher ami, merci d'être venu...

Le monologue se terminait par une accolade ou un

baise-main et Lisa passait au suivant. Malcolm devenait fou et Babou levait les yeux au ciel. Lisa s'en moquait. L'héroïne de la cérémonie, au fond, c'était elle. Ça lui allait très bien.

– Sean, mon ami, vous êtes là. C'est affreux ! Ma fille d'abord, et maintenant mon mari. Qui aurait pu penser une chose pareille ! Le matin même au petit déjeuner, nous parlions d'un voyage en amoureux à Paris. Je l'aimais tant !

Les intimes n'étaient pas dupes de la comédie qu'elle jouait. Les commentaires allaient bon train :

– Elle est bourrée de calmants. Je t'avais bien dit qu'elle se droguait ! D'ailleurs, tout le monde sait qu'ils étaient au bord du divorce. Avec le métier qu'il faisait, Peter n'avait que l'embarras du choix. On comprend même difficilement qu'il ait tenu si longtemps. On raconte qu'elle a tenté de se suicider à deux reprises. Il y a des années qu'ils ne vivent plus vraiment ensemble. C'est un secret de polichinelle. De toute façon, elle peut raconter ce qu'elle veut à présent.

Les collaborateurs les plus proches de Peter défilaient à leur tour quand Malcolm perdit tout à fait patience. Empoignant sa mère par le bras, il invoqua la douleur et la fatigue trop pénibles pour sa santé fragile et annonça qu'il était temps pour elle de rentrer. Il pria Babou de la ramener vers la voiture et improvisa un petit discours à l'attention de ceux qui se trouvaient encore là :

– Mes amis, je vous remercie de votre présence. Je suis très sensible à l'amitié que vous avez toujours portée à notre famille. Je crois qu'il est grand temps de raccompagner ma mère à la maison. Vous voudrez bien nous en excuser. La mort subite de mon père après la disparition de ma sœur, c'est un choc trop lourd pour elle. Maintenant elle doit se reposer.

Sans perdre son sang-froid, il les regarda avec un air de défi et enchaîna :

– Ne vous inquiétez pas pour l'avenir. Je contacterai chacun de vous pour nos prochaines collaborations. J'ai plein de nouvelles idées pour la Bronson Inc. Je compte les mettre en œuvre dès que possible. La relève est assurée ! lança-t-il avec un petit geste désinvolte de la main, cambré comme un torero qui vient de recevoir les oreilles et la queue pour une mise à mort particulièrement bien réussie.

En quelques enjambées, il avait rejoint la limousine de sa mère et s'y engouffra après avoir hélé maître Goldsmith :

– Rendez-vous dans une heure à votre cabinet, Samuel. Ne soyez pas en retard, je vous prie ! dit-il d'un ton sec.

Samuel Goldsmith, surpris et furieux du comportement cavalier du fils de son ami, fit bonne figure devant la petite troupe médusée qui s'attardait devant la tombe :

– Il ne sait pas ce qu'il dit, le pauvre garçon, déclara-t-il aimablement. Tout ce que je peux vous dire, c'est que Peter Bronson avait tout prévu et organisé pour que la Bronson Inc. continue à travailler dans la sérénité. À vrai dire, la tâche la plus dure sera d'expliquer à son fils ce qu'il voulait.

S'excusant à son tour, il rattrapa la limousine avant qu'elle ait pu se dégager de l'embouteillage à la sortie du cimetière et frappa sur la vitre fumée. Le visage hostile de Malcolm apparut :

– Quoi encore ? demanda-t-il excédé et méprisant comme s'il s'adressait à un domestique.

– Malcolm, prenons plutôt rendez-vous demain à quatorze heures pour la lecture du testament. Je crois que ce serait préférable pour votre mère.

– Il n'en est pas question. Rendez-vous comme convenu à votre bureau immédiatement après l'enterrement. Ma mère est tout à fait d'accord avec moi pour en finir au plus vite avec toutes ces formalités. Soyez à l'heure et pas d'entourloupe, grinça-t-il, menaçant.

La glace remonta au moment même où la voiture démarrait, ne laissant aucune alternative au malheureux Samuel qui s'en voulait toujours, dans ce genre de situations, de ne pas avoir choisi un autre métier.

Installés dans les somptueux fauteuils Chippendale qui ornaient le bureau de maître Goldsmith, Lisa et Malcolm attendaient nerveusement l'arrivée de celui qui détenait les dernières volontés du disparu. Malcolm était tellement pressé qu'il avait convaincu sa mère de venir directement au cabinet en sortant du cimetière. À présent, ils étaient en avance.

– Qu'est-ce qu'il fabrique ? s'énervait Malcolm. Je peux te garantir que ce ne sera pas lui qui s'occupera de mes intérêts. Il a des habitudes d'un autre âge. Et puis il est trop lent, trop moralisateur. Je n'ai jamais compris pourquoi Peter lui faisait confiance. Tu ne dis rien. Tu dors ou quoi ?

– Tu me fatigues, mon chéri. Samuel est un vieil ami. Je crois qu'il a eu un petit faible pour moi à une époque. Je me demande s'il sait que ton père voulait me quitter. Le matin de sa mort, il m'a dit qu'il demandait le divorce. On ne peut pas dire que ça lui ait porté chance. Moi qui lui ai tout sacrifié !

Mais Malcolm connaissait ce couplet-là par cœur et n'était pas d'humeur à l'entendre une fois de plus :

– Je t'en prie ! Arrête de te moquer du monde. Tu n'as jamais pensé qu'à ta petite personne. Permets-moi de te dire que le sacrifice te va bien au teint.

La porte s'ouvrit, interrompant la discussion qui menaçait de s'envenimer. Samuel, encore sous le coup de l'émotion d'avoir enterré son plus vieil ami, entra, une enveloppe cachetée à la main. Son masque grave effraya Lisa. Malcolm se carra dans son fauteuil et le dévisagea avec insolence. Samuel s'installa derrière son bureau et se sentit mieux. Il était dans son élément. Peter lui avait donné ses instructions, qu'il allait suivre à la lettre. Il avait entre les mains la vengeance de Peter contre ces deux êtres égoïstes et vaniteux qui lui avaient gâché la vie et l'avaient laissé seul devant la mort.

– Comme vous le savez, je suis en possession des dernières volontés de Peter Bronson qui me les a dictées en pleine connaissance de cause, sain de corps et d'esprit comme l'atteste le certificat médical ci-joint.

Lisa ouvrait de grands yeux, effarée par la solennité du ton qu'avait pris Samuel pour exposer quelque chose qui pour elle allait de soi : l'héritage de Peter leur revenait à elle et à Malcolm, un point c'est tout.

– Comme vous pouvez le voir, ce certificat médical est récent. Il date du jour où Peter Bronson est venu me revoir pour modifier le testament que nous avions initialement établi.

– Qu'est-ce que c'est que cette histoire de modifications ? l'interrompit grossièrement Malcolm. Depuis quand a-t-on le droit de modifier ses volontés ?

– On peut refaire son testament jusque sur son lit de mort, mon cher, commenta Samuel, ironique, ravi de le voir se trémousser nerveusement sur son fauteuil. Et croyez-moi, Peter avait de très bonnes raisons de refaire le sien. Il a tenu à faire établir un certificat médical afin que ses dernières décisions ne souffrent aucune contestation possible. Si vous le permettez, je vais à présent procéder à l'ouverture et à la lecture de ce testament. Je vous demande instamment de ne pas m'interrompre, dit-il en toisant Malcolm par-dessus les lunettes en demi-lune qu'il avait chaussées pour lire.

Samuel prit tout son temps pour décacheter l'enveloppe, goûtant l'énervement de Malcolm qui trouvait le temps long. Il respira profondément, sachant que cette nouvelle version du testament de Peter allait soulever la tempête. Il lut le document dans son intégralité sans être interrompu. Médusés, Malcolm et Lisa le regardaient comme s'il était sorti de la tombe de Peter pour se moquer d'eux. Pour finir, il résuma les volontés de son ami afin d'être certain que tout était bien clair pour eux :

– Ma chère Lisa, vous gardez donc l'appartement de New York ainsi qu'une rente qui vous permettra de mener le même train de vie jusqu'à la fin de vos jours. Vous, Malcolm, vous héritez du condominium d'Aspeen et de cinquante mille dollars placés sur un compte numéroté. Votre père a précisé qu'il n'en avait pas tant quand il a commencé à bâtir son empire. En ce qui concerne la Bronson Inc., les studios de cinéma, les chaînes de télévision, les titres et les placements, ainsi, bien sûr, que la galerie, ils reviennent à Angie qui sera chargée de gérer le patrimoine Bronson avec mon aide.

Malcolm n'y tint plus :

– Quoi ! Mais c'est une vaste plaisanterie ! Mon père a toujours été un malade mûr pour l'hôpital psychiatrique et nous en avons la preuve aujourd'hui. Ma sœur est morte, tout le monde le sait ! Voilà presque un an qu'elle n'a pas donné signe de vie. On ne lègue pas toute sa fortune à une morte quand on a toute sa tête, que je sache !

Malcolm hurlait, à présent, dressé sur ses ergots comme un petit coq dérisoire privé de sa poule aux œufs d'or. Sa mère, effrayée et affolée, essaya de le calmer :

– Chéri, calme-toi. Il doit y avoir une erreur. Bien sûr que tu es l'héritier de la fortune Bronson au même titre que ta sœur. Laisse Samuel terminer, je t'en prie.

– Ferme-la, tu n'y comprends rien, répondit grossièrement Malcolm. Tu as passé ta vie dans les vapeurs avec tes calmants et tu vas pouvoir continuer comme ça jusqu'à la fin. Peter y a veillé. Alors tu es gentille mais tu me laisses faire et tu te tais.

– Ne me parle pas sur ce ton. Pourquoi es-tu si méchant avec moi ? gémit Lisa. Je suis ta mère après tout !

Mais Malcolm ne l'écoutait déjà plus :

– Je vous préviens, Goldsmith, vous allez être confronté à un énorme problème. Je suis le seul et unique héritier de Peter Bronson. Mon père n'a jamais voulu me reconnaître comme tel mais, dernières volontés ou non, je gagnerai devant n'importe quel tribunal. On ne peut pas déshériter son fils unique comme ça, c'est impossible ! Quel salaud !

Samuel interrompit net la crise d'hystérie en se levant. Il posa les mains à plat sur le bureau et tonna :

– Malcolm, je te prie de rester poli et de t'asseoir immédiatement. Je ne supporterai pas que tu parles mal de ton père devant moi. Tu te tiens tranquille et tu me laisses terminer. Primo, Peter avait prévu ta réaction. J'ai entre les mains un dossier sur ton compte capable d'édifier n'importe quel tribunal sur tes capacités à reprendre la gestion d'un groupe aussi important que Bronson Inc. dont dépendent des milliers d'emplois à travers tout le pays. Quoi que tu en dises, ton père t'a laissé de quoi continuer ta vie oisive et dorée. Tu n'auras pas plus d'argent que par le passé, mais tu n'en auras pas moins. Cela dit, ce n'est pas tout. Pour pouvoir toucher cet héritage, il va falloir que tu paies un peu de ta personne.

« Ton père, homme prévoyant et ô combien clairvoyant, avait prévu une clause spéciale au cas où il disparaîtrait avant le retour de ta sœur, ce qui s'est malheureusement produit. Tout est réglé pour que les affaires continuent à tourner et personne ne peut prétendre rien changer avant que ta sœur ait été retrouvée, morte ou vive. Tu as bien compris ? Tu dois me la ramener vivante ou m'apporter la preuve qu'elle est bel et bien morte. Sinon, tu n'hérites de rien du tout.

– Mais c'est de la démence ! explosa Malcolm. Même Sly est revenu bredouille du Tibet. Le vieux démon a voulu m'empoisonner la vie, même après sa mort. C'est réussi !

Lisa essaya encore d'intervenir :

– Samuel, nous nous connaissons depuis longtemps. Comprenez-moi ! Ma fille a disparu, je viens de perdre mon mari. Vous ne pouvez pas envoyer mon garçon risquer sa vie pour retrouver sa sœur au bout du monde, là où les meilleurs ont échoué. Je ne le supporterai pas. Il est le dernier survivant des Bronson. Le seul héritier. Qui pourrait le nier ?

– Arrête, maman, pas besoin d'essayer de faire vibrer la corde sensible. Tu vois bien qu'ils sont tous ligués contre moi. Peter et lui ont tout préparé pour que je ne puisse profiter de rien. C'est une véritable captation d'héritage ! Et c'est mon propre père qui l'a organisée contre moi !

– Malcolm, si tu étais mon fils, il y a longtemps que tu aurais pris mon poing dans la figure. Quand je pense que je t'ai fait sauter sur mes genoux ! Que j'ai plaidé ta cause auprès de ton père en disant qu'il fallait que tu jettes ta gourme, que tu étais sans doute moins mauvais qu'il ne le pensait ! Je ne pensais pas entendre des insanités pareilles deux heures seulement après l'enterrement de Peter. Quel gâchis ! Je dois toutefois rester calme et je t'avoue que c'est extrêmement difficile. Écoute-moi encore quelques minutes et j'en aurai fini. Je dois ajouter une information dont vous n'avez connaissance ni l'un ni l'autre.

« Juste avant de mourir, Peter a reçu un coup de téléphone. D'après ce que m'a dit Jane, elle lui a passé un appel du Bhoutan en PCV. La communication était très mauvaise, mais elle a compris que l'appel était demandé au nom d'Angie. Nous n'en savons malheureusement pas davantage. Mais nous avons trouvé sur l'agenda de Peter les mots « Angie OK, Bhoutan, avion ? » Tout porte à croire qu'il a eu Angie en ligne et que la joie a été trop forte pour son pauvre cœur usé. Quoi qu'il en soit, Peter était dans le vrai : Angie est bien vivante et se trouve très certainement quelque part au Bhoutan.

Lisa s'étrangla, fondit en larmes et prit la main de son fils qui la repoussa durement et bondit à nouveau sur ses pieds :

– Impossible. Il y a maldonne. Qu'est-ce qui nous prouve que c'est elle ? Pourquoi aurait-elle attendu si longtemps pour se manifester ? Pourquoi n'est-elle pas encore rentrée ? Pourquoi n'a-t-elle pas laissé de coordonnées où la joindre ? Rien n'est logique dans cette histoire. Et pour couronner le tout, c'est le choc de l'entendre, alors qu'au fond il la croyait morte comme tout le monde, qui aurait tué mon père ! Et elle s'en tirerait comme ça ? Il lui suffirait de rentrer à la maison pour ramasser le magot ! Pas question.

– Malcolm, je t'en prie, tiens-toi un peu. Je t'annonce que ta sœur est vivante. Tu devrais être fou de joie. Au lieu de ça, tu débites des insanités. Tout ce que tu as à faire pour toucher ta part d'héritage, c'est de la retrouver. Je t'annonce tout de même une bonne nouvelle ! Je te dis qu'Angie est vivante.

Malcolm était insolent, mais pas sot. Il sentit qu'il était allé trop loin et qu'il compromettait sa position devant l'homme que son père avait choisi pour être son exécuteur testamentaire. Il changea immédiatement de discours :

– Bien sûr que c'est une bonne nouvelle ! C'est à peine si j'en crois mes oreilles. Écoutez, Samuel, comprenez-moi. Vous commencez par m'apprendre que mon père m'a dénié le droit d'être l'héritier des Bronson, puis que ma sœur est vivante. Je ne sais plus où j'en suis. Tout se mélange dans ma tête. Maman, tu imagines, dit-il en se tournant vers Lisa qui semblait elle aussi avoir pris le ciel sur la tête, Angie est vivante. Si c'est vrai, c'est un miracle ! Bien sûr que je suis heureux à l'idée de revoir ma sœur. C'est même le seul moyen pour que les choses s'arrangent. Ma grande sœur a toujours pris ma défense. Elle au moins me comprendra.

Mais il dut s'interrompre. Lisa avait pris le parti de piquer une crise de nerfs carabinée. Son moyen habituel de résoudre les situations qu'elle ne pouvait plus supporter :

– Ce n'est pas possible, hurla-t-elle. Je ne vous crois pas. Vous êtes tous des menteurs ! Mon voyant m'a annoncé la mort d'Angie. À présent, vous me dites qu'elle est vivante. C'est un complot pour me rendre folle ! Mon Dieu que je suis malheureuse, gémit-elle en cachant son visage dans ses mains.

– Bon, ça suffit, trancha Malcolm. Viens, Lisa, il n'y a plus une minute à perdre. Nous devons en avoir le cœur net. Je fais ma valise et je pars pour le Bhoutan. Du diable si je sais où ça se trouve exactement. Quant à vous, Samuel, gardez la fortune des Bronson au chaud en mon absence. Je vous tiendrai au courant de mon voyage. D'ailleurs, vous recevrez les notes à payer. Car je veux bien aller à l'autre bout de la planète chercher ma précieuse petite sœur, l'héritière des Bronson, mais pas à mes frais. Viens, maman, dit-il en passant le bras de Lisa sous le sien, il faut aller te reposer. Je te donnerai un cachet pour dormir et Babou prendra soin de toi.

À petits pas, ils traversèrent le bureau. Samuel les raccompagna jusqu'à la porte :

– Au revoir, cher maître, et merci pour ce rendez-vous très instructif, lâcha Malcolm, méprisant. Comme vous le savez déjà, rien ne résiste à un Bronson. Vous verrez que j'ai de qui tenir, ajouta-t-il, vaguement menaçant.

Quand la porte se referma derrière eux, Samuel se laissa tomber dans son fauteuil, sortit un mouchoir de sa poche et s'épongea le front. Il était vidé. La tâche que lui avait confiée son vieil ami avant de mourir avait été encore plus ingrate et difficile que prévu.

Après avoir remis sa mère entre les mains de Babou, Malcolm se jeta sur le téléphone et composa le numéro direct de Jane à la Bronson Inc. :

– Jane, c'est Malcolm. Je sors de chez le vieux Goldsmith. Qu'est-ce que c'est que ces histoires, avec ma sœur ? Je n'ai pas apprécié que vous ne m'en avertissiez pas directement Jane, dit-il d'un ton froid. J'ai été désagréablement surpris. Et vous savez que j'ai une bonne mémoire. Enfin, ce qui est fait est fait. Donnez-moi donc le numéro de téléphone de Sly. Il va falloir qu'il se bouge un peu, celui-là. Il est temps qu'il mérite les honoraires faramineux que Père lui a versés jusqu'ici pour des prunes. Je pars avec lui pour le Bhoutan. Nous allons mettre la main sur l'héritière des Bronson et lui expliquer comment elle a tué notre père avec ses idioties.

Jane essaya de protester, de défendre Angie. Mal lui en prit. Elle se fit vertement renvoyer à ses dossiers. Malcolm ne put retenir un commentaire grossier sur ses relations avec Peter et la façon dont elle avait dû le persuader de lui laisser par testament une rente qui la mettrait définitivement à l'abri du besoin. La fidèle secrétaire raccrocha, en larmes sous les ricanements méchants de Malcolm. Ainsi, la journée aurait été mauvaise pour tout le monde.

Deux jours plus tard, la voix suave d'une hôtesse de Kennedy Airport appelait les passagers pour le vol à destination de New Delhi et Katmandou. Embarquement immédiat porte 35. Deux VIP étaient déjà installés en première classe. Malcolm Bronson, tout de lin vêtu, une coupe de champagne à la main, était en grande conversation avec un petit homme chauve à l'œil vif, engoncé dans une veste de baroudeur, Mr. Sly Gandbar.

Paro

Une semaine s'était écoulée depuis que Lama Rizin s'était mis en prière et avait fait les offrandes pour la disparition de Peter. Angie avait préféré demeurer à Paro plutôt que de repartir immédiatement à l'ermitage de Taksang. Accompagnée de Lama Rizin qui lui servait de guide, elle explora la région comme elle aimait le faire. S'arrêtant pour rencontrer les artisans, parlant avec les femmes de leur vie quotidienne, s'intéressant à tous les aspects de la vie et de l'histoire du Bhoutan. Ils empruntèrent un pont à encorbellement, rare vestige du Bhoutan médiéval qui enjambait la rivière de Paro, pour se rendre à Rinpung Dzong. Lama Rizin voulait lui montrer des peintures qui lui permettraient de mieux comprendre les principales figures du panthéon de la culture lamaïste : Angie vit ainsi le protecteur et son tigre enchaîné, la roue de la vie avec les trois éléments de la réincarnation inscrits en son centre : le porc pour symboliser l'ignorance, le coq pour représenter le désir et le serpent pour la colère.

– Ce sont les trois éléments que l'homme doit à tout prix combattre en lui pour s'en éloigner le plus possible, commenta Lama Rizin. Puis il lui montra les mandalas cosmiques, représentation de la cosmologie bouddhique. Nous approfondirons cela plus tard, lui promit-il, souriant.

Angie remit ses chaussures pour sortir du *dzong*, les yeux et la tête emplis de merveilles. Le Ta Dzong, le Dungtse Lhakhang n'avaient plus de secrets pour elle. Tout lui devenait de plus en plus clair. Elle commençait à se sentir vraiment chez elle. La journée s'acheva par la traversée du petit bazar où ils firent un marché modeste. Angie avait l'impression délicieuse d'être revenue à sa vie d'étudiante. Mille choses qui lui avaient semblé indispensables lui étaient devenues parfaitement indifférentes. Elle suivait l'enseignement du maître telle une éponge se remplissant d'eau. New York était bien loin de ses pensées et ne lui manquait pas le moins du monde. Sa vie avait basculé dans un autre univers.

Le vol BAE 146, un quadriréacteur anglais d'une centaine de passagers en provenance de Katmandou, atterrit sur l'aéroport de Paro. Ses deux pilotes anglais connaissaient bien la région et le vol s'était déroulé sans encombre. Malcolm n'en était pas moins satisfait que l'épreuve soit terminée. De nombreux trous d'air avaient transformé le voyage en une séance de montagnes russes et ils avaient eu un orage en prime. Depuis qu'il était arrivé dans l'Himalaya, rien de ce qu'il voyait ne lui plaisait. Il était descendu de l'avion, l'air renfrogné, suivi de Sly qui n'était pas trop dans son assiette non plus, en dépit de son expérience de vieux baroudeur. Malcolm n'était pas décidé à le ménager :

– Bougez-vous, mon vieux, trouvez-nous un taxi ou une voiture. Enfin, quelque chose qui nous conduira à l'hôtel. Si toutefois il y a un hôtel digne de ce nom ici dit-il en jetant autour de lui un regard dégoûté. Débrouillez-vous. Après tout, vous êtes payé pour ça.

Sans répondre, Sly se dirigea vers la sortie en soufflant :

« Pour qui se prend-il, celui-là ! pesta-t-il. Il s'imagine qu'il a déjà pris la place de son père ! Mais le père Bronson, c'était une autre pointure. Il va falloir qu'il change de ton, sinon, je vais le planter là. Il faudra bien qu'il comprenne que je ne suis revenu ici que parce que maître Goldsmith me l'a demandé. Il m'a très bien payé, c'est vrai, mais pas pour être bonne d'enfant. »

De son côté, Malcolm avait sorti de sa poche une photo d'Angie et interrogeait tous ceux qui passaient à sa portée : douaniers, porteurs qui le regardaient s'agiter, mais ne comprenaient pas grand-chose à ses questions. Il finit par sortir retrouver Sly, installé au volant d'un 4x4 vétuste.

– C'est tout ce que vous avez trouvé comme véhicule ? lança-t-il, méprisant.

– Soyons clair, jeune homme, je ne suis pas votre boy, et nous ne sommes pas en Floride, répondit Sly, décidé à ne pas se laisser marcher sur les pieds par ce blanc-bec qui n'avait même pas été capable de persuader son propre père de voir en lui un héritier possible. Écoutez, ici, les habitants sont très aimables et très directs. Faites donc comme eux et arrêtez votre cirque. Parce que, fric ou pas, je n'ai pas l'habitude qu'on me traite comme vous l'avez fait. Je vous signale que vous avez encore la possibilité de continuer sans moi. Aucun problème !

Malcolm sentit qu'il n'était pas vraiment maître de la situation. Il lui adressa un sourire faussement désolé, usant de tout son charme pour ne pas se retrouver seul dans une pareille galère. Il serait toujours temps de régler ce compte-là quand il aurait soldé celui d'Angie.

– J'ai étudié la carte, poursuivit Sly. Je propose que nous allions directement à Thimphu : c'est à cinquante-cinq kilomètres d'ici. Nous devrions mettre à peu près deux heures. Si nous ne trouvons rien là-bas, il sera toujours temps de revenir à Paro. Une fille comme votre sœur ne passe pas inaperçue ! Si elle est dans le coin récemment, nous trouverons forcément quelqu'un qui l'aura repérée.

Arrivés à la capitale, ils prirent possession de leurs chambres dans l'hôtel le plus moderne du centre-ville. Il y avait même l'air conditionné dans les chambres ! Sly commença ses investigations immédiatement. Mais aucune Américaine du nom de Bronson n'était venue y séjourner.

Les deux hommes se séparèrent pour mener les recherches chacun de leur côté. Ils devaient se retrouver pour faire le point à l'heure du dîner.

Malcolm commença par l'hôpital. Avec ses cheveux noirs noués en catogan, sa haute silhouette élégante de cavalier portant bottes et jodhpurs, il ne passait pas non plus inaperçu. Mais personne ne put lui donner des nouvelles d'Angie. Il n'eut pas plus de succès à l'école des beaux-arts auprès des professeurs qui enseignaient le dessin, la peinture de Tankas, la sculpture sur bois et l'artisanat traditionnel aux enfants.

– L'art est la spécialité de ma sœur. Je ne peux pas croire qu'elle soit restée si longtemps au Bhoutan sans prendre le temps de venir vous rendre visite.

Regardez, voici sa photo. Nous sommes sans nouvelles d'elle. Pouvez-vous m'aider ?

– Désolé, mister, nous n'avons jamais vu cette dame ni même entendu son nom, répondit le responsable dans un anglais châtié.

Sans perdre courage, il remonta dans la voiture et se dirigea vers le Memorial Chorten, un des lieux de pèlerinage les plus fréquentés de Thimphu avec son jardin où tournaient en permanence d'immenses moulins à prières actionnés par de très vieux moines en robe rouge. Malcolm dérangea leur ballet mais n'obtint là non plus aucun résultat. Obstiné, il continuait à interroger sans distinction tous les pèlerins quand un vieux sage s'approcha de lui :

– Hello, êtes-vous perdu ? demanda-t-il dans un anglais difficile à comprendre. Je vous sens inquiet. Que cherchez-vous, mister, à part la sagesse que, de toute évidence, vous n'avez pas encore acquise ?

– Merci de m'aider, dit Malcolm, un peu interloqué. Je suis à la recherche de ma sœur, Angie Bronson. Voici sa photo. Nous n'avons plus de nouvelles d'elle depuis qu'elle est arrivée au Bhoutan. Peut-être savez-vous quelque chose ?

– Non, je ne connais pas cette femme, répondit le moine. Mais j'ai entendu d'autres moines parler d'une femme américaine qui aurait été ramassée plus morte que vive dans la montagne qui descend de Lingshi, il y a deux ou trois mois de cela. Je ne sais rien d'autre. En revanche, ce que je sais, c'est que vous feriez mieux de vous arrêter un temps pour prier. Vous avez encore bien du chemin à faire si vous ne voulez pas vous perdre sans rémission, conclut l'homme avec un regard aigu.

Malcolm haussa les épaules :

– Merci bien. J'espère que cette histoire ne fait pas partie des légendes dont vous semblez tous vous nourrir par ici. Parce qu'il est impératif que je la retrouve. Quant aux prières, franchement, on verra ça plus tard !

Le moine regarda l'homme partir à grandes enjambées, après un petit signe d'au revoir désinvolte. Il secoua la tête d'un air fataliste. Ce jeune homme pressé se précipitait au-devant d'un gouffre. Il l'aurait prévenu.

À peine Malcolm avait-il franchi la porte de l'hôtel, goûtant avec délices la fraîcheur de l'air climatisé, que Sly avait bondi sur ses pieds et se précipitait vers lui :

– Je vous attendais avec impatience. J'ai obtenu quelques renseignements sur votre sœur. On m'a parlé d'une étrangère qui séjournerait chez des paysans, non loin de Paro. L'homme n'a pas reconnu la photo, mais il paraissait assez sûr de lui. Il m'a donné le nom de celui qui l'accompagne : un lama du nom de Razin ou Raling.

– OK, Sly. Nos informations se recoupent. D'après un vieux fou qui m'a bassiné avec ses prières et parlait anglais avec un accent épouvantable, il y aurait une femme étrangère à Paro. Le seul problème, c'est que personne ne reconnaisse sa photo. Je trouve ça étrange. Avec une tignasse comme la sienne dans un pays où toutes les femmes ont les cheveux courts, je me demande comment ils font pour ne pas la remarquer !

Sly fit le point en dégustant un curry fortement épicé dans le restaurant indien de l'hôtel :

– À mon avis, le plus simple serait d'aller s'installer à Paro. D'abord, nous serions à proximité de l'aéroport au cas où nous aurions besoin de repartir en Chine ou au Népal. Deuxièmement, si votre sœur se trouve dans la région de Paro, nous pourrons facilement rayonner pour visiter les différents *dzongs* de la vallée. Troisièmement, il y a un *tsechu* dans quelques jours. C'est une fête religieuse qui déplace les foules. Si Angie se trouve dans les parages, elle ne peut pas rater ça.

Malcolm se leva. Il n'avait pratiquement pas touché au contenu de son assiette :

– D'accord. Nous partons pour Paro demain. Essayons de faire vite. Si on pouvait éviter de moisir trois semaines ici, ça m'arrangerait. Pour ce soir, il faut que je me repose. Je tombe de fatigue. On se retrouve demain matin pour le breakfast. Avec un peu de chance, ils ne mettent pas de piment dans le thé. Ça vaudrait mieux, parce que je sens que vais passer une partie de la nuit à éteindre l'incendie que j'ai dans la bouche.

Sly ne fit qu'en rire. Il le laissa partir sans chercher à le retenir. Ce Malcolm ne lui était pas sympathique. Il termina sa bière, commanda un whisky et se plongea dans l'étude de la carte. Il ne s'interrompait que pour parler aux serveurs et les interroger sans en avoir l'air. Puis il rejoignit sa chambre, les mains dans les poches. Lui aussi avait hâte d'en finir.

Le lendemain matin, des trombes d'eau ralentirent leur route vers Paro. La visibilité était mauvaise, mais rien n'entamait la bonne humeur du conducteur qui faisait du gymkhana entre les flaques d'eau.

– Roulez plus doucement, Sly, râla Malcolm. Je suis malade comme un chien ce matin. Je ne supporte pas le piment, et encore moins le beurre salé dans mon thé du matin. Quel pays de sauvages !

Le détective éclata d'un rire tonitruant :

– Mon pauvre vieux ! La prochaine fois qu'Angie jouera les filles de l'air, il faudra lui suggérer de choisir une destination qui convienne à votre estomac délicat !

– Épargnez-moi vos sarcasmes. J'ai une famille de dingues. Quant à ma sœur, elle a toujours eu le chic pour se faire remarquer. Il faut être anormal pour choisir de venir s'enterrer dans un endroit pareil quand on s'appelle Angie Bronson. Moi, je préfère ne pas voir ça, bougonna-t-il en abaissant son chapeau sur ses yeux.

Sly préférait ça. Au moins pouvait-il admirer tranquillement le paysage grandiose, goûter la paix des vallées accordée au flottement gracieux des drapeaux de prières qui flottaient en haut des cols et partout où la protection divine était requise. Il conduisait en sifflotant gaiement et fit mine de ne pas entendre les soupirs d'exaspération de Bronson Junior qu'il empêchait manifestement de dormir.

Lorsqu'ils atteignirent leur destination, le temps s'était enfin dégagé. Ils prirent un bol de riz nature avant de ressortir à la recherche de nouveaux indices.

Dans l'après-midi, ils tombèrent sur un groupe d'hommes vêtus du *go* traditionnel, qui pratiquaient leur sport favori : le tir à l'arc. Une flèche volait, atteignait sa cible, une danse l'accompagnait. Sly, avec son instinct de chasseur, s'arrêta, à la grande surprise de Malcolm qui trouvait ce ballet ridicule.

– Que faites-vous ? Vous perdez votre temps. Pensez-vous trouver quelqu'un qui parle anglais dans cette bande de sauvages ?

– Je ne vous oblige pas à m'accompagner. Mais ceux-là, je ne sais pas pourquoi, je les sens bien. Appelez ça l'instinct, si vous voulez. Il faut que je tente ma chance.

Ne voulant pas être en reste, Malcolm lui emboîta le pas sans conviction. Photo à la main, il s'approcha du plus grand, qui venait de faire mouche avec sa dernière flèche. Il ne ressemblait pas aux autres, ce que confirma un étrange regard clair qui les frappa quand il les dévisagea.

Malcolm, la photo à la main, s'était lancé dans la mimique gestuelle dont il commençait à avoir l'habitude. En découvrant le visage de la jeune femme, l'expression de l'archer se modifia. Son anglais était tout à fait correct :

– Qui est-elle ? demanda-t-il en lançant un regard perçant vers Malcolm. La ressemblance l'avait frappé.

– Angie Bronson. C'est ma sœur. Je suis à sa recherche. Voici plus d'un an qu'elle a disparu. Je ne sais même pas si elle est morte ou vivante. On nous a parlé d'une étrangère qui séjournerait dans la région de Paro. En avez-vous entendu parler ? Il faut que je la retrouve. Notre père est mort et elle ne le sait même pas. Regardez bien la photo. C'est très important pour moi. Est-ce que vous l'avez déjà vue ? Est-ce que quelqu'un ici l'a croisée ? Pouvez-vous demander aux autres ?

Malcolm feignait un terrible chagrin qui ne trompa personne. Son œil inquisiteur contredisait ses paroles. Sly essaya de rattraper la situation. Il était furieux. Son court séjour lui avait déjà prouvé que les Bhoutanais étaient des gens fins, d'une grande force spirituelle. Les simagrées du fils Bronson ne les avanceraient à rien. Il chercha à en atténuer les effets :

– Excusez-le, le voyage l'a énormément fatigué !

Les trois autres archers les avaient rejoints, curieux de savoir pourquoi leur concours s'était interrompu.

– Tout le monde a entendu parler de la présence d'une Américaine dans le coin. Mais j'ignore où elle se trouve et mes amis n'en savent rien non plus. Elle est en vie, et d'après ce que l'on dit, c'est une survivante. Mais nous ne l'avons pas vue. Je regrette. Continuez vos recherches. Vous finirez bien par trouver quelqu'un qui l'a rencontrée.

– Nous ne nous sommes pas présentés, Malcolm Bronson.

– Pasang.

– Si jamais vous la croisez, dites-lui que son frère la cherche.

Les deux hommes se serrèrent la main, seul l'un d'entre eux était capable de recoller les morceaux de l'histoire dont il avait écrit le début.

Tsechu à Wangdiphodrang

Pema, Seunam et Angie s'étaient mêlés à la foule compacte des paysans, des nomades et des moines qui avaient tous revêtu leurs plus beaux habits pour assister au *tsechu*. Cette fête avait lieu une fois par an, comme l'expliquèrent à Angie ses amis bhoutanais. Elle célébrait la naissance de Padmasambhava, le saint le plus important du lamaïsme. La date changeait d'un *dzong* à l'autre. Mais chaque monastère, qui abritait à la fois le pouvoir spirituel et judiciaire, était une fois par an le rendez-vous de tous les habitants de la vallée. Les préparatifs demandaient un travail long et fastidieux, tant pour les acteurs de la fête que pour les visiteurs. Les moines se chargeaient de fabriquer les *tormas,* des gâteaux sacrificiels faits d'un mélange de beurre de yack et de farine, auxquels ils donnaient des formes différentes selon les divinités qu'ils honoraient. Les femmes investissaient une bonne partie de leurs économies pour tisser, durant l'année, les *kiras* et les *gos* que chacun étrennerait pour l'occasion. Les couleurs étaient savamment mélangées pour obtenir l'effet le plus chatoyant possible. Tous les habitants de la vallée, assis par terre, serrés les uns contre les autres pour ne rien rater du spectacle de danse des moines, transformaient la cour aux pavés ternis en une merveilleuse mosaïque humaine. Angie pensa soudain qu'elle avait devant les yeux la plus belle des palettes de peintre qu'elle avait rencontrés dans sa vie. Tout cela lui semblait si loin.

Un voyage de six heures, entassés dans un minibus, n'avait pas suffi à entamer le moral des trois amis qui dévoraient des yeux les masques de bois et de papier mâché. Pour les danses rituelles, les moines avaient revêtu de larges tuniques à fond rouge, aux manches évasées, surpiquées de broderies bleu roi et or. Ils virevoltaient au rythme des hautbois, la tête masquée par de volumineux visages grimaçants. *Tungan,* la danse des Divinités terribles, battait son plein. Entre chaque danse, un *atsara,* une sorte de bouffon au faciès rouge et au gros nez proéminent, amusait la foule avec ses plaisanteries et ses gestes grossiers. Ses intermèdes permettaient aux artistes de respirer entre chaque numéro.

« Je regrette d'avoir raté le *tsechu* de Thimphu, mais je dois dire que celui-ci est digne des plus grands spectacles de Broadway », pensait Angie qui rêvait à de nouvelles et mystérieuses correspondances entre l'Orient et l'Occident.

Pema se tenait à côté d'elle, les yeux brillants, jolie comme tout avec sa robe turquoise chamarrée de bouton d'or et de rose tyrien.

Quand Malcolm et Sly arrivèrent enfin aux abords du *dzong* perché à mille neuf cents mètres d'altitude sur son éperon rocheux, les festivités étaient largement entamées.

– Qu'est-ce que c'est que tout ce monde ? grogna Malcolm. Nous n'arriverons jamais à rien dans ces conditions. Autant chercher une aiguille dans une botte de foin.

– Ne commencez pas à être défaitiste, Malcolm, protesta Sly, agacé. Votre sœur doit être la seule femme du coin à porter des cheveux longs et des vêtements occidentaux. Avec un peu de patience et de persévérance, nous allons tomber sur elle ou sur quelqu'un qui l'a vue.

Tout bon détective qu'il soit, Sly n'avait cependant pas repéré qu'un homme les suivait comme leur ombre, espionnant les faits et gestes des deux hommes. C'était Pasang. Peu convaincu de la sincérité du chagrin de Malcolm, il avait décidé de les suivre pour épier tranquillement le comportement de ceux qui voulaient à tout prix retrouver la femme qui avait été sa prisonnière. Dans son habit bhoutanais, il passait inaperçu et les suivait de près.

– Sly, mettez donc votre ridicule chapeau sur la tête, persifla méchamment Malcolm. Avec un look pareil, vous pouvez passer pour un bouffon et attirer facilement l'attention.

Mais les regards restaient tous rivés sur un grand mannequin vêtu de jaune paille. Un personnage important dans cette sorte de pièce de théâtre dansé. *Raksha mancham,* la danse du Jugement des morts, passionnait la foule. Sans savoir pourquoi, Malcolm se sentit soudain très nerveux.

– Partons d'ici. Personne n'a encore remarqué combien vous êtes ridicule dans cette tenue de baroudeur d'opérette.

– Si vous faites encore une réflexion de ce genre, je vous plante là et je repars directement pour l'aéroport.

– Un peu d'humour, mon cher Sly. Vous connaissez la devise ! Qui aime bien châtie bien. Il faut m'excuser, mais les épices ne me réussissent pas et cette foule me rend dingue.

La pause déjeuner était arrivée pour tout le monde. Chacun sortait son pique-nique de son *banchung,* un petit panier fait de deux corbeilles de bambou tressé qui servait d'assiette pour manger le riz rose, la viande séchée et les piments. Seunam, toujours organisé, s'était octroyé le droit de boire de l'alcool : il remplit son bol de bois de *tchang,* la bière locale dont il avait expliqué à Angie qu'elle se fabriquait à base d'orge ou de maïs. Il but avec délices pendant que les deux femmes s'en tenaient au thé salé.

– J'avais très faim, c'est vraiment délicieux ! s'écria Angie en accompagnant ses paroles d'un geste éloquent. Sa pratique de la langue bhoutanaise n'était pas encore au point.

Un petit garçon, attiré par l'étrange couleur de son regard, vint lui offrir un petit cube de fromage de yack séché en guise de dessert. Angie lui fit un grand sourire, accepta son cadeau et le remercia cérémonieusement. Elle le trouvait très beau. Qui sait, c'était peut-être une très vieille âme ?

Mais déjà il repartait en courant car les moines commençaient à distribuer des morceaux de rubans multicolores. Pema se leva soudain, renversant son bol de thé. Elle attrapa la main d'Angie et la tira vers les moines pour tenter de saisir à son tour un de ces petits rubans qui la protégeraient des mauvais sorts tout au long de l'année.

Malcolm et Sly s'étaient mis dans un coin et mâchonnaient les *shapati* qu'ils avaient fait préparer à l'hôtel avant de partir. Leurs yeux parcouraient la foule, essayant de recenser les visages des femmes et de repérer une longue chevelure au milieu d'elles.

Quand elles se mirent toutes debout pour aller au-devant des moines récupérer les petits porte-bonheur, Sly secoua la tête, découragé. La mission lui semblait brusquement aussi insurmontable que la première fois. Malcolm se jeta dans la mêlée, bien décidé à se saisir lui aussi d'un petit morceau de tissu en souvenir. Il s'approcha du mur blanc près duquel les pèlerins se pressaient et hurla :

– Angie ! Sly, elle est là, venez vite ! Angie !

Affolée d'entendre son nom, la jeune femme reconnut la voix de son frère :

– Malcolm, où es-tu ? Mon Dieu, c'est mon frère, il est venu me chercher ! gémit-elle en le découvrant soudain.

Lâchant la main de Pema, elle se fraya un passage jusqu'à lui pour tomber dans ses bras, en larmes :

– Malcolm, c'est toi ! Mon petit frère ! Chéri, que je suis heureuse de te revoir ! Mais que fais-tu là ? C'est incroyable ! Comment m'as-tu retrouvée ? Elle ne se lassait pas de le regarder, caressant ses longs cheveux noirs qui le faisaient ressembler à un apache. Il n'avait pas changé.

– Incroyable, c'est le mot, murmura Malcolm, agacé, en regardant sa sœur, amaigrie, méconnaissable avec ses cheveux courts et sa tenue bhoutanaise.

– Maintenant, dis-moi, exigea-t-il d'un ton sec, où étais-tu passée ? Est-ce que tu peux m'expliquer un peu ce qui t'es arrivée ? Tu es folle de disparaître comme ça pendant des mois sans donner de nouvelles ni laisser aucun moyen de te joindre. Nous étions tous fous d'inquiétude ! Et regarde-toi un peu : qu'est-ce que c'est que cette tenue ridicule ? Et tes cheveux, tu as vu ce que tu as fait à tes cheveux ?

Sly tomba à pic pour faire diversion. Il les avait rejoints et se tenait discrètement à deux pas d'eux, se disant qu'après tout, ils ne se ressemblaient peut-être pas tant que ça. Malcolm fit les présentations. Le détective salua Angie et lui jeta un regard intrigué. Ainsi, c'était là celle qui lui avait coûté tant d'efforts et fait perdre tant de temps. Il aurait dû lui en vouloir et mettre tous les enfants Bronson dans le même sac, mais il ne pouvait s'empêcher d'admirer le visage énergique de la jeune femme. Son calme contrastait avec l'agitation permanente de Malcolm qu'il détestait cordialement :

– Ravi de vous revoir vivante, miss. Vous nous avez causé pas mal de soucis. Très sincèrement, je ne suis pas certain que je vous aurais reconnue si je vous avais croisée, dit-il, persuadé de lui faire un compliment.

– Il ne faut pas vous fier aux apparences, monsieur Sly, dit aimablement Angie. Il y a mille façons de briller dans ce monde. Regardez autour de vous. Ces hommes et ces femmes qui vous entourent vous surprendraient, si vous les connaissiez mieux, par leurs capacités d'ouverture aux autres et la façon dont ils les acceptent tels qu'ils sont sans se poser de questions. Eux ont su me reconnaître et, à tout prendre, je préfère celle que je suis devenue aujourd'hui à celle que j'étais en arrivant ici.

Malcolm, surpris de la réponse de sa sœur, à laquelle il ne comprenait rien, pensa que Sly avait fait une bourde et voulut la rattraper, certain que ce balourd l'avait offusquée :

– N'écoute pas ce vieux grincheux ! Tu es toujours la plus belle, va, dit-il d'un ton incertain.

– Comme si c'était ça l'important, s'exclama distraitement Angie qui cherchait ses amis des yeux et entraîna les deux hommes au-devant d'eux.

« Venez, je vais vous présenter ceux grâce à qui je suis sortie vivante de cet enfer, dit-elle joyeusement en prenant son frère par le bras.

Il essaya de résister :

– S'il te plaît, Angie, ce n'est pas le moment ! Il y a d'autres priorités. On verra ça plus tard !

– Malcolm, tu dois comprendre qu'ils m'ont recueillie et soignée sans se poser la moindre question. Pema et Seunam n'ont ménagé ni leur temps, ni leur savoir, ni leur peine pour que je m'en sorte. Suis-moi sans faire d'histoires et profitons de la joie qui nous entoure pour savourer ton arrivée ici.

Malcolm suivit docilement sa sœur, tout en se demandant comment il allait faire pour lui annoncer la mort de leur père. Comme d'habitude, elle n'en faisait qu'à sa tête.

Non loin de là, un homme surveillait attentivement ces retrouvailles. La ressemblance entre le frère et la sœur était frappante. Et pourtant, ils semblaient si différents l'un de l'autre. Pasang se réjouissait des élans de tendresse de sa prisonnière. Elle adorait son frère, c'était clair. Mais quelque chose le chiffonnait dans le comportement de cet homme venu de si loin pour la rechercher. Il ne savait pas quoi, mais il était certain de ne pas se tromper. Il resta à son poste.

– Pema, cria Angie, au comble du bonheur, regarde, c'est mon petit frère, Malcolm !

Le couple n'eut pas besoin de les observer bien longtemps pour comprendre qu'il s'agissait de son frère : même taille, chevelure noire, même arête du nez bien droite. Seule la couleur des yeux était différente. Ils firent de grands sourires et se courbèrent à plusieurs reprises en signe de bienvenue, laissant Malcolm avec sa main inutile tendue dans le vide. Il voulut encore une fois abréger :

– Écoute, Angie, je crois qu'il est temps de retourner à l'hôtel. Il y a des tas de choses graves dont je dois te parler. Où as-tu laissé ta voiture ? Je n'ai pas vu de parking.

– Un parking ? Une voiture ? dit Angie en éclatant de rire. Mais tu es au Bhoutan, ici, mon petit vieux. Je suis venue de Paro avec un vieux minibus qui fait la navette. La plupart de ceux que tu vois ici sont arrivés à pied. On marche beaucoup au Bhoutan et on préfère les mules aux voitures. C'est plus sûr. On se passe très bien de véhicule ici. Comme tu peux le constater, ça ne retire rien à la joie de vivre des habitants.

– En autocar ? Mais qu'est-ce qui t'arrive ? Tu t'es fait voler tout ton argent, c'est ça ? Je n'en serais pas surpris, parce que c'est vraiment un pays de sauvages ! Je ne peux même pas imaginer comment tu as fait pour y rester si longtemps, s'écria-t-il, osant à peine imaginer sa sœur comprimée avec toutes sortes de gens dans le vieux bus qu'ils avaient croisé, brinquebalant sur l'unique route qui montait vers le *dzong* de Wangdiphodrang.

– Ne sois pas stupide et grossier, Malcolm. Tu es en train de parler de mes amis. Il n'y a pas de voleur parmi eux. Jette donc un coup d'œil autour de toi. À quoi leur servirait l'argent ? L'important, ici, c'est de récolter ce qu'il faut pour nourrir sa famille, faire des offrandes et tisser des vêtements neufs. Le reste n'a aucune importance. Quand tu auras appris à les connaître, tu auras vite fait de changer d'avis, assura-t-elle en l'embrassant sur la joue.

Stupéfait, Malcolm la regarda en se disant qu'elle était peut-être plus atteinte qu'il n'y paraissait. S'était-elle engagée dans une secte locale ? En tout cas, elle paraissait libre de ses mouvements et avait la langue toujours aussi bien pendue.

– Heureusement que nous, nous avons une voiture. La route est longue. Il vaudrait mieux partir tout de suite.

– Pas question de laisser tomber Pema et Seunam comme ça. Je vais leur demander s'ils veulent rentrer avec nous.

Contenant son irritation, Malcolm la laissa discuter avec eux et partit l'attendre à la voiture. Sly s'y trouvait déjà :

– Alors, vous devez être fou de bonheur d'avoir retrouvé votre sœur chérie saine et sauve, lui dit-il, ironique.

– Reconnaissez que j'ai été plus rapide que vous ! Il ne m'aura fallu que quelques jours alors que vous avez fait chou blanc pendant des mois et des mois. Je ne sais pas ce que vous avez fabriqué pendant tout ce temps, mais je pense que vous vous êtes bien moqué du monde.

En quelques jours, le baroudeur solitaire avait définitivement pris en grippe ce sale gosse sans foi ni loi qui utilisait sans vergogne le savoir-faire des autres et s'en attribuait tout le mérite :

– Cessez ce petit jeu tout de suite, Malcolm. J'ai horreur de la mauvaise foi. Il est très facile de retrouver quelqu'un lorsqu'on sait à peu près où il se trouve. Vous n'étiez pas encore né que je traquais déjà des fuyards de grande envergure. Je n'ai de leçon à recevoir de personne. Et si vous êtes si malin, pourquoi avez-vous exigé que je vous accompagne ? Je ne connaissais pas Miss Angie. Mais en la voyant et en l'entendant parler, je comprends pourquoi votre père lui vouait une telle admiration. Parce que, sincèrement, avec vous, il n'était pas gâté !

L'arrivée d'Angie interrompit la discussion qui virait à l'aigre et aurait pu se terminer par un pugilat :

– Pardon de vous avoir fait attendre, mais j'étais en train d'expliquer à Seunam que nous pouvions les raccompagner en voiture. Mon bhoutanais courant n'est pas encore au point, dit-elle en riant franchement. S'expliquer par gestes prend un temps fou et demande beaucoup d'imagination. Enfin, bref, ils préfèrent rester ici pour regarder jusqu'au bout les danses des moines. Cette fête n'a lieu qu'une fois par an dans chaque *dzong*. Ils ont raison d'en profiter. Pema a travaillé sur sa *kira* pendant des mois. Je les retrouverai plus tard chez eux. Mais j'ai interrompu votre conversation. De quoi parliez-vous ?

– Rien d'important, miss, répondit Sly, sarcastique, nous avions juste un petit différent sur un point de philosophie.

– Ne perdons pas de temps ! coupa Malcolm. J'expliquais à Sly que nous allions reprendre l'avion pour New York dès demain. Je déteste cet endroit. En voiture, on s'en va.

Sans attendre la réponse d'Angie, interloquée, il se mit au volant du 4 x 4 et fit ronfler le moteur. Angie monta près de lui sans s'énerver. Son petit frère était bien toujours le même. Il devrait comprendre qu'il n'en était pas ainsi pour elle.

Ni les uns ni les autres ne virent l'homme caché dans l'angle de la muraille qui épiait leurs paroles. Pasang avait évolué discrètement pour rester à portée de voix. Impuissant et malheureux, il ne put que regarder partir la voiture qui emportait, après un magnifique dérapage contrôlé, la jeune femme qui lui échappait sans même savoir quelle place elle tenait dans son cœur. Une femme qu'il avait voulue libre. La femme qu'il aimait par-dessus tout.

Durant quelques kilomètres, Malcolm ne dit pas un mot, occupé à éviter les nids de poule qui creusaient les lacets de la descente vertigineuse. Angie le surveillait du coin de l'œil et s'amusait de le voir bouder. Il n'avait pas changé. Il conduisait pied au plancher, les yeux rivés sur la route de montagne défoncée, et se murait dans son silence. Malcolm boudait.

Angie était cependant touchée de voir qu'il avait fait tout ce chemin, abandonné ses habitudes new-yorkaises et son petit confort pour venir la chercher au bout du monde. Elle avait un peu pitié de lui. Son silence était un paravent plus aveugle et fragile encore qu'à l'accoutumée dans ces contrées où il était plus difficile qu'ailleurs d'échapper aux réalités de la vie. Assis à l'arrière, Sly ne bougeait pas, attendant la suite.

Amusée de voir son frère enfermé dans une attitude si infantile à près de quarante ans, Angie décida cependant qu'il était temps de le sortir de ce mutisme ridicule. Elle attendit que le moteur de la voiture ait repris un régime normal. Parvenus sans encombre en bas de la route escarpée du *dzong,* ils roulaient à présent à tombeau ouvert dans la plaine :

– Pourquoi ne me parles-tu pas de la mort de notre père ? demanda-t-elle doucement. Je pensais que ce serait la première chose que tu m'annoncerais, mais tu ne me dis rien. Je sais que Peter est mort il y a une dizaine de jours, mais j'ignore ce qui s'est passé au juste. Peux-tu m'en dire plus ?

Tétanisé par cette question inattendue, Malcolm écrasa le frein et pila. La voiture partit en tête à queue et s'arrêta dangereusement au bord d'un fossé profond.

– T'es pas un peu malade, hurla Sly qui commençait à en avoir par-dessus la tête de ces Bronson. Tu veux tous nous tuer ou quoi ? Si tu continues comme ça, je prends le volant.

– La ferme, Sly, répondit grossièrement Malcolm avant de se tourner vers sa sœur, fou de rage.

« Comment es-tu au courant de la mort de Peter ? Qui te l'a dit, braillait-il, hors de lui. Avoue, c'est ce vieux grigou de Samuel Goldsmith. Quel menteur ! Il m'avait affirmé n'avoir aucun moyen de te joindre. Tu le savais. Chapeau ! Nous enterrons notre père et pendant ce temps, mademoiselle s'amuse avec une bande de guignols qui dansent au son des pipeaux. Lui qui t'a toujours portée au pinacle. Il aurait pu mesurer la force exacte de ton amour ! Sa petite fille chérie ! La merveille des merveilles, tout juste bonne à faire la fête avec des sauvages pendant qu'on l'enterre ! Quelle ironie du sort !

– Tu ferais mieux de te calmer un peu, répondit posément Angie.

À l'arrière, Sly les écoutait, médusé.

« Quelle famille ! » pensa-t-il.

– Tu n'as décidément pas changé. Tes hurlements et tes conclusions hâtives ne changeront rien. La réalité, c'est que je n'ai eu besoin d'aucun appel de qui que ce soit pour savoir que Père était mort. J'ai ressenti une énorme douleur dans l'estomac et j'ai vu l'image de son corps gisant sur la moquette du bureau. Je veux juste que tu me dises ce qui s'est passé.

– Ne me parle pas comme si j'étais un débile mental ! Tu t'imagines que je vais gober tes histoires de vision. Pas de ça entre nous ! Quelqu'un t'a prévenue, un point c'est tout. Et je finirai bien par savoir qui. Dis-moi la vérité, ce sera beaucoup plus simple. Tu es de mèche avec Samuel pour me dépouiller, mais je ne vais pas me laisser faire si facilement !

– Qu'est-ce que tu racontes ? Tu deviens parano. Il n'y a aucun complot. Certaines choses peuvent t'échapper, ce qui n'empêche pas qu'elles existent. Tu n'y comprends rien, c'est normal. Il te reste beaucoup à apprendre, si tu voulais seulement t'en préoccuper, ce dont je doute. Mais parle-moi de Peter, c'est tout ce que je te demande.

– Excuse-moi, sœurette, mais reconnais que je

viens de subir deux chocs qui suffiraient à mettre les nerfs en pelote à un moine bouddhiste : notre père meurt et je te retrouve en deux jours alors que tout le monde te pensait disparue pour toujours. Même Sly avait jeté l'éponge !

Le détective réagit au quart de tour. Il ne se laisserait plus malmener par cet enfant gâté :

– C'est faux. Je suis revenu bredouille après des mois de recherches qui m'ont mené de la Chine au Népal et jusqu'au Tibet. J'ai même retrouvé la famille de votre guide, Dawa. Mais ensuite, j'ai rapidement perdu votre trace ; je suis donc rentré à New York. Votre père n'a jamais cru que vous étiez morte, miss. Jamais. Il m'a traité de tous les noms parce que je n'avais pas été à la hauteur de ma tâche. Puis il m'a raconté qu'il recevait presque chaque jour la visite incongrue d'un grand corbeau noir devant la baie de son bureau. Il y voyait un signe que vous étiez vivante.

– Mahakala, murmura Angie, bouleversée, les larmes jaillissant de ses yeux.

La communication entre son père et elle avait toujours été exceptionnelle. Mais là, ils avaient touché un mystère qui les dépassait tous les deux. Pauvre Père, comme il avait dû souffrir ! Son cœur était plein de tendresse et de compassion pour lui.

– Il était très fatigué, vous savez, poursuivait Sly qui mettait son trouble sur le compte du chagrin. Il voulait partir lui-même à votre recherche, mais il n'en a pas eu le temps.

– Oui, nous avons retrouvé ton nom griffonné sur son carnet avec les mots « Bhoutan » et « avion » avec un point d'interrogation. D'après Jane, il s'était enfermé dans son bureau comme il le faisait parfois avant qu'elle ne lui passe un appel en PCV du Bhoutan. Je suppose que c'était bien toi. Ce serait plutôt à toi de me raconter ce que vous avez bien pu vous dire tous les deux. Mais tu dois savoir que plus personne ne l'a revu vivant. Quand cette gourde de Jane a enfin osé braver son interdiction et pénétrer dans son bureau, il était allongé par terre, mort d'une crise cardiaque. Je pense que tu es la dernière personne à lui avoir parlé.

Angie sanglotait à présent. Elle avait compris ce que Malcolm avait voulu lui dire sans ménagement : la joie de la savoir vivante avait tué son père. Ravi d'avoir enfin touché le point sensible, Malcolm chercha sans scrupules à la déstabiliser encore plus. Il tenait sa vengeance :

– Ce vieux tyran et moi n'étions pas sur la même longueur d'ondes. Je suis le premier surpris qu'il me manque à ce point. Nous nous étions beaucoup rapprochés l'un de l'autre ces derniers temps. Nous avions même des projets communs. Je ne voudrais pas trop te culpabiliser, mais si seulement tu t'étais décidée à rentrer plus tôt à la maison, il serait sans doute encore parmi nous !

Sly, sidéré, voulut intervenir, mais Angie coupa court :

– Ne joue pas ce petit jeu avec moi, Malcolm. J'ai vu et ressenti beaucoup plus de choses que tu ne l'imagines. Je ne me sens pas responsable de la mort de notre père. Tu ne m'as pas même demandé ce qui m'était arrivé durant tout ce temps. À ton avis, je faisais du tourisme ?

– Si je peux me permettre, mademoiselle, je suis curieux de savoir ce qui s'est passé pour que je perde soudain toute trace de vous. On aurait dit que vous vous étiez volatilisée ! dit Sly qui espérait à la fois avoir des informations et mettre un terme à cette pénible scène de famille.

– Une bande armée chinoise m'a retenue captive pendant des mois dans des conditions effroyables. Ils ont torturé Dawa, mon guide, sous mes yeux. Ensuite, j'ai réussi à m'évader, mais je me suis perdu dans la montagne. C'est un vrai miracle que j'aie été retrouvée vivante. Mais je ne me souvenais plus de rien : j'étais devenue amnésique. Il y en aurait pour des heures à tout vous raconter. Un grand sage, le Lama Rizin, m'a donné une seconde naissance. Auprès de lui, j'ai retrouvé la mémoire, mais j'ai eu également la réponse aux questions que je me posais depuis toujours.

Malcolm avait remis le moteur en marche. Ils avaient repris leur route sans qu'il fasse d'autres commentaires. Ramener Angie à New York serait peut-être moins facile que prévu. D'ailleurs, fallait-il à tout prix la ramener ? Il avait besoin d'y réfléchir un peu.

– Tu ne m'as même pas donné des nouvelles de maman et de Babou, demanda Angie d'un ton de reproche.

– Tu connais notre mère, dit-il d'un ton maussade. C'est toujours cachet sur cachet. Elle passe son temps à dormir. Babou veille sur elle comme toujours. Par moments, je crois que Lisa oublie que son mari est mort mais elle a été parfaite à l'enterrement. Un déluge de larmes. Elle a été la reine de la cérémonie et a pu raconter sa vie à qui voulait l'entendre. Enfin, comme tu peux voir, j'ai eu mon compte de soucis, moi aussi. Mais à présent, je t'ai retrouvée, termina-t-il en posant sa main sur le genou de sa sœur.

Sur le siège arrière, Sly alluma un cigare. Sa façon à lui de fêter la fin de sa mission. Il était content d'avoir rempli le contrat moral qui le liait à Peter Bronson. Qui plus est, sa fille était aussi sympathique et déterminée que lui. Pas comme ce Malcolm de malheur, hypocrite et sournois. Que mijotait-il ?

– Éteignez ça, Sly, c'est pestilentiel ! Vous irez réserver les billets pour le retour dès notre arrivée à Paro. Départ demain dans la journée. On rentre à la maison ! dit Malcolm.

Mais Angie ne l'entendit pas de cette oreille :

– Il n'est pas question pour moi de repartir si vite. Je ne suis pas prête. Je me sens encore fragile et trop liée à ces montagnes pour les quitter tout de suite. Tu l'as dit toi-même : Peter n'est plus et Lisa n'a pas vraiment besoin de moi. Qu'est-ce que j'irais faire à New York ? Il n'y a pas d'urgence.

– Angie, voyons, tu es fatiguée, déprimée par les épreuves que tu viens de traverser. Laisse-moi faire ! C'est moi l'homme de la famille à présent. Écoute : Sly va prendre l'avion demain comme prévu et rentrer devant pour annoncer la bonne nouvelle à tout le monde. Nous quitterons Paro dans quelques jours, quand tu auras pris le temps de faire tes adieux à tes nouveaux amis et de t'habituer à l'idée de retrouver la vie citadine et tes occupations. Mais il ne faudra pas trop s'attarder. Quoi que tu croies, on a besoin de nous là-bas !

La jeune femme regarda son frère, et Sly crut voir

une lueur moqueuse dans ses yeux. Malcolm traçait des plans sur la comète et elle le laissait dire. Elle était la digne fille de Peter Bronson. Ce ne serait pas si facile de la manipuler. Son frère semblait l'avoir oublié. Ils arrivaient à Paro, au grand soulagement du détective qui en avait assez vu et entendu pour aujourd'hui. Il était trop tard pour qu'Angie remonte jusqu'aux ruines du Drukyel Dzong pour rentrer chez Pema et Seunam. Elle laissa à contrecœur Malcolm louer une chambre pour elle, prit avec plaisir une douche chaude, regarda pensivement dans la glace son nouveau visage auquel les petites boucles courtes de sa coiffure donnaient un air juvénile, apprécia la silhouette ascétique qu'elle y découvrit. Mais quand elle se coucha, elle ouvrit la fenêtre toute grande et tira un drap du lit pour dormir à même le sol. Décidément, Angie Bronson avait bien changé.

L'aube pointait quand Angie, qui avait pris des habitudes de réveil matinal, entra dans la chambre de son frère pour le réveiller. Autour du lit gisaient plusieurs bouteilles d'Arak vides. Les ronflements bruyants qui s'élevaient du lit lui prouvèrent que son petit frère avait avantageusement remplacé les mirages de la drogue par les vapeurs d'alcool.

– Laissez-moi dormir, dormir, grogna-t-il.

La jeune femme avait décidé de repartir chez Pema et Seunam. Elle crayonna le plan de la route sur un morceau de papier pour que son frère sache où la rejoindre. La route principale était goudronnée. Il n'y avait aucune raison qu'il se perde. La réception le réveillerait au plus tard à midi.

Le temps couvert ne laissait rien présager de bon pour la journée, ce qui n'entama pas son rythme de marche sur le sentier qui serpentait, non loin des rives du Paro chu.

Pasang, bien décidé à ne pas perdre la trace d'Angie, avait entamé le dialogue avec Seunam et Pema avant la fin des festivités, ce qui les conduisit à faire ensemble le trajet du retour à bord du vieux bus rouillé. Il écouta l'incroyable histoire de celle que tout le monde appelait « la survivante », sans laisser supposer un seul instant qu'il était pour quelque chose dans son aventure. À leur arrivée, Pasang accepta de partager leur repas avant de poursuivre sa route et dégusta l'*ema datsi* qui mijotait sur le feu. Le repas s'acheva par une distribution de *doma* soigneusement conservée par celle qu'Angie appelait Mamie Doma dans une boîte en argent. Pasang, après de chaleureux remerciements, se retira discrètement pour ne pas réveiller le bébé qui avait enfin fini par s'endormir. À peine s'était-il enfoncé dans le sous-bois qu'il vit arriver au bout du chemin de terre une étrange bhoutanaise au teint clair.

– Pemapema, Pemapema, me voilà, chantonnait-elle, ravie de retrouver sa maison d'adoption.

Après avoir embrassé toute la famille, Angie prépara quelques offrandes qu'elle disposa devant l'hôtel. Ses amis prononcèrent à plusieurs reprises le nom de Pasang, mais elle n'y prêta pas attention, pensant qu'ils parlaient du vendredi suivant ou d'un homme qui s'appelait lui aussi Vendredi. Lama Rizin avait été le premier à lui enseigner les jours de la semaine et à lui expliquer que beaucoup de Bhoutanais portaient le nom du jour de leur naissance. Elle parvenait à présent à pouvoir échanger des phrases simples. En s'aidant de signes, elle avait de vraies conversations avec Pema. Angie parvint à lui faire comprendre que son père était bien mort comme elle l'avait pressenti.

Seunam fut le premier à entendre le bruit insolite d'un moteur. En apercevant la chevelure noire de Malcolm au milieu d'un nuage de poussière, il comprit qu'il venait chercher sa sœur. Il freina brutalement au bout du champ, sauta de la voiture et, sans faire le moindre signe amical, appela sa sœur. Avertie par le vacarme, inhabituel dans le secteur, Angie accourut. Elle avait reconnu la voix de Malcolm :

– Qu'est-ce que tu as à crier comme ça ? Je ne suis pas perdue ! Ici, ça ne se fait pas.

– C'est toi qui exagères. Tu es partie sans rien me dire !

– Tu plaisantes, j'ai essayé de te réveiller vingt fois ! Pas moyen avec tout ce que tu avais bu.

– L'alcool est plus fort que je ne pensais par ici. Je m'y suis laissé prendre. Remarque, je n'ai pas perdu mon temps. J'ai accompagné Sly à l'aéroport et j'en ai profité pour faire nos réservations sur le vol de demain.

– Tu n'as pas écouté ce que j'ai dit. Je ne rentre pas. En tout cas pas encore. Je voudrais même que tu m'accompagnes. Demain, si tu veux bien, nous partons voir Lama Rizin à Taksang. Je voudrais bien que tu le rencontres. C'est grâce à son intervention, à sa patience, à sa connaissance des êtres, que j'ai retrouvé la mémoire et appris tant de choses ! Ne fais pas cette tête. Il peut t'aider à progresser, toi aussi.

– Écoute, Angie. Nous avons des papiers à signer, des tas de choses à mettre au point pour l'héritage. C'est tout de même plus important ! Père comptait sur toi. Nous n'avons pas de temps à perdre. Il faut faire vite.

Il avait pris un petit ton paternaliste qui avait toujours eu le don d'agacer Angie.

– Tu n'es pas Peter et tu ne le seras jamais. N'essaye pas de le singer, ça ne te va pas du tout. Sois toi-même et ce sera déjà bien. Et surtout, arrête de parler d'argent. Si tu es venu me chercher jusqu'ici juste pour régler des questions bassement matérielles, tu as fait fausse route.

Hypocrite, il fit volte-face :

– Allons, sœurette, ne t'énerve pas. Tu veux que j'aille voir ton lama ? C'est d'accord. On ne va tout de même pas se disputer pour ça !

Angie lui donna une petite tape sur l'épaule qui était plus un geste de regret qu'un geste d'affection. Malcolm était indifférent à ses nouvelles raisons d'exister, aux séquelles profondes de son emprisonnement, insensible à la gentillesse de ses hôtes. Toujours aussi égoïste, il n'avait posé aucune question sur sa détention, sur ses épreuves. Pourquoi était-il venu ?

Prêt à tous les efforts pour la décider à remonter dans l'avion, Malcolm accepta l'invitation qui lui était faite et resta pour le dîner. Ravi de recevoir le frère de son amie, Seunam lui offrit une *rapchu* qu'il lui posa délicatement sur l'épaule comme un présent fragile et précieux.

– Merci, mais non, je n'ai pas besoin de foulard, je n'ai pas froid du tout, dit Malcolm qui n'avait rien compris.

– Seunam te l'offre en cadeau de bienvenue, pour te remercier d'être là et m'honorer. C'est la coutume. Si tu refuses, tu le vexeras. D'ailleurs, tu en auras besoin demain dans la Tanière du Tigre et il le sait.

– La Tanière du Tigre ! On ne m'avait pas dit qu'il y avait des tigres dans ce pays, protesta-t-il.

– Il sera temps de te raconter la légende pendant le trajet. Une longue marche nous attend demain.

Complètement dépassé par les événements qui s'enchaînaient un peu trop vite à son gré, Malcolm se tut. Il dévisageait cette famille où Angie avait l'air de tant se plaire. Des sauvages qu'il aurait voulu pour sa part fuir au plus vite.

Il avala avec dégoût le *seudja* et utilisa sa main droite sur les conseils d'Angie pour manger le riz rose pimenté. Gêné d'avoir à utiliser ses doigts, il ne put retenir sa question :

– Dis-moi, tu as mangé ce truc-là tous les jours ? Comment fais-tu ? Ça me met les boyaux en révolution.

– Pema est une très bonne cuisinière. J'aurais voulu que tu aies l'occasion de goûter le *nake,* des crosses de fougère qui font un légume délicieux.

– Comment peux-tu te contenter de cette nourriture alors qu'il y a un restaurant occidental avec des couverts à Paro ? ça me dépasse. Quand tu étais prisonnière, je ne dis pas. Mais là, tu es tout de même libre de manger comme tu veux ?

Il regardait la jeune femme aux cheveux courts qui

se servait de sa main avec dextérité pour puiser dans son bol de riz. Elle n'avait plus rien à voir avec sa brillante sœur, directrice d'une des galeries d'art les plus en vue de New York. Ça le rendait malade.

Angie lui proposa de rester dormir sur place. Ils devaient partir au plus tard à sept heures le lendemain matin.

– La marche sera longue et fatigante pour toi qui n'as aucun entraînement. Mais un petit trekking te fera du bien ! dit-elle, moqueuse.

Il finit par se laisser convaincre. Prêt à n'importe quel effort pour amadouer sa sœur et arriver à ses fins, il accepta, non sans appréhension. Ils devaient partager la chambre qui était celle d'Angie depuis son arrivée chez Pema. Elle rit de bon cœur en le voyant chercher les lits et lui montra comment s'installer pour passer la nuit à même le sol.

– Dors bien, petit frère, demain, la journée sera longue, dit-elle en tirant sur eux une chaude couverture de laine. Et elle s'endormit aussitôt. Malcolm, lui, se tourna et se retourna sur sa couche, cherchant une position pour dormir dans ces conditions inédites. Il ressassait les derniers vœux de son père et les précisions de maître Goldsmith : « Votre père n'a jamais cru à la mort de sa fille ! Ses exigences sont claires. Vous devez retrouver votre sœur. Vous ne pourrez toucher votre part d'héritage que si vous ramenez Angie, vivante ou morte. »

« Mais qu'est-ce que je fous dans cet enfer ! Cette idiote a vraiment le chic pour se mettre dans des situations impossibles. J'ai mal au dos, je suis crevé et en plus, je ne suis même pas certain qu'elle accepte de revenir avec moi aux États-Unis. Elle est métamorphosée. J'ai la sensation d'être aux côtés d'une étrangère. On l'a ensorcelée et je vais rencontrer le sorcier. »

Il ne trouva aucune position confortable et ne s'assoupit que tard dans la nuit. De sombres idées troublèrent ses rêves.

Le frère et la sœur firent leurs adieux à la maisonnée plus tard que prévu. Seunam était déjà au travail dans son champ et leur fit un signe de la main. Déçue d'emprunter la voiture pour cette randonnée qui lui rappelait son premier pèlerinage vers la sagesse, Angie refusa d'utiliser l'engin à moteur quand le ruban d'asphalte laissa la place au sentier montagnard.

– Tu peux bien faire un effort. C'est bon de marcher. Je te conseille de respirer à fond et surtout de réfléchir devant la beauté du paysage et de la nature en général.

Pantalon beige clair, cheveux noués en catogan, chemise et pull Ralph Lauren, lunettes Calvin Klein sur le nez, Malcolm était une vraie gravure de mode. Il n'avait rien d'un aventurier parti pour affronter les sommets de l'Himalaya et s'en flattait. Le rythme de marche imposé par Angie soulevait en lui une rage rentrée. Bientôt, il n'y tint plus :

– Dis donc, c'est encore loin, ton truc ?

– Regarde, dit-elle en montrant le monastère au sommet de la montagne, c'est là que nous allons. C'est Taksang. Rizin nous y attend.

– Là-haut ? protesta-t-il, mais c'est le bout du monde ! Je n'ai pas du tout envie de voir ce type, moi.

– Tais-toi donc, vieux rabat-joie. Tu ferais mieux de conserver tes forces pour attaquer la montée !

Plus le temps passait, plus le chemin se faisait escarpé et plus la colère de Malcolm montait. Ils cheminèrent dans la forêt pendant une heure avant d'arriver au départ d'un sentier vertigineux.

– Admire, et dis-toi qu'il y a peu d'endroits aussi impressionnants dans le monde. Tu as beaucoup de chance. Les moines qui se retirent dans ce *dzong* y passent en général trois ans, trois mois et trois jours. Je ne suis pas restée si longtemps. Suffisamment pour que, avec l'aide de Lama Rizin, je vienne à bout de mon amnésie. Sans point de repère, je n'y serais pas parvenue toute seule. Je ne me rappelais que mon incarcération et Pasang à qui je dois la vie.

Angie racontait son histoire, vidait son cœur, mettait son âme à nu, sans voir le visage de son frère qui soufflait derrière elle se renfrogner. Son exaspération était telle qu'il craignait bientôt de ne plus pouvoir se contrôler. Des flots de haine l'étouffaient. Il répondait de plus en plus brièvement.

– Je suis heureuse de pouvoir parler avec toi. Ça me fait du bien, tu sais ? dit-elle en s'arrêtant pour l'attendre.

– Pas de sensiblerie, avance, on n'a pas de temps à perdre, répondit-il en scrutant la falaise en à-pic et le sentier qui la bordait sans aucun garde-fou.

– N'oublie pas de regarder toujours vers le haut. Même les plus avertis des montagnards sont sujets au vertige ici !

– On dirait qu'il n'y a personne dans ce coin. Est-ce qu'on va croiser des gens ?

– C'est très rare. Éventuellement un moine en train de redescendre, dit-elle, évasive.

Un rictus méchant tordit la commissure de la lèvre de Malcolm. Sans croiser son regard, il pressa soudain le pas et dépassa sa sœur.

– Tu avances comme une tortue. Il fait un froid de canard et je n'ai pas envie de tomber malade dans ce pays. Très peu pour moi ! fit-il avec une nervosité nouvelle. En route !

Si Angie fut surprise par son revirement, elle n'en montra rien. Peut-être son récit l'avait-il impressionné plus qu'elle ne le croyait. Elle venait de lui raconter combien elle s'était sentie seule au monde dans sa cellule, puis dans les terribles sentiers de son évasion, perdue dans les neiges éternelles.

Ils marchaient à présent d'un bon pas. Le vent s'était levé. Malcolm regardait régulièrement vers le vide, évaluant la raideur de la falaise. Il surveillait ses pieds, attentif à éviter le faux pas. En même temps, il marmonnait entre ses dents des paroles indistinctes qui intriguaient Angie. Souffrait-il du mal des montagnes ?

– Rien, il ne me restera rien. Il lui a tout donné, et elle est à moitié cinglée. Elle ne comprendra jamais.

Sans une seule hésitation, il s'arrêta froidement et lui fit face en prenant appui contre la montagne :

– Ça suffit ! J'en ai marre. J'ai passé toute ma jeunesse à supporter mon père, hurla-t-il. Et toi, la perle de ses yeux, tu ne t'imagines pas que je vais te supporter maintenant qu'il est mort ! Tu me pourris la vie depuis des années ! Tu n'as jamais fait aucun effort pour partager les avantages qu'il t'offrait à toi, sa fille chérie. Tu te contentais de plaider ma cause. Bien mal, car ça n'a servi à rien. Et maintenant, qu'est-ce que je fais ?

Stupéfaite, Angie s'était arrêtée net. Les yeux exorbités, son frère ne pouvait plus retenir la haine accumulée depuis leur enfance et hurlait sa rage en postillonnant. L'écho faisait résonner sa voix comme dans une cathédrale.

– Malcolm, qu'est-ce qui t'arrive ? Tu as pris quelque chose ? Tais-toi, je t'en prie. Tu ne sais plus ce que tu dis.

– J'en ai marre de me taire, marre de subir sans un mot. Peter et toi m'avez mis plus bas que terre, entends-tu ? Plus bas que terre ! Tu avais bien combiné ton plan pour le faire casquer, le vieux. Tu as réussi ton coup. Chapeau !

Toute cette haine qui se déversait en plein vent. Angie ne pouvait en croire ses oreilles. Qu'est-ce qui avait bien pu le mettre dans un état pareil ? Son regard haineux la poignardait, le regard de son petit frère. Comprenant qu'il avait perdu tout contrôle, elle recula et essaya de lui faire entendre raison. Parler. Il fallait lui parler.

– De quoi parles-tu ? J'ai tout essayé pour te rapprocher de papa. Tu n'as jamais fait aucune concession. Vous étiez tous les deux aussi butés. Mais je vous aime autant l'un que l'autre. Allons, petit frère, dis-moi ce qui se passe, dit-elle gentiment en essayant de le toucher.

Il la saisit par les poignets et recommença à crier :

– Ce qu'il y a, c'est que Goldsmith t'a téléphoné pour t'avertir. Vous avez tout combiné ensemble. Tu sais très bien que tu auras tout l'héritage des Bronson, tout, et moi, seulement mes yeux pour pleurer et une aumône pour ne pas dormir sous les ponts. Tu es vraiment forte, Angie Bronson. Et moi, non content d'être ruiné à cause de mademoiselle, me voilà en train de grimper un sentier impossible vers cette baraque sinistre ravitaillée par les corbeaux où nous avons soi-disant rendez-vous avec un saint homme. Tout ça pour rendre crédible ton histoire de fou qui a ridiculisé notre famille. Pour tout le monde, tu es morte. Eh bien, pour moi aussi. Sly ne comprendra pas, mais je me charge de le faire taire. Cet abruti est tombé sous ton charme, lui aussi. Il n'aura que ce qu'il mérite !

Comprenant qu'une crise de démence avait pris possession de l'esprit déjà très perturbé de son frère, Angie se dégagea et se colla contre le rocher, terrorisée.

– C'est moi, Angie, ta sœur ! Arrête, ne t'approche pas ! Et elle lui balança une gifle magistrale pour l'aider à reprendre ses esprits. Mais Malcolm l'avait saisie par le bras et la tirait à présent vers le vide de toutes ses forces :

– Tu es morte, tu comprends ! Mon cauchemar est terminé. Tu ne reviendras jamais. Je dois te ramener morte ou vive. Eh bien je rapporterai ton cercueil pour prouver à tous ces débiles qu'ils ont eu tort. Le dernier des Bronson, c'est moi. Remercie-moi, tu vas rejoindre ton père adoré !

Il la brutalisait, persuadé de se faire justice. Les hurlements de la bataille sans merci qu'ils se livraient, Malcolm tirant, Angie résistant, firent s'envoler tous les oiseaux des alentours, habitués au silence monacal des lieux.

Un homme regardait la scène. Pasang ne s'était pas trompé. Tous les mauvais pressentiments qu'il avait sur cet amour fraternel si grandiloquent se justifiaient. Il avait décidé d'épier jusqu'au bout ces retrouvailles étranges et fut auprès d'eux en deux enjambées. Sans une hésitation, comme un fauve décidé à ne pas rater sa proie, il dévala les derniers mètres sans aucun bruit :

– Angie, pardonne-moi, mais c'est fini. Il y a bien trop longtemps que tu es morte. Je veux être le seul et unique héritier des Bronson.

– Arrête ! Tu es fou ! Sly m'a vue. Il témoignera.

– Ce sera ma parole contre la sienne. Et puis l'accident stupide à cause de ton obstination stupide à escalader ce bout de rocher pour aller interroger des chimères et des gourous. Tout le monde comprendra. Ça marchera.

Pasang était arrivé dans le dos de Malcolm, hystérique, qui était parvenu à pousser sa sœur au bord du gouffre. Il lui fit une prise imparable, bloquant ses bras dans son dos et l'obligeant à lâcher sa victime qui se réfugia, tétanisée, contre la montagne. Alors seulement, Angie découvrit le visage de son sauveur. Elle ne l'avait revu qu'en rêve depuis sa fuite nocturne, quand il lui avait rendu la liberté non loin de la passe de Lingshi. Un des rares passages himalayens que les Tibétains, assez téméraires pour risquer leur vie, choisissaient pour tenter de rejoindre le Bhoutan plutôt que de se soumettre à l'occupant chinois.

– Pasang, murmura-t-elle, blanche comme un linge.

La violence du combat, les gestes désordonnés de Malcolm qui se débattait et tentait de pousser son adversaire dans le vide lui arrachèrent une supplique :

– Je vous en supplie, arrêtez, dit-elle d'une voix trop faible pour couvrir le bruit du vent et leurs hurlements.

Pasang, étonné de la résistance de Malcolm qui cherchait visiblement à le tuer, retrouva ses réflexes de guerrier. Sans lui donner la moindre chance, il dégagea sa jambe, la déplia à la vitesse de l'éclair dans le visage de Malcolm et lui décocha un coup puissant qui le précipita dans le vide.

Effondrée sur le chemin, Angie pleurait comme une enfant. Ce frère qu'elle avait tendrement aimée la haïssait donc au point de vouloir la tuer et cet homme qu'elle avait tellement haï venait de lui sauver la vie pour la seconde fois.

Épilogue

Le quadriréacteur venait de prendre son envol vers Katmandou. À bord, la présence d'une passagère américaine au visage émacié, tanné par le soleil et la réverbération, suscitait des réflexions à voix basse.

Indifférente à la curiosité qu'elle soulevait, Angie était plongée dans ses pensées. Il vaudrait mieux qu'elle s'y habitue tout de suite. D'ailleurs, elle était bien décidée à utiliser le battage médiatique que son retour ne manquerait pas de provoquer pour servir la cause du bouddhisme tibétain. Sans Dawa, sans Manip Tsewang, sans Lama Rizin, elle ne serait pas là aujourd'hui. Sans Pasang non plus. Les yeux brouillés de larmes, elle regardait sa longue silhouette se dessiner sur la piste. Comme un mirage. Il se tenait droit, ce pli ironique au coin des lèvres, sa tignasse rejetée en arrière, ses étranges yeux clairs insolites dans son masque chinois. Pasang. Quelque chose lui disait qu'il serait là, à la même place, le jour où elle se déciderait à revenir vivre la vie qui l'attendait ici.

D'ici là, elle serait en sursis. D'ailleurs, c'était plus que jamais une survivante qui repartait vers New York et ses brouhahas. Elle en souffrait déjà. Comme elle souffrait d'avoir dû affronter seule à seule l'évidence de la haine que lui portait Malcolm depuis toujours. Les masques étaient tombés. L'argent, le terrible appât du gain, avait poussé son frère au crime. Pasang n'avait été que l'instrument du destin. C'est Malcolm qui avait connu la terrible chute qu'il avait prévue pour elle. Angie passa rudement la main dans ses cheveux courts, sans se rendre compte qu'elle venait de retrouver un geste familier de Peter quand l'émotion le submergeait. Elle entendait encore le hurlement de son frère happé par le vide. Son corps disloqué avait été retrouvé en bas de la falaise. Un frisson la parcourut. Sans Lama Rizin, elle n'aurait jamais pu surmonter cette nouvelle épreuve. Ils avaient parlé ensemble et elle avait compris qu'elle devait accepter son étrange destin, même si elle n'en avait pas encore pris toute la mesure.

Seule la conscience de ses responsabilités avait pu la convaincre de revenir à New York. Autant dire une autre planète. Ces derniers mois avaient compté pour toute une vie : elle avait dû tout changer pour faire place aux priorités toutes neuves qu'elle s'était fixées. Et même quand elle avait cru être au bout du chemin, le plus dur restait à faire. Son frère l'avait conduite au bout de l'enfer. Et l'enfer avait pris un visage familier. Un visage aimé.

Mystérieusement averti du drame, Lama Rizin,

drapé d'ocre, était venu à sa rencontre. Il avait choisi d'aller au-devant d'elle, comme s'il avait compris qu'elle risquait de se perdre dans cet abîme où son frère avait englouti tout ce qui restait de l'ancienne Angie. Comme s'il avait compris qu'elle risquait d'y perdre le sens de l'amour. Alors il était venu, seul détenteur des réponses qui embrumaient l'esprit de sa disciple. Il l'avait retrouvée, hagarde, Pasang accroupi à ses pieds, désespéré du geste qu'il avait dû faire pour la sauver. Lui aussi se débattait contre mille questions qui étaient autant de réponses. Mais ça, il ne le savait pas encore.

Quand il était arrivé près d'elle, elle était au-delà des cris, au-delà des larmes. Lorsqu'elle avait entendu le son de la voix du sage, elle s'était agenouillée comme pour se faire pardonner une faute. Il avait posé sa main apaisante sur la tête brune où les boucles grossièrement coupées faisaient comme des petites plumes.

– Ne t'es-tu pas demandé pourquoi Pasang se trouvait sur ta route comme par hasard, Angie ?

– Je n'ai pas eu le temps, avait-elle balbutié, claquant des dents.

– J'ai été averti des plans de ton frère dans ma méditation. Pasang a écouté mon message. Vous vous êtes trouvés et je suis fier d'être à la croisée de la route que vous allez emprunter ensemble à l'avenir.

Lama Rizin leur avait souri, heureux, avant de reprendre le chemin de la Tanière du Tigre. Avant de disparaître à la tournée du sentier, il leur fit un petit signe qui signifiait « à très bientôt ». Pasang avait pris Angie dans ses bras et la berçait doucement. Ils étaient restés là pendant des minutes ou des heures, elle ne savait plus.

Le bruit des moteurs l'obsédait. Le chagrin refluait en elle par vagues. Les souvenirs et les images du passé aussi. Elle ferma les yeux.

Son père lui souriait, les bras ouverts, prêt à la faire virevolter dans les airs. Elle se mit à lui parler comme s'il venait de s'asseoir à ses côtés sur ce sentier du bout du monde. L'amour de lui emplissait son cœur et venait la consoler un peu de la haine meurtrière de son frère.

« Dad chéri. Tu seras toujours près de moi. Je le sais. Ta présence me réchauffe toujours. Tu as eu raison sur toute la ligne. J'aurais tellement aimé que tu te trompes pour une fois. Tu ne te faisais guère d'illusions sur Malcolm. Nous savons tous les deux qu'il aura énormément de choses à apprendre lors de son prochain séjour sur cette terre. Il a eu sa chance, mais il l'a gâchée. À présent, il va falloir que je m'organise.

« Je compte laisser Faby diriger la galerie. Il faudra que je fasse ce qu'il faut pour que les artistes, les directeurs de galerie et de musée la prennent au sérieux. Elle le mérite.

« Tu sais très bien que mes prochains voyages ne seront qu'une longue et intarissable quête d'amour. Toi qui as toujours prêché la défense de la veuve et de l'orphelin, tu dois te réjouir de savoir que désormais les Bronson auront un autre rôle dans le monde que celui de faire de l'argent, avec l'art ou avec autre chose. Je saurai bien faire fructifier ton héritage avec l'ambition qu'il serve à quelque chose d'utile. C'est un peu comme si tu avais construit cet empire médiatique pour que, le jour venu, j'aie à ma disposition un formidable instrument pour dire au monde entier ce que j'ai à dire. Tout n'arrivera pas d'un seul coup. Je sais qu'il me faudra batailler, persuader, convaincre. Y croire. Dan, le fils de Samuel, m'aidera, je le sais. Il est très capable de mener la barque à ta place. Mieux que je n'aurais su le faire. Tu l'en avais jugé digne. Au fond, je n'ai jamais voulu être l'héritière de la fortune de Peter Bronson. Malcolm n'avait rien compris. Mais il se serait opposé à l'usage que je veux faire du pouvoir que tu as accumulé et dont tu m'as appris à ne pas abuser. Tu m'as enseigné qu'il donnait seulement des responsabilités plus grandes. Aussi, tout est bien comme ça. Il suffira de bercer Lisa d'une histoire qui fera de son fils un héros. Son chagrin de vous avoir perdus l'un et l'autre me désole. Ce sera le fardeau que je devrai porter. C'est aussi pour cette raison que je rentre à la maison. »

Par-delà les nuages, le visage de Pasang, ses yeux clairs et limpides l'attendaient. Angie s'endormit, un sourire aux lèvres. Sa respiration se fit plus profonde. Une incroyable sensation de bonheur lui faisait battre le cœur plus vite. Pasang était entré dans sa vie comme un cerbère, un geôlier. Quand il l'avait libérée, était-ce pour mieux la garder captive ? Était-ce pour être sûr qu'elle lui reviendrait un jour ? L'épreuve de l'emprisonnement avait créé entre eux un lien très fort. Ils avaient eu peur ensemble, il avait risqué sa vie en la laissant s'échapper. Elle réalisait soudain que le visage de Pasang n'avait jamais quitté un seul instant son esprit. Il avait noyé sa vie dans une lame de fond dont elle ne chercherait plus jamais à s'échapper. Elle l'aimait. Il lui avait fallu du temps pour le comprendre. Il l'aimait. La douceur de son regard posé sur elle avait déclenché ses premières interrogations. À cette image, ses yeux se fermèrent pour chercher le sommeil réparateur.

Dans le vol de la British Airways numéro 146, qui survolait les cimes neigeuses de l'Himalaya, Angie, sur le siège numéro sept, fut seule à voir le corbeau noir qui se posait auprès d'elle.

Le Bhoutan

Le Bhoutan est une monarchie constitutionnelle indépendante, membre de l'ONU depuis 1971.

Son territoire s'étend sur 47 000 km^2 entre l'Inde et la Chine.

Il est formé de dix-huit districts représentant les vallées principales.

Sa population est de 1 300 000 habitants.

Sa capitale est Thimphu (26 000 habitants).

Sa langue principale est le dzonkha.

Sa monnaie est le ngultrum en parité avec la monnaie indienne.

Ses ressources principales sont l'agriculture (riz, orge, blé, maïs, cardamome, pommes de terre) et l'élevage (porcs, moutons, bovins, poulets).

Glossaire

Arak. Alcool fort obtenu par la distillation du *tchang*.

Atsara. Personnages parmi les plus populaires des *tse-chus*. Ils sont les bouffons qui amusent les foules avec leurs plaisanteries et leurs comportements grossiers. Ils interviennent entre chaque danse rituelle.

Banchung. Panier de bambou tressé en deux couches et composé de deux corbeilles symétriques.

Choesham. Pièce la plus importante d'une maison d'habitation. Très décorée, elle contient l'autel et sert également de pièce de réception.

Chomolhari. Mont himalayen qui culmine à 7 320 m.

Chorten. Appelé « supports d'offrandes », le *chorten* est un monument bouddhique votif à la mémoire de Bouddha.

Datsis. Petits fromages frais au lait de yack. Ils sont ajoutés aux légumes en fin de cuisson.

Desi. Chef temporel.

Doma. Noix d'arec enduite de chaux et enveloppée dans une feuille de bétel.

Drapeaux de prières. Banderoles pieuses sur lesquelles sont inscrites les prières.

Drukyel Dzong. *Dzong* construit en 1647 et situé à l'extrémité nord-ouest de la vallée de Paro. Il fut détruit en 1950 suite à un incendie. Il n'en reste aujourd'hui que des ruines imposantes.

Dungtse Lhakhang. Temple dont la forme inhabituelle ressemble à celle d'un *chorten*.

Dzong. Monastère-forteresse dont la tour centrale est appelée *utse* et qui abrite à la fois le pouvoir spirituel, le pouvoir temporel et le pouvoir judiciaire.

Dzonkha. Langue principale du Bhoutan.

Ema datsi. Plat préféré des Bhoutanais. Il est constitué de piments accompagnés d'une sauce au fromage.

Go. Habit que portent les Bhoutanais, robe ample et longue que l'on remonte jusqu'aux genoux et ceinturée à la taille.

Kanjur. Collection des paroles de Bouddha.

kira. Robe que portent les Bhoutanaises, longue pièce de tissu.

Komas. Fibules vestimentaires en argent portées par les femmes.

Lopon. Titre honorifique et religieux signifiant « maître ».

Lung-gom-pa. Art de marcher à une vitesse vertigineuse sans toucher le sol et sans que ses pieds soient meurtris par les obstacles.

Mandala. Représentation géométrique et symbolique de l'univers.

Manip. Celui qui chante les prières. Il est porteur

d'autel de prières (*tashigomang*) et se déplace de village en village.

Mahakala. Divinité masculine appelée aussi « le noir Seigneur de la sagesse transcendantale ». Elle symbolise le temps d'hier et celui d'aujourd'hui, ainsi que le temps cosmique. Elle est représentée sous la forme d'un corbeau pour mieux exprimer l'humilité, la simplicité et la sagesse.

Memorial Chorten. Construction impressionnante dédiée à Jigme Dorje Wangchuck, le père du roi actuel qui décéda brusquement en 1972.

Nake. Cette crosse de fougère constitue l'un des légumes les plus appréciés du Bhoutan.

Ngultrum. Monnaie en cours au Bhoutan, en parité avec la monnaie indienne.

Paro. La région Paro se situe au début d'une des grandes vallées historiques du Bhoutan dont elle emprunte le nom. Elle est situé à 2 250 m d'altitude et accueille l'unique aéroport du pays.

Paro chu. Rivière traversant la vallée de Paro.

Raksha mancham. Danse du Jugement des morts.

Rinpung Dzong. *Dzong* construit au milieu du XVIIe siècle près de la rivière Paro.

Seudja. Thé au beurre de yack salé.

Ta Dzong. Ancienne tour de guet du *dzong*, surplombant le Rinpung Dzong et protégeant toute la région.

Taksang. Monastère féerique qui, accroché au flanc d'une falaise, surplombe un abîme de huit cents mètres au-dessus de la vallée de Paro. Il constitue un haut lieu de pèlerinage pour les Bhoutanais.

Tanière du Tigre. Deuxième nom du *dzong* de Taksang.

Tashigomang. Autel portatif que le *manip* transporte sur son dos d'un village à l'autre.

Tchang. Bière de céréales (orge ou millet).

Thimphu. Capitale du Bhoutan depuis 1952 (26 000 habitants). Elle est située à 2 370 m d'altitude.

Tormas. Gâteaux sacrificiels faits d'un mélange de beurre et de farine. Ils sont de formes et de couleurs différentes selon les divinités auxquelles ils sont destinés.

Tsampa. Orge rôtie réduite en farine, souvent mélangée à du piment et de la viande de yack séchée.

Tsechu. Cérémonie religieuse perpétuée une fois par an dans chaque *dzong* et qui célèbre la naissance de Padmasambhava, le saint le plus important du panthéon lamaïste. Sa date de célébration varie d'un *dzong* à l'autre.

Tungan. Danse des Divinités terribles.

Remerciements

En écrivant cette histoire « d'amour », j'ai découvert le pays du Dragon paisible.

À travers les lectures et les récits de grands voyageurs que j'ai eu la chance de rencontrer, assise devant mon ordinateur, dans ce périple en altitude, j'ai partagé avec ceux que j'aime ma passion pour le Bhoutan et je voulais les en remercier.

Mon père. Toujours solide comme un roc, qui ne reconnaît que le Cantal.

Ma mère. Jolie comme un cœur, toujours partante pour le voyage.

Ma grand-mère. Quatre-vingt-dix-huit printemps, qui ne s'explique toujours pas pourquoi elle souffre de quelques douleurs.

Yves. Pour être présent dans les moments de doute.

Ludo. Pour être en pleine forme.

Nadine. Toujours fidèle aux premières lectures.

Christiane Reymond. Pour ses bonnes adresses, sa passion pour la montagne et ses superbes peintures sur bois.

Raymond Renaud. Pour son expérience tibétaine et ses incroyables récits.

M. et Mme Ratier. Pour leur amour du Bhoutan et les merveilleuses images qu'ils en ont rapportées.

Mme Pommaret. Pour ses écrits aux détails si précieux.

M. Snafou Wowkonowicz. Voyageur aux rares escales.

Composition P.C.A.
Bouguenais 44340

Impression réalisée sur CAMERON par
BRODARD ET TAUPIN
La Flèche

pour le compte des Éditions Ramsay
en août 1997

Imprimé en France
Dépôt légal : août 1997
N° d'impression : 6418S-5
ISBN : 2-84114-277-9
50-0894-1
RAR 664